U0445983

Unicorn

独角兽书系

百变王牌

♥♦♣♠

最后王牌

WILD CARDS

【美】乔治·R. R. 马丁 / 编

王 凌 / 译

GEORGE R.R. MARTIN

重庆出版集团 重庆出版社

WILD CARDS Ⅵ: ACE IN THE HOLE
Copyright © 1989 by George R. R. Martin
Expanded edition © 2014 by George R. R. Martin and the Wild Cards Trust
This edition arranged with The Lotts Agency Ltd. through Andrew Nurnberg Associates International Limited.
Simplified Chinese edition copyright © 2019 Chongqing Publishing & Media Co., Ltd.
All rights reserved.

版贸核渝字(2017)第138号

图书在版编目(CIP)数据

百变王牌．最后王牌 / (美)乔治·R.R. 马丁编；王凌译.—重庆：重庆出版社，2019.10
ISBN 978-7-229-14073-1

Ⅰ.①百…　Ⅱ.①乔…　②王…　Ⅲ.①长篇小说—美国—现代　Ⅳ.①I712.45

中国版本图书馆CIP数据核字(2019)第061793号

百变王牌·最后王牌

BAI BIAN WANGPAI · ZUIHOU WANGPAI

[美] 乔治·R.R.马丁　编

王　凌　译

责任编辑：邹　禾　方　媛　陈　垦
装帧设计：谢颖设计工作室
封面图案设计：罗　烜
责任校对：杨　媚

重庆出版集团
重 庆 出 版 社　出版

重庆市南岸区南滨路162号1幢　邮政编码：400061　http://www.cqph.com
重庆出版社艺术设计有限公司 制版
重庆市鹏程印务有限公司 印刷
重庆出版集团图书发行有限公司 发行
E-MAIL：fxchu@cqph.com　邮购电话：023-61520646
全国新华书店经销

开本：890mm×1230mm　1/32　印张：14.125　字数：368千
2019年10月第1版　2019年10月第1次印刷
ISBN　978-7-229-14073-1
定价：64.00元

如有印装质量问题，请向本集团图书发行有限公司调换：023-61520678

版权所有　侵权必究

目录
Contents

编者的话

《百变王牌》这部作品完全架构在一个虚构的世界中，它的历史与现实历史完全平行。《百变王牌》中呈现的所有姓名、角色、地点和事件纯属虚构，或当虚构使用。任何与真实事件、场所及在世或已死亡的真实人物的相似之处，纯属巧合。例如，本选集中的论文和文章以及其他相关文献都是虚构之作，本书完全无意于描述或暗示任何真实存在的作者或诸如此类的人物曾经确实写过、出版过或对本书中的论文、文章及其他相关文献做出过贡献。

乔治·R.R.马丁

序

“超级英雄”的文学之旅

对我来说，长久以来，古代、太空歌剧或幻想的第二世界都是我的兴趣点，凡是现当代的通俗文化产品，我更希望是描写自己熟悉的生活场景，显而易见，这样更能引起共鸣，也更能获得享受，而不是非得去一大堆自己完全陌生的地点、食物、玩笑、音乐等等中间刨梳和理解。因此我把《百变王牌》自然而然地划归“美国都市社区传说”一类。

作为乔治·马丁的译者、研究者和狂热爱好者，在相当长一段时间内，我疯狂地寻找和阅读了乔治·马丁所有出版过的文字，但对占用他创作时间第二位（除《冰与火之歌》[*]之外）的《百变王牌》系列，却一直束之高阁（部分原因也是该系列篇幅太长）。直到最近几年，随着阅读眼界的不断拓展，观看这套书的理由不断累积，我才说服自己拿起书本来试一试。好奇我的理由吗？具体而言，打动我的有如下几个方面：

其一，我终于明确了一点——其实这一点原本就非常明确，无奈提到超级英雄，总不免第一时间想到漫画——《百变王牌》是文字小说系列，在这个领域，它能直接发挥乔治

·马丁作为作家的特长，也能让熟悉和景仰马丁的我较为轻松地进入。《百变王牌》的确脱胎于美国超级英雄漫画的文化，乔治·马丁也的确从几岁起就是超级英雄漫画的粉丝……但它的基础载体是小说，它是文学宇宙，不同于DC或漫威的漫画宇宙乃至电影宇宙。

从基本介绍中即可得知，《百变王牌》先后有超过四十位作家参与，而乔治·马丁作为总编辑和作者是其灵魂人物。该系列小说不但均由他过目和整合，而且他自己还实际参与了其中若干中短篇的写作。《百变王牌》至今（截至2018年底）已出版了二十七部小说，大致可分为三类：

A类，同一故事背景下不同作者创作的中篇小说合集；

B类，单一作者的长篇小说；

C类，"马赛克小说"，即长篇小说的各部分由不同作者写就，最后经马丁本人发挥"导演"和"乐队指挥"的功能，将其融为一体。其中最后一类是马丁的得意之作，最能彰显他的创作成就。

其二，《百变王牌》源自桌面角色扮演游戏。虽然我对超级英雄漫画说不上知根知底，对美国文化背景更显陌生，但作为游戏迷和奇幻迷，对角色扮演游戏却是熟悉和喜爱的，尤其是《龙与地下城》及其衍生和改编的各类电子游戏。

整理和翻译《梦歌——乔治·马丁作品回顾集》的时候，我就清楚乔治·马丁对角色扮演游戏的狂热。他于1980年搬家到新墨西哥州圣塔菲市（至今依然定居于此），不久便加入了当地的角色扮演游戏聚会（聚会成员一半以上是作家），起初玩的是“克苏鲁的召唤”，1983 年开始玩“超人世界”，从此一发不可收拾。乔治·马丁喜欢游戏主持人（GM）的角色，在游戏过程中创造了数以百计的 NPC 和反派（据说其中许多人物至今还没捞到在《百变王牌》小说里的出场机会!），也创造出《百变王牌》的基础设定。很大程度上，《百变王牌》的创作过程就是我们自身“跑团”经历的翻版（跟《龙枪》的诞生过程非常相似），这大大拉近了我跟它的心理距离。

其三，《百变王牌》虽根植于美国文化，与我们中国人的日常生活环境相距颇远，但乔治·马丁的指导理念是一脉相承的现实主义。《百变王牌》与其他超级英雄作品在立意上的最大不同，在于它的创作者是一群思想活络的作家（而非单纯的漫画从业者），他们从最初的游戏过程开始就彼此“争奇斗艳”，试图把笔下人物当成活生生的“人”来考察。它并不像许多超级英雄作品一样追求肤浅的“合家欢”，回避现实中怯于提及的问题，它不但着重考察了超级英雄（即《百变王牌》中的“王牌”）对人类社会方方面面的影响，还把力量对超级英雄自身的影响作为重点。

此外，《百变王牌》横跨二战以后的整个时空，故事背景从上世纪 40—50 年代种族主义和麦卡锡主义泛滥的美国一直到当前的网络社会。它的视野并不若我最初以为的那样局限于“乡土美国”和“都市美国”，真实的历史人物和历史事件在小说中频频出现，从西方到东方，从总统选举到世界和谈，光怪陆离的多元化犹如《冰与火之歌》中神秘莫测的魔法一样吸引着我。

基于这三点，我从最初的排斥到逐步试探，展开了对《百变王牌》系列的了解和阅读。根据乔治·马丁及其同伴作家们的说法，他们当年并不甘心自娱自乐，舍不得告别自己创造的精彩人物，于是在一年多酣畅淋漓的游戏之后，萌生了将游戏的设定和故事进行商业化、推向市场的念头，由此诞生出《百变王牌》。梳理从上世纪80年代中叶商业化至今的全部作品，这个IP（一度号称世界上延续时间最长的共用世界系列）大致可分为如下几个发展阶段：

第一阶段，黄金时期。乔治·马丁等人最初寻找的合作者是著名的巴兰亭出版社，于1987年到1993年间一共推出了十二部小说（包括上面提到的中篇合集、长篇小说和“马赛克小说”这三种形式）。作为巴兰亭出版社重点栽培的书籍，《百年王牌》系列不负所望地一炮走红，并在评论界获得极大赞誉，1988年即进入雨果奖决选，只是惜败给阿兰·莫尔那本极其出色的《守望者》。它也迅速被改编为漫画、桌面角色扮演游戏，并卖出电影版权，培养了大批至今仍支持着它的忠实读者。

顺带一提，重庆出版社简体中文版《百变王牌》最初出版的七本小说全部来自这个时期，它们是“元祖三部曲”的《百变王牌》《王牌云巅》和《疯狂鬼牌》，“木偶师四部曲”的《王牌旅途》《深入污秽》《最后王牌》和《亡者之手》。

通过这些最经典的著作，读者可迅速进入《百变王牌》的世界。

第二阶段，沉沦时期。随着《百变王牌》在巴兰亭出版社的销量缓慢走低，马丁等人为了眼前利益，轻率地将出版权转交给较小的巴恩出版社。1993 年到 1995 年间该出版社出版的《百变王牌》第十三到第十五部小说在商业上迎来惨败，此后便是长达七年的空白期。2001 年，马丁等人寻到新出版商 IBOOKS，然而到 2006 年为止，勉强推出《百变王牌》的第十六和第十七部小说（及再版了以前的部分小说）之后，该出版商宣告破产。

不过，乔治·马丁的《冰与火之歌》系列前三卷就出版于《百变王牌》的七年空白期之内，并让他的作家生涯更上一层楼。真可谓塞翁失马焉知非福，或者说失之东隅收之桑榆——如果《百变王牌》不遭遇滑铁卢，说不定读者们还看不到《冰与火之歌》呢！

第三阶段，复兴时期。2007 年 IBOOKS 破产以后，美国最大的幻想文学出版社托尔出版社趁机将《百变王牌》纳入帐下。此后伴随乔治·马丁声誉的节节高升，也得益于市场大环境的变化（如超级英雄题材在电影领域的极大成功），《百变王牌》逐渐恢复了过去的辉煌。2008 年到 2018 年这十一年间，托尔出版社一共出版了十部《百变王牌》的新小说，再版了以前的大部分小说，还在网站上发表了近二十篇中篇小说，《百变王牌》也再度被改编为漫画和桌上角色扮演游戏。

更激动人心的消息来自 2018 年底，HULU 电视台宣布将与马丁合作开发两个《百变王牌》的电视剧。在这个眼球经济的时代，这无疑是该系列顺利延续和发展的最大利好。

那“百变王牌”究竟是什么?《百变王牌》系列又在说什么呢?本着不剧透的态度，我可以简单地回答，“百变王牌”是与地球人高度相似的塔基斯星人研究出来的一种改写基因的外来病毒，其研究的最初目的是制造超能力，却发生了可怕的意外。它于1946年被释放在美国的纽约市（当即造成近两万人的死亡），随后又经携带扩散到世界各大城市。

事实证明，“百变王牌”病毒是可怕的，它对所有人一视同仁，没有免疫可能；但它同时又像神奇的阿拉丁神灯，透过人类的潜意识诱发变异，经由人类的欲望、个性和恐惧而产生神奇的力量。“百变王牌”的基因还可以在人体内潜伏下去，并以百分之五十的概率传递给后代，所以该系列的宇宙里，至今仍有人会突然激发自己的能力，由新时代的欲望而产生新的英雄（或怪物）。

成为英雄的条件非常苛刻，也非常不公平。一百个人中，九十个人会抽到“黑桃皇后”（变异失败，迅速死亡），九个人抽到“鬼牌”（变成怪物，甚至宁愿自己去死），只有唯一的一人能抽到“王牌”(激发潜在能力，成为超级英雄)。

《百变王牌》讲述的，就是这百分之一的英雄的故事。

屈畅

第一章

1988年7月18日星期一

早上6点

斯佩克特用戴手套的手猛击锁头，啪嗒一声，锁开了。他拉开波浪形锡门上的门闩，将身体靠上去，把门向上抬着往侧边推，希望尽可能降低声响。接着，他侧身进去，把门关上。到目前为止，一切都如他们所言。

这个仓库闻起来有股灰尘加新鲜油漆的味道。正中央的上方挂着一盏灯，投射着昏暗的光芒。他暂时停下动作，等待眼睛适应。这里到处散落着一箱箱面具，小丑、政客、动物，有的就是普通人的脸。他拿起一个熊脸面具，给自己戴上，要是有人突然出现把灯全部打开，他这样会安全点。对他来说这塑料面具有点小，压到了他的鼻子和眼眶，让他完全失去了周边视角。斯佩克特缓慢地朝着光线移动，还不断扭着头前后查看，确保无人靠近。

他早到了几分钟，因为他觉得这样比较明智。有人费了好大的劲才追踪到他，帮他安排了这场会面。他们要么绝望到孤注一掷了，要么就是在给他下套——这两种情况都很棘手。灰尘弄得他眼睛不舒服，但是因为戴着面具，一时也没办法缓解。他在离顶灯十几英尺的地方停下来，等待着。仓库里只能听到蛾子撞在金属灯架上的声音。

“是你吗？”声音闷闷的，但肯定是男声，从灯光的另一侧传来。

斯佩克特清清喉咙。“对，是我。你为什么不走到灯光下面来呢？让我看看你。”

“我不认识你，你也不认识我。我们保持这种状态就好。”对方停顿了一下，黑暗中传来纸张被揉皱的声音。

“好，你说说看。”斯佩克特深吸一口气。这一切感觉不像是下套，而且好像占上风的是他。

一只胳膊伸进了灯光里，对面的人身型矮小，仿佛孩童，胳膊却肌肉发达。他手指短小，手上戴着皮手套，还能看到里面的塑料手套边沿，显然他非常小心谨慎。这只手上抓着一个牛皮纸袋。“你需要的所有东西都在这里。”

“扔过来。”那只胳膊照做了。纸袋重重落在地上，滑向光亮区域的边缘，带起一阵灰尘和油漆碎屑。“我喜欢这个声音。”斯佩克特走向纸袋。糟了，让对方看到了他戴的熊脸面具。不过不要紧。他拿起纸袋，用大拇指弹开。有几沓仔细捆好的钞票，往返亚特兰大的机票，上面的名字是乔治·科尔比，还有一张被折了两次的纸。斯佩克特估计里面有五万多美金。

“先给一半，剩下的等到事成之后再说。”声音的位置变了，现在处于大门和斯佩克特之间。

斯佩克特打开那张纸，放在灯光下查看后，倒吸了一口气。“操。从来都不会是小事，还要去亚特兰大。这么麻烦啊。为什么不把乔治·科尔比的机票退了，然后等这人回来再行动呢?”

“我希望你下周搞定，明天就把事情解决掉我也不介意。成交吗?”

“嗯，好吧。”斯佩克特说完将纸袋对折起来塞进衬衣里，“你肯定讨厌死这个人了。”

门开了。在对方开门、离开、关门的短暂时间里，斯佩克特扫视了他一下。四英尺高，体格像个橄榄球中后卫——是个侏儒。这里的侏儒不多，只有一个跟他被派去搞定的那个人有仇。

“我听说你死了，吉姆利。”没有回答。毕竟他说的这个人应该被做成标本放在了不起的波威里百变王牌简易博物馆里了。但是，斯佩克特比任何人都明白，就算所有人都以为某个人死了，也不代表这人就真的死了。

♣

这里是“老鼠巷”，死人就是在这里丢掉他们的骨头的。鬼牌疯狂俱乐部就在老鼠巷里。

对于老鼠来说这里大概是个好地方。

最后一批客人摇摇晃晃地从门口走出来，这门嵌在光秃秃的砖墙里，就像是蠢人张着嘴在尖叫。门是正常高度，但是大部分人都把头缩在衣领里，他们的衣领因为恐惧、期待和甜蜜的释放而沾湿。他们一个个就保持着这种姿势在珍珠母般的小水坑以及褪色的塑料食品包装之中穿行。变质蛋白质加上复杂烃类熟化的腐烂气味在空中飘荡。

一个不太显眼的人在门边晃悠，是驼背版的詹姆斯·迪恩，他一只脚上的黑色帆布鞋靠在背后的墙上，白色的另一只则踩在淤泥里。他点着头，喉咙里冒出低低的声音，确保晚上的客人们朝着正确的方向走。这简直毫不费力。还逗留在店里的那些感受到了月光怪人笑声中的恶意，赶紧走出来，而正确的方向显然是离他越远越好。

门口的另一边立着一个壮实的身影，穿着黑色斗篷，宛如幽灵。这人一边点头一边透过似乎无缝贴合面部的小丑面具低声说着商场营业员常说的问候语：“谢谢，欢迎下次再来，谢谢，感谢惠顾。”大部分客人也点头示意。

最后走出来一小撮美丽青年。他们二十岁左右，都理着平头，穿着邋遢的廉价衣服，但看起来依旧朝气蓬勃，是鬼牌疯狂俱乐部的服务生。失意版詹姆斯·迪恩看着他们。当他的眼睛盯上男生们的时候，瞳孔扩张了。青年们都像刚刚开启征途的英雄一样体型匀称、肌肉饱满。他之前都没意识到。他们可能是男同性恋者，现在到处都是这类人，都区分不出来了。想到这个，麦基的下身和指尖就有些瘙痒，他想对这类人做些事情，但一直没什么机会。守门人和老大总是告诫他要谨慎使用能力。

所有人都走出老鼠巷之后，戴着小丑面具的男人关上了门。门的外部贴着残破的绿色搪瓷。男人用戴着白手套的手指抓住门框，把门从墙上卸下来，原本是门的地方被砖块覆盖了。他把门折叠起来，卷成一束，像是个被收起的画架，最后把它塞进腋下的巨浪中。

“乖一点，麦基。”他伸出触须般柔和的水流，轻抚麦基瘦削的脸颊，对方没有躲开。守门人不是男同性恋者，这个他知道。他喜欢被这个戴面罩的男人触碰。他喜欢被认可。瘦削驼背又流亡海外的年轻人很少能受到褒奖，再加上他还是个国际刑警组织通缉的罪犯。

“我会的，守门人，”他歪着嘴笑起来，摇头晃脑地说，“你知道我一直都很乖。”他的声音里带着明显的德国口音，听起来轻快又含糊。

守门人盯着他看了一会儿，他的眼睛时隐时现，现在只是面具上的两个黑色空洞。

他戴着手套的指尖划过麦基的脸，轻柔地刮擦。之后他转身离开，略带蹒跚地沿着小巷向前走，腋下夹着卷起来的门。

麦基走的是另一个方向，他不喜欢把脚弄湿，所以一路上都在小心地绕开水坑。今晚，老鼠巷将出现在另一个地方。他会找到的，不用担心。跟所有属于这里的人一样，他能感觉到召唤，能听到鬼牌疯狂俱乐部的塞壬之声，受害者和观众兴奋地尖叫着，知道彼此的角色可以互换。

但麦基的角色是不会变的。在鬼牌疯狂俱乐部里，麦基是碰不得的。在这个被诅咒的俱乐部里，没人敢搞他。

在哈德逊河的微风和燃油机的气味包裹下，他踏上了第九大街上，脸上因为乡愁和厌恶而短暂抽搐，这里就像是他长大的汉堡码头。

他双手插兜，扭过身体，让高一点的肩膀——右肩——迎着风。他必须回波威里的小住所里查看留言。老大在亚特兰大做重要的事情。他随时都可能需要麦基的帮忙。要是在他需要帮助的时候麦基不在，这种事情麦基可承受不来。

他开始哼唱他的歌，他的小曲儿。忽略掉公交车的空气刹车发出的宛如兔子被折磨之后的惨叫声后，继续向前走。

早上7点

疯子们很早就出来了。杰克·布劳恩走过警方设在亚特兰大万豪酒店的警戒线，看见上百个与会代表，他们大部分都穿着休闲装，戴着傻乎乎的帽子，背心上挂满了竞选徽章。几辆加长豪车载着党内元老。一辆1971年的初版雪佛兰因帕拉上飘荡着万字符的旗帜，三个身穿纳粹党突击队员制服的人面无表情地坐在前排——不知道出于什么原因，后排没有坐人——还有两拨鬼牌从大众小巴里探出畸形的头，冲着人群挥手，因行人的反应而哈哈大笑。小巴的车身上贴满哈特曼的标贴还有其他政治标语。“释放鼻涕虫”，其中一张这么写着；“黑狗最棒”，这是另一张。

杰克·布劳恩觉得格雷格·哈特曼大概不会赞同他们这种行为。将总统候选人和鬼牌恐怖分子联系在一起不算是聪明的政治决策。

他感觉到脑袋上有汗水，虽然现在才早上七点半，但亚特兰大已经又潮又闷了。

和解早餐。一个小时之后，他就得和海勒姆·沃切斯特成为好朋友。他在想自己怎么会答应格雷格·哈特曼这种事。

去他妈的散步，他恶狠狠地想。他可以用其他方式来提神醒脑，所以他转身回万豪了。

昨天晚上，杰克待在他的套间里，跟四个超级代表们痛饮，代表们都来自炎热的中西部地区，对于选谁都还摇摆不定。格雷格·哈特曼的竞选经理查尔斯·德沃恩提议说不妨施展点好莱坞的魅力，或许能将他们吸引到格雷格的阵营中。杰克完全明白他的意思，于是给他认识的经纪人打了几通电话。超级代表们到达的时候，房间里已经塞满了波本、苏格兰威士忌和纯正的乔治亚小明星，他们演过各种当地制造的电影，名字大都叫做《锁链女囚》和《货车屠杀》之类的。早上三点，派对终于结束了，来自密苏里的国会议员怀里搂着1984年的桃树小姐最后一个离开房间。杰克觉得他这一次至少为哈特曼赢得了几张选票。

有时候事情很简单，不知道为什么，政客们总是喜欢围着名人转——杰克心想，像他这样臭名昭著的叛徒王牌和过气电视演员都有人追捧。就连立场最坚定的政客都抵挡不了褪色的好莱坞光环加上触手可及的性爱。

当然了，还要再加上不言自明的勒索和威胁。杰克知道，德沃恩肯定会很高兴。

杰克空荡的头盖骨里响起定音锤的声音。他趁着等红灯的间隙按摩太阳穴。百变王牌赋予他巨大的力量和永恒的青春，但他还是得受宿醉之苦。

还好这不是场好莱坞派对，不然他还得提供派对分量的可卡因。

他伸手从他在玛莎百货买的衬衫式夹克里掏出今天的第一根不带过滤嘴的骆驼牌香烟。就在他弯腰用他那双大手为火柴挡风时，他看到街道上那辆因帕拉再次向他开过来，万字符的旗帜飘扬着。透过前挡风玻璃能看到突击队员的平顶帽的轮廓。交通灯变黄之后这车就加速了。

“白人权力”——这是车身贴纸上写的，“外人滚走！”

杰克还记得，很多年前，他曾经举起一辆满载贝隆支持者的奔驰指挥车，然后让它车顶着地。

他还记得德军机关枪的密集火力让拉比多河化为一片白色泡沫，他愤怒地尖叫着，划着不断下沉的橡皮筏冲向北岸，手臂已是疼痛难当。而在北岸的灌木丛里，早就满是戴着黑色头盔、穿着迷彩斗篷的党卫军第二师。借助卡西诺山上的观察员，士兵们开枪射击，弹壳落得到处都是。他的小队中有一半人或死或伤，尸体就瘫倒在船的底部，包裹在河水和他们自己的鲜血中……

杰克心想，去他妈的政治。

他现在唯一要做的就是走到因帕拉前面。他确定冲击力会将他推到车底，身处车底的他可以扯出发动机支架，让这群纳粹冲锋队员在亚特兰大的市中心停住，被鬼牌激进分子、城里的黑人还有被1988民主党大会上的疯狂与混乱吸引来的疯子和潜在暴力狂们团团围住。

杰克扔掉手里的火柴，一只脚越过路牙。因帕拉加速向前，想要抢在黄灯之前冲过路口。

杰克退回来，看着纳粹们坐在车里飞驰而过，黑色的万字旗帜深深印在他的眼中。

四王牌已经死了将近四十年。杰克也不再做那种事情了。

太可惜了。

上午8点

U2的歌声从广播里传来，一个青少年一边喝着橙汁一边用叉子打节奏。他血红的头发贴着圆形的头骨梳成长长的小辫子，垂在黑色皮夹克上。黑色高帮网球鞋加上工装裤一起组成了他具有攻击性的朋克风格。但是大红色头发下面的那张脸却温和年轻，实在不像狠角色。

他跟站在电视机前的祖父形成了惊人的对比。塔基扬医生兴趣盎然地听着《今日新闻》的简·波利采访一群政治专家，与此同时，他的尖下巴夹着小提琴，眼睛眯起来，忙碌地拉奏帕格尼尼小提琴奏鸣曲。新闻中的播报他大概只听进去三分之一，但是没关系。他早就听过了。反反复复听过好多次了。过了这么多个月以后，竞选终于来到了这一站——亚特兰大。这个时间——1988 年 7 月。那个人——格雷格·哈特曼。一个大奖——担任美利坚合众国的总统。

塔基扬转向布拉斯，用琴弓示意电视。“这绝对是一场孤注一掷的战斗。”

外星人已经为这场即将到来的战斗做好了准备，他穿上了靴子和马裤，衬衣的蕾丝领子上系着黑色领结。虽然他身形瘦小，但是穿上闪耀的绿色服装后，看起来比拿破仑军队里的士兵还要神气。他胸口没有挂嘉德勋章，而是挂着塑料封膜的身份证件，表明他是《鬼牌镇呼喊》报派来的媒体代表之一。

布拉斯做了个鬼脸，咬了一大口牛角面包。“无聊。”

“布拉斯，你十三岁了。该放下幼稚的游戏，关注更大的世界了。如果在塔基斯星，那你这个年纪都该离开小房间，为强化教育做准备了。你都得承担家庭里的责任了。”

“对，但我们没在塔基斯星，而且我也不是鬼牌，所以操他妈的，我才不在乎。”

“你说什么？”他祖父的声音冷酷起来。

“操，你知道吧，操。这是个盎格鲁 - 撒克逊词汇——”

“绅士不应该如此粗鲁。”

“你说是就是吧。”

“通常都不是这样的。请你听我说的话，别学我做的事。”塔基扬咧着嘴笑了起来，“但是孩子，不管是不是鬼牌，我们都必须在乎。我们也是独特的个体，如果巴奈特和他的压迫哲学入主了白宫，我们和鬼牌镇的不幸居民们一样都会被吞噬。他想把我们放到疗养院里去。”塔基扬嘲弄地冷哼一声。“为什么不直接把丑话说出来呢——就是集中营。”

“我们是外星人，布拉斯。你虽然是在地球上出生的，但是你的血管里流淌着我的血脉。你拥有我的能力，因此你跟这些地球人永远都是有区别的。每个种族心中都有团结自己人、铲除外人的倾向，只不过人类这么多年来都没发挥这种精神而已，但这种情况可能会有所改变——”

布拉斯在打哈欠，让滔滔不绝的塔基扬闭上了嘴。他变得无聊了。布拉斯很年轻，年轻人总是麻木又乐观。但是塔基扬却乐观不起来。1987 年 6 月那个绝望的夜晚之后，塔基扬的身体里一直带着扭曲变异的百变王牌病毒，虽然暂时处于休眠状态，但塔基扬知道片刻焦虑、极度疼痛、恐惧甚至快乐都可能触发病毒，如果他运气好抽中了黑桃皇后，那他可以直接死去，但如果没抽中，他很可能会变成鬼牌。也有极少数幸运儿会变成王牌，但塔基扬不敢有这种奢望。

有人敲响了套房的门，外星人惊讶地挑起眉毛，让布拉斯去开门，他自己则把小提琴放回琴盒里。

“格奥！”

塔基扬僵硬地站在客厅的门口，他紧紧抓着门框，压抑自己内心汹涌而来的愤怒与恐惧。“你到这里来干什么？”他的声音低沉而克制。

面对外星人勉强掩饰的敌意，格奥·斯蒂尔——也就是维克多·德米耶诺夫，也就是格奥尔基·弗拉基米尔维奇·波利亚科夫——仅仅是挑起了眉毛。“我应该去哪里？”用力拥抱着年长者的男孩松开双臂，格奥响亮地轻吻了他的两边脸颊。“我为《布莱顿沙滩观察》报工作。我要报道这里的故事。”

“我的天呐，你是个要命的俄国间谍，身处一个满是秘密特工的酒店，而且你还在我的套房里！”塔基扬突然把手按在胸口，平复自己的呼吸，之后意识到布拉斯正饶有兴趣地听着自己讲话。“下楼去，然后……然后……”他掏出钱包，“买份杂志来。”

“我不想去。”

“这一次能不能别跟我吵了！”

“为什么我不能留下来？”言语中尽是抱怨。

“你还是个孩子。不能把你卷进来。”

“一分钟之前，你还说我长大了，要多关心成年人的世界。”

“先祖啊！”塔基扬跌坐在沙发上，双手抱头。

波利亚科夫放任自己小小地笑了一下。“也许你的祖父是对的……而且会很无聊的，布拉斯，我的孩子。”他伸出一只胳膊友善地揽住男孩的肩膀，带着他走到门口，“你自己出去玩玩，你祖父和我有些不光彩的事情要谈。”

“别惹麻烦！”布拉斯刚走出去，塔基扬就冲着关上的房门喊道。

外星人给牛角面包涂上果酱，盯着看了一会儿，然后扔回盘子里。“为什么你比我会对付他？”

“你想要爱他。我觉得布拉斯对爱没什么反应。”

“这一点我不想相信。你要聊什么不光彩的事情？”

波利亚科夫坐在椅子上，担忧地用大拇指和食指捏住下嘴唇。“大会至关重要——”

“没开玩笑？没有双关含义？”

“闭嘴，听就行了！”这声音里带着冷酷和命令的意味，多年以前的维克多·德米耶诺夫就是这种嗓音，他从汉堡的下水道里救起一个内心破碎的塔基斯星醉汉，并向他传授现代间谍的精妙技巧。“我需要你为我做件事。”

塔基扬身体向后靠，手掌向前伸。“不，别让我做事。我为你做的已经够多了。我让你再次进入我的生活，让你接近我的孙子。你还想要我做什么？”

“做很多事，而且这是我应得的。你欠我的，舞者。你在伦敦的刻意隐瞒扰乱了我的生活，戕害了我的国家。你让我变成了流亡者——”

“我们俩的又一个共同点。”塔基扬酸涩地说道。

“对，还有那个男孩。”波利亚科夫示意了一下门口，“还有一段无法消除的过去。”

他又开始用手指捏嘴唇了。塔基扬好奇地伸着头，想要悄悄溜进他那层层叠叠的秘密心灵，但又坚定地压下了这股欲望。塔基斯星人的原则是不能侵犯朋友的心灵，而他们两人在东柏林和西柏林所建立的友谊还剩下一些，所以他应该遵守这一原则。但这么些年来，塔基扬还没见过波利亚科夫如此躁动不安。外星人突然开始回想去年的各种小事：布拉斯去睡觉之后他们喝酒到深夜；塔基扬和布拉斯在勃拉姆斯的匈牙利舞曲声中冲向钢琴和小提琴时他也看得兴致勃勃，完全没有批评他们的意思；他阻止布拉斯拿周围那些可怜的普通人练习他可怕的能力。

塔基扬穿过房间，蹲在年长者面前，胳膊放在波利亚科夫的膝盖上以保持平衡。“就这一次，别神神秘秘的了，俄国人，直白地告诉我你想要什么，你害怕什么。”

波利亚科夫突然抓住了塔基扬的右手。*痛苦！*灼热的火焰燃烧起来，从他的胳膊向上窜，穿过他的身体，他的鲜血都开始沸腾了。汗水从毛孔向外冒，眼睛里满是泪水。塔基扬瘫倒在地上，用手肘将自己撑起来。“燃烧的天空啊！”

“相当适宜的感叹，”波利亚科夫苦笑着，“你们塔基斯星人，永远这么聪明。”

塔基扬拿出手帕擦拭大汗淋漓的脸，但是眼泪还在流。他费劲忍住了，没有呜咽。

俄国人皱着眉头俯视他：“你这是怎么了？”

“你就不能直接告诉我你是个王牌吗？”塔基扬痛苦地喊道。

波利亚科夫耸耸肩，站起来从胸前的口袋里抽出一块手帕。塔基扬的手指激动地紧攥着他自己那块浸湿的手帕。

“你到底是怎么了？我只是让我的火焰小小地舔舐了你一下。”

“我携带着百变王牌病毒，所以这小小的舔舐可能会触发病毒。”

塔基扬意识到自己被结结实实地抱住了。他挣扎开来，狠狠擤了下鼻涕。“所以今天是分享秘密的一天，对吧？”

“多久了？”

“一年了。”

“我要是知道——”

“我懂，我懂，你知道的话就不会用这个小小的展示来吓得我魂不附体了。”他的衣服散发出汗液和恐惧的臭味。塔基扬开始脱衣服。“所以现在我知道为什么你这么想要聊聊了。”

“问题在于我不仅是百变王牌携带者，”波利亚科夫嘟囔道，“我还是俄国人。”

“对，”塔基扬转身走进浴室，“我知道。”响亮的水声压过了波利亚科夫的话语。“什么？”

波利亚科夫埋怨着走进浴室，放下马桶盖，坐在上面。透过浴帘，塔基扬听到金属敲击玻璃的咔哒一声。

“你在喝什么？”

“你觉得呢？”

“我也要喝。”

“现在是早上八点。”

“所以我们可以醉醺醺地一起下地狱。”塔基扬接过酒杯，喝着伏特加，任由水流打在他的肩膀上。“你喝得太多了。”

“我们两人都喝得太多了。”

“没错。”

“这场大会上有个王牌。”

“这场大会上的王牌多了去了。”

“一个秘密王牌。”

“对，他就坐在我的马桶上。”塔基扬从浴帘里探出头来，“还要说多久？你就不能别这么小心谨慎，多信任我一点吗？”

波利亚科夫重重叹了一口气，盯着他的双手，好像是在数手背上的毛发。“哈特曼是个王牌。”

塔基扬把头缩回浴帘里。“胡说八道。”

“我告诉你，是真的。”

“有证据？”

“只是怀疑。”

“那可不行。”塔基扬关上水龙头，从浴帘里伸出手，“毛巾。”波利亚科夫把一块毛巾搭在他胳膊上。

外星人走出淋浴，站在镜子擦干他的齐肩红发，同时审视自己的形象。他的左臂和左手上都有伤疤，是在“拯救天使脸”的十一小时行动中弄伤了骨头，医生帮他做手术之后留下的。大腿上起皱的疤痕是巴黎一个恐怖分子的子弹留下的痕迹。右胳膊的二头肌上有道长长的伤疤——来自一场跟表亲的决斗。“活着真是不容易，对吧？”“你多少岁了？”俄国人好奇地问道。

“根据地球的转动周期来计算，大概八十九或者九十吧。”

“我刚遇到你的时候我还很年轻。”

“对。”

“现在我已经又老又肥，而且内心充满了可怕的恐惧。你可以轻而易举地查明我的恐惧是真实还是错觉。探测哈特曼的心灵，读他的心，然后行动。”

“格雷格·哈特曼是我的朋友。我不会探测朋友的心灵，我连你都没有探测。”

“我允许你这么做，这样能帮助我说服你。”

“天呐，你肯定是怕得要命了。”

“我就是。哈特曼很……邪恶。”

“这个词从你这样的辩证唯物主义者嘴里说出来太奇怪了。”

“但是，这个词很贴切。”

塔基扬摇摇头，走进卧室，在抽屉里翻找干净内衣。他能感觉到格奥跟在他后面，一个健壮烦人的存在。“我不相信你。”

“不，你不想相信我。我们有着本质上的不同。对于哈特曼早年的人生你知道多少？他的足迹后面跟着一大堆离奇的死亡和破碎的人生。他的高中足橄榄球教练，大学室友——”

“所以他总是很不幸地处在暴力事件周围。这并不意味着他是王牌。还是你觉得就因为这些事情和他有联系，他就该受到谴责？”

“那他作为一个政客，被绑架了两次，都莫名其妙地逃出来了，你怎么解释呢？”

“有什么莫名其妙的？叙利亚那次，女巫反过来对付她的哥哥，把他捅伤了，由此引发了一场骚乱，他是趁乱逃出来的。在德国——”

“我之前跟女巫合作过。”

“什么！”

“我刚来美国的时候，还有吉姆利，那个可怜的傻子。现在吉姆利死了，女巫不见了，恐怕也死了。她是过来揭露格雷格·哈特曼的真面目的。”

“空口无凭。”

“塔基扬，我没有撒谎。”“对，你只说对你有利的话。”

“吉姆利有所怀疑，现在他死了。”

“哦，所以说伤寒克罗伊德也是格雷格的责任咯？吉姆利死于病毒，不是死在格雷格·哈特曼手上。”

“女巫呢？”

“给我看尸体，我要看证据。”

“德国呢？”

“德国怎么了？”

“军事情报局的一等一高手负责那次行动，后来他像个新手一样逃跑了。他被操纵了，我告诉你！”

“你告诉我！你告诉我？你什么都没告诉我！永远含糊不清地绕弯子。根本没东西支撑你这异想天开的指控。”

“你去探测一下又怎样？读他的心，证明我错了。”

塔基扬的嘴执拗地紧抿着。

“你害怕了。你害怕我跟你说的都是真的。这跟塔基斯星人的荣誉感与沉默寡言不相干。这是你的怯懦。”

“没有几个人能在跟我说出这番话之后还活在世上。”穿着衬衣的塔基扬耸耸肩，恢复了几乎演讲一般的干瘪语气，“作为一个王牌，你必须考虑到政治气候。假设如你所说，格雷格·哈特曼是个秘密王牌——那又怎么样？拥有政治抱负的人隐藏了携带百变王牌的事实，这没什么可疑的。这里不是法国，在那里王牌是时髦，在这儿可不是。而且你把自己是王牌的秘密藏了一辈子，却责怪起他来了？”

“他是个杀手，塔基扬，我知道。所以他才要隐藏起来。”

“猎狗们正在聚集，格奥。他们在我们身后紧追不舍。很快他们就会想要品尝血液的滋味。只有格雷格·哈特曼才能帮助我们对付那股恨意。如果我们抹黑哈特曼，我们就是在为巴奈特和他的疯子拥趸开路。你当然不会有事，你可以躲在这副平凡无奇的面孔之下，但其他人呢？公园里聚集的那些被我创造出来的畸形孩子们怎么办？他们的模样所有人都能看见。我怎么跟他们说？告诉他们那个二十年来一直保护他们、维护他们的男人其实很邪恶，必须被摧毁，因为他有可能是个王牌，因为他保守了他是王牌这个秘密？”

塔基扬突然想到了另一种可能性，他双眼瞪圆了。“我的上帝，也许把你派过来的原因就是这个——扳倒克里姆林宫害怕的那个候选人。如果哈特曼当了总统——”

“你在胡说些什么？你是不是耸人听闻的间谍小说看多了？我是逃命逃出来的。克里姆林宫的人以为我死了。”

“你怎么证明？我为什么要相信你？”

“只有你才能回答这些问题。不管我说什么做什么都无法令你信服。我只想告诉你一件事——过去这一年我们一起度过，你至少应该知道我不是你的敌人。”

波利亚科夫走向门口。

“就这样？”

“反反复复的循环争执毫无意义。”

“你漫步进来，平静地宣布格雷格·哈特曼是个嗜杀的王牌，又漫步出去？”

“我把我所知道的都告诉你了。现在由你决定，舞者。”他似乎内心纠结了一会儿，又补充道：“如果你不打算行动，那我警告你——我会行动的。”

♠

过街之后杰克意识到根本不需要忍耐七月的热度：他可以从桃树商场借道回万豪。清凉的空调缓解了燥热。他坐着电梯来到顶楼，正好碰上一群支持巴奈特的灵恩派天主教徒，全都绕着圈走，数着念珠，吟诵着万福玛利亚，身上还挂了广告板，上面贴有那位候选人的照片。还有些标语，有的写着“阻止百变王牌暴力”。这一周的总标语是“把百变王牌送进集中营”。

真奇怪，杰克心里想道。巴奈特公开说过罗马教会是撒旦的工具，他们居然还为他祈祷。

他从他们身边走过，额头上的汗液都变凉了。两个浑身戴满杰西·杰克逊徽章的黑人小孩来回扔着塑料泡沫滑翔机玩。戴着蠢帽子的代表们在餐厅里游荡，搜寻早餐。

其中一架滑翔机飞向杰克，眼看就要落地了。杰克咧嘴一笑，在它撞上地面之前抓住了它，他抬起胳膊，打算把它扔回给那两个小孩。但是他突然定住了，惊讶地盯着滑翔机。

这架塑料泡沫滑翔机被做成了游隼的样子：她的翅膀向外伸展了大约两英尺，饱含爱意的细腻笔触描绘出那对美丽的双峰，杰克在“一叠卡牌”上时曾经好几次凝视过，每次都过目难忘。只有尾部的结构跟她的身体没什么关系，大概是出于空气动力学方面的考虑。尾巴上印着一行小字：飞行王牌滑翔机（集齐全部）。

杰克想知道游隼有没有收到版税。

那两个孩子离他大概十五码，等待着他们的滑翔机。杰克的手向后扬再向前扔出去，若干年前他也是用这种姿势来扔橄榄球的，再加上一点他的能力。一圈淡淡的金色华光在他身上闪耀。滑翔机在商场里沿着直线快速向前，像飞行的昆虫般发出嗡嗡声。

孩子们先是盯着滑翔机看，然后盯着杰克，然后又盯着滑翔机，然后他们跑了起来，开始追逐他们的游隼。

很多人都盯着他，杰克莫名升腾起一股乐观情绪。也许回归公众视野也没有那么糟糕。他大笑着在商场里大步慢跑起来。

后来他遇上了卖滑翔机的人，样品都放在他前面的折叠桌上。杰克认出了跃闪杰克和喷气机小子的一号飞机，还有个像飞盘一样的东西，明显就是模仿灵龟的龟壳。

杰克向在万豪门口负责安保的警察出示了自己的身份证件和房间钥匙，走进文丘里管①一样幽深的大堂。万豪是哈特曼的大本营，目之所及，所有人都戴着哈特曼的徽章。飞行王牌滑翔机从上面的露台俯冲而下，大胆地在人们的头顶上绕着圈飞行。在某个看不见的地

① 一种腰部较两头略细的管道。——编注

方，有人正用可携带管风琴演奏《向前冲》。

杰克走向前台，想看看有没有人给自己留言。查尔斯·德沃恩让他打电话给自己，还有个乔治亚的小明星也让他给她打电话。杰克回想了一下，是哪个，波比？丰满的红头发？还是《锁链女囚》里的金发女？整场派对中她有一半时间都在大谈她昂贵的种植牙或者展示她的防赘肉锻炼，是她吗？

不过在这场大会中应该不会有时间享受私人生活。

杰克把留言放在口袋里，离开了前台。一架飞行王牌滑翔机落在他的双脚前方，他自然而然地伸手去捡，这时看到了模塑的白围巾、飞行员头盔和皮夹克。

杰克盯着手上拿着的滑翔机看了很久。*你好，厄尔，他想。*

一时间，他觉得一切都会好起来：他会跟塔基扬和解；也许格雷格·哈特曼能够说服海勒姆·沃切斯特那样的老派顽固分子；也许其他人已经忘记了四王牌、非美活动调查委员会和杰克的背叛；也许他能够回归公众视野，好好完成一些值得做的事情，不再被过去的幽灵纠缠。

*振作起来，农场男孩。*真有趣，尽管过了这么多年，他还是知道如果厄尔·桑德森还在的话会对他说些什么。

杰克挺直了背，抬头看向人群，好奇是谁把滑翔机飞到他面前，提醒他过去的一切都还没有被忘记。他刚才的样子肯定很奇怪，天知道，他就那样弯腰看着滑翔机，脸上满是内疚的表情，他的朋友兼受害者在他的手上晃荡。

*再见，厄尔，*他心想。你保重。

他的手向后扬了扬，扔出滑翔机，它呼呼地在大堂里飞行，越飞越高，最后消失在视线中。

◆

格雷格能感受到那股渴望。

跟政治无关，也不是因为这周末他很可能成为民主党的候选人。

他坐着万豪的电梯下楼，去跟杰克·布劳恩以及海勒姆·沃切斯特吃早餐，那股渴望像是发光的磷火在腹部燃烧——这跳动的暴力倾向不是几块牛角面包和几口咖啡就能解决的。

这是玩偶人的渴望，它想要从痛苦中汲取养分。

他内心的纠结肯定反映在了脸上，所以他的助手艾米·索伦森凑到他身边，犹豫着把手放在他肩膀上。“先生……？”

比利·雷被指派为这次大会上哈特曼的私人保镖，此刻他穿着一尘不染的刽子手制服站在电梯前面回头看他。格雷格强迫自己打了个哈欠，摆出一副职业化的笑容。“只是累了，艾米，仅此而已。竞选活动进行得太久了，上帝啊，这周会更漫长。给我点咖啡就行了。要准备好面对一拨又一拨人群了。”艾米咧嘴笑了，比利·雷的注意力重新集中到电梯门，完全无视万豪巨大到不真实的大堂。

“艾伦还好吧？”

“还好，还好。”格雷格看着大堂的地板不断上升，一架大型泡沫塑料滑翔机懒懒地盘旋着，飞向下面餐厅里拥挤的人群。电梯在半空中遇上了这架滑翔机，格雷格看到机身是一位女性的形象，长着一双鸟一样的翅膀。它看起来格外像游隼。看到这一架之后格雷格意识到还有好些泡沫飞机在大堂上空表演杂技。“自从第一次妊娠之后她就再没有晨吐了。我们都很好。就是累了。”

“你从来没有告诉过我——你想要男孩还是女孩？”

“无所谓。只要健康就好。”

楼层指示灯闪烁着，格雷格的耳朵因为压力变化而嗡鸣。内心的玩偶人在嘶吼。*你根本不好。给我几杯咖啡……*玩偶人全身散发着厌恶。*你知道我等了多久了吗？你知道已经过去多久了吗？*

安静点。我们现在什么都做不了。

那最好别让我等太久。快点，听到了吗，小格雷格？

格雷格费了好大的劲才强迫这股力量回到心灵牢笼里。玩偶人挣扎着，源源不断地冒出愤怒之气，抓着栏杆嘶吼晃动。

最近，它经常晃动栏杆。

这个问题是最近几个月才刚出现的。一开始频率很低，他猜测这是因为竞选活动周期太长，令人疲惫，才出现了这种反常之态。但后来这种事越来越频繁。

玩偶人和受害者之间会竖立起一道心灵高墙。正当他要从那些暗黑暴力的情绪中汲取养分时，他被挡住，被某种外界力量推开了。玩偶人哀号连连，因为和玩偶之间的联系被切断了。

他曾经祈祷这个问题会自行消失，但是并没有，反而更严重了。在过去的两个星期里，每次玩偶人想要进食，阻碍就会出现。最近，他发现一旦玩偶人被阻止，他心里就会泛起嘲讽的笑声，那轻如耳语的细小声音就在认知的边缘回荡。

格雷格内心的力量愈发绝望和难以控制。格雷格害怕内心的挣扎会显现出来。

你再让我等下去，我就让你看看真正的玩偶。我会详细地向你展示我们之中到底谁是控制者。

在某一瞬间，这股力量逃脱了哈特曼的控制，肆无忌惮地向他挑衅。格雷格强行让它沉默下来，但是他用心灵牢笼围困玩偶人时，它又会尖叫，胡言乱语，大声吵嚷。*你这个该死的玩偶，你听到我说的话了吗！我会让你满地爬的！明白吗？你跟我一样需要养分。我要是死了，你也会死。少了我，你什么都没有！*

格雷格因为尽力压制它而冒出汗珠，但是他赢了。他闭上眼睛靠在轿厢里，就在此时，电梯停在了一楼。内心的玩偶人陷入了阴郁的沉默，艾米则关切地看着他。

电梯门开了，大堂的凉爽和噪声向他们袭来。大堂里的人大多戴着哈特曼徽章和帽子，他们看到格雷格之后立马尖叫着冲向他。等候在旁的特工身手敏捷地挡在支持者们前面，格雷格挥手微笑，众人开始齐声高喊：“哈特曼！哈特曼！”整个大堂都回荡着呼喊的声音。

艾米摇摇头。“真是场马戏表演，嗯哼？”

雷护送格雷格去私人包间，他将在这里与海勒姆和布劳恩会面，再登上外面属于他的舞台。

格雷格走进包间，这里的空调比大堂的更强力，他颤抖着抚摸自己的胳膊。

里面只有杰克——黄金男孩——这个高大英俊的人在四王牌的鼎盛时期就是这副样子，四十年来一点都没变老。这个人曾经当过电影明星，现在也还保持着帅气的模样。他站起来问候格雷格。布劳恩似乎很顺从，这点格雷格毫不意外。其实他也不知道杰克想不想和解。但说实话，他也不在乎杰克是高兴还是不悦——格雷格打定主意要让这两个人冰释前嫌，至少在公开场合表现出和好的样子。

“参议员，艾米。”布劳恩说着，眼神在艾米身上逗留的时间略长，格雷格对此也毫不意外，他知道他们俩之间有私情。玩偶人知道很多隐情。“早上好，艾伦怎么样？”

“肚子每天都变大一点，”格雷格回答道，“而且还很疲惫，大家都很疲惫。”

“我知道你的意思。准备好打一场正义之战了吗？”

“我以为我们已经开打了，杰克。”格雷格评论道。跟布劳恩的诚挚比起来，他的声音显得阴沉而急躁，不过他强迫自己微笑。

布劳恩眼神古怪地瞥了格雷格一眼，但还是笑了。“你说得也是。你知道加利福尼亚人的，这里太糟糕了，每个人都像是在倒时差。我每天晚上都跟那些摇摆不定的超级代表彻夜长谈。我觉得我们达成了一些共识。对了，你好像说了沃切斯特会过来的。”

“你早上没看见他？”格雷格不安地皱着眉头。

“还没有。少吃一顿饭这种事实在太不像他了——不过他也可能是自带了，我听说他连美丽世界餐厅都看不上。”他苦着脸耸耸肩，“嘿，我知道你希望我们俩能一起吃个早餐，摒除异议，我很感激你的安排——我也想跟他和解，但是也许海勒姆不像你以为的那么宽宏大量。”

“我不这么认为，杰克。”

杰克歪着嘴苦涩地冲着格雷格一笑。“他也没有给你端上装着三十个银币的盘子。”

“艾米……”格雷格开口道。

“我去找，先生。”他的助手说道，“我就算饿死也要把他找到，给我留点吃的好吗？”

她离开包间之后格雷格转向布劳恩。“嗯，我们开吃吧。海勒姆来就来，不来就算了。”这番话带着格雷格不曾预料到的尖锐之气。现在玩偶人在他心里不断冲击着阻隔，他没心情玩游戏。布劳恩再次眼神古怪地看着他，但是这个王牌还没开口，格雷格就摇摇头挥挥手，甩掉了怒气。“天哪，我的语气太差劲了，杰克。真抱歉。我今天早上状态很不好。我觉得我是该来一杯咖啡了，你说对吧？”

♥

奇怪，杰克心想，以前格雷格·哈特曼的存在从未让他觉得不舒服。而且是这个男人说服他不再逃避、加入竞选团队的，但现在，他跟这个他心中的下一任总统面对面，却有什么东西不见了。

我太累了，杰克想，格雷格也是。没人能每分每秒都保持魅力。

他给自己倒了杯咖啡，杯子在碟子上当啷地响——宿醉，或者只是紧张。如果不是格雷格喊他参加这次会面，他肯定不会来的。“我在外面看到一辆坐着纳粹的车子，”他说，“穿着制服的纳粹。”

“三 K 党[①]也来了。”哈特曼摇摇头，“可能会出现严重的冲突。疯狂的右派就喜欢这种事情——给他们增加曝光度。”

“好在灵龟在这儿。”

“对。”哈特曼看了他一眼，“你没见过灵龟，对吧?”

杰克抬起手。“求你了。”他用微笑来掩盖紧张，“每天一场和解就足够了，好吗?”

哈特曼拧着眉毛。“你们之间有问题?”

杰克耸耸肩。“我觉得没有，但是我就是……觉得可能会有。”

哈特曼向杰克走了一步，一只手搭在他的肩膀上，眼睛里满是关切。

“你想多了，杰克。你觉得所有人都因为你的过去而对你怀有敌意，但不是这样的。你必须放下防备，允许别人接近你、了解你。”

杰克盯着杯子里旋转的咖啡，想着厄尔·桑德森旋转着坠毁在他脚边。“好吧，格雷格，”他说，“我尽量。”

“你对于竞选活动很重要，杰克。你是加利福尼亚代表团的领头。如果你不适合这份职位，我根本就不会选你。”

“我会给你带来一些争议，我跟你说过了。”

“你很重要，杰克。你是很多年前某件坏事的代表，我们都不想让那种事再次发生。四王牌中的其他人是受害者没错，但你也一样。他们付出的代价是坐牢、流放或者死亡，但你……”哈特曼脸上泛着男孩般半是道歉的笑容，“也许你付出的代价是自尊。从长久看来，谁能说这个代价不昂贵呢？他们的痛苦结束了，但你的还在继续。我觉得很久以前你们之间就扯平了，而且你们都付出得太多太多了。”他捏捏杰克的肩膀。“我们需要你，你对我们很重要。我很高兴你在

---

① 三 K 党（KU Klux Klan，缩写为 K. K. K），是美国历史上和现在的一个奉行白人至上和歧视有色族裔主义运动的民间排外团体，也是美国种族主义的代表性组织。

我的队伍里。”

杰克盯着哈特曼，冷嘲热讽的感觉就像丧钟在心中回荡。格雷格是认真的吗？他只不过是自尊受到了损害，能跟他们失去生命、丧失理智和监狱服刑相提并论吗？在这副诚挚的表情之下，哈特曼肯定在大声笑话他。

杰克摇摇头。自从在“一叠卡牌”上第一次见到哈特曼的那时起，杰克就一直觉得这是个能让他自我感觉良好的男人。他现在说的这些话跟以前对杰克说的没有本质上的区别，但总让人觉得像是一个政客条件反射式的故作姿态，而非出自一个朋友的真诚。

“出了什么事吗，格雷格？”杰克脱口而出。

哈特曼放下搭在他肩膀上的手，身体半转。“抱歉，”他说，“每件事情都绷得有点紧了。”

“你需要休息。”

“我猜我们都需要。”哈特曼清清喉咙，“查尔斯说你昨天晚上帮了我们不少忙。”

“我帮某些国会议员弄到了酒和女人，仅此而已。”

哈特曼笑了起来。“查尔斯把他们的名字和房间号码给我了，我们吃完早餐之后我就给他们打电话。也许——”

包间的门开了，杰克吓了一跳，连咖啡都弄洒了，他转头看到进来的人并非海勒姆·沃切斯特，而是艾米。杰克伸手去拿餐巾纸，为自己的过度紧张有些尴尬。

“很抱歉打扰各位先生。我刚接到皮草从鬼牌镇打来的电话。出现了一个潜在问题——刚刚发现蝶蛹死在了纽约。是死于王牌能力。”

杰克心头涌起一阵惊讶。他跟蝶蛹在“一叠卡牌”上共同度过了好几个月，虽然他在她旁边时总是不自在——透明的肌肤里那些器官和肌肉总让杰克回想起自己在二战和朝鲜战场看到的景象——但因为蝶蛹对待自身畸形的那份态度，他对她始终有些莫名的敬意。她说话总是带着有教养的口音，抽烟斗、玩古董纸牌，一脸冷漠的态度。

哈特曼的脸僵住了。等他开口说话时，声音明显很紧张。“还有其他细节吗？”

“看起来是被打死的。”艾米噘着嘴，“巴奈特可以用这个做一番文章——这就是需要限制的‘百变王牌暴力’。”

“我跟她很熟。”哈特曼声音紧绷。他向来是个对朋友开诚布公的人，此刻脸上却如同戴了假面，这一点很反常。杰克在想蝶蛹的死是否有什么他不知道的内情。

“昨天晚上托尼·考尔德伦入住了酒店，”艾米说，“也许你应该让他准备一则声明，以防巴奈特用这件事大做文章。”

哈特曼叹了口气。“好吧，不得不防了。”他转向杰克，“杰克，恐怕我要抛弃你了。”

“要我走吗？”

哈特曼看着杰克的时候眼神里满是关切。“你留下来的话我会很感激。你和海勒姆·沃切斯特是我最忠实的支持者——如果你们能求同存异，那对我来说就太好了。”

杰克思考了一会儿，他想知道犹大和圣保罗是否会求同存异。

他叹了口气，这种事迟早会发生的。“我对沃切斯特没有意见，格雷格。是他对我有意见。”

哈特曼微笑起来。“好的。”他说着抬起手，再次捏捏杰克的肩膀。

哈特曼和艾米离开之后包间显得空空荡荡。杰克看着自助早餐慢慢变凉。

厄尔的滑翔机在他的心里一次又一次地坠毁。

上午9点

“萨拉，”瑞奇·巴恩斯说，“你不要再纠结哈特曼的事情了，你都快被搞疯了，完全成了强迫症。”

他们在李·佩普餐厅临窗的一张盖着绿色格子油布的圆桌旁坐下。窗外，一群戴着花哨领带的农业州代表们沿着桃树中心铺着瓷砖的内部直路前往凯悦酒店大堂。这家餐厅里面也坐着不少代表，正跟桌上的蕨类植物争夺位置，好把手肘放上桌，再用清淡的“新蛋菜”给自己补充能量。这种菜式无论是在快餐厅还是酒店餐厅，点的人都多到要等一个世纪。

“滚石乐队说过这是80年代的疾病。”萨拉·摩根斯特恩跷着二郎腿坐着，正用刀子解剖她的炒蛋。她的淡金色头发从左向右梳，身上是一条简单的粉色及膝连衣裙，袜子是纯黑色，脚踏一双白色高跟鞋。

巴恩斯吃了一口他自己的豆腐和菠菜炒蛋。他穿的是严肃的黑色套装，此刻外套正挂在圆形椅背上，上半身的背带加白衬衣让他看起来很像《风的传人》[①] 那个年代的南方卫理公会派牧师，只不过多了金丝边雅痞眼镜。

“我以为艾滋才是80年代的疾病，”他说，“但是说真的，这里不是你熟悉的鬼牌镇，差别大得很。你在亚特兰大写的所有东西都会被送给华盛顿方面，他们可不会像纽约分部一样容忍你的小缺点。格雷格参议员是《邮报》的特殊宠物，他简直就像是被凯蒂·格拉汉姆一手创造出来的。你要是冲他扔石头，他们肯定不会很高兴。”

“我们是记者，瑞奇。”她伸手向前凑，好像是要触碰他放在盘子旁边的手，但就在白色手指即将触碰到牛奶巧克力色手指时，却停住了。瑞奇没有反应。他们是老朋友，好几年前他曾经参加过她在哥伦比亚大学开设的研训班，他知道她的欲言又止与他的种族无关。“我们报道的是事实真相。”

---

① 一部20世纪60年代的美国电影。

瑞奇摇摇头，他的头发比较长，梳理得很整洁。“萨拉，萨拉。你没那么天真吧。我们报道的是老板或者同事们想看到的。如果真相很不幸地不属于这一类别，那么就不会得到多少支持。再说了，正如那位洗手的人问过的①，真相是什么？”

“真相是——格雷格·哈特曼是杀人犯，是怪物。我要曝光他。”

♣

海勒姆·沃切斯特摇摇晃晃地走进包间时，杰克吓了一跳，还没来得及理性思考就条件反射似的从椅子上站了起来，反应过来之后又坐回到椅子上，继续抽烟喝咖啡。他和海勒姆一起在“一叠卡牌”上待过，尽管算不上是朋友，但没必要那么拘泥于礼节。

海勒姆看上去就像一夜未眠，他一言不发地走向自助台，拿了个盘子开始装食物。

杰克感觉到头皮开始冒汗，心脏似乎每隔几秒就会改变速率。你是怎么搞的，他质问自己，怎么这么紧张？他狠狠抽了一口骆驼烟。

海勒姆不停地往盘子里装食物。杰克开始怀疑他的百变王牌能力是否突然影响了他的视觉。

海勒姆转过身坐在杰克对面的位置上，嘴里嚼着一块油饼，但好像并非是在品尝。在一叠卡牌上，他通过控制重力来消除自己的大部分重量，这让他显得莫名敏捷，不过现在好像没在运用此项能力。他用形似大理石的迟钝双眼看着杰克。“布劳恩，”他说，“这次会面不是我的主意。”

“也不是我的。”

“你曾经是我的英雄，你知道吗，在我小的时候。”

---

① 洗手的人指的是本丢·彼拉多。《马太福音》中写道，他拿水在众人面前洗手。

我们总要长大的，杰克心想，但是决定不说出口，就让对方宣泄一下吧。

“我从来不觉得自己是个英雄。”海勒姆继续说。杰克觉得这番话他准备很久了。“我是个开餐厅的胖子，从来没有登上过《生活》杂志的封面，也没主演过电影，但是至少我对朋友是忠诚的。”

那你太棒了，好朋友。这一次杰克差点就开口说出来了，但是他又想到了厄尔·桑德森落在万豪酒店地面上的样子，于是什么都没说。

他把汗水从眼睛里眨出来。我为什么要这样对自己？他心想。

海勒姆还在说话，像个机器人似的。“格雷格告诉我你在加利福尼亚干得很不错，他还说要是没有你的名人效应和你募集到的钱，我们可能早就输了。为此，我很感激，但是感恩不代表信任。”

“我不会信任政坛的任何人，沃切斯特。”杰克说完就开始思考这种时下流行的愤世嫉俗是否出自他的真心，因为他确实相信格雷格·哈特曼，知道他是个真正的好人，这三十年来他最希望看到的一件事就是此人能赢得大选。

“最重要的就是帮助格雷格·哈特曼赢得竞选，布劳恩。里奥·巴奈特就是美国版的真神之光，记得叙利亚吗？记得街上被乱石砸死的鬼牌吗？”海勒姆的眼睛里闪烁着诡异的光芒，他举起紧握的拳头，完全忘记了里面还有半个油饼，“如果他失败了，我们就将面对那样的情况，布劳恩！他们会不惜一切代价来阻止我们。他们会贿赂、诽谤、诱惑、施暴，而你会站在哪一边呢？大声说出来。他们开始施加压力的时候你会站在哪一边呢？”

突然间杰克的紧张感消失了。冷酷的愤怒在他心中嗡鸣，他听够了。

“你……不在……那里。”杰克说。

海勒姆暂停了一下，这才意识到膨胀的油饼正从自己举起的拳头的指缝中漏出来。

“你……他妈的……不在……那里。”这一字一句从杰克内心深处那个仿若黄昏坟场的地方缓缓流淌出来，那里没有温暖，只有无尽的秋日草原，点缀着逝去之人的灰色石碑，有厄尔、布莱思、阿奇博尔德·福尔摩斯，还有第五师的小伙子们，所有在横渡拉比多河时丧命的人。散落在各处的一个个简笔画小人，就像卡西诺一战中重型步枪轰出的一团团尘土。

杰克站起来，扔掉香烟。“沃切斯特，作为一个自认为不是英雄的人，你的演讲还算不错。也许你可以考虑在政坛发展。”

海勒姆恶狠狠地快速用餐巾纸擦干净手上残留的油饼。“我告诉过格雷格不能相信你。他还跟我说你已经变了。”

“也许他是对的，”杰克说，“也许他是错的。问题在于，你能怎么办?”

海勒姆扔掉餐巾纸，他庞大的身躯站了起来，如同一座苍白的小山，摇晃着想参与战斗。“我会不惜一切代价!”他狠狠地说道，“这事太重要了!”

杰克龇着牙像个狼人似的笑起来。“你根本不懂，你没有经受过试炼，你甚至没有到达过那种地步。”他假笑了一声，就是演员巴兹尔·雷斯伯恩站在矮墙上嘲笑农民时的那种笑声。“我的事情大家都了解，沃切斯特，但是还没有人对你施加过压力。没人要求你背叛你的朋友。你根本没到过那种地步，而且不到那个时候你根本就不知道自己会做出什么。”他再次微笑，“信我这一次。”

海勒姆似乎被杰克的笑容吓到了，瞬间一脸苍白。让杰克吃惊的是，这个高大的男人踉跄着后退了几步，跌坐在椅子上，椅子被压塌之后，里面的弹簧都跳出来了。他就像是喘不过气一样拼命拉扯着衣领，脖子上一个可怕的伤口显现出来。

杰克惊讶地盯着眼前这座小山融化成棉花糖。

突然间，杰克觉得非常疲惫，残留的宿醉感在太阳穴突突地跳，他不想再看到海勒姆了。

他直接走向出口。

他在门口停下。“我是为了格雷格才过来的，”他说，“我想你也一样，所以我们就告诉格雷格我们现在是好朋友，我们会做我们该做的事，可以吗?”

还在扯着衣领的海勒姆点点头。

杰克进入走廊，关上了包间的门。他觉得自己像是个欺负胖小孩的校园恶霸。

走廊那头传来嘈杂的声音，是第一天来到这里的与会者们。杰克走了过去。

上午 10 点

格雷格厌倦了跟杰克前一晚用女人讨好的代表们聊天，厌倦了装出一副热情的样子。

竞选活动刚开始时亚历克斯·詹姆斯就成了他的玩偶。多数被指派给格雷格的秘密特工都吸引不了玩偶人的兴趣——他们太尽忠职守，没有能让他汲取养分的隐藏缺点。但是亚历克斯……他逃过了一系列心理测试和背景审查。跟比利·雷一样，亚历克斯的心灵中蜿蜒着一道可口的施虐癖好，还点缀着想要炫耀和滥用能力的翡翠色渴望。放任他不管的话，他会对职责过分热心，驱赶人群时总是格外粗暴，他喜欢面对紧张局势，而非大事化小。但没有人意识到他有什么问题。

不过玩偶人知道。玩偶人能看到心灵里的所有缝隙，而且知道如何让它们进一步扩大。

格雷格坐在酒店套间的客厅里。嵌入墙壁的柜子里放着天顶电视机，此刻调到了电视台，丹·拉瑟正在报道此次大会的开幕。格雷格谨慎地放下关着玩偶人的牢笼栏杆，这股力量猛地蹿出来，搜寻亚历克斯的位置。格雷格刚刚看到他就在外面的走道里，知道雷派他去检查楼梯间了。楼梯上总是有人，比如有的说客会想办法来到候选人所在的楼层，还有记者、想求一睡的粉丝，有的只是好奇而已。估计亚历克斯会有所收获。玩偶人出击，蜷缩在这位安保人员的那片心灵里他最熟悉的隐秘处。这一次，这股力量叹息道。这一次。

小心点，格雷格警告他。记住最近发生了哪些事，不要操之过急。

玩偶人用嘶吼来回应。闭嘴，现在已经没事了！一切都在按我们的计划发展。蝶蛹终于被处理掉了。怪人会找到夹克，而且我们派了麦基去追唐斯。大会到目前为止都很顺利。我需要这个。你难道就感觉不到饥饿吗？记住，要是没了我，你也要完蛋，我会确保这一点。

威胁完之后，他调转方向，突然燃起贪婪的欲望。透过玩偶人，格雷格感觉到了亚历克斯的一股期待。他知道这意味着什么——这位安保找到了什么人。格雷格都能想象出那幅场景：大概是某个耐特人小孩，穿着石磨牛仔裤，恤上别着过大的“支持哈特曼 1988”徽章，脸上戴着廉价的鬼牌镇面具，遮挡住正常得不能再正常的脸。亚历克斯会盯着那孩子看，手离外套下面的隆起不必要的近，然后大喊着命令对方离开。

玩偶人冲进亚历克斯的情绪基质，推开厚重的层层蓝色职责，还有与之捆绑的皮棕色道德，找到橙红色的核心，那是疯狂的暴虐。玩偶人培育着它，轻而易举地将它煽动成灼热的火焰。现在……

（亚历克斯这一次会大喊大叫，伸长脖子，脸颊充血泛红。他会伸出手，一把拽住对方的 T 恤，竞选徽章碰撞在一起，像锡制饼盘一样叮当作响，接着他会像对待个不老实的小狗一样拼命摇晃那个孩子。面具会从孩子脸上掉落到地面上，皱巴巴地落在亚历克斯的富乐绅鞋子旁边。）

……没错。玩偶人甚至能品尝到那股滋味，格雷格和他一起品尝。等待他们的是原始的暴怒盛宴。玩偶人渴望地凑过去，再次调整情绪，把设定调得略高一丁点……

（亚历克斯会把手收回，又一巴掌扇在孩子的脸颊上，打得对方头歪向一边。鲜血会从破裂的嘴唇涌出，孩子会突然惊恐万状，又怕又痛地大哭起来。）

……然而那道阻隔再一次出现，就像一道冰冷的黑曜石墙，挡在了他自己和亚历克斯之间，玩偶人只能蹒跚后退。格雷格心中的力量沮丧又愤怒地哀号，一次又一次地撞墙，一次又一次被挡回来。格雷格能听到墙后面的笑声，以及低语声。

就这一次，这一次，他听到那低语声这样说道。

你真是个婊子养的混蛋，哈特曼，但是我总有办法搞定你的，不是吗？我找到了你他妈的弱点。小格雷格，我的老朋友。我找到了你心中该死的玩伴，你就是用了这个王牌来对付我、米莎、摩根斯特恩还有其他人。现在我可以用你的王牌能力来对付你了，我可以让他远离玩偶，我可以让他忍饥挨饿，然后你会变成什么样呢，参议员？这股力量转而对付你的时候你该怎么办呢？声音逐渐消失，只留下嘲讽的轻笑声。

格雷格心里升腾起了恐惧，因为他认出了这个声音。他知道墙的后面是谁了，这让他心如死灰，不住地颤抖。

吉姆利，是吉姆利。

你死了，他冲着声音吼道。你死了！——你的皮肤还被制成标本放在简易博物馆展出，我见过的，你是被伤寒克罗伊德杀死的！

死了？笑声又起。我听起来像是已经死了吗，哈特曼？问问被你困在心中的朋友我到底是真是假。不，没死。只是变了。我花了好长时间才回来……

声音逐渐变小，最终消失了。墙也不见了。玩偶人冲着它原本的所在位置无声地尖叫。

再让我出去，这股力量喊道。还不算太迟，亚历克斯……

不！格雷格看着自己放在大腿上的双手，它们正在颤抖。他感觉到衬衣背后全是汗，肾上腺素在体内飙升。他想跑，想冲自己尖叫。酒店房间里的平凡物件和拉瑟低沉的声音似乎都在嘲笑着他。

他非常，非常害怕。

你必须让我出去，没有别的选择。

不行！

没得选，你明白吗？那股力量冲向他，深深刺入格雷格自身的意志中。格雷格吃惊地倒吸一口气，感觉到自己的存在开始消散。他双手用力，将自己从沙发上推起来，就像个机器人一样，由玩偶人推动他僵硬的双腿穿过房间。格雷格脸上的肌肉定格在痛苦的愁容，他挣扎着想要掌握控制权，双腿因此抽搐起来。他无助地看着自己的手伸向通往卧室的门把手，转动，推开门。

天呐，别这样……

“格雷格?”艾伦坐在床上，一本书靠在隆起的肚子上，“你来摸摸，宝宝折腾了我一早上。”她转头看他，接着她那张具有贵族气质的新英格兰式姣好面容染上了疑惑的神情。“格雷格？你还好吗?”

他感觉到自己全身颤抖，在玩偶人的意志和他自己的意志之间寻求平衡。双方都在牵动身体上的线，想要从另一方手中夺取控制权。格雷格想到这个画面之后，玩偶人冷哼一声。我们是同一个人，你知道吧。我是你的王牌力量。只不过为了生存下去，有些事情我不得不做。艾伦就在这里，利用她。

不！不能这样。

她只是个玩偶罢了。而且比大部分其他玩偶更柔软听话。她的痛苦跟其他人的一样美味。

太冒险，别在这儿，别是现在。

如果不在这儿，不是现在，你就会失去一切，动手吧！

格雷格感觉到自己的身体踉跄着又向前迈了一步，并抬起紧握的拳头。艾伦眼中满是恐惧，她合上书想要挣扎着从床上起来。“格雷格，求你别这样，你吓到我了……”

格雷格完全放弃了对身体的控制，似乎是因为拉锯战而疲惫不堪。玩偶人志得意满地大喊着。他抬起胳膊准备挥出第一拳，玩偶人悠闲地等待着一切按照自己预计的发展，就在此时，格雷格再次进行了斗争。玩偶人没有料想到他会突然袭击，控制权被夺走了。格雷格没有搭理对方的抗争和谩骂，狠狠地将玩偶人推向这些年来不曾到达过的心灵深处，锁在牢笼之中，掩埋了起来。等听不见他的声音之后，格雷格终于停下动作，完全恢复了正常状态。

他站在床边喘着粗气，手还举在空中。艾伦在下面瑟瑟发抖。格雷格松开拳头，坐在她旁边，他的手缓缓放下，抚摸她的脸颊。他感觉到她有些畏缩，于是他开始轻抚她的头发，她逐渐放松下来。

“你没什么可害怕的，亲爱的。”他说完之后想要笑一下，但却听到了痛苦的声音，“嘿，我不会伤害你的，这你是知道的，你是我孩子的母亲，我永远不会伤害你。”

“你看起来很生气，很暴力，就在那么一瞬间——”

“我感觉不太好，没什么，胃痉挛而已。神经紧张——我一直在想这场大会。我吃了些抗酸药。会没事的。”

“你吓到我了。”

“对不起，艾伦，”他安抚道，“请你……”

玩偶人在的时候，一切都很简单，轻而易举地就能让她相信他。但是那股力量现在很不安全，暂时不能使用。艾伦盯着他，他以为她会说些什么，但她只是点了点头。“好，”她说，“好吧，格雷格。”

她依偎在他身边，他向后靠在床头板上。通过他王牌力量的细小触须，他感觉到她放松下来，遗忘了之前的恐惧。自从她怀孕之后，就变得更加关注内在，外部的事情没那么重要了。相比其他可能性，接受他的借口是最好的选择，所以她接受了。这个认识让他稍稍宽心。

我的天，我接下去该做什么？

他能听到吉姆利的笑声，在他的脑海里回荡。

床边的电话响了，格雷格拿起听筒，想着也许这能把侏儒的声音赶走。“我是哈特曼。”

“参议员？”另一端的声音似乎上气不接下气，而且焦虑不安，“我是艾米，坏消息。有传言说今天晚上会有一场硬仗，是关于加州代表的选票……”

吉姆利愉悦的声音越来越响，让他几乎听不见艾米说话了。

♠

两杯伏特加下肚之后杰克的宿醉终于好转了。他已经在套房里待了一个小时了，一直在跟他的副手埃米尔·罗德里格斯打电话，想要召集所有的代表，简单跟他们说一下明天的竞选纲领之争。

有人敲门，杰克告诉罗德里格斯等会儿他会给他打电话的，然后去开了门。艾米·索伦森站在外面，手里拿着个牛皮纸袋，里面装着一沓简报。她的栗色头发被挽成一个高高的髻。

“嗨，艾米。”杰克热情地亲吻了她，把她拉进房间里后，又吻了她一次，但她把头别开了。

“现在不行，杰克。这里不是布宜诺斯艾利斯，我的丈夫也在。”

杰克叹了口气。“所以你是来办公事的。”

艾米离开他的怀抱，整理好身上那件迷人的蓝色套装。“你准备好，”她说，“我有坏消息要说。”

“我准备好了，我几个月之前就准备好了。”

浓烈的烟草、酒精和残存的香水味道让艾米皱起了鼻子。她坐在一张椅子边沿，小心地将一只堆满了的烟灰缸推得远远的。杰克也拉过来一张椅子，反过来坐在上面，越过椅背盯着艾米看。

“怎么了?”

“你听了肯定不高兴。今天晚上我们要对付一场关于加州代表投票方式的挑战。”

杰克盯着她。

“杰克逊那帮人打算对我们发起突然袭击，他们会说‘赢家通吃的初选从本质上来说是对少数派的歧视’。”

“胡说。”杰克立马回答道，“在我的记忆中加州初选一直都是赢家通吃的。”

“他们的算盘是，找一个正当的理由，让每个人都有机会来分解我们人数最多的代表团。”

“我们所做的一切都是按照规矩来的，初选我们赢得光明正大。”

艾米看起来很恼怒。“杰克，规矩是大会定的，他们说什么就是什么。如果把代表们拆开了，那就会产生一系列议会制度和程序上的争斗，所有一切都可能推倒重来。这正是杰克逊、戈尔和巴奈特想看到的——情况一旦乱了，他们得到提名的可能性就提高了。如果他们能在第一轮投票之前把我们操翻，搞得我们程序性失利，那第二轮的时候我们阵营里可能会有人叛变投靠他们。”

“好，太好了。”真奇怪，他始终习惯不了听女人说“操”。该死，现在他连说男人说“操”都受不了。

每次这样的时候让他觉得自己像个老古董。

“一决胜负的关键点就在于那些规矩，谁能最好地利用规矩。你的代表里有经验丰富的国会议员吗?”

杰克在椅子上不安地变换姿势。“我认为我就是。”

“对于议会程序，你了解多少?”

杰克想了一下。“我参加过不少企业的董事会会议。他们的手段之多，说出来你都不敢相信。”

艾米叹了口气。“你认识丹尼·罗根吗？他是我们团队里的资深议员。我希望你能听从他的建议。”

“上次我见到罗根的时候，他醉醺醺地躺在洛杉矶机场一间酒吧的高脚凳下面。”

艾米眼光闪烁，她把栗色的头发从眼前拨开。“他今晚不会喝酒的，我向你保证。”

杰克想了一会儿。“我们有把握赢下这一场吗？”

“不知道。杜卡基斯没有直接表态，他一直都这样。真正能拯救我们的是超级代表们。他们中的大部分是国会议员和参议员，为了避免大屠杀，他们什么都愿意做。为了不让整个国家滑向疯狂，这些人可能会投我们一票。还有，他们对格雷格的了解远胜于对杜卡基斯和杰克逊的了解，对巴奈特的了解就更少了。”

“这一切太疯狂了。”

“1932 年以来，民主党大会一直都是一轮投票后就产生结果的。我们一出来，其他人都开始和解了。”

杰克把下巴搁在手背上。“我记得那次大会。我家人在收音机里收听的。我们一直都支持罗斯福。我还记得得克萨斯的杰克·加纳背叛了史密斯，就因为他这一票罗斯福获得了提名，我爸爸还为此开了私卖的烈酒。”

艾米微笑着看他。“我老是觉得你是个比我年轻的鲁莽小伙。实在很难想象你经历过那么多。”

“在格雷格出现之前，总统候选人中我只在 1944 年为罗斯福投过一票，那时候我还在国外。当时我刚到投票的年纪。1948 年的时候我不知道该投杜鲁门还是华莱士，所以就干脆没投。”

“你差点就投给乔治·华莱士了？”艾米似乎有些震惊，“有点不像你的作风。”

杰克突然觉得自己很苍老。“亨利·华莱士，艾米，是亨利·华莱士。”

“哦，抱歉。”

“跟你确认一下，我说到的罗斯福是富兰克林，不是泰迪。”

“这个我知道，”艾米咧嘴一笑，“跟海勒姆的会面进展如何？我是不是不该问？”

杰克摇摇头。“很古怪，我不知道该说什么。”他看着她，“沃切斯特还好吗？我觉得他可能病了，他看起来不太健康。”

“唔……”

“他脖子上有个大疮。我在哪儿读到过，那种样子的疮是艾滋病的症状。”

艾米震惊地眨眨眼。“海勒姆？”

杰克耸肩。“我跟他不熟，艾米。我唯一知道的事情是，他真的对我没有一点兴趣。”

“好吧。”她短暂地笑了一下，“我猜这意味着你们俩相处得还不错。”

“至少他这次没有给我端上一盘银币。”

“那挺好的。”她伸着头看他。“今天早上我遇到了一个名人，乔什·戴维森，你跟他认识吗？”

“那个演员？他到这里来干什么？”

“他女儿是我们的代表之一。他是到这儿来观摩的。我以为你跟他认识，毕竟你们都是演员。”

“实话实说，也有些演员我从没碰见过。”

“他非常有魅力，真的很优雅。”

杰克咧嘴一笑。“听起来你好像是在考虑一个更年长的，嗯，鲁莽小伙。”

艾米笑了。“嗯，他刮个胡子的话我可能会考虑。”

“我表示怀疑，胡子可是他的标志。”

杰克的一个电话响了起来。他看着桌子上的一排电话，不知道是哪一个在响，艾米站了起来。

“我走了，杰克。可能是丹尼·罗根。”

“嗯。”议会的把戏，杰克心想，可真棒。

又一个电话响了起来。杰克穿过房间，拿起听筒，但只听到了拨号的声音。

看来今天会变成那样的一天。

上午11点

愤怒的麦基哼了一声，扯掉了沾着斑斑点点的墙纸上的日历。日历上印着一个张开的下体，等待他的许可——但他没有——旁边有一圈深色的阴毛以及橄榄色的大腿内侧，一个波多黎各女孩羞涩的笑容飘荡在图片后部的中央区域。

麦基的手指嗞嗞作响，瞬间切开了图片，一张张彩色小纸片飞得到处都是，就像一场纷纷扬扬的雪。这让他感觉好点了。

这感觉，几乎能比得上切割真实物体了。

但是，最开始让他觉得不爽的那件事还在心里游荡，虽然已经缓和了一点：他想追杀的人不在。麦基不太会处理这种失落的情绪。

也许他可以再闲晃一会儿。挖掘者唐斯可能就要回来了。麦基踢翻了一个从出租店购置的、贴有金色木头饰面的矮桌子，一时间小报、赛马新闻和《摄影界新闻》像受伤的鸟儿散落一地，与此同时麦基走进了厨房。煤渣砖和木板搭起的书架上摆着声设牌音响，正将机器人流行乐喷射在他皮夹克背后褪色的缝合线上。

冰箱就像辆50年代的底特律汽车，又大又鼓，铬制边框的虚假光泽都早就暗淡了。唯一缺少的是车顶鱼鳍。他一把拉开冰箱门，里面有几只白色的速食包装盒，半个熟食三明治被保鲜膜包裹着，里面熟肉的颜色就像是过了一晚的瘀伤；还有一盒鸡蛋，盒子的上半部分被扯掉了，有两个蛋壳都被弄破了，似乎是被某个醉汉用拇指捅坏的，而它的一些同伴则正准备转化为第二天早上的炒蛋；还有两组六罐装小国王啤酒和一瓶没名字的忌廉苏打水，原本装着人造黄油的塑料小桶里现在满是各种乱七八糟的东西，主要是霉菌。麦基还看到了几个灰色塑料圆柱体，很明显是用来放胶片的，于是他欢快地把它们都拿出来铺开，房顶上那个光秃秃的灯泡像痔疮似的从天花板上凸出来，散发的暗淡光芒照耀着胶片。

他关上冰箱门，一只手嗞嗞作响，然后直接切了过去。一阵火花之后，这块笨重的金属被割开了，满足的颤动流过他的手臂和阴茎。切割手感最爽的是皮肤，其次就是上好的金属。他抓住冰箱，使劲一拉，让它前后摇晃起来，很难想象他瘦弱扭曲的小身体里会蕴含这么大的力量，接着冰箱砰的一声撞上破裂的地板，这让他心满意足。他将注意力转移到了旁边挤着不少碗橱的水槽区域，水槽里面正堆放着结块的肮脏餐盘，散发出浓烈的排泄物气味，浓稠到甚至要化成实体了。

橱柜就像电视福音传道人的妻子一样被层层包裹，只不过裹住它们的是搪瓷。这么些年来它们从未被修整过，此时散发着油漆的味道，木头内部弥漫的陈年烟味也渗透出来了，强烈程度可以和水槽里的腐烂气味抗衡。他在橱柜里找到了十六包多力多滋，两罐豆子，一罐是打开的，可能是胡吃海塞的时候开的封，过后又忘记了，豆子闻起来如同死掉的野猫，还有一盒糖霜麦片，包装袋上的老虎托尼看起来好像生了病。

“这位是兰迪·圣·克莱尔，我将继续在 107.5 电台接听你们的电话，为你们带来城市里的其他声音，”他回到客厅时广播里飘出播报声，“但首先珊迪会在新闻速报中告诉你们身处亚特兰大的代表们是如何为这个漫长而炎热的夏日一周做准备的，她还将带来危地马拉大屠杀的后续消息，以及鬼牌镇名人恐怖谋杀案的最新进展。珊迪？”

他皱起眉头，蝶蛹那事太糟糕了，老大许诺过会把蝶蛹留给他。现在他永远也不会知道切割玻璃一样的透明肉体是什么感觉了。

那是一个全新的贱人，这让他再次疯狂起来。他在狭小公寓的各个房间里游荡，把他看到的所有东西都砸烂，有时候他陷入狂喜，有时候又冷静下来：这会让我感觉好点吗？肆意毁坏的感觉跟毒品的作用一样。

床的一角垫着教科书：法语书、暗房技术，还有一本关于审讯的警方教科书。床单没有铺平，上面沾染着体液，看见这种东西你应该立马戴上手套，千万别跟它直接接触。他将这些全部切开。

切完之后他又开始对唐斯生气了："老大"不希望这人活着，多活一分钟都不行。

但是唐斯就是不在家，老大不可能因为这个责怪他，这不是他的错。操。他化为虚体穿过外墙，落在走廊上。

就在此时，斜对面的一扇门开了。

“我告诉你，是那些外国人，”一个女性的声音响起，纽约人总是这样好管闲事又爱抱怨，让麦基觉得他们都像是长着肉的大型昆虫，“他们都是毒贩。我在《六十分钟》上看到他们了。那个唐斯先生，他是个类似正义使者的调查记者。我估计他查得太深入，帮会派了人过来砸了他的地方，至少有十来个人，他们弄出了不小的动静，有锤子还有链锯的声音。”

她身穿家居服，脚蹬荧光粉的毛拖鞋，一头卷发夹，还扎着个手帕，像个东河上的一条拖船一样踏入走廊，身后跟着大楼的管理员。那是个黑人，跟麦基差不多高，蓄着胡子，带着点向后梳的灰头发，还戴了一顶蒙特利尔世博会的棒球帽，身穿沾有油漆的灰色连身工作服。他心不在焉地冲女人点点头，还自言自语地嘟囔着，拿出了套在大金属环上的各种钥匙，把挖掘者公寓的那一把挑出来。他没有注意到麦基。

但女人注意到了，她尖叫起来。

麦基笑了，这一天来，这是他听到过的最好听的声音。

管理员抬头看他，在深色皮肤的衬托下，他的嘴特别显粉红。麦基感觉到手不自觉地颤抖起来了。看来今天不至于毫无收获。

◆

杰克看到了欧姆尼中心顶上奇怪的红色金字塔，就像是某种变形的吸声瓦，便朝着它的方向前进。他刚才在桃树中心寻找卖香烟的地方，结果迷路了，绕了一大圈才找到大会的会场。

特德·特纳[1]的欧姆尼中心是用一种新型钢铁建造的，它的设计意图就是要生锈。理论上来说是这样的：生锈能保护材料的内部，而据杰克的观察——杰克自己在过去的三十年里也造过不少建筑——这种理论完全正确。

但是，这玩意真的太丑了。

他缓慢接近大会会场的后门。穿制服的安保人员站在紧闭的门口。杰克冲着戴墨镜的他点点头，试图进门。

“等一下。”安保的声音很刺耳，“你想干什么？”

“去参加大会。”

“参加个屁。”

杰克看着他，名字牌上写着“*康纳利*”。他鼻梁断了，衣领上别着一个小小的银质基督教十字架。

很好，杰克心想，大概是巴奈特的支持者。他从口袋里掏出身份证明和通行证，在安保面前挥挥。

“我是代表，可以进的。”

① 美国媒体大亨，美国有线电视新闻网（CNN）创办人。

“这扇门没人能进，谁都不行。我接到的命令就是这样的。”

“我是代表。”

康纳利似乎在重新考虑。“好吧，让我看看你的证件。”

杰克递了过去，康纳利眯着眼睛看，当他再次抬起头来时，脸上浮现出邪恶的笑容。“我觉得你看起来可不像六十四岁。”他说。

“我保养得好。”

安保拿起对讲机。“这里是康纳利。三号情况。”

杰克挥挥手：“这是什么意思？”

“你被捕了，混蛋。冒充代表罪。”

“我就是代表。”

“特勤局就要来了，你可以跟他们去说。”

杰克瞪着安保，心里升腾起绝望。

他意识到，这才星期一而已。

中午12点

“恶魔啊，先祖啊，你这是要干什么？”

杰克·布劳恩不太友好地看了塔基扬一眼。“我要去酒吧。”他修长的胳膊指向抬高的钢琴酒吧下侧，“去喝一杯……或者两杯……或者三杯，要是有人想挡我的路——”

“你应该去参加大会。”

“我原来是要去参加大会的，但是那个蠢货安保指控我假扮代表，还把我逮捕了。多亏了查尔斯·德沃恩我才被放出来。所以我这一早上过得很难受，塔基扬，我必须去喝一杯。”

“巴奈特的人一直在不顾一切地游说代表，你必须过去，不然加州的代表可能就保不住了。”

“塔基扬，我提醒你一下，我就是加州代表的头。我觉得我能控制好！”布劳恩吼道，几个始终保持警觉的记者伸长了脖子想看看他们的争执，“我的天，你成为美国公民才多久，也就五六个月吧，你就觉得自己是美国政治的专家了？”

“不管我做什么，都能做好。”塔基扬强行压下一抹微笑，一本正经地说道。但是布劳恩看到了，突然咧嘴笑了起来。

“放松点，塔基扬，加州肯定是支持格雷格的。”

“杰西·杰克逊想跟我谈谈。”塔基扬莫名其妙地突然强行改变了话题。

“你想谈吗？”

“不知道，我也许可以学到点东西。”

“我持怀疑态度。杰西是个聪明人，而且你也不是哈特曼竞选团队里的人。毕竟要保持媒体的客观性。”

塔基扬皱起眉头。“你觉得他想要什么？”

“我猜是你的支持。”

“我不是代表，没有影响力。”

“胡说。塔基扬，这种大会就像是头蹒跚而行的大型恐龙，轻戳一下屁股就有可能让这个庞然大物转变方向。如果你改换阵营，很多鬼牌都会跟随你。人们可能会觉得你知道些内幕，那么局势就会向着有利于杰克逊的方向发展，这就是他想要的。”

“那我不去见他，毕竟大会马上就开始了。”

“去喝酒吗？”

“不了，谢谢。我准备去会展中心。”

杰克顺着台阶往上走。塔基扬盯着他宽阔的后背和有力的肩膀，心里想着能不能把自己的某些负重转移到这双肩膀上来。

“杰克。”

布劳恩应该是感觉到了他的困惑和恐惧，因为楼梯上的他停住了，又转身向下走。他把双手放在塔基扬的肩上，皱起眉头看着小个子外星人。“怎么了？出了什么事？”

“你觉得……你觉得候选人中有没有可能藏着一个王牌?”

“什么？这里的候选人?”

“对，当然是这里的！难道我说的会是俄克拉荷马州肖尼市抓捕野狗的候选人吗？别像个傻子似的!”

“我没有，只不过一下子没反应过来你在说什么，就这样。为什么这么说？你得到什么消息了?”

“没有，”他轻飘飘地说道，大块头王牌的蓝眼睛中闪烁着怀疑。

“这是胡说八道……胡话。这种事情不可能瞒住媒体。还记得哈特吗?”

“他太不小心了。”

“听着，你要是担心，就去查清楚。你轻而易举就能做到。”

“对，但是通过心灵感应得到的消息不能作为证据。还有，就国内目前的局势，要是有人发现我用外星心灵能力来探查总统候选人，他们会怎么对我?”

“把你这副外星皮囊挂在外面风干。”

“非常准确。”塔基扬耸肩，“算了，别管了。我就是想提一下……听听你的观点……”他的声音越来越小。

“别管了，塔基。”杰克晃晃他的肩膀，“好吗?”

“好。”

“现在我要去喝酒了。”

“别喝太久。”塔基在他身后喊道。

“呵，关你屁事。”

♥

“美国威士忌。不加冰，双倍。两杯双倍。”

“苦涩的一天，先生?”

“苦涩的日子要喝苦涩的酒。”杰克说。他把他的公文包放在地上后，这才注意到——他到底是怎么了？——中庭酒吧里这个娇小的金发女服务生相当漂亮。他对着她摆出好莱坞式微笑，40 年代末期他在镜子前面练过无数次这个笑容。“他们也让你加班了吧。”他说，“哦对了，我叫杰克。”

“加班最烦了，杰克。”她说完就扭着腰走开了，其他客人都没看过她这样摆臀。杰克觉得自己心情好点了。

特勤局核查过他的身份之后就让他走了，早上的大部分时间里杰克都在告诉他的代表们要小心谨慎，否则他们的票就会被抢走。接着，塔基扬开始骚扰他，说他没做好本职工作，又说了些关于秘密王牌的胡话，现在，他本来应该跟竞选队伍中的议员罗根在这里见面，但罗根不见踪影。

他想着女服务生扭动的屁股，觉得这样愉悦的画面足以给挣扎中的男人带来勇气。就在他心中思绪万千时，一架架飞行王牌滑翔机从他头顶飞过。

女服务生把他的酒端过来之后他俩聊了一会儿——她名叫卓琳——然后喝下了第一杯。罗根还没来。卓琳必须去招待其他客人了，杰克给了她十美元小费，他觉得归根到底自己还是享受富人生活的，尽管这意味着他要在电视节目中假装跟黑猩猩进行聪明的对话长达四年。他看到一个穿着白色小礼服的年轻小伙穿过中庭酒吧，走向白色钢琴，坐下来开始弹《钢琴师》的前奏。杰克感觉到他的头正试着向回缩，缩到双肩里，就像乌龟把脑袋缩回龟壳一样。

莫斯·哈特，杰克绝望地想着。寇特·威尔、盖西文兄弟、理查·罗杰斯——杰克还记得《南太平洋》的开幕之夜。

也许他应该给这个男人一百块小费，让他什么都别弹。

下一首是《夜总会女郎》，接着是《纽约，纽约》。杰克心想，当你需要莫里·里斯金德的时候他又在哪儿呢？

罗根还没出现。杰克抿了一口第二杯酒，卓琳在中庭酒吧的另一端漫步，他的眼神聚焦在她心形的臀部。

此时，又有一位女性身影吸引了他的注意力。“*荡妇百分百*”，他想起他在希南戈后备基地学到的一个俗语。

这个女人正朝着他走过来。

他看到她别着巴奈特的徽章。主的荡妇，他总结道。

接着他认出了这女人。她是里奥·巴奈特的竞选经理——这就够糟糕的了——而且他们俩之间还有些前尘往事，这让一切更加糟糕。

我的上帝。

钢琴响起《阿根廷，别为我哭泣》的前奏。又一波回忆侵袭他的脑海，包括去年在布宜诺斯艾利斯被一个支持贝隆的女性吐了口水。

杰克站起来，内心像有个铅球一般下沉，他准备好迎接唾沫了。

“杰克·布劳恩？你都不知道我有多期待再次见到你。”

我也觉得你想见我，杰克想。

他突然意识到声音不一样。布莱思的口音像大庄园主，但富兰克林和埃莉诺·罗斯福去世之后这种口音也就消失了。还有，布莱思跟所有40年代的女性一样喜欢涂红色口红，亮眼的深红色和她白皙的皮肤以及深色头发形成鲜明对比。

“我猜你是弗勒·范·伦斯勒，”杰克说道，“你竟然还记得我，我很吃惊。”

这话说得很有礼貌，但是十分荒唐可笑。按照某些人的说法，正是杰克谋杀了她的母亲，所以就算弗勒想忘记他都忘不了。

心形脸庞向后靠，审视着他的脸。“我那时候多大？三四岁？”

“差不多吧。”

“我记得你在我父亲家的地板上陪我玩。”

杰克面无表情地盯着她。她目前的表现非常得体。她为什么不冲他吐口水，或者抓花他的脸，好好发泄一番？

“我一直都想告诉你我有多敬佩你，”弗勒说，“你一直都是我的英雄之一。”

惊讶之情就像冰冷的火焰在杰克的血管里流动。他并不相信这些话是真诚的……让他惊讶的是布莱思的女儿居然是个如此熟练的施虐狂。

“我不值得你敬佩。”这是实话。

她笑了，一个温暖的笑容。他意识到她站得非常近，一想到她可能会把膝盖探到他的两腿之间，他的下体就一阵颤动。他的百变王牌能力可以保护他不受任何伤害，但条件反射还在。

“除了巴奈特牧师之外，”弗勒说，“你是我认识的所有人中最勇敢的。你冒着失去一切的危险扳倒了那些王牌和……那个外星人。我知道自那之后你都活在旁人的羞辱之中。你的事业都被好莱坞那帮自由主义者毁了。”

杰克的思绪像是被冻住一样缓慢。他迟钝地意识到，她其实非常真诚。某种冰凉的东西像潜行的昆虫似的顺着他的后背向上爬。

“我……很吃惊。”他说。

“因为我妈妈？”她还在微笑，站得离他还是很近。杰克希望自己的双腿能快速奔跑起来，带他离开这个地方。

“我妈妈任性又固执，她抛弃了我爸爸，去跟……那个外星生物通奸。那个给我们带来瘟疫的外星人。”他意识到她无法说出塔基扬的名字。“没了她我过得很好，”她继续说，“你也是。”

杰克想起来他手里还端着酒。他喝了一大口，需要威士忌的浓烈味道来唤回他摇摇晃晃的理智。

“因为我说的话而吃惊？”弗勒说，“关于通奸及其后果，《圣经》里说得很明白。*通奸的人不论男女必须处死*，《利未记》第20章。”

“《圣经》里也明确说了谁有资格扔第一块石头。”杰克有点口齿不清，但他觉得还能说话就算不错了。

弗勒点点头。“你也会引用《圣经》，这点我很高兴。”

“我小时候学过《圣经》里的不少内容。大部分都是德语写的。”他又喝了一杯酒。《阿根廷，别为我哭泣》在他脑袋里回荡。

“我没想到的是，”弗勒说，“你这些天来居然都跟那些人在一起。”她向前走了一步，触碰着他的手腕。杰克差一点就因为肌肤的触碰而跳起来了。“哈特曼参议员在道德上显然师从罗斯福－福尔摩斯派系，在40年代，他们几乎摧毁了我们这个国家。当时是你把我们从他们手中拯救出来，现在，你却再次站到了自由派人道主义者那一边。”

“嗯，我就是这样。”他尽量微笑起来，“堕落了。”

“我觉得我可以让你重新回归。”她的手指在他强壮的手腕上来回揉搓。

绝对是主的荡妇，杰克心想。

“我想单独跟你谈谈，所以我才会来到——”她清脆的笑声就像银铃，“这些不神圣的地方。”

“每个人都得时不时地去底层看看。”他盯着她，有些反胃。他意识到弗勒·范·伦斯勒是他这辈子见过的最扭曲变态的贱人，连他的第三任妻子都比不上。

“我觉得我们可以聚在一起讨论……政治，谈谈哈特曼参议员和巴奈特牧师。”

“巴奈特想把我关进集中营。”

“不是你。你已经证明了你是爱国的。主已将你身上的诅咒变成了祝福。”

杰克甚至能尝到胆汁的味道。“很高兴知道我有幸逃过主的围捕。那其他感染了百变王牌的可怜人呢？”

“我真想跟你好好说一说，劝你回到正确的道路上——也就是巴奈特牧师和我爸爸所走的那条路。”

终于，杰克的愤怒浮现在了脸上。在一群代表之中，他看到了罗根的头，他知道该离开了。

“巴奈特的道路我没什么好说的，”杰克拿起手提箱，“但是你爸爸我很了解。他拿着高薪但是不干正事，而且为了找乐子，他还操哈莱姆区的黑人男孩。”

他之前从来没有对着女性说过“操”这个字，在走向罗根时他心里这样想到。

但他不得不承认，弗勒是个真正的专业人士。她脸上的微笑并没有褪去，只是僵硬了一点。

他有点高兴。虽然只是一次微不足道的小小胜利，但也总比没有好。

下午2点

“听着，萨拉，”查尔斯·德沃恩说，“无论你跟格雷格在环球之旅期间发生过什么，都是旧事了。都结束了，接受现实吧。”哈特曼的竞选经理有着人们所认为的那种直率的漂亮脸蛋，没人把哈特曼想成一位溜肩的普通人模样。

萨拉感觉脸颊开始发热，就像放入微波炉的勺子。“该死的，查尔斯，这个不是重点。我想跟你谈谈参议员最近的表现——”

他微微转身，用包裹在完美剪裁的午夜蓝西装下的半边肩膀对着她。“我无可奉告，摩根斯特恩女士。我希望你不要再继续骚扰参议员的竞选团队了。媒体的责任还请你不要忽视。”

他开始向前走。“查尔斯，等一下！这件事很重要——”这些话撞在他的短发上，追逐着彼此，像栖息在树上的动物，向上冲入万豪酒店宛如有机体般的高耸中庭，她曾经无意间听到某位小报的记者将这里描述为安东尼·高迪的气管。不少代表挤在多功能厅外面的门廊里，他们都转过头盯着萨拉。这些人的衣服像是用俗气的绶带和竞选徽章打造的花园，在衣服最中间还有个闪亮的方形牌子，就像是植物园里的展品要标注亚种一样，他们也要用这个来向别人展示自己属于某个小党派，或者想成为某个派系的人。

她沮丧地用手掌根在大腿上拍了两下。*你搞砸了，萨拉。*

就在此时，她脑中的投影仪映出了她姐姐安德莉亚的形象，美得如同冰雕般。爱笑爱嘲弄的清澈嗓音，融雪般的双眼：小老鼠似的萨拉永远不可能像她一样完美。安德莉亚，她去世了三十年的姐姐。

谋杀安德莉亚的那个男人可能会成为总统，他有能力扭曲别人的意志，就像他扭曲了*她的意志一样*。

当然，她没有证据。天知道她花了多长时间才开始怀疑，然后才确定了她姐姐被残忍杀害这件事绝不是一个白痴青少年头脑发热这么简单。她花了相当长的时间才意识到这就是她当初投身新闻事业上的原因，这就是她被鬼牌镇吸引的原因。在内心深处，她知道其中必有隐情。这些年来，她逐渐成为那个专注报道鬼牌镇事件的记者，她注意到了鬼牌镇的贫民窟里藏着某种东西，一个鬼鬼祟祟操纵他人的……恶魔。

她试图把它揪出来。即使她已经算是一名顶级调查记者——还是个绝不轻易放弃的调查者——但疯狂的玩偶大师坐镇幕后，牵扯着看不见的线，要找出它可不容易，不过萨拉不屈不挠。

早在登上一叠卡牌之前她就确信玩偶大师是哈特曼。她确定会在世卫环球旅程中找到证据定哈特曼的罪。

一开始是这样的。她回忆起了她的怀疑是怎样一点一点被侵蚀的，之后就飘向了她够不到的地方，就像是浮木从溺水的女人指尖擦过，一想到这些，她的发根冒出了冷汗。那时候她真的觉得自己*爱他——而内心总有个细小的声音在喊着：不，不，我这是怎么了？*

她回想起汗液交缠的肌肤之亲，他在她体内冲撞，现在她只想反复冲洗自己，永不停止。

他控制了萨拉。在辛辛那提的那个午后，她姐姐去世的那一天，他以同样的手段控制了可怜的罗杰·佩尔曼。他利用她，因为他把她看作是她那美丽而早逝的姐姐的拙劣仿制品。至少他们对失去的东西有着同样的执着。

她有证据，好吧，她仍能感觉到自己心灵曾经被玩偶大师系上了线。就在他们交合时，她会在爱意的呻吟中听到“安德莉亚”这个词，虽然她的身体和心灵仍在热切地回应对方，但内心的某个东西会瞬间冰冷。

可这些并不是证据，除非有人能来读取她的内心。

……她发现自己在游荡，原来是被一群记者推着向第三簇前进，也就是自动扶梯旁边分布的多功能厅。她疯狂地寻找证据想说服一个局外人——在哈特曼冷静的政客面具下隐藏着另一副面孔，虽然他装出一副对百变王牌感染者十分同情的样子，但内心看不见的地方却有个玩偶大师坐镇。她沉浸在自己的世界中，甚至没有注意到大会本身的情况。愧疚刺中了她：你原本应该处理百变王牌事务的。

她开始自责：无论是对鬼牌还是对任何人，还有什么事比疯子王牌可能会成为美国的下一任总统更重要？她一想到玩偶大师的手指放在著名的红色按钮上就想吐。

代表们和记者从角落里的多功能厅涌出来，学生似的吵吵嚷嚷。“怎么了？”她问其中一个记者，因为这个人和她差不多高。

“是支持巴奈特的狂热分子，”他告诉她，“他们找到了哈特曼的猛料。”他因为心满意足的恶意而浑身颤抖。他戴着眼镜，衣服上别着杜卡基斯的徽章。

会不会是她想的那件事？用木桩钉入怪物心脏的竟然不是她，这让她觉得自己受到了欺骗。

“他们找到了某个去年参加世卫旅行的人，据说哈特曼整个过程中都在和《华盛顿邮报》的某个放荡记者暧昧不清。”

♣

代表和政客源源不断地走进格雷格的房间，他甚至觉得这队伍永远没个尽头——他不得不承认艾米做了大量的工作，才在这么短的时间内联系上了这么多人。不过，大部分代表都急切地想跟候选人中的领跑者见上一面，而且也没有哪个民选官员会想冒犯很可能成为下一任总统的人。

对格雷格来说，这个下午太过漫长，他已经有些疲惫了。他以为自己把玩偶人关得死死的了，甚至开始期待也许——仅仅是也许——他脑袋里的声音能在这一周的剩下几天里保持安静。但是关押玩偶人的栏杆逐渐变得软弱无力。他能听到那股力量一会儿哀求一会儿威胁。

放我出去！你必须放我出去！

他尽可能忽略掉这个声音，但是他的脾气比以往要急躁，脸上的笑容有时候更像是个苦瓜脸。跟政客们待在一起是最烦的，以前，只要玩偶人出手，他们中的大部分人就会与他达成一致，但现在，他们可以随便拒绝而不受惩罚。这也是最让玩偶人咆哮怒吼的。

俄亥俄州参议员格伦和梅岑鲍姆按时来了。艾伦在门口迎接他们，格雷格在卧室换衬衣。他听到梅岑鲍姆还像往常一样竭力讨好：“看来大家说的是真的，怀孕的女人确实闪耀着光辉。”

格雷格走近客厅的时候艾伦正在笑。“约翰、霍华德，”他向两位点头致意，“想喝东西的话就去小酒吧里自己拿，谢谢你们这么快赶过来。我想尽可能多地跟有影响力的人物见面——你们都排在名单的最前面。”

出去。这是他真正想说的话。*我疲惫不堪，内心被撕扯成两半，让我一个人待着吧*。

梅岑鲍姆礼貌地笑笑，格伦带着老宇航员的过分冷静态度，只是微微点头，表情好像比以往还要严肃。他们两个人都看着艾伦。格雷格不需要多说，艾伦非常明白他们在暗示什么。

“嗯，你们谈你们的政治吧，”她说，“我跟全国妇委会的代表们也有会议要开。你们是支持平等权利修正案的，对吗？”她再次微笑，然后准备离开。格雷格送她到门口。一时冲动之下，他用胳膊搂住她，深深地给了她一吻。“听着，艾伦。我只希望你知道我有多感激你今天对我的帮助，要是没有你……嗯，今天早上的那个意外，请你不要再去想了。我只是累了，仅此而已。我的压力……”

他似乎无法停止，言语从他嘴里不断冒出来，几个月来他从未靠她这么近过。“我永远都不会伤害你。”

格伦和梅岑鲍姆正盯着他们。艾伦快速地吻了他一下，阻止他继续说下去。“你还有客人，亲爱的。”她眼神古怪地看着他。

格雷格抱歉地微笑着，但看上去更像一具骷髅。“嗯，是的……过会儿晚餐见，在美丽世界餐厅，对吗？”

“六点半。艾米说她会打电话提醒你。”艾伦沉默地拥抱格雷格，“我爱你。”她再次久久地凝视他，然后出了门。

他心底里的玩偶人狂吼着寻求关注。格雷格感觉到眉毛上聚起了汗水。他用手背擦掉，随后转身回到等候的客人身边。

“先生们，俄亥俄一直对我很好，”他说，“这全是你们二位的功劳。我猜你们都知道在‘9（c）条款’上我们需要支持，而且加州——”对方没有在听。格雷格话没说完就闭嘴了。“怎么了？”他问道。

“我们有个更大的麻烦，格雷格，”格伦说，“是个坏消息。有个关于你和摩根斯特恩的肮脏故事在流传，在王牌旅途中……”

听到摩根斯特恩这个名字之后，格雷格的思绪立马就飞走了。他的职业生涯似乎总是和她纠缠在一起。玩偶人的第一个受害者是十三岁的安德莉亚·惠特曼，她正是萨拉的姐姐。格雷格那时候才十一岁。那是一场古怪的意外，多年之后萨拉才开始怀疑格雷格跟安德莉亚的死有关。去年，为了让萨拉安分点，也为了满足玩偶人的需求，他将萨拉收为玩偶，在百变王牌旅途中，他们有了情人关系，但他尽可能地小心谨慎。

格雷格能看到一切分崩离析的样子——提名，当总统，他的职业生涯。毕竟，加里·哈特[①]的那一系列打击也很可能落在他头上。

内心的玩偶人开始尖叫了，那声音无法抵挡。

♠

她只是暂时在游荡而已。

萨拉回到位于希尔顿的房间时，电话上的信息提示灯闪得就像反应堆过载时控制台上的指示器一样。她打了电话给前台，华盛顿分部的布拉登·杜莱斯给她留了大概一万两千条消息，等着她的回复。就在她听留言时又有电话找她，已经不胜其烦的接线员帮她接通了电话。

“是真的吗?”他问。

她如鲠在喉，这让她回想起第一次尝试可卡因，当时她还在和不断往上爬的律师大卫·摩根斯特恩结婚：她胸口的肌肉罢工了。

“是。”

门口，第一声敲门声响起。

下午5点

艾米·索伦森在演讲台后面跟格雷格以及艾米见了面。隔着厚重的天鹅绒帷幕，格雷格听到记者们在大声交谈，刺眼的太阳灯照耀着大红色帷幕。“他们全都准备好了，”艾米说，“我把你的客人安排在

---

① 参与总统竞选，后因桃色丑闻退选。

旁边那个房间了，你进去之后我就去找他们。”她碰了一下耳朵里的无线接收器，听了一秒。“好，比利·雷说没有问题，你准备好了吗?”

格雷格点点头。这是个漫长而艰难的下午——他设法得到了纽约方面的消息，跟杰克还有醉醺醺的丹尼·罗根合作（罗根这个玩偶他操纵得过了头）讨论今晚争夺加州的策略：扑灭关于外遇的流言蜚语、跟司法部一起处理事情，还有召开新闻发布会。他本来担心这些压力会激起玩偶人的斗志，但是这股力量还静默无声，深埋心中。他只能感觉到它挣扎时的沙沙声。

但是吉姆利——如果*真是*吉姆利的话……还跟他在一起。格雷格能听到那个侏儒的邪恶笑声，还有，他在想，实际上下午的大部分时间他都在思考这个问题，他是不是快崩溃了。一想到这个，吉姆利的声音就冲出来了。

你就是，小格雷格，他说。我会确保这一点。

格雷格深吸一口气，假装没有听到这个声音。他牵着艾伦的手，捏了捏，然后轻拍她隆起的肚子。“准备好了。让我们去跟马戏团好好玩一场吧，艾米。”

艾米拉开帷幕，格雷格立马挂上了笑容。他轻快地踏上三级台阶，来到台上，艾伦慢慢地跟在后面。照相机咔嚓咔嚓响个不停，就像一场机械昆虫瘟疫，闪光灯也闪个不停。格雷格站在演讲台后面，等待着所有记者安静下来，坐回自己的位置上，接着他低头看看手上托尼·考尔德伦写的演讲大纲，他抬起了头。

“跟往常一样，我要说的并不是什么正式声明。”他挥了挥一张手写纸片，现场记者如他所料轻笑起来——格雷格经常自行发挥，不按照托尼准备的稿子来，而在座的记者中大部分人这几个月来都在跟踪报道他的竞选过程，所以很了解他的秉性。“而且我还有个很好的理由，在这场新闻发布会上我真的没什么好说的。我觉得对于毫无根据的恶意流言，越少做回应越好。我也知道你们会说什么：‘别怪我们。媒体有自己的责任。’这话我先帮你们说了，希望你们能感觉好点。”

这引发了更多笑声，大部分是来自他的支持者，他认出来了。其他人严肃地等待着。

他停了一下，再次扫了一眼托尼、布劳恩、塔基扬和他一起写的大纲。与此同时，他像个长了颗坏牙所以时不时要戳一下的人那样，先探测了一下玩偶人，感觉不到一丝动静，于是稍微放松了些。“我们都知道为什么你们会来到这里。我说话说完，如果你们愿意我还会回答几个问题，再继续谈论其他事情。我目睹过另一个候选人因为捕风捉影的传闻和大环境而被毁掉。加里·哈特到底有没有做错已经不重要了，他被流言所伤，也许他并没有做任何事，但信誉却已经完全毁了。”

“不过我不是加里·哈特，他比我好看，就连艾伦都这么说。”

基本上所有人都笑了，就连格雷格自己都跟着微笑。他小心地把一沓提示纸放到侧面显眼的地方，将手肘放在演讲台上，撑着自己向前靠。“我觉得我还能指出其他的一些不同点。一叠卡牌不是《妙药春情》。我们去的是柏林，不是比米尼群岛，而且艾伦也参与了整个旅程。”

格雷格瞥了艾伦一眼，冲她点点头。艾伦也很配合，用微笑来回应。

“参议员？”太阳灯的亮光让格雷格眯起眼睛，他看到了《洛杉矶时报》的比尔·约翰逊在挥动笔记本。格雷格示意他可以发言。“那么你是在否认你跟萨拉·摩根斯特恩有外遇？”约翰逊问道。

“我当然认识摩根斯特恩女士，艾伦也认识她，她一直是我们家的朋友。她有她自己的问题，我不知道她最近具体说了些什么，也许什么都没说，但是我不会在我妻子身后偷腥。”

艾伦走近格雷格，脸上带着淘气的表情。“但是比尔，我确实注意到他时不时地会偷看游隼，不过他不是唯一一个。”

满场笑声。闪光灯又开始闪烁了，可以看出房间里的紧张气氛都被化解了。格雷格咧嘴笑起来，突然他的笑容凝固了，因为吉姆利的声音似乎就在他耳边低语。

你跟她睡了，哈特曼。在五个不同的大洲，你都打开了她的双腿，你那位小小的王牌让她微笑，让她以为自己很享受，但并不是这样的，对吗？不是真心的。她现在对你没多少好感，一点都没有，因为玩偶人对她的控制已经断了。

艾伦感觉到了格雷格的紧张，他知道他与她紧扣的手汗湿了。她还在微笑，但是眼底里有担忧的神色。他微微摇头，捏捏她的手指。

你老婆真是够敬业的。她总是知道该怎么做，对吧？总在正确的时间微笑，总是说正确的话，甚至还怀了你的孩子，好在大会的时候保持美好稳重的主妇形象。你肯定很骄傲吧，你可真是个好爸爸。你是个混蛋，哈特曼，我也是，这个小混蛋会毁掉你的生活。我向你保证，你的宠物王牌会在所有人面前将你生生撕开。

他听到这个声音，过了好久才缓过神来。笑声在他耳边逐渐变小，该他开口说话了，于是他急急忙忙地继续演，拒绝倾听吉姆利持续不断的恶言恶语。

“好吧，艾伦说得没错，我跟吉米·卡特一样在心里悄悄喜欢美人。我估计我们中大部分人都是这样——如果不是，可能游隼要失落了。不过除此之外，恐怕你们被骗了。那是个流言，仅此而已。我认为今天我已经回答过这个问题了，接下来我们还是关注些真正的议题吧。如果诸位还要纠结于这个故事，那就看看你的消息来源，问问自己到底出于什么不可告人的动机而散播这样的垃圾。”

“你是在指控里奥·巴奈特还是他的工作人员？”一个声音从后排传来——电视台的宗毓华。

“我不是想指控任何人，宗女士，我也不知道是哪些人在散布谣言。但我觉得像巴奈特牧师那样敬畏上帝的人一定不会使用这种策略，而且我也绝对不会做第一个扔石头的人。”又是一波笑声。“但谎言肯定是从某个地方流传出来的——追查下去。我注意到你们都没有直接引用摩根斯特恩女士的话。我也没见到任何明确的证据。我想这应该证明了一些东西。”

他搞定了，他扭转了局势。他能看到，能感觉得到。但是格雷格心中没有胜利的感觉。在表象之下，他感觉到了熟悉的搅动。玩偶人在上升，虽然还埋在下层，但正冲表面上升着。再给我一天，他心想，给我一些时间。

你没法压制它那么久，哈特曼。你上瘾了。玩偶人的本质就是这个：你的私人毒品。你们俩都需要来一剂，对吗？吉姆利轻笑。为了得到它，你必须先绕过我，真是遗憾得要命啊。

格雷格站得笔直，浑身僵硬，艾伦和艾米都在盯着他看。他抱歉地耸耸肩，然后继续说。

“几分钟之前，比尔·约翰逊称呼我为‘参议员’。到目前为止，我放弃参议员身份加入竞选已经有一年了，但我理解他为什么会说错。这些年来比尔一直叫我参议员——虽然有时候也会给我安上些其他称呼。”

他前面坐着的几排记者中缓缓蔓延起一股欢快的气息。“这是习惯使然，”格雷格轻而易举地转回到托尼帮他写的演讲词上来，“我们经常会被习惯支配，经常会轻信古老的偏见、阴暗的观点和彻底的寓言故事。但我们现在不应该这样。我们听到了太多传言，不假思索地就相信了这些毫无根据的东西。我们习惯性地倾听谎言，听了这么些年：鬼牌就是被诅咒的，仇恨他人是正确的——不管恨的是鬼牌还是其他人——只要他们长得和我们不同，或者表现得不同，我们就可以恨他们，还有人是不会变的，以及目前的现状就是唯一的正道。如果你认定观念和情感是固定在混凝土里的，那么好吧——你不会改变，你不会成长。但如果我们可以做些什么来挑战这样的想法，嗯，对于我来说，这比对婚姻不忠的轰动传言更值得报道。”

格雷格瞥了艾伦一眼，她点头回应。吉姆利还在，格雷格因为他的声音而头痛，但是他眨眨眼，继续说。他想下台，想一个人待在他的房间里。他语速太快了，显得很仓促，他强迫自己慢下来。

“我很高兴的是某些我们曾经认为亘古不变的事情已经开始起了变化。整个竞选的主题就是‘现在是治愈伤痕的最好时机’。人们的观点在发生变化。我们可以拥抱那些我们以前憎恨的东西，这一点很重要。这一点是值得报道的，我的故事无足轻重。我知道，有些人的热情太盛，我也理解那些慷慨激昂的指责，虽然我并不赞同。我们都有深信不疑的东西，这很好。但当热情过了头，变成了暴力，那就出问题了。已经有些鬼牌团体时不时越过那条线了。”

格雷格对着身后示意。“艾米，请让他们出来。”

舞台后面的帷幕拉开，鬼牌们走到了聚光灯下。一个皮肤上带有细小的锯齿状脊，另一个朦朦胧胧像个鬼影，透过他能看到后面的帷幕。记者们开始窃窃私语。

“我相信我应该不用向你们介绍锉刀和裹尸布了。去年‘鬼牌正义会’终于解散时，你们的报纸上用大篇幅刊登过他们的脸，广播里也报道过他们。”吉姆利在他心里嘲笑起来，格雷格重重咽了一口口水。“正义会的部分成员，比较边缘的，或者是无恶意的，只是罚了个款就被释放了。其他被认定为是危险人物的，都被关押了。锉刀和裹尸布就是那时被关进联邦监狱的。也许他们是罪有应得——他们都做过极其暴力的事情。但是……我被他们的暴力伤害过，去年我也跟锉刀和裹尸布聊过很多次。我感觉到他们经历了一番艰难痛苦之后都学到了宝贵的一课，对自己所做的一切真心忏悔。

“我之前就说过，我相信我们最需要的是和解，现在我依然这样认为。我们要宽恕，要努力去理解这些不幸的人。今天，在得到纽约市长库默、司法部以及纽约州参议院的许可之后，锉刀和裹尸布经我安排得到假释。”

格雷格的胳膊搂住锉刀粗糙的皮肤和裹尸布雾一样的肩膀。“这比流言重要太多了。这是真实的，而且这不是我的故事——是他们的故事。他们说服了我，现在我让他们来说服你们。跟他们聊聊，向他们提问。艾米，能不能麻烦你主持一下——”

锉刀刚一走到麦克风面前就有记者喊出了第一个问题，格雷格深吸一口气，向后退去。

*你难道不明白吗？*格雷格离开房间走向电梯时吉姆利奚落道。*你没有摆脱我，你不可能逃离我的纠缠。我就在这里，我会一直待在这里。我可不会宽恕你，绝对不会。*

◆

萨拉用麻木的手指将电话听筒放回原位。

她哭着奔出房间，希望娇小的身材能帮助自己藏身于人群中。在不同场合中她时常有办法让自己不被注意到，一开始是有用的，但今天到达大厅的时候正好有人打电话找她，于是一群记者如同饥饿的猎犬那样直冲着她号叫。哈特曼的否认寡淡无味，满足不了他们，而萨拉就像是一根还剩些肉渣的大骨头。

*哈特曼说的是实话吗？为什么巴奈特的声明特别提到你？你跟巴奈特的竞选团队有什么关系？*一半的问题是想让她承认她确实跟哈特曼偷了情，另一半问题是想让她承认她跟原教旨主义者们合谋破坏参议员的好名声。

她心中的一部分想要利用这个机会宣布，*对，我跟格雷格·哈特曼睡了，然后我发现他是个恶魔，一个能让别人成为玩偶的隐藏王牌。*但是怯懦阻止了她，又或许是理智。她所说的真相——他们只会将其看做是空口无凭的指控——本身就够耸人听闻了，登上《午夜太阳报》头版之后还不知道会被夸张成什么样子。

她转过脸，回应围追堵截的那帮人："无可奉告。"

迎接她的是一连串诅咒谩骂，但她只能忍："你这么说是什么狗屁意思？公众有权利知道，你还是个记者呢，你还记得吗？"

终于，一个穿紧身衣的调酒师和穿黑色短裙的服务生抓住她的胳膊，带着她走进万豪酒吧经理的办公室。

电话发出了响声，带着手枪上膛、即将剧终的感觉。看来有人严肃认真地对待她说出的话了。

打电话的人是欧文·雷福德，他是《邮报》纽约分部的记者。蝶蛹死了，是被谋杀的，而且涉及王牌能力。

是玩偶干的吗？她表示怀疑。哈特曼的线拉长之后力量会衰弱，如果距离太远，甚至会断线。这个她是通过经验所知。有好些不正派的王牌——棒槌、刽子手，还有安非他命磕多了变得神经错乱的沉睡者——都有可能做出这种事。最具有讽刺意味的就是，坐在哈特曼这个位置上的人根本不需要王牌能力就能行邪恶之事。不管在 1946 年 9 月 15 日之前还是之后，金钱、能力和影响力总是人类事务中最重要的力量。

她内心潜藏着恐惧，像一条蜷曲的巨蛇，像一颗燃烧的恒星。它展示着一个可怕的真理：要想安全，必须冒着失去一切的危险。

刚才解救了她的经理和服务生就站在她旁边，带着礼貌的好奇看着她。她挤出一个微笑，然后站起身来。

"这里有后门吗？"她问道。

下午 6 点

她先吃了一片安定，然后着手搞定声调调制解调器[1]。她的笔记

---

① Acoustic Coupler，一种通过电话来连接网络的辅助设备。

本电脑自带这个设备，但是酒店都不信任电话插座，更喜欢用老式电线把电话牢牢固定在墙上，所以她只好摆弄过时的外置调制解调器。这种东西的烦人之处在于你必须让电话听筒正好完全贴合它的两个听筒架，否则就用不了。

终于弄好了，现在就坐在昏暗的房间里，午后阳光透过厚重的窗帘照进来。她抽着烟，眯起眼睛看屏幕上显示的发送百分比，她的故事顺着网线从她的NEC笔记本流向《邮报》的电脑。

她是在极度兴奋之中一气呵成写就的：安德的死、她的怀疑、十二年前的那场民主党大会上所发生的暴乱，虽然躲藏在鬼牌镇的暗处但用撩人的线索彰显存在感——和身份——的邪恶存在，她自己的任务，还有她如何深陷难以描述的陷阱，最后一部分是谋杀。

她写道，有两个人最了解鬼牌镇局势的人——其实是三个，多出来的那个是塔基扬，实际意义和比喻意义上都是这样。但是他对哈特曼的私人情感蒙蔽了他，再加上参议员给了他一个肥差，让他过上了王子般的生活——不过他本来就是王子。总之萨拉没有提及他的名字。

另外两个是她自己和蝶蛹。水晶宫殿从来都只是她真正副业的一个门面而已，她实际上做的是信息交换的生意，鬼牌镇发生的一切她都了如指掌。跟她关系亲密的人都觉得迟早有一天她会拉住一条线，随后发现另一端系着眼镜蛇。

那条眼镜蛇的名字叫哈特曼。蝶蛹拉线的时候他正好满口毒液，于是他快速出击了。

*我为什么不信任她？*液晶数字在昏暗中闪现时她这样问自己。她们原本有很多时间，在环球旅行的那一年里，她们在一叠卡牌上建立起了小心谨慎的友谊。但是蝶蛹一直跟她保持着某种程度上的竞争关系。而且萨拉向来不喜欢分享秘密。

上传完成，她的屏幕上出现这行字，还“哔”了一声提醒她。

她快速切断网络连接，断开了调制解调器。她内心现在平静下来了，是事故受害者的那种平静，感觉有点古怪，有点可怕。

我是个靶子，她毫无情绪地想道。如果蝶蛹知道了他的秘密，那他肯定会认定我也知道。她后悔今天的早些时候那样鲁莽地对待哈特曼的手下了。他必然是听说了，要做出这个推论并不难。

你真是天真，她责备自己，就像瑞奇说的那样，天真幼稚。

但并不蠢。她现在是在鲨鱼池里游泳，作为成功的新闻工作者，这些年来她学会了不少招数，不过此时都不足以帮她毫发无损地成功上岸。现在，这大概是她最需要知道的一件事。

她关掉笔记本电脑的电源，把它合上。她把这台小电脑塞进单肩包里，站起身来。

必须去找塔基扬，她明白。这些年来鬼牌镇发生的那些事情他肯定也有过怀疑——还有叙利亚和柏林的意外。就算他不相信她的话，还可以读她的心。

还有，他觉得我……有吸引力。就算他不愿意相信她，也有办法黏住他。前段时间，她确定炸面团的案子跟哈特曼有关，那时候她就想过要向塔基扬献身。他本身也有一定的吸引力，也许不算是多糟糕的事。

别骗自己了。在世卫旅程之后，她一直都没跟男人在一起过。她没觉得自己有这个需求。而且在那段沸沸扬扬的外遇之前，她都不觉得性爱是生活中的头等大事。

但是活下去是大事。至少活到为安德莉亚复仇为止。

至少塔基扬似乎像是那种及时行乐、爽完拉倒的人——不会事后嘟囔个没完，还问你觉得爽吗？她把香烟按在印着希尔顿标志的塑料烟灰缸里，在蓝色血管清晰可见的苍白手腕内侧轻擦了点香水，走出了房间。

晚上7点

到了晚餐时间，大会暂停，九点重新开始。杰克站在玻璃电梯里，旁边还有个抱着一大摞多米诺比萨的男人。杰克的脸坚定地对着电梯门，他讨厌高处。大概四十年前，塔基扬指出高空坠落是为数不多能杀死他的事物之一，自那以后他就开始恐高了。电梯门打开之后，他庆幸地跟着比萨沿着走廊来到哈特曼的总部。中庭里飘荡着《阿根廷，别为我哭泣》的曲调。他心想，酒吧里的钢琴师，业务似乎有点太专精了。

比利·雷身穿白色刽子手服装，抬头挺胸地站在走廊上守卫。他让送比萨的人过去了，但就在杰克想要跟着过去时，作为武术高手的他敏捷地挡在了杰克身前。

“是参议员叫你来的吗，布劳恩？”

杰克看看他。“别逼我，今天已经够难受的了。”

雷斜睨了杰克一眼，他的脸经过一场打斗之后变了形，不开玩笑，五官都变形了。“你的处境我很同情。那让我看看包里有什么吧。”

杰克咽下自己的恼怒，打开了公文包，里面有手机和电脑操作的拨号系统，这些让他能随时跟他的代表以及哈特曼总部保持联系。

“让我看看你的证件。”

杰克从口袋里掏出一张压膜的卡片。“你真是个蠢货，雷。”

“蠢货？这个词他妈的是什么意思？”雷扭曲的脸庞斜向着杰克的证件。“世上最强的王牌可不会用这种词，这种词只有低声下气瑟瑟发抖的小窝囊废才会用。”他舔舔嘴唇，好像在品味这个想法，“黄金窝囊废，嗯，就是你。”

杰克双手抱臂看着雷。自从他们在一叠卡牌上第一次见面以来，比利·雷就一直在找茬。“别挡我的路，比利。”

雷抬起下巴。“我要是就不呢，你能怎样，小人？”他微笑着，“你尽管来对付我试试看。”

杰克想象了一下把雷的脑袋当南瓜一样压碎的画面，心里安慰了不少。百变王牌给了雷力量和速度，他那身功夫给了他技巧，但是杰克觉得自己还是能一拳打翻他，但是转念一想，他来这里不是找人打架的。

“我目前的任务是让参议员当选，跟他的保镖打一架对我们都没有好处。但是格雷格进了白宫之后，我保证跟你到场上比试比试，行吗？”

“我记着了，窝囊废。”

“11 月 8 日以后哪一天都可以。”

“8 号的午夜十二点一过我们就比试，窝囊废。”

雷站到旁边，杰克进入总部套房。工作人员正在狼吞虎咽吃着比萨，打开的比萨盒散落在他们身边。电视屏幕上喋喋不休地说着各家电视台的分析，但大家都无心去听。杰克了解到丹尼·罗根在哪个房间之后就拿了盒比萨过去了。

这位资深议员一头白发，大腹便便。他来自皇后区，曾经是国会议员，后来丢掉了席位——他原本满是爱尔兰人的选区被波多黎各人占据了。现在他担任顾问，负责教民主党候选人如何获得爱尔兰裔美国人的选票。

杰克看到他一个人四仰八叉地躺在床上，旁边都是空酒瓶和揉成团的大张黄色便笺纸，上面写满了数字。“你最好吃点东西。”杰克把比萨盒扔在罗根的肚子上。

“没什么用的，”罗根声音含混，“我们的票数不够，拿不下‘9（c）条款’——这场提前测试我们考砸了。”

杰克揉揉眼睛。“帮我刷新一下记忆。”

“‘9（c）条款’是种分配方式，支持的候选人退出之后那些代表会被分配给还在竞选的人。也就是说，这些代表的票应该转给幸存者，分配比例就根据各位候选人在这些州所赢得选票的百分比来。打个比方，格普哈特退选之后，他那些伊利诺伊的代表会按比例转给杰克逊、杜卡基斯和我们。”“嗯。”

“但是巴奈特和其他几个党派元老在质疑‘9（c）条款’，他们觉得这些代表想投给谁都可以。巴奈特觉得自己能拿到几票，党派元老们想的是帮库默或者布拉德利拉拢些心意未定的代表。”罗根用手梳理他稀疏的白发，“我们宣布支持规则——想着看一看谁支持谁反对，好大概推测一下加州挑战的结果。”

“所以说‘9（c）条款’要被取消了？”杰克伸手拿了一瓶酒，仰头喝了一口。

“格雷格正在打电话，但是杜卡基斯已经明确表示反对‘9（c）条款’了，我们这一仗赢不了的。”他一拳锤在床上，“每个人都在问参议员和那位女记者的事情。我们也许就要重蹈哈特的覆辙了，主要的阻力就是这件事，每个人都循着格雷格身上的血腥味而来。”

“我们该怎么办？”杰克问道。

“尽量拖延。”罗根打了一个大嗝，“在这场游戏中有很多拖延的办法。”

“然后呢？”

“然后格雷格开始准备退选演讲。”

杰克心中的愤怒劈啪作响，就像一道闪电。他挥舞着大拳头。“我们赢了初选！我们的得票比其他人都多。”

“所以我们才会是靶子，哎，该死。”眼泪从罗根的眼角滑下。他用手背擦拭，露出红红的手掌。“格雷格就像我当年失去席位的样子。世上没有比他正派的人了。他配得上总统职位。”他的脸皱起来，“但是按照数据，我们赢不了！”

杰克看着开始啜泣的罗根，比萨盒在他宽阔的肚皮上起起伏伏。杰克把他的酒放在床头柜上，慢步走出了房间。绝望的情绪像一阵哭号的风，从他心中掠过。

所有的努力，他心想，刚刚燃起的能够重回公众视野的希望，都化为泡影。

总部里的工作人员还聚集在比萨盒旁边，杰克询问了哈特曼在哪儿，被告知参议员跟德沃恩还有艾米·索伦森去密谈了，要商量策略。他们之后会尝试最后时刻的电话闪电战，争取赢得一些犹豫不决的超级代表。杰克无事可做，只好拿了块比萨，坐在电视机前面。

“票数肯定很接近。”泰德·科佩尔的声音钻入杰克的耳朵，他正站在几乎空无一人的会场里，跟坐在空中演播室里一脸愤世嫉俗的大卫·布尔克利交流。“哈特曼的队伍想在加州挑战的关键战役开始之前用这次测试一展实力。”

“这，策略，是不是，太，冒险了？”布尔克利说话过于简略，让人感觉每个词好像都膨胀成了一句话。

“哈特曼的策略一直都很冒险，大卫。这场竞赛中满是伶牙俐齿的媒体人，但他还是喜欢大谈自由主义的政治主张，就连他自己的战略分析师都觉得他太过冒险。哈特曼的竞选经理告诉我，就算他今天晚上丢掉了加州，他在明天的竞选纲领之争中还是会全力支持鬼牌权益。”

布尔克利吝啬地展现出了一点吃惊。“泰德，你的意思是，在今时今日，一个人能够依靠在公众面前坚持，某种原则，而成为领跑者？”

科佩尔咧嘴一笑。“我这么说了吗？我的意思不是哈特曼的竞选不考虑媒体——而是他给选民呈现出来的面孔是始终如一的，离他最近的两位候选者里奥·巴奈特和杰西·杰克逊的竞选活动也是一样，但是，就像我说的，任何策略都要冒险。1984 年的沃尔特·蒙代尔就是个活生生的例子，告诫政客们不要太始终如一、太能说会道了。”

“但是我们假设，哈特曼输了，他怎么才能，夺回优势？”

“可能夺回不了，大卫。”科佩尔明显很兴奋，“如果格雷格·哈特曼不能在‘9（c）条款’上赢一点的话，他可能就彻底没机会了。

加州争夺战可能会是个反高潮——因为‘9（c）条款’的这番争执，他也许会输掉全部。”

真夸张，杰克心想。所有东西都要戏剧化。每一票都要是最关键的那一票、具有决定意义的那一票，不然贪婪的媒体之神就会大发雷霆，那他们就没有可写的东西了，只能自己胡编。

杰克把吃了一半的比萨放回盒子里，穿过房间，正好看到艾米·索伦森开完会回来。她深色的眼眸中带着绝望。哈特曼还在打电话，她说，想要最后时刻再努力一把。

孤注一掷，杰克心想。他拿起公文包，离开总部，沿着走廊走向罗根的房间。议员正昏睡在床上，紧紧抱着一个威士忌酒瓶，仿佛那就是个女人。

角落里那台孤独的电视还在喋喋不休地播报着。克朗凯特和拉瑟在分析哈特曼的策略，最后总结道他这一次可能做得太过了。杰克觉得他们像是两个疯狂批评新片的影评人。

要是没有一点戏剧性呢？杰克在想。要是投票结果出来了，什么都没发生，只是走个程序呢？要是有人出来确保没有任何戏剧性的事情发生，众人会惊讶吗？要是有人，媒体之神或者其他什么突然现身，导致里奥·巴奈特的关键战役根本打不起来呢？

杰克意识到他在盯着自己的公文包看。

他打开包，拿起电话，让小小的电脑存储器帮他接通海勒姆·沃切斯特的号码。

“沃切斯特？”他说，“我是杰克·布劳恩，丹尼·罗根有消息要我传达。”

“罗根统计好数据了没？据我所见，我们麻烦大了。”

杰克伸手从床头柜上拿起他的酒，喝了一口。“我知道，”他说，“所以‘9（c）条款’表决的时候我希望你把一半的票投给巴奈特。”

“你这是要出卖我们吗，布劳恩？”

“不是。”

“是你最经典的犹大王牌风格，对吧？从背后快速来一刀，再接受里奥·巴奈特的好意，在媒体谋得一个好位子。”

杰克握紧拳头，金色的光芒一闪，手上的酒瓶炸开了。

“你到底干不干？”杰克质问道。他看着被捏碎的玻璃从拳头里洒落，就像沙子。

“我想跟格雷格聊聊。”

“要打电话你就尽管去打好了，但是他很忙，反正准备好把你的代表一分为二。”

“你能不能先跟我解释一下这是什么意思？”

“我们要想办法把这一切弄得根本不像紧张激烈的关键战役。如果巴奈特赢得太多，那什么都证明不了，只意味着我们没有跟他们拼。在电影里，街上只有一个人的时候你不可能进行枪战的，观众根本不会买账。”

电话线另一端是长久的沉默。然后：“让我跟罗根谈。”

“他在打电话。”

“为什么你觉得我会相信你？”胖子上涌的怒气震动着杰克的耳膜。

“我没时间跟你争这个。你做不做我都不在乎。现在做好准备就行，别等会儿做好决定了但没法执行。”

“要是格雷格因为你而落选……”

杰克大笑一声。“你看电视了吗？他们已经认定他要退选了。”

杰克挂断了，然后打给他的助理埃米尔·罗德里格斯。他告诉罗德里格斯晚上不会去参加大会了，还说代表团由他指挥，但是要把票数分一半来支持“9（c）条款”，并像块岩石一样坚决反对加州挑战。

接着，他依照人数多少一一给代表团的头打电话。最后一个电话打给负责维尔京群岛那两票的人，刚挂断这个电话，大会就重新开始了。

躺在床上不省人事的丹尼·罗根开始打呼。

杰克打开电视，拿着罗根的威士忌酒瓶坐在角落里。会场的气氛很热烈。代表们匆匆忙忙地跑到他们的党派领袖身边。交响乐团在演奏——天呐——又是《阿根廷，别为我哭泣》。

杰克的五脏六腑因为恐惧而绞紧了。

众议院议长吉姆·怀特下午被选为大会主席，他敲敲小木槌，示意众人安静下来。怀俄明州的一位参议员站起来提议废除“9（c）条款”。所有兵马已经列队，没有人提出异议。

杰克喝了一大口酒，这时开始点名了。

在接下来的十分钟里，彼得·詹宁斯严肃地说格雷格·哈特曼将遭受致命失败，现场的记者也表示赞同。杰克能听到房间外面有人上上下下地走着。门被敲响了两次，两次他都没搭理。

大卫·布尔克利脸孔带上了冷笑，开始表示他觉得事有蹊跷。票数越来越向一方倾斜之后，他和科佩尔还有詹宁斯就更加认定其中有问题，最后他们一致同意，这场表决就是个圈套，巴奈特、戈尔和其他人都中招了。

又有人敲门。“罗根？”德沃恩的声音传来，“你在里面吗？”

杰克没说话。

主持人们的言论传回会场时，立马引起了一片骚动。代表们前前后后地走动，像是洪水中的浮木。杰克拿起电话，打给了埃米尔·罗德里格斯。“提出加州挑战。立刻，马上。”

哈特曼的敌人们已经完全自乱阵脚了。他们的全盘计划都陷入了混乱。

哈特曼轻而易举地赢了加州挑战，庆祝的吼声穿透了酒店房门。

杰克打开罗根的房门，在外面挂上“请勿打扰”的牌子，来到走廊上。

“杰克!”艾米·索伦森的栗色头发在空中飞舞，她穿过庆祝的混乱人群向他跑来。“你刚才在里面?是你跟罗根想出来的办法?”

杰克亲吻了她，完全不在乎她的丈夫是否在场。“比萨还有剩吗?”他问道，“我饿了。”

晚上8点

灵龟落在万豪外面的人行横道上，聚集在酒店门口的人们惊恐地后退。布拉斯滑出来之后用鞋跟踢踢龟壳的侧面，塔基扬爬下来之后则充满爱意地拍拍龟壳。“谢谢你，灵龟，让我们体验到了这么美好的一个下午。从俯视的角度来看，这是座很优雅的城市。”

“随时为你效劳，塔基。”龟壳飞走了。

“塔基扬医生。”

听到这个温和悠扬且带着浓重南方口音的声音，塔基扬转过头。“巴奈特牧师。”

两人之前从未碰过面，但是都瞬间认出了彼此。他们站在万豪的台阶上，细细凝视着对方的样子，搜寻泄露对方性格的蛛丝马迹。里奥·巴奈特是个中等身高的年轻人，金发蓝眼，酒窝下巴。这张脸长得不错，在这一瞬间，塔基斯星人很不愿意将脑海中那些可怕的画面和这个说话温柔的男人联系在一起。他回忆起他那些俊美的亲戚朋友——全都是嗜杀的暴徒——于是错位感消失了。

“医生，不知道有没有人告诉过你，有些事情我们是不能在街上做的，因为会吓到孩子，惊到马匹。”

这句话里带着幽默的意味，原本以为会遭受言语攻击的塔基扬放松下来。“牧师，我来地球的时候你还没有出生，这么多年来我还从没听说过这种话，不知道说的是哪些事情。”

围绕着巴奈特的人群中有位妇女走了出来。“一般指的是性爱，这方面你知道得很清楚。”

她的黑发略微超过肩膀，落在胸口上。她的脸颊雪白，乌黑纤长的睫毛扑扇，睫毛下是一双深邃的深蓝色眼睛……

不，棕色！

现实一下子变换了，就像是缆车突然被拽下了轨道。塔基的呼吸被堵在了横膈膜和喉咙中间的某个地方。他脚步踉跄，抓住布拉斯的肩膀，里奥·巴奈特也快步向前，从另一侧扶住他。

“医生，你还好吗?”

“我看到了一个鬼魂。”塔基含混不清地喃喃道。晕眩的感觉过去了，他抬头看着她的眼睛。

“我的竞选经理，弗勒·范·伦斯勒。”巴奈特紧张地瞥了她一眼，说道。

“我知道，”塔基扬说。

“你反应很快，医生。”她最开始说的那番话就够咄咄逼人的了，现在的一字一句更是加上了尖刻的讽刺意味。

“你和你的母亲，长得很像……”这双棕色眼睛里放射出的怒火让他有些畏缩，“但是她的眼睛是蓝色的。”

“你的记忆力真是不得了。”

“你母亲脸上的任何一个细节我都不曾忘记。”

“我应该为此而高兴?”

“我希望如此。看到你我非常高兴。我还记得在那将近两年的时间里，我们每周都在一起玩。”他温柔地笑道，“我还记得你特别喜欢那种黏糊糊的玉米糖。就因为那些可怕的糖，跟你玩过的几天之后我的口袋都还是黏黏的。”

“你从来没进过我家。我父亲不会允许的。”

塔基感觉到自己的嘴巴不自觉地张开了。“但是我心灵控制了那些仆人，你母亲不顾一切地想见你——”

“我母亲是个该死的荡妇。她为了你抛弃了我父亲和自己的骨肉。”

“不，不是这样的。是你父亲把她扫出了家门。”

“因为她在跟你厮混!”弗勒伸手狠狠打了塔基扬一巴掌，他的头因为这股力道而别到一边。

他轻抚火辣辣的脸颊，向着她走去。“不是的——”

巴奈特把手放在塔基扬的肩膀上。“医生，这番对话很明显让你和范·伦斯勒女士都很不适，我觉得还是不要再继续了吧。”

这位牧师向着弗勒伸出一只手，她的嘴唇似乎放松下来，但同时又沉重了。一圈情欲的光晕笼罩着她。巴奈特将她送上出租车，似乎迫切地希望她离开。

“也许可以改日再谈，医生。我承认我非常好奇在你的世界里有哪些宗教信仰。”里奥一只手搭在出租车门把手上，“你是基督教徒吗，医生?”

“不是。”

“那我们应该聊聊。”

周围的人群散去之后，塔基扬空洞的眼神追随着弗勒乘坐的出租车。

“理想在上，这一切到底是怎么回事?”布拉斯用口音浓重的英语说了一句塔基星的习语，这让塔基扬更加觉得迷失方向。

塔基扬的双手摆成尖塔状放在嘴唇前面。“先祖啊。”他的胳膊牢牢环住布拉斯的双肩，“1947 年。”

“别开玩笑。你他妈的在讲什么呢?”

“注意你的言辞。”

他们走进酒店，布拉斯问道：“祖父，那个老女人是谁?”

“她不老……她母亲去世的时候，比她现在略微年轻一点。还有，你不要再把法语和塔基斯语混在一起说了，我听得要疯了。”

“我要听这个故事。”男孩命令道。

塔基扬的眼神在电梯和酒吧之间飘荡。“我想喝一杯。”

钢琴师正尽职尽责地弹奏着爵士版的《烟雾迷蒙你的眼》。

“白兰地。”外星人对着路过的服务生说道。

“啤酒。”布拉斯在祖父锐利眼神的逼视下改口了，“可乐。”他用屈服的口吻说道。

他们一直沉默地坐着，直到酒水端上来，塔基扬喝了一大口。“病毒被释放出来之后才过几个月，布莱思就被百变王牌感染了，后来进了我工作的那家医院。她是我这辈子见过的最美的女人，第一次见到她我就爱上了她。”布拉斯翻了个白眼。“我真的爱她。”塔基扬为自己辩护道。

“所以后来怎么了？”

“布莱思的能力是吸收他人的思想。阿奇博尔德·福尔摩斯招她进了一个名叫四王牌的反法西斯组织。杰克也是其中的成员，还有厄尔·桑德森、大卫·哈恩斯坦。布莱思的脑袋里储藏了爱因斯坦、奥本海默和许许多多其他人的智慧，也包括我的。与此同时，杰克、厄尔和大卫在全世界的各个地方推翻独裁统治、抓捕纳粹，做这一类事情。”

塔基扬抬起一根手指，又要了一杯白兰地。“在那个时间里，公众对百变王牌的疑心越来越重。跟现在有点像。他们真正的罪孽在于他们与众不同——他们超越了人类。众议院非美国活动调查委员会把我们召集起来，他们想要我治疗过的所有王牌的名字。我拒绝了，但是之后——”塔基扬又喝了一大口白兰地。不知道为什么，不管过了多久，这个故事讲起来还是很艰难。

“继续。”布拉斯催促道，他深色的眼眸因为兴奋而明亮。

塔基扬用毫无一丝情感的语气继续。“杰克成了所谓的‘友性证人’。他告诉委员会布莱思吸收了我的思想、我的记忆，那些人就让她出席听证会，开始拷问她。布莱思本身就要平衡很多人的思想，那种压力让她很……脆弱。她已经准备要透露其他王牌的身份了，但我不能容许这种事情发生。我控制了她，也因此破坏了她的心灵，她完全疯了……她的丈夫把她送进疗养院，1954 年的时候她在里面去世了。”

“她丈夫是谁?”

“纽约的一个国会议员。他们有三个孩子，小亨利、布兰登和弗勒。我在欧洲游荡的时候跟他们失去了联系。”

“你就是那个时候认识格奥的。”

“对。”

“真是乱七八糟。”

“你应该亲身感受一下。”

“所以每次我问你为什么老跟杰克吵架时你都不直说原因，就是因为这段陈年旧事?”

“对，好些年来，我一直怪杰克摧毁了布莱思，后来我才意识到真正摧毁她的是我，杰克只是众多成因中的一个。首先，我的家族研发了这个病毒，然后阿奇博尔德·福尔摩斯征召了她，还有她的丈夫对她弃之不理，以及人类的唯利是图。”

布拉斯用吸管大声地吸着杯子里的最后一点可乐。“哎，这可是真够沉重的，你知道吧?”

“她很漂亮，对吧?”

“弗勒?”布拉斯耸耸肩，“嗯，还行吧。”

“我必须见她，布拉斯。解释一下，把过去的恩怨说清楚。让她原谅我。”

“你为什么要在乎这事?”

“我的天，看看时间！我五分钟之前就应该跟得克萨斯州的代表见面了。去买点晚饭，放在房间里，别惹麻烦！我要去换衣服了。”

他进房间的时候电话在响，抓起来时听到长途电话的嘶嘶声。接线员冷酷无趣的声音问道：“你愿不愿意接通来自托马斯·唐斯先生的付费电话?”在这一瞬间，他简直无法相信这个记者的脸皮竟然这么厚。他沉默了一下，听到挖掘者模糊的声音从远处传来，正在疯狂地胡说着些什么。“塔基，你必须听我说——”

“先生，对方还没有同意接通电话。”冷淡的接线员警告唐斯。

“塔基，听着！可怕的事情——”

“先生!”

“……帮帮我……”

“先生，你愿意付费吗?”

“……大麻烦!”挖掘者的声音骤然升高，飙到了女高音的范围。

“不!”塔基扬嘭地挂了电话，他用的力道太大，电话甚至叮了一声以示抗议。他的衬衣刚脱了一半，电话又响了。

“付费电话——”“不接!”

电话又响了好几次，第三次之后塔基就不再接听了。尖锐的铃声就像钻头，钻进他的脑袋。于是他快速穿好一如既往的繁复华服——浅玫红加上淡紫色，还带有银色蕾丝。他离开房间进入走廊时，电话还在响。这一刻他犹豫了。*帮帮我*。怎么帮他？塔基扬重重地摇摇头，关上了门。挖掘者总是卷入肮脏记者的肮脏问题中。*这一次不帮他*。

我自己的问题已经够多了。

♥

斯佩克特上次来这家商店是百变王牌日，那一天，钦天士在一片火光之中死去，想来已经是一年半之前的事了。当然，他的死斯佩克特也有点小功劳。他买的西装那一天还弄坏了，但是话说回来，好多东西都没能挺过*那一天*。这地方管事的老男人在他看来人还不错，管他呢，不如多给他点生意做。总不能住在奢华的旅馆里，但是却没有几身像样的衣服吧，那他会像个时装秀上的鬼牌一样显眼。

他刚一走进去就意识到了这是个错误。以前，这家店老旧昏暗，落满灰尘——就像管事的那个老男人。但现在重新刷了漆，焕然一新，灯光也更明亮了，甚至连闻起来都有股新鲜的味道。

斯佩克特转身要走，一个声音叫住了他。“嘿，进来，先生。如果你想要又便宜又好的衣服，那你就来对地方了。跟我说说——我叫鲍勃，外面的招牌上就写着呢——你想要什么，我立马就帮你找来。”

斯佩克特循着声音看向鲍勃。他衣着光鲜，不过衣服掩盖不了他人到中年的事实。他的眼睛和微笑看起来像骗子。斯佩克特只想买几件衣服就走。“我要两套西装，一套深灰，一套浅灰。38 号。不要太贵。”

鲍勃摸摸下巴，脸皱了起来。“我觉得灰色不适合你。棕褐色之类的可能比较好。到这边来。”他拉住斯佩克特的手肘，领着他走向一面镜子。“稍等一下。”

斯佩克特环视这家店，没看见有别人，只有鲍勃和他。

鲍勃小步快跑过来，手里抓着一件棕色外套。他让斯佩克特转身面对镜子，把外套贴在他身前。“你觉得怎么样？很棒，嗯。只要四百五十美元，简直就是白送。当然了，大小都是可以改的。”

“我要两套西装，我已经说了，一套浅灰，一套深灰。”

鲍勃叹了口气。“你去外面看看。你知道有多少人穿灰西装吗？如果你想与众不同，想展现自己，那你就要穿出自己的特点。相信我。”

斯佩克特没有在听。他均匀地呼吸着，集中注意力，回忆痛苦，他自己死亡时的剧烈痛苦。

“你还好吧，先生？”

斯佩克特转身面对鲍勃，盯着他的眼睛。他们的目光对上了。鲍勃无法移开视线，斯佩克特也不愿意。死亡的记忆把其他的一切都遮盖住了，现在他把这记忆传输给眼前的男人。他的内脏扭曲燃烧，皮肤破裂剥落，肌肉撕开，骨头折断。斯佩克特的死亡过程在他自己的脑海中过了一遍，鲍勃也感受到了。回忆起心脏炸开的时候斯佩克特颤抖了，鲍勃倒吸了一口冷气，他双腿一软，摔倒在地，死了。斯佩克特也死过，后来塔基扬把他救回来了。

斯佩克特环视四周，依然没有其他人。他架着鲍勃的腋下把他拖进试衣间，走向货架，拿了两套灰西装，一套深灰，一套浅灰。

他用塑料防尘罩把它们包好，回到街上。“顾客总是对的，鲍勃，这是做生意的第一守则。”

晚上 9 点

“问题在于，就因为这个杰克逊，我们很可能会输掉选举。不是我偏执——”

“但听起来就是。”塔基扬打断了他。布鲁斯·詹金斯的额头上皱起了一层又一层的褶子。他的脑袋基本没有头发，只有红色的大耳朵上有一簇小毛发，所以整个头看起来就像是被地震肆虐之后的地球。“我的意思不是说你这个人偏执，”塔基扬赶紧补充道，因为他意识到塔基斯星的坦率直白在政治大会上不太适用，“但是就算这个第三名再有趣再有魅力，也只是第三名，我们为什么要讨论他？最重要的是哈特曼参议员和里奥·巴奈特。”

“牧师。”“嗯？”

“巴奈特牧师。你说哈特曼的时候加上了称谓，所以里奥也要加上。”

“我们能不能开始说正题了，詹金斯先生？”

“好，得克萨斯坚定地支持牧师。”

“会一直支持下去？”

“对。我不是说格雷格·哈特曼不好，他是个好人，所以我觉得巴奈特和哈特曼组成搭档的话会很有优势。”

“不可能！”

“别着急下结论。政治就像是马匹买卖，医生，不能太死板了。”

“詹金斯先生，要是想民主党能在11月赢下大选，那跟里奥·巴奈特搭档会是灾难。现在还有不少人觉得一个宗教人物不该竞选这个国家的总统。还有，巴奈特是个只能吸引特定群体的候选人。”

“不，先生，这一点你错了。你觉得他只能吸引一个群体，是因为你太过在意百变王牌，但其实里奥说出了很多美国普通人的心声，他和他们一样担心这个国家的道德腐败问题。”

他们离开了美丽世界餐厅，左边传来瓷器碰撞的哐当声，记者、随从和不够有钱的代表们正在万豪的咖啡店里吃饭。

塔基扬看到令人目眩的大厅中庭里拉着各种横幅，皱起了眉头。

他听到了高跟鞋清脆的咔哒声，感觉到有冰冷的手指插入他的头发、触碰着他的脖子，他惊得跳了起来，猛地转身。萨拉的手指被他紧紧握着，脸上表情有点痛苦。她脸颊明媚嫣红，但皮肤白得不自然，看起来像是在发怒。

“我是来说事情的，想看看我能不能帮忙。”

塔基扬摇摇头。“什么？”

她向后靠了一点，鼻孔扩张。“蝶蛹。”

“她怎么了？”

“她死了。”平淡的语调跟弗勒的巴掌一样狠狠扇了他的脸。他快速走了两步，想要找到支点。他的手放在萨拉纤瘦的肩膀上。

“死了！”

“难道你不知道？”

“不知道……我……很忙，忙了一整天。”

“真是忙。”她语气尖刻，突然间，苍白的脸却又戴上了温柔而同情的面具。“很抱歉由我带给你这个消息。”

詹金斯轻手轻脚地跟过来了。“医生，似乎你听到了坏消息。我们改日再聊。”

萨拉双手拽住塔基扬的肩膀，把他拉向电梯。“这确实是个令人震惊的消息，你脸色不太好，可能是需要躺下休息。”

“我需要喝一杯。”

萨拉紧紧抓住他的胳膊。“你房间里有酒吗？”

他皱着眉头看她。“有。”

“那我们……那我们过去。”她的薄唇无力地吐出这番话，“我……有话跟你说。”

电梯快速向上时，身体上的晕眩感加重了他情绪上的晕眩感。“蝶蛹，”他摇摇头，“跟我说说她。”

萨拉暗淡的双眼牢牢盯着塔基扬紫色的眼睛，然后简明扼要地说了情况。她似乎迫切地想跟他进行心灵接触，但塔基扬努力控制住了自己。他实在不想知道这双紧张的眼睛背后是怎样的心绪。

他领着萨拉走进套房，站在小酒吧前盯着镜子，绵软无力的手抓住了一个白兰地酒瓶。

镜子，蝶蛹很喜欢镜子，她的卧室里满是镜子。

他回想起她的脑袋和透明脸颊上标志性的螺旋状亮片，想象着它被打碎，成为一摊血糊。杯子和杯子碰撞的声音在这个房间里显得很响亮。他转身想把其中一杯递给萨拉，但是她不见了。他听见床垫的吱吱声，于是走进卧室，惊讶地看到她就在床上：手肘撑着床单，一条腿搭在另一条腿上，短裙被拉高至大腿中部。她接过酒杯，羞怯地拍拍床上身旁的位置。他小心地坐下去，就像个要跟蜘蛛共享长椅的男人。

“秘密。”他叹了口气，喝了口酒，“我猜蝶蛹最终还是因为她发现的某个秘密而被杀害。”

“对。”萨拉紧盯着对面的墙壁，摇摇头，把手放在他的胳膊上，这只手沉重且毫无生气。“我知道这给你带来了多大的伤害，你们俩关系很好。”

他握住她的手，轻捏了一下，然后移开了它。“我也不知道我们的关系算不算好。”

她的手指突然紧紧抓住塔基扬大腿上的肌肉，开始摩挲。塔基扬冲着她的方向紧张地看去。她的发际线上渗出汗水，嘴唇抿成一条线。她感觉到了他的审视，回以微笑，眼睑半垂，噘起了嘴。塔基扬喝光了杯子里的酒，腿上的肌肉在她的疯狂攻击之下开始痉挛了。

“再来一杯？”他晃晃杯子。

沙哑低沉的声音回答道：“嗯，好，拜托。”

他们安静地坐在一起喝酒。塔基扬觉得他的内脏都开始抽搐了。“我在想——我的天呐！”

他撞上了床的边缘，滑落到地板上，白兰地都洒在了他的胯部。他把纤细的手指插进耳朵，抹干净萨拉舌头的突然袭击所留下的液体。那感觉就仿佛是有人把沾满冰凉凡士林的棉签伸进了他的耳孔。

她趴在床上眼神明亮地盯着他，喘息着说：“我想要你！我想要你！”

她扑过来的时候他觉得像是被耙子打到一般。皮包骨头的膝盖、手肘和骨盆迎上他的胸口、胯部和大腿。两人纠缠了一会儿，萨拉奉上不少不甚专业的亲吻，不管是他身体的哪个部位，只要她能碰到，她都亲上了。塔基扬把她推开，踉跄着走向床的另一端。

“你他妈的在干什么呢？”屈辱和愤怒的眼泪填满他的眼睛。

“我想跟你做爱。”

“如果这是某种玩笑的话，真的一点都不好笑！不过如果你要追求的是残忍的塔基斯星幽默感的话，那你做得真出色！”

“你在胡说些什么啊？”她抓着自己的头发尖叫。

“我是个性无能！性无能！性无能！”

“现在还是?”话里的惊讶是真的。

他的最后一点自控力被撕得粉碎。“对，他妈的！出去！你现在给我滚出这里！”

萨拉的脸颊上升腾起两团红色，她冲过去拥抱住他，双手疯狂地缠住他的后颈。“不，别这样，我不能离开你。我是下一个，你看不出来吗？只有你才能保护我的安全！”

“你疯了吗？保护你什么安全?”

“哈特曼！哈特曼！他杀了安德，他杀了蝶蛹，他马上就要杀我了！”

“我不会听你胡说八道。”

“他是个怪物，毫无人性，邪恶的魔鬼！”

“一年前你还跟他搞得昏天黑地。”

她喘得上气不接下气。“那是被他操纵的！”

“我听明白你的意思了，你疯了。”塔基扬回到客厅，还拖着萨拉，此刻的她像是一匹顽固的小马驹。他打开房门。“出去，出去，出去，出去。”

她跑开了，奔回到床上，把枕头抱在胸口蜷缩起来。“不，不行，你不能逼我。我不会走的。你必须帮助我！”他把她拖下来跌跌撞撞地走向门口，她哀号着，“读我的心！进入我的心灵！”她抓着他的翻领嘶声说道。

“你觉得是心灵，我看是污水坑，我是不会碰的。”

她心中怒气升腾，用指甲划伤了他的脸。“我死的时候你会很后悔的！”

“我现在就已经后悔了。”

塔基扬嘭地关上门，厌恶地掸掸衣服，走向小酒吧。他拿起一瓶白兰地，直接对着瓶口喝了起来。然而这酒太烈了，他的喉咙承受不住，又吐了出来。他用手擦擦脸，却不小心让脸上被指甲划出的伤口接触到了酒水。

帮帮我。

你不想相信。

我死的时候你会后悔的。

酒瓶砸在对面的墙上爆裂开来。

我已经受够了后悔的感觉。

晚上 11 点

斯佩克特把头发梳起来，再用剪刀修剪发尾。一簇簇棕色的直发落在肮脏的水池里。他的水平接近理发师了。以前为了赚学费，他曾经兼职替别人理发，后来越做越好。他拿起破裂的小镜子检查后颈处的情况。

“干得不错，小伙。”他对自己说道，然后用手指挖了一点润肤霜，抹在发红的上嘴唇上方。刮了胡子剪了长发之后他看起来年轻了好几岁，跟大学时候的模样差不多，但是眼睛不同了，永远染上了痛苦的神色。把头发洗完吹完后，所有在他死亡之后才认识他的人应该都认不出他了。除了塔基扬——不管他变成什么样塔基扬都能认出来。

一想到这个小个子外星人，他的情绪就从常规的闷闷不乐变为了痛苦的狂怒。他要是完成了任务，就可以让塔基扬也受点伤害。他冲着镜子点点头，走向客厅。比起他在鬼牌镇的公寓，这里的装饰更加精美：墙壁是灰绿色的，家具是红木或者其他深色木头。他偶尔甚至会感觉到精神振奋。被沉睡者揍了一顿之后，他回到了蒂内克市。想到在那之后不久所发生的可怕状况，他不禁觉得自己做了个正确的决定。

塔基扬一屁股坐在黑色蒲团上，伸手去拿电视遥控器。航班是明天十点，所以早上有足够的时间收拾行李。电视噼里啪啦地响着，泰德·科佩尔出现在了视野中。

“……这位透明皮肤的女性选择在纽约鬼牌镇的中心创造自己的王国，对于她的情况我们知之甚少。”科佩尔的眉头比往常还要紧锁，“这显然是一场谋杀，而且似乎非常残忍，但是警方没有透露过多消息。不排除是力量超强的王牌作案的可能性。我们对这位名叫蝶蛹的女性的背景情况了解有限，等会儿我们会细说，但是首先，请听鬼牌镇区域的警长安吉拉·伊莱丝在今天的早些时候所做的情况通报。”

画面切换到了单调乏味的新闻发布会现场。一个深色头发绿色瞳孔的女人站在一窝麦克风前面。她咳嗽了一声，示意暂停，手掌按在演讲台上。“以蝶蛹这个名字为人所熟知的女性今早被发现死在了她的办公地。如果法医鉴定这是谋杀，那我们会全力调查。目前我们无法给出进一步消息。”记者们的提问声立马响彻现场，伊莱丝抬起一只手。“就到此为止了。有新消息会通知你们的。”

斯佩克特伸手去拿威士忌，他总是在蒲团旁边放上一瓶。他拧开盖子，喝了好几口。

“要命。”他从来没有在乎过那个贱人，但是她的死让他很不安。空气中已经有了血液和死亡的气息，通常情况下这种氛围让他觉得像回家一样亲切，但是这一次他的直觉告诉他，完成这次任务可能得付出些代价。这太糟糕了。影拳会给的钱快要花完了，他需要再赚点。这个活正好落在他头上，他可不想搞砸。

又喝了几口威士忌，听着科佩尔熟悉的单调语气，他放松下来打起了盹，心里还想着亚特兰大的天气会是怎样。

♣

塔基扬缩在吧台旁边，脚踝绕在铬制高脚凳的横档上。挂起来的红酒杯反射着灯光，他头痛欲裂，但是没有力气扭头看向别处。

镜子。开心屋的镜子在绑匪试图绑架“天使脸”时被打碎了。他走进水晶宫殿顶楼蝶蛹的闺房，她的头颅经过镜子的反射，展现出一百种不同角度。看不见的嘴唇被涂上了浅粉色，一边脸颊上画着漩涡状的亮片。蓝眼睛怪异地飘浮在只能看见骨头的眼窝里。

他在这两个地方喝过不知道多少年的酒了。德斯一年前去世后，开心屋就关门了。

宫殿会变成什么样呢？

喝醉了的塔基扬自怜起来，眼里满是泪水，他觉得自己失去了亲人。

“嘿，兄弟？”一个热情洋溢的酒保问他，“再来一杯？”

“当然，为什么不呢？”酒保又倒了一杯白兰地，塔基扬高举酒杯，“敬那些令我们痛惜的逝去之人。”

塔基扬一口干掉了白兰地，在酒吧账单底下潦草地写上自己的房间号码，从高脚凳上滑下去。到了这个钟点大厅里还是有不少人，但他没看到一个自己认识的。塔基扬想过让杰克过来，但是他想喝酒时谈论一下蝶蛹，可惜那个高大的王牌并不认识她。

他漫无目标地游荡着，不知不觉来到了巴奈特的党派所在的楼层。他能听到门里传来低语声。他狠狠盯着其中一扇门，希望能用意念引导弗勒从里面走出来，但是并没有奏效。倒是有个特情局守卫注意到了他对套房无声的审视。看到他走过来，塔基扬踉跄地回到了电梯里。

回房之后他跪在床边盯着布拉斯乱蓬蓬的脑袋，啜泣着将熟睡的男孩拥入怀中。

所有人都离开了我，所有我爱的人都离开了我。我非常非常爱你，永远不要离开我。

♣♦♠♥

第二章

1988 年 7 月 19 日，星期二

上午 8 点

塔基扬昨天晚上喝得烂醉，而且心烦意乱，所以没注意到电话上闪烁的消息指示灯。现在他的眼睛终于能聚焦了，脑袋也不再像是架在肩膀上的敌方势力了，于是他喝了一口消食泡腾片冲泡的水，开始回电话，听着另一头传来遥远的嘟嘟声。

“布莱思 · 范 · 伦斯勒纪念医院。”

“我是塔基扬，让费恩接电话。”

“嗨，医生，你应该听说了吧。”

“听说了。”

“现在这里全都乱套了。昨天晚上巴奈特的布道会被人扔了燃烧弹，查塔姆广场也出了事，我只能姑且将其称之为自由形式的抗议。我整个下午都在找你。”

“我很晚才回到房间。”

“我帮忙做了尸检，你想知道细节吗？”

塔基扬叹了口气。“我觉得我应该知道。”

费恩开始说他的发现。塔基扬在背景音中听到了四次咔哒声，想来应该是这位小马大小的半人半马在紧张地踏着四蹄。鬼牌医生最后以黑色幽默总结道：“总之，葬礼的时候棺材绝对得关着。”

“该死，葬礼，什么时候举行？”

“明天早上十一点。”

“我会去的。”

“你那边的情况怎么样?”

“乱七八糟。我都不知道现在到底有多少个代表。”他看了下手表,“听着,我得挂了。明天见。”

塔基扬抓起一顶帽子,在洗手间门口略作停留,压过流水声向里面喊道:“我出去跟杰克吃早餐了,十点半的时候过来找我,我们一起去欧姆尼,必须来!”

布拉斯没有回应,他要么在想着坏心思,要么就是在生闷气。这两种情况都不是塔基扬希望看到的。

♠

“摩根斯特恩女士。”布拉登·杜莱斯比她年轻,说话的时候却总是一股在做正式声明的气场,本·布莱德利①似的低沉嗓音宛如冬日驾车驶过新英格兰的碎石路,让他听起来颇具权威性。“你让我们的报纸处于非常尴尬的境地。”

她在床上变换了个姿势,将枕头拉向自己的胸口。她穿着厚重的蓝色法兰绒睡衣,睡酒店的时候她总是这样:冬天就把供暖系统温度调低,夏天就将空调开足,然后把自己裹得暖暖和和的。她喜欢用被子和衣服隔绝热量。

她的眼皮很沉重,好不容易才睁开。她向来是个早起的人,但是昨天晚上被塔基扬赶走之后——那个混蛋!——她就没有一点办法了,不知道接下来该怎么办,所以只好回到房间,怀着抑郁入睡。她眼睛瞥向床头柜上的闹钟,已经早上八点了,要不是杜莱斯打电话过来,她可能会一直睡到下午。

杜莱斯听到她没有回应,于是继续说:“有一件事我们非常担忧,

① 1968 年到 1991 年担任《华盛顿邮报》总编,是一位真实人物。

那就是你最近似乎因为私人恩怨而对总统大选中的主要候选人进行着打击报复。”

苦涩像气泡一样冒出来。“你指的是你们最宠爱的那个男孩。”

“《邮报》长久以来都明确地知道作为首都报纸所要承担的责任。在现阶段，哈特曼参议员显然是最有资格担任总统的候选人。”

“你觉得在现阶段我们应该让一个疯子王牌入主白宫？上帝啊，罗尼·里根只不过是让我们每两年就入侵一个不属于我们的国家而已。这个人——这个生物——靠人类的惨剧过活，布拉登。”

可怕的沉默降临。她能想象电话另一头那张年轻而有教养的脸庞会是何种表情：鼻子皱起，嘴角和眼角的纹路加深了，他这个年龄本不该有这样的皱纹，但是他故意培养起来，想给自己增加点庄重感。他现在的样子就像是在《邮报》神圣无菌的密室里探测到了狗屎的芬芳。

“我们觉得你……太偏执了……不仅影响作为记者的你，也影响了我们报社。你发过来的最新一篇报道——姑且称为报道吧——写得很惊人。就算我们这边愿意接受这番毫无根据的指责和胡言乱语，报社的法律部门也不会允许我们刊登出来。

“还有里奥·巴奈特试图抹黑哈特曼参议员的行径——说真的，萨拉，你怎么会让他借用你的名字来做这么，实话实说，做这么无耻的事情？”

“巴奈特的人没有问过我，布拉登。我完全不知道是怎么回事，我向上帝发誓。”她紧抓着电话，就好像那是她唯一的支撑。冰冷的听筒压在她的脸颊上，仿佛是她的护身符。

“你那时候告诉我这些指控都是真的。没过几个小时，哈特曼参议员就否认了，而且我们都觉得很有说服力。”

*因为你本来就觉得指控是假的。*她想象了一下，如果给出了这番含糊其辞的否认的不是《邮报》亲手捧红的哈特曼，而是另一个政

客，是尼克松、罗伯特森，甚至是布什，《邮报》都会追着他们死缠烂打到天涯海角。

但是她不能把这话说出来，在想要获取信息时，她总是伶牙俐齿，全然是位优秀记者。然而不知道为什么，每次说到对她来讲很重要的事情时，她说出的话语总是会背叛她。

“总之，摩根斯特恩女士，你迟迟不肯回纽约，我们都很担心。你是新闻界公认的鬼牌镇专家，但你却对那起谋杀毫无兴趣，这让我们非常不安。我想再补充一句，那个案子涉及到王牌力量——而且被杀的是鬼牌镇里最重要的人物之一。据我所知，她跟你是朋友关系。在我们看来，你应该回来报道这个事情。”

“我要留在这里，布拉登。这里的事比鬼牌镇的谋杀案重要得多。这事关每个人——你、我、王牌、鬼牌、乌干达人、整个世界。总统的权力太大了，太——”她稳住自己，没有草率地把话全抖出去。这就是她更喜欢书面交流的原因：你所说的话会脱离你的控制。她深吸一口气。

“还有，布拉登，他在这里。谋杀蝶蛹的人在这里。你难道没看我的文章？”

“你的意思是哈特曼参议员本人把乔瑞女士打死了？”

“不是的，该死，布拉登，别这么蠢。他派人去做的——他利用了自己的王牌能力，利用了自己的身份，跟亲自动手又有什么区别呢？他还是有罪，就像派手下杀人的黑手党老大一样。”

杜莱斯叹了口气。“我真的不希望看到情况发展成这样。你的精神崩溃已经严重影响了你的专业性，所以我们觉得你和报社的合作关系不该再继续下去了，不然对你和我们都没有好处。”

“你们要把我炒了？”她的声音飙升到了天花板上，“说出来，布拉登，我要看看你有没有胆子直说出来。”

“我要说的话全都说过了，摩根斯特恩女士。再加上一句我私人的建议：希望你能寻求治疗。你的能力很强，因为上瘾儿丢掉一切实在太可惜了。”

“上瘾?”她差点连这个词都说不出口。

“对恐惧上瘾，对刺激上瘾，时时刻刻都想成为巨大、恐怖又模糊不清的神秘事件的中心人物。上瘾是 80 年代的疾病。萨拉，再见。”

她听到咔哒的挂断声，之后就是掉线的白噪声。她脑海里想象着布拉登·杜莱斯的双手早已搓洗得洁白粉嫩，但还在空中清洗着。

她甩手扔掉了电话听筒，从床上站起来开始穿衣服。她觉得自己像是一个有裂痕的瓷娃娃，任何动作、任何一点空气中的扰动，都有可能让她成为地毯上的一摊碎片。

上午 9 点

塔基扬意识到心中飘起一股带着罪恶的快感，就算在全国范围内，他也依然是新闻人物。昨天他和杰克小心翼翼放出的暗示现在已经结出了果实。记者们争抢着位置，调试着麦克风和摄像机。杰克很厉害，所有这一切都是他安排的。他选择的桌子靠着矮墙，而这矮墙正好分割了中庭咖啡厅和走廊。一个技术人员啪的一声打开了落地灯，高大的金发王牌看起来泛着白。杰克眯起眼睛，抬起手来挡着光。

“晚上没睡好?”塔基扬在杰克对面的椅子上坐下，问道。他压低声音，不想让正对他们这个方向的节目话筒捕捉到这番对话。

“昨天晚上，‘9（c）条款’被挑战了，也就是候选人被淘汰之后，之前选择他的代表们按比例重新分配——”

“杰克，别跟我说那些可怕的细节。我们赢了还是输了?”

“赢了，你要谢谢我，是我设了局才赢下来的。”杰克抿了一口咖啡，点着了香烟，“你知不知道我们接下去要怎么演这一出戏?”

“不知道。”

“很好。”对方酸涩地回复道。

塔基扬弯起嘴角。“我觉得我可以绕过桌子，然后亲你一大口。”

“我会杀了你的。”

塔基扬把手放在额头上，遮挡着眼睛，扫视人群，注意到布罗考和唐纳森都在。总是很会把握出场时间的游隼从九楼飞下来，她的美妙双翼扇出强风，一时间菜单翻飞，做好的发型也都乱了。摄像机都转过去拍摄她降落的过程。

塔基扬通过心灵力量跟她沟通。*早上好，亲爱的可人儿，准备好跟我们一起骗人了吗？*

准备好了，亲爱的塔基。

“布劳恩先生，医生，您二位竟然一起吃早餐，可真奇怪。”游隼用优美的声音说道。

“怎么奇怪了？”塔基干巴巴地问道。

萨姆·唐纳森接球了，他以惯常的快速尖锐风格问出他的问题：“大家都知道你们二人积怨已久。1972 年接受《时代》杂志采访的时候，医生你还说过杰克·布劳恩是美国历史上最大的叛徒。”

杰克全身一僵，按灭了他的骆驼烟。塔基扬瞬间有些同情他马上要经历的一切。

“唐纳森先生，你也知道那场采访已经是十六年前了。人是会变的，他们会学着原谅。”

“所以你原谅了布劳恩先生 1950 年所做的事了？”

“对。”

“你呢，布劳恩先生？”《纽约时报》的巴克利说道。

“我没什么好原谅的。我只有歉疚。50 年代的事情是一场扭曲的闹剧。我觉得会再次发生，所以我在这里发出警报。塔基扬医生和我不仅是旧相识，而且还同样敬重格雷格·哈特曼，所以我们才会来到这里。”

“所以说是参议员安排了这场和解？”

“他只是做出了榜样，”塔基扬说道，“去年，他促成了世界卫生组织的环球之旅，调查全球范围内百变王牌病例的治疗情况。参议员反复强调要和解，要治愈曾经的伤口，这让我们都很动容。”塔基扬瞥了杰克一眼。“我想说我们两人都把这一课听到心里了。”

“我们之间还有一个纽带，”杰克说，“我染上了百变王牌，是最早一批染上的人之一，塔基扬花了四十二年来帮助病毒的受害者们。”

这个说法夸张了，但是让人听得很高兴，所以塔基扬也没有纠正他，实际情况是，在十三年的时间里，也就是1950到1963年间，他完全是个毫无用处的酒鬼，在欧洲和鬼牌镇的街道与下水道间游荡。而他之所以会如此消沉放荡，则是因为众议院非美活动调查委员会之前的那些致命听证会，以及杰克的背叛。所以这些还是不说为好。

“……而且我们都不喜欢这个国家现在的情况。仇恨又回来了，让我们很担忧。”

塔基扬从回忆中挣脱出来。

“所以说你是在指责巴奈特牧师煽动仇恨和狭隘？”一个满脸严肃的年轻人问道。

“我认为里奥·巴奈特是在按照原则行事——按照他自己的原则。在叙利亚，我看到无辜的鬼牌在街头被乱石砸死。难道有人希望在我们的国家看到那样恐怖的场景吗？”塔基扬摇摇头，“我不这么认为。格雷格·哈特曼——”

“是一个秘密王牌，是一个杀手。”人群中传来一个尖细紧张的声音。

人群向后看，萨拉瘦削脸庞上的疯狂吓得他们纷纷退后。塔基扬从椅子上半站起来。

“操！”杰克喃喃道。

“你打算做什么，塔基扬医生？他是你创造出来的，是恶魔的孩子，只有你可以阻止他。”萨拉一边说一边流泪。

“做些什么吧，用心灵控制住她。随便做点什么。”杰克低语道。

让糟糕的情况恶化？他通过心灵给这位王牌发送了苦涩的消息。

此刻，记者们像是一群闻到血腥味的狼，开始逼近萨拉。她脸色苍白地向后退。

“摩根斯特恩小姐！你为什么……你有……证据……《邮报》是否……”

喧闹的声音越来越大。对于塔基扬过分紧张的神经来说，这声音似乎化成了实体，宛如一道波涛，正要冲破脆弱的神经防线。萨拉转身消失在兴趣盎然的看客之中。塔基扬盯着媒体人那一张张渴望的脸，低下了头，看来不得不给他们一点料了。

我的先祖们，请原谅我！他祈祷着，将萨拉扔给了狼群。

“那个可怜的姑娘不太会排解压力，”他声音清澈，具有穿透性，“昨天有人提到了她和哈特曼参议员——”

“所以说确实出轨了？”唐纳德森插话道。

“没有。这个孩子爱上了参议员，但却一直被拒绝，她无法接受这个事实。我觉得她一方面爱着他，另一方面又想复仇，两种想法撕扯着她。记住，相比之下，地狱里的烈火都显得微不足道……”他的声音逐渐变小。

“没错，”杰克接话，“在旅途中我曾经试着用我的魅力吸引这位年轻女士，但她只为参议员着迷。”

“真痛心。”塔基扬总结道。但是我现在对她做的事更痛心。

◆

“你又是谁？”萨拉尖声质问道，但是抓住她胳膊的男人并没有搭理她，也许是身边嘈杂的提问声和海啸般的群情激愤掩盖了她的声音。

不过从他的态度看来，她觉得他是故意选择不搭理她的。

刚才，谨慎的安保人员从人群中向她走来，这是当然的，他们穿着深色三件套西装，对着耳麦低语。而她，虽然身上穿的是绿茶色的短裙和长袖白衬衫，衣领的飞边跟塔基扬的比起来也低调不少，但却孤身一人昂首傲立在众人面前，任由噪音席卷而过。她已经说出了事实真相，它就像一堆屎，在灼热的电视灯光下闪闪发光、冒着臭气，谁也不能忽视它或者掩盖它。现在，她必须承受后果。

有人抓住了她的手腕，她一转身，准备好踢向那身工作服的胯部。然而眼前的并非强壮的年轻小伙，而是个身材矮小、头发灰白且有点秃顶的男人，穿一件米奇 T 恤，还挺着个圆乎乎的肚子。安保人员还离她有一段距离。

灰发男人拖着她从侧面出去，他就像个东河暴徒，动作并不粗鲁，但是让她无法抵抗。回潮的代表和记者们大声喊着问题，困住了安保人员。她看了多功能厅最后一眼，看到的是杰克在盯着她，接着他做出一个奇怪的表情，就像是电影演员桑尼·塔弗茨困惑时的样子。他旁边的塔基扬似乎有些神经衰弱，正沮丧地凝视着四周，好像一个营养不良的纨绔子弟发现自己的人生楷模在衣橱里放了屁。

拯救她的这个人——不管他是谁——拉着她走下楼梯，穿过漠不关心的人群，走进侧面的服务通道。他一用力，让她转过身，背对墙壁。一群记者冲过来，走下楼梯，他们跟丢了。

“*你不能这样做事。*”他说。这个人的脸一看就像电视上那些粗鲁无礼的伯父。*他的口音……俄国人？*

萨拉蒙了。这实在太奇怪了。她把手从对方手中抽出来，比起其他的事情，最让她慌张的就是跟对方的触碰。

他压向她。“别这样！你听好，你的情况十分危急——”

*这还用你说，小家伙。*她扭动着脱离他的钳制，快速跑开。在此

期间，她甩开一只高跟鞋，踉跄着撞上墙，刮擦出不少碎屑，然后用手撑着自己疯狂地踢开另一只鞋。

“蠢货！”男人在她身后喊道，“你所掌握的事实很有杀伤力！”

鞋子终于被她踢掉了，翻滚着撞上远端的墙。她跑开了。

上午10点

格雷格记得自己一整晚都没有睡觉。

6点的时候艾米打电话过来告诉他早上的安排；7点跟安德鲁·杨一起在庞帕诺餐厅共进早餐；7点45分跟塔基扬、布劳恩还有其他重要游说者以及代表开会，内容是鬼牌权益条款和竞选纲领；8点10分跟俄亥俄州代表见面，遇到点小困难，因为他们觉得格雷格是俄亥俄州的孩子，毕竟他是在这里出生的，所以他们觉得应该享有些特权；8点半跟泰德·肯尼迪和吉米·卡特探讨明天提名者们的演讲。艾米和约翰·沃森挤在旁边，想跟他确认之后的安排，之后格雷格简单地跟托尼·考尔德伦聊了一下提名演讲的进展。

9点半左右，塔基扬急急忙忙地冲进来抱怨萨拉·摩根斯特恩终于还是玩过火了。他跟格雷格说了她在楼下是怎么爆发的。“她已经完全疯了！”外星人怒气冲冲地说，“偏执狂，被害妄想症！我们必须想办法对付她。”

塔基扬都不知道格雷格有多同意这一点。现在她的行为难以预测，十分危险，他也不敢动用玩偶人来处理她：在吉姆利的干扰下，这么做太冒险了。考虑到最近的几周里他跟玩偶人之间的情况，他实在不敢心存侥幸，万一在公众面前出了什么状况，一切就都毁了。

过了10点，他终于能回到自己房间里休息片刻。艾伦在外面跟各位代表握手交际，房间里只有他一个人，这太好了。他的太阳穴突突地跳，头痛欲裂，脑海里响着吉姆利的声音。

为什么要担心摩根斯特恩呢？的确，她是个我行我素的疯子，但是跟我比起来她根本就不算个事，对吧？你要是敢放玩偶人出来，就可以轻松解决她。你现在还能感受到他吗，小格雷格？你能听到他正因为受困而咆哮吗？我能。你也会听到的，很快。

“闭嘴，滚！”他没有意识到他说得这么大声，直到听见了自己声音的微弱回声。

吉姆利笑了。当然了，我会安静一会儿。毕竟我已经成功地让你开始自言自语了。你只要记住，我还在这里，还在等待。不过我估计你也不可能忘记，对吧？你做不到。

声音消失了，只留下格雷格抱着头呻吟。一次解决一个问题，他告诉自己，先解决萨拉。

他冷静下来，拿起电话开始拨号。长途电话的轻微嘶嘶声传过来，然后另一端话音响起。“哈特曼1988，”浓厚的哈莱姆区口音响起，“纽约办公室，这里是马特·威廉。”

“皮草，北边情况怎样？”

另一头传来了笑声。据格雷格所知，威廉——在鬼牌镇被称为皮草——更喜欢他的鬼牌名字。“参议员，能接听到你的电话真好。我应该猜到只有你才会从这条线打过来。一切都很顺利，只是进展有点缓慢。我们在等待官方宣布你是我们的候选人，之后我们就开始超负荷工作。亚特兰大情况如何？”

“又热又湿，据我了解的情况，会场上热闹得不行。”

“有不少人反对鬼牌权益条款。”皮草说。格雷格能想象这位鬼牌狮子一样的脸上展露愁容。“我也料到了。”

“恐怕是这样的。但是我们还是要不断坚持。”

“干得好，参议员。这个时候，皮草能为你做些什么吗？”

“我希望你能帮忙打几个电话。我本来可以自己打的，但是几分钟之后我还要开个会，艾米和约翰在忙着竞选纲领的事情。你或者手下有时间帮我这个忙吗？”

“当然了，打给哪些人？”

“太好了。首先，跟库默的办公室联系——务必转达谢意，感谢他昨天安排了锉刀和裹尸布；再查一下他明天具体什么时候到达亚特兰大，我想知道他有哪些安排，确保在机场接他的是我们的人；之后打电话给我们在奥尔巴尼的总部，我之前约了八月第一周过去，但艾米说她没有收到那边的消息，你再确认一下。我还希望你能打电话确定艾伦星期一早上回纽约的时候公寓已经准备好了——对了，她现在改成飞到汤姆林机场了，之后具体细节约翰会打电话告诉你。”

“好的，参议员，还有别的事吗？”

格雷格闭上眼睛，沉入厚厚的沙发垫的怀抱之中。“还差一件事，还有个电话。”他念出离开纽约前记下的号码。“不会有人接的，只会是答录机的声音，”他告诉皮草，“这个不用管，你只要留下一条简短的口讯就行。就说尽快预订去亚特兰大的机票。他们知道这是什么意思。”

“订最早的航班。没问题，就这样？”

“就这样，谢谢你，皮草。希望很快能再见到你。”

“加油帮助我们这些鬼牌争取到能依靠的竞选纲领。”

“我们一定倾尽全力。保重，替我向各位员工致意。如果没有他们的帮助，我们肯定一事无成。”

格雷格小心翼翼地把听筒放回原位。

搞定了。麦基会过来的。格雷格原本不想让这个不稳定的王牌出现在亚特兰大，但是他必须采取点措施。麦基应该已经解决掉唐斯，现在他该处理萨拉了。

一个非常细小的嘲讽声音从他内心深处传来。*那我呢？你打算怎么处置我？*

♥

“民主党大会上有克格勃的人？”瑞奇·巴恩斯晃晃他修剪整齐

的长脑袋，“大家现在都认定你是在跟巴奈特勾结了，但是也许你应该想想要不要跟罗伯特森合作一下，这个想法像是他的人会有的思路。他们会复生死者，还知道737航班的人质被藏在加尔各答的什么地方。”

“我不是在说笑，瑞奇。”萨拉坐在瑞奇铺得紧绷绷的床铺边沿，有条不紊地将一张纸巾撕成碎片。她说话的语气并不激动。瑞奇大概是她人生中遇到的第一个取笑她时不会让她觉得痛苦的人。

“好吧，我是想说，你先是在塔基和杰克的友好聚餐氛围下闹了一场，然后正当全场因为你说的话而沸腾时，有个穿米奇T恤的老男人把你拖出来了。有谁听说过克格勃会穿米奇T恤？”

“那克格勃应该穿什么，瑞奇？”

“穿皱巴巴的西装，戴冒牌劳力士。我见过克格勃的人，萨拉，你也见过。”

她把撕烂的纸巾扔在地板上。“好吧，那他是谁？”

“某个比你冷静理智得多的人，甜心。”

她盘腿而坐，脸埋在双手里。瑞奇坐在桌子旁边看着她，桌子上还放着过时的爱普生牌日内瓦电脑。他穿着浅粉色衬衣，深棕色细条纹背心和裤子，还戴着棕色领结。他的长脸和马一样的大白牙让萨拉回想起可怜的罗尼，他是格雷格的助手，一直都不赞同他的领导和萨拉混在一起。他在柏林被红色军团杀掉，就在哈特曼被绑架的时候。萨拉觉得哈特曼应该为他的死负责。

但瑞奇跟哈特曼的倒霉助手之间的相似之处只有长相而已。瑞奇向来支持她。有时候萨拉都觉得他有点过分偏爱自己了。

“你也觉得我疯了吗？”她问道。

“那是当然，想象一下，如果你说的都是对的，罗茜。”罗茜是他给她取的昵称，因为他觉得她像白化病版的罗姗娜·阿奎特[①]。“站在上帝和那么多人面前宣布格雷格参议员是个杀人的王牌——如果他真是的话，你就不能想一个好点的方法来爆料吗？”

“哈特曼的事我说的都是真的。每个人都把我当成麻风病人一样，躲得远远的，就因为我知道格雷格并不像他们以为的那样是亚伯拉罕·林肯的转世再生。”

瑞奇用指尖摸摸嘴唇，又揉揉下巴。他空闲的时候是个相当不错的钢琴家，他的手也适合弹钢琴，细长精致。

“我不得不说，我不太相信你的说法。那种操控心灵的王牌能力，怎么可能这么多年来都一直没被人揭穿？”她脸上的表情变得沮丧，他伸出一只手，五指张开，想要安抚她。“但是等一下，稍等一下。你是个优秀的记者，还是个特别好的人——我觉得比起格雷格参议员的故作姿态和精心制作的宣传册，你的故事更能激发大众对鬼牌和他们所处困境的理解。上帝伸出援助之手时，马尔科姆牧师总能明白意思，而我，明白你不是会胡编乱造的人。

“只不过……只不过。我知道你依然为你姐姐的事而伤心。有没有可能这件事影响了你的判断力？”

她双手捂着脸，仿佛要托住几乎全是白发的头。

“我还是个小孩的时候，”她说，“不管我做了什么可爱或者聪明的事情，我都能看出来我的父母现在想的是，*要是安德还在就好了*。你明白我的意思吗？要是我做了坏事或者蠢事，那就是*安德绝不会做这种事*。我是说，这些可怕的话他们从来没有说出口过，没有明说过，但是我*知道*。就好像这是我自己的百变王牌，是种可怕的心灵能力，总能探测到他们真正的想法。”

她在哭，眼泪源源不断地涌出，好像有人朝她的眼睛里敲了个大

---

① 美国女演员、导演、制片人。罗茜是罗姗娜的昵称。

锥子，于是悲伤的水库决了堤。瑞奇来到床边，坐在她身旁，把她揽入他这个壁球高手的有力胸膛，修长的手指抚摸着她的头发。她的睫毛膏全花了，沾在他的布鲁克斯兄弟牌衬衣上，留下了一块块丑陋的污渍。

“萨拉——罗茜——现在没事了，宝贝，现在没事了，我们会搞清楚的。一切都会好的，你会没事的，甜心，一切都会好的……”

她像个负鼠宝宝一样紧紧抓着他，她喜欢他的触碰，听着他低声说着宽慰的话语，任由他拥抱着她。

我只希望他不要有进一步的行动，她心想。

♣

拉瓜迪亚机场里涌动的人潮纷纷给穿着褪色黑夹克的瘦小伙让行。他极少清洗的衣服和身体里散发出来的不仅有陈年汗味，还有激动和兴奋。接到了老大的电话之后，他就完全抑制不住自己的情绪，躯体的某些部分也会不自觉地嗞嗞作响。这些潜意识的行为让其他旅客紧张不安。

他抬头看着东门旁边的大屏幕，灰色的字母数字显示他的航班将准点起飞。实际上，透过偏光的玻璃，他已经看到了白白胖胖的飞机，正在七月朝阳的照射下像鼻涕似的闪烁着光芒。装登机牌的纸袋已经快被他揉烂了，他不想松开，甚至不愿意把它放进口袋。

蝶蛹死了，挖掘者不见了，但他这次要杀的人比唐斯还棒，是那个女人。老大向他说起过她，她在旅行的时候跟老大做过。他们分手之后她就疯了，试图弄出点事情来伤害老大——他的老大。他一听到这个消息就想冲过去找出这个女人，让自己“滋滋”起来，切开她，看着她的血喷涌而出。但是老大说了，不行，要等候命令。

命令半个小时之前来了。对方给波威里信息中心打电话说了暗号。

他很高兴飞机上不准抽烟，他讨厌抽烟的人：老烟鬼，鬼牌。他之前坐过一次飞机，是从德国飞到美国来追随老大。

他拿起登机牌，打开，随便看了一眼。他只能勉强读懂上面的红色打印字体，而这不仅仅是因为那字迹太模糊。

他在德国并没有接受过良好的教育，从来也没有人教他读书写字，不过他倒是学会了讲英语，是他妈妈教的，那个妓女。

他去东柜台询问时机票就已经准备好了。他能感觉到柜员有点怕他，那是个肥胖的黑鬼婊子。她以为他是鬼牌，从她那双傻不拉儿的牛眼里就能看出来。总有人觉得他是鬼牌，尤其是女人。

这大概就是为什么老大的声音听起来显得古怪。那个女人在追他，女人就会这样，女人都是狗屁。他想到了他妈妈。狂喝白兰地的胖妓女。在他的脑海里，插在她嘴里的酒瓶变成了粗大的黑鬼阴茎。他看着它进进出出，过了一会儿，他舔舔嘴唇。

他妈妈跟黑鬼做过。在汉堡的圣保利区，她来者不拒。他就是在那个地方长大的。某个人搞大了她的肚子，她喝醉之后就会揍麦基，说他的爸爸是个逃兵，是个从越南逃跑、想去斯德哥尔摩的美国大兵。但他爸爸是个将军，他很确定。

麦基·梅塞尔坏到极点，所以他的爸爸怎么可能是个普通人呢，对吧？

他妈妈也抛弃了他，这是自然的。女人就会这样，让你爱她们，然后她们就会伤害你。她们想让你把男人的东西放进她们体内，再把它拿走，把它咬掉。他试着想象他妈妈咬掉一根巨大的黑阴茎，但是它溶解成了眼泪，从他脸上流下，顺着下巴滴落在印着传声头像乐队的恤衫的领子上。

他妈妈死了。他再次为她哭泣。

“乘坐东方航空 377 航班前往罗利 – 达勒姆和亚特兰大的旅客请注意，登机牌上写着第 1 到第 15 排的旅客请开始登机。”天花板传来广播。他擦干眼泪，用手指蹭蹭鼻子，加入了登机的队伍。他现在要去一个他想去的地方，他心满意足。

♠

斯佩克特站在飞机上狭小的卫生间里，从盥洗盆里捧了点水浇在脸上。他胃部翻涌，皮肤冰凉，本来想进卫生间吐一场，但是运气不太好。他太紧张了，连尿都撒不出来。

有人不耐烦地敲响了卫生间的门。

“马上就好。”斯佩克特回应道，用外套的袖子擦干脸上的水。

外面的人又敲了一声，比上次响。

斯佩克特叹了口气，开了门。

一个穿着传声头像乐队T恤的驼背鬼牌站在外面。他从斯佩克特身边挤过，关上了门。这个小怪人的眼睛里带着死亡的气息，比斯佩克特的眼睛还可怕。

“去你的，你这个虾米。”说完这一句，斯佩克特没有等待对方回应，就抓着椅背回到了座位。

这是他第一次坐飞机，这里比他以为的小得多，而且还经常摇晃，机长说这是遇到了“轻微的气流”。他已经喝掉了两小瓶威士忌，还让空姐再多拿几瓶，但是她并没有拿过来。他旁边坐着两个人，一个以前在越南做直升机飞行员，另一个是记者，一直在摆弄着他的笔记本电脑，而那个前飞行员自从登机之后就跟他聊个不停。

“看到那边的红发妞了吗?”斯佩克特顺着对方手指的方向看到跟他们隔了几排的女人，此刻她正越过座椅看过来。她的口红和紧身针织裙都是明亮的红色，眼睛是绿色的，眼妆很浓，她正以一种夸张的方式舔着嘴唇。“她想要我，我能看出来，非常想要我。你在飞机上做过吗?”

“没有。”斯佩克特潮湿的手掌里攥着两个空酒瓶，发出咔哒的响声。

前飞行员向后靠在椅背上，掸掉翻领上的线头，深吸一口气。“一定要不动声色。”他透过窗户向外看，然后用手肘轻推斯佩克特。“看到机翼上的黑色小点了吗？就是这些铆钉在前后来回动。天呐，我真讨厌坐在这种死亡陷阱里。有一次我在华盛顿国家机场看到一架飞机降落的时候错过了跑道，没有一个人生还。就算落地的那一下你扛住了，也逃不掉后来的起火和毒气。我在越南的时候还安全点。”

斯佩克特把酒瓶塞进西装口袋，转身又去寻找空姐，但是没有找到。也许是在头等舱里奉承某个有钱的白痴吧。他真是蠢，居然选择了经济舱，只能说他不自觉地被从小到大的中产阶级观念困住了。

“该有所动作了。”前飞行员说完，跟红发女人四目相对，然后缓缓走向飞机后部。她回以微笑，点点头。就在他进入卫生间时，她咯咯笑了起来。

“别被他骗了。”记者说话了，但是没有抬头。他三十出头，身形和斯佩克特差不多，已经有点秃了。“这些宝贝们绝对安全。”

“真的啊。”斯佩克特想尽可能摆出一副满不在乎的态度。

“对。他看出了你的紧张，所以就跟你闹着玩一下，我是这么猜测的。”记者合上电脑，伸头去看红发女人，“希望他自己撸得开心。”

一头金色短发的空姐穿着一身略大的制服走过来，递给斯佩克特一只装满冰块的塑料杯子和两小瓶黑杰克威士忌。“谢谢。”他掏出钱包抽了一张小面额的纸币。她还没给他找零，他就已经打开一瓶，倒起酒来。

“你是去亚特兰大参加大会的？”记者问道。

“呃，不是。”斯佩克特喝了一大口冰凉的酒，“我对政治不太关心，是有其他的事情。”

“不关心政治？”记者摇摇头。“这可能是 76 年纽约之后最令人激动的一场大会。绝对的混战。我打赌哈特曼会赢。”记者说话的口气就像是在赛马场上收到内部消息的人。

“怪事时常发生，尤其是在政坛。”斯佩克特喝完一杯，又开了另一瓶。温暖空虚的感觉在体内蔓延，让他觉得很舒适。“我要是你，决不会用全部的身家来打这个赌。”

前飞行员缓慢地走在过道上，手深深地插在口袋里，眼睛瞪视着红发女人。飞机一晃，他撞上了那个驼背男人。这个鬼牌的手似乎突然模糊起来，斯佩克特觉得自己看见一些碎屑从扶手上掉落下来。他希望这是黑杰克威士忌在扰乱他的大脑。

“没有什么是百分之百确定的。”斯佩克特说。

上午11点

哈特曼代表团的总部设在一个套间，里面摆放着五台电视，全都调到了不同的频道。最靠近格雷格那个屏幕上，丹·拉瑟正和德高望重的主播沃尔特·克朗凯特滔滔不绝地聊着，后者是被特意请来做大会特别节目的。克朗凯特的声音一如既往地让你觉得上帝就应该是用这种声音说话。

“……目前的情况是，虽然大多数人都在支持，但是哈特曼还不足以确定能够通过鬼牌权利条款。这是否暗示着代表们投完第一轮之后哈特曼可能还无法取胜，也许巴奈特、杜卡基斯、杰克逊，甚至库默那样的黑马会成为最后的提名者？”

“沃尔特，谁都不会稳操胜券。初选的结果就能看出来众人之间的差距不大。哈特曼被看做是拿不下南方的北方自由派，他跟鬼牌牵连太深，在沿海和大都市之外的地区，这其实是种劣势。南方人则更偏爱巴奈特，而且他可能会吸引到一些原本支持布什的选民，尤其是在信奉正统派基督教的区域。不过对于民主党选民来说，他太保守了，宗教色彩太浓厚。杜卡基斯是寡淡先生，没什么特别明显的劣势，但也没什么明显优势。杰克逊很有魅力，但是对于那些黑人较少的城市，不知道他能不能赢得青睐。戈尔、西蒙、库默或者其他黑马的唯一机会是大会陷入僵局后，不得不推选一个折中的候选人。这些都反映在了艰苦的竞选纲领之战上，当然——”

他的话还没有说完，格雷格就转动旋钮，关掉了声音。其他的电视还响着。“拉瑟的脑袋是长在屁股里了么，”约翰·沃森评论道，“只要找到合适的副总统候选人，嘭——区域性弱点就都没了。”

“得了吧，他们清楚得很，”身处房间另一边的托尼·考尔德伦插话道，“他们这么说只是为了增加戏剧性，要怪就怪给他们写词的人。”

格雷格疲惫地点点头，但并没有对着某个人。玩偶人很安静，吉姆利似乎暂时离开了，麦基很快就会上路，也许已经上了飞机。他感到筋疲力尽，昏昏欲睡。

内部会议开了一个小时了，到处都是装着冷咖啡的塑料杯，里面漂浮着抽完的烟蒂，桌子和地板上堆满一摞摞文件，地板上放着的纸盒里装的面包已经变硬了。格雷格的员工带着一丝忧郁的气氛忙碌着，聊天声和电视机里的声音填满了整个房间。

艾米匆忙地从大厅门走进来。“巴奈特公开宣布了，”她这话一出，所有人都转头看她，“少数派报告不仅针对鬼牌权益条款，而且巴奈特本人还在号召重新施行《异能控制法案》。”

房间里充斥着难以置信的大声惊呼。就在众人情绪涌动的时候，格雷格今天第一次感受到了玩偶人。“这太疯狂了，”托尼说，“他不可能是认真的。”

“太他妈的蠢了。这个绝对不可能被采纳的。”约翰附议道。

艾米耸耸肩。“反正他是这么说的。你们应该亲自去看看——会场里一片混乱。德沃恩快要疯了，才把我们的代表们稳住。”

“巴奈特根本不关心会场，他想要影响的是会场之外。”格雷格说道。

“什么意思?”

“欧姆尼外面的鬼牌们，就在皮德蒙特公园。他们听到这个消息之后肯定气炸了。”正好为他的反鬼牌事业提供养料。一想到这个，玩偶人在他心底里躁动着，想要出来。格雷格把他压了下去。

“中立的代表们不会投给他的。他们会觉得他太好斗。”约翰再次开口。

格雷格挥挥手。“他吸引选民的点一直都只有一个：鬼牌。他已经着了魔了。”

“这个男人不理智。”

“也就只有我们才会这么说他。”

房间里响起零星的笑声。格雷格站了起来，整理好领带，用手指梳理带点灰色的头发。“好了，你们知道应该从哪里开始，”他说，“如果巴奈特要发力，那我们就要回击。电话要打起来了，把我们手头所有的资源全都用上。现在要做的就是把所有的中立派全都逼出来。我们都同意巴奈特的那条路只会导致街道上出现更多暴力事件，更不要说他的举措毫无同情心可言。去告诉那些中立派，给他们施压，劝说他们。让所有人都动起来。艾米，看看能不能安排我跟巴奈特见一面，也许他真正想要的是折中方案。同时，我需要跟艾伦联系一下，看看她现在的情况。

“我还要去外面看看能不能做些什么。”

最后这句话带着古怪的预知感，这是他没有料想到的。格雷格开始怀疑玩偶人并非像他以为的那样深埋心底。

中午12点

斯佩克特跟着记者进入男卫生间。这里挤满了人，他确定对方没有注意到自己被跟踪了。斯佩克特不知道这记者的名字，但当他要杀人的时候，通常也不想知道对方的名字。

记者进入拥挤的卫生间之后一直往里走，进的是最后一个隔间。斯佩克特冷静地来到旁边那一间，关上了门。做这件事其实他心里不太舒服，但是这个人滔滔不绝地说了酒店的安保会有多严、找了多少关系才在那里弄到了一个房间——这都是斯佩克特没有考虑到的。没时间做计划了。不过反正他从来都是凭感觉做事的。

斯佩克特听到隔壁传来翻动杂志的声音，但是没有其他声音。他从下面向外看，确保附近没人，才好动手。外面的脚都对着镜子或者出口在走。他深吸一口气，背靠着马桶坐在地上，透过西装都能感觉到地砖的寒冷和潮湿。斯佩克特抓着两个隔间中的金属板，从下面把自己推了过去。

记者合上杂志向下看，他眨了好几次眼睛之后斯佩克特才锁定住他的目光。他的死亡经历顺畅地涌入记者的心灵。这个男人手上的杂志掉落了，然后他歪向一边，口水从嘴角滴下来。男人的裤子落在脚踝旁边，斯佩克特掏掏口袋，拿出了钱包，再滑回自己的隔间，坐回到马桶上。他等了一会儿，想确认自己的所作所为没有被看到，他只听到了鞋子哒哒地踏在地砖上，以及流水声夹杂着马桶冲水的声音。

斯佩克特打开钱包，他所需的一切全在里面了——驾照、没有贴照片的记者证和社保卡。没有证件就意味着警察很难查出这具尸体的身份。他们可能会觉得是某个投机分子在报警之前顺手牵羊了。这一次事情的进展格外顺利。他站起来冲水，打开门走向镜子。他抬起下巴，转着头看看左脸和右脸，觉得自己又机灵又冷静。斯佩克特冲镜子眨眨眼，歪着嘴笑了一下。如果一切顺利，他明天就可以坐飞机回泽西。

民主党也会少一个竞选者。

◆

就像是纽约的鬼牌镇被翻转过来，又把其中的居民全扔到了亚特兰大的街道上。

每一个大城市里都有小型鬼牌镇，但是亚特兰大从来没有见过这种阵势：万里无云的天空中，刺目的太阳照亮了一片由标志、面具和古怪畸形的身体形成的海洋。人群——据官方统计约有一万五千人——从皮德蒙特公园出发开始游行，最后包围了竞技场。一排排警察和国民警卫队的队员们观察着，等待着。

上午十点左右，很明显多数派报告不会在短时间内被采纳，于是在欧姆尼酒店外面不远的地方生起了篝火。随后，受到了各路摄像机的鼓舞，鬼牌们喊着叫着在火中烧掉了面具。一个飞行王牌滑翔机从人群中飞过，它离篝火太近，泡沫塑料被烧着了，翅膀变成了棕色，接着收缩变形。一个鬼牌捡起了冒烟的残余物。“嘿，他妈的飞行鬼牌！”他喊道。其他鬼牌听懂了他的黑色幽默，滑翔机从该区域的各个方向飞往篝火，或者被打火机点着。

亚特兰大警方很不明智地选择这个时候清场。戴着头盔的警察们排成两排攻击人数众多的游行示威者。鬼牌当然反抗了，他们扔出石头，还用不怎么厉害的王牌能力打趴了几个警察，突然之间，完全的混战爆发了，鬼牌、记者和看客全都混在一起，乱打一气。

战局快到尾声时灵龟出现了，他大吼着让众人冷静下来，同时用念力强行分开了剩下的鬼牌和警察。大约六十个人被逮捕。虽然受伤的人基本伤得不重，但有些人脸上鲜血淋漓，那景象还是很触目惊心。

游行者的情绪本来就脆弱，看到这个更是陷入了疯狂。

鬼牌们在大会举办地几个街区之外的地方重新集结。他们打开消防栓来抵御白天的炽热。但只要一开开关，警察就会过来关上，不过没有发生正面冲突，就是互相嘲笑辱骂几句。

将近中午的时候，三 K 党的游行也来到了市中心区域，他们和鬼牌发生一些小规模冲突。真要说起来，三 K 党比警察更残忍：据报道，他们开了枪，中枪的鬼牌已被送往当地医院救治。有传言说已经有两名鬼牌丧命，还说警方至今没有逮捕任何三K党成员，甚至放他们穿过街垒，这些传言像山火一样越传越盛。

到了中午，又有人说里奥·巴奈特呼吁重新施行《异能控制法案》，于是欧姆尼酒店前面出现了一张巴奈特被钉在十字架上的画像。灵龟的龟壳从上空飞过，好像是在带领着游行人群，让鬼牌和警方之间保持明显距离。

“我不喜欢目前的情况，参议员。”豪车在街垒旁边停下，比利·雷和格雷格一同下车，他开口说道。穿着三件套的其他特勤人员走在他们两侧。鬼牌们大喊着咒骂着。“我觉得这不是个好主意。”

格雷格一脸愁容，心里也很恼怒。他粗暴地跟这个王牌示意。“我不想再听到别人对我的事情指手画脚。”听到指责之后雷紧抿着嘴。他还没回应，就感觉到一块阴影落在身上，有个声音从扩音器里传来：“参议员！嘿，你是出来帮忙的吗？”

周围的摄像机全被这声音吸引了。格雷格冲着龟壳挥挥手——有一圈乌龟形的“飞行王牌滑翔飞盘”正环绕着龟壳盘旋，就和电子环绕原子核那样，其中还有几个被烧化了，成了他妈的飞行鬼牌。“我在想我们至少得让大家冷静下来。我知道能做的你都做了。”

“嗯，玩飞盘的招数。人群控制的最新手段。”飞盘转得更快了一点，以复杂的模式绕圈。

“能不能把我带到人群里去？”

“没问题。”飞盘纷纷落在人行道上。龟壳优雅地下降，向着街垒后方倾斜，再调整角度，面朝人群。扩音器的声音被调大了，发出嘶嘶的噪音。“好的，把街垒移开，给参议员让个路，不然的话我就要出手了。拜托了，各位！”

灵龟在头顶的高度盘旋，轻松穿过街垒，像犁一样飞进鬼牌之中。格雷格跟在他后面，身后还有刽子手、特勤人员和几个警察。记者和摄影师们纷纷争抢位置。

格雷格立马就被认出来了。灵龟周围的人群开始呼喊起来："哈特曼！哈特曼！"前排的鬼牌们还向前伸着手，格雷格微笑着拂过他们的手。"哈特曼！哈特曼！"他喜不自禁地脱掉了外衣，松开了领带，脊柱的位置能看到一块深色的汗渍：工作中的候选人。他知道所有的晚间报道中都会出现这幅景象。

但他内心并没有扬扬自得。

人群中洋溢着充沛的情感能量，甚至要化为实体了，不停地跳动着、冲击着，像饵料一样诱惑着玩偶人。他能感觉到体内的力量在加强、上升、成长。让我出去，它告诉他。让我品尝。

吉姆利也在，他提醒玩偶人，想想 1976 年。

就好像是在应和格雷格，吉姆利微弱的声音回响起来。我记得 1976 年，哈特曼。我记得很清楚。我还记得昨天你跟艾伦之间的小意外。告诉我，自己成了玩偶的感觉如何？尽管放你的朋友出去，这一次我可能不会阻止你。当然了，如果我出手阻止，他可能会恼火起来。也许玩偶人会再次操纵你，媒体很乐意看见这么一出。

玩偶人冲着吉姆利咆哮，格雷格虽然还在微笑，但禁不住颤抖。他们身边的鬼牌能量闪烁着微光，玩偶人摇晃着牢笼的栏杆，格雷格费劲地抵住门不让他出来。

"哈特曼！哈特曼！"

他微笑、点头、与人群握手。他疯狂地想将玩偶人放出来与他一起享受情绪的能量。在这一点上，吉姆利是对的——格雷格也想要，他对此无比渴望。

灵龟停在了国际大道的中间，靠近巴奈特肖像画的位置。"上来，参议员。"他说道。龟壳摇晃着下降，直到距离人行道只有一英尺。格雷格走了上去，比利·雷和其他人围绕在龟壳旁边。

他爬上龟壳的时候众人的喊叫声达到顶峰。虽然他把玩偶人深埋心底，但依旧对情绪很敏感，所以这样热烈的大规模追捧所带来的冲击力还是让他差点踉跄。他感觉到龟壳几乎可以算是温柔地轻推着他向上。“天呐，参议员，我很抱歉，我没有料想到——”

格雷格站在龟壳顶上。鬼牌们凝视着他，冲撞着灵龟的念力屏障。他们的欢呼声震耳欲聋，响彻欧姆尼和世界会议中心。他摇摇头，微笑起来，在漫长的竞选活动中，这种谦逊中带着害羞的笑容已经成了他的标志。格雷格由着人群欢呼，感受连续不断的节奏冲击自己的耳膜。

玩偶人也在享受。尽管格雷格困住了他，但无法阻挡其力量上升到心灵表层。他看向那些鬼牌，发现了一些熟悉的面孔：花生、扑闪者、放屁脸、金盏花，还有那个叫墓霉的，就是他搞定了伤寒克罗伊德。玩偶人也看见他们了，他痛苦地怒号着，猛烈撞击着心灵屏障。

格雷格好不容易才控制住那股贪婪饥渴的力量，但已是浑身颤抖，他知道自己撑不了太久。现场的情绪太热烈，他的自制力快要分崩离析了。

未经稀释的明亮三原色，在他周围打着旋。玩偶人几乎可以触碰到这些色彩，并看着它们像着色的烟尘一样晃动……

格雷格抬手示意大家安静。“各位!”他喊道，听见声音被放大之后在周围的高楼大厦之间回荡，“听我说。我明白你们的沮丧，我明白四十年来的折磨和误解所积攒下的情绪迫切地需要被释放，但是不该以这种方式，也不该在这个时候。”

这不是人们想听的。他感觉到了人群的不快，于是赶紧补充：“在那栋建筑里，我们正为鬼牌权益而战。”（……鼓励的喊声：痛苦的绿色和锋利的黄色……）“我只请求你们帮助我赢得战斗。你们有权游行示威，但是我想告诉你们，如果你们在街头实施暴力，就会有人利用这一点来攻击你们。我的对手们会指向这里，然后说：‘看啊，鬼牌们多么危险。我们不能信任他们，不能让他们住在我们身边。’

现在所有鬼牌终于能够摆脱面具了，但是你们必须向这个世界展示面具之下是友善的面庞。”

（……暗淡的浪潮因为困惑和不确定而变为浑浊的棕色。明亮的三原色逐渐模糊……）

*带上我，你可以轻而易举地搞定他们。*玩偶人嘲讽道。*看看外面。我们俩一起，就能扭转局势。我们可以终结这场游行，你可以像一个英雄般离开。只需要放我出去。*

格雷格快要失去对人群的控制力了，虽然现在没有玩偶人帮他建立心灵连接，但他心知肚明 。格雷格·哈特曼说的这番话就是其他人一直在对鬼牌们说的。没了玩偶人，他的魔力消失了。

（……变成了阴郁的暗紫色：一个危险的颜色，一个喂食的颜色。玩偶人尖叫起来……）

格雷格必须离开。情绪就像风暴卷起的浪潮，猛烈拍击着海岸，侵蚀着他孱弱无力的防御。玩偶人会跳出来的。

他必须赶紧说完，必须逃离眼前蔓延开来的这场玩偶人的盛宴。

“我请求——恳求——你们帮助那些在会场里的人。求求你们。不要让愤怒毁掉一切。”

这番结束语说得太糟糕太突然，格雷格也知道。人群沉默地盯着他。有几个人想要再次呼喊他的名字，但很快就没声了。“放我下来。”格雷格低语道。灵龟将他轻轻向上抬，然后下放在混凝土地面上。“我们走吧，”格雷格说，“我能做的都已经做了。”

玩偶人绝望地撕扯着格雷格，像头疯狂的动物一般在他心灵里大肆攻击。灵龟在人群中缓慢后撤，逐渐靠近等待着的豪车。格雷格皱着眉头跟在后面。

眼前的所有东西他都看不见也听不见，他将全部精力都用在了控制玩偶人上。

下午1点

斯佩克特已经在出租车里坐了一个多小时了。他们刚驶离机场，交通就已经一团糟。车辆几乎是保险杠靠着保险杠，喇叭响个不停，一直到城区都这么堵。街上行人很多，大部分是鬼牌，有些戴着面具，有些拿着标语，每一个看起来都很不好惹。出租车在他们之中缓慢前行时，被推了好几次。斯佩克特早先多给了司机一百美元，让他把自己送到距离酒店一个街区以内的地方，从此刻前排传来的嘟囔声判断，司机虽然拿了钱，但已经有些后悔了。

改造驾照很容易，他以前就改过。移开塑封膜之后，他小心地用剃刀刮掉记者的照片，换成自己的，再用机场的压膜机重新压好。那个叫赫伯特·贝尔德的记者跟斯佩克特体型类似，年龄也相仿，不过现在他更担心的并不是身份证件造假，他觉得只要能毫发无损地到达万豪就不错了。

一个满身粉色皮肤，且带有超大褶皱的鬼牌跳上引擎盖，挥动着一边写有“普通人就是耗子”另一边写着“我们怎么办?”的标志牌。前方有人在齐声高喊，但是斯佩克特听不清喊的是什么。

“只能到这里了，先生，”司机说道，“不管是给我一百还是一千，我都不愿意去当鬼牌诱饵。”

“离酒店还有多远?”斯佩克特的行李就放在后座上。他早就猜到了市中心会是一团糟。在一堆怒气冲冲的鬼牌当中开后备箱拿行李这种事情他完全不想做。

“向前走大概两个街区。”车子的两个尾灯中有一个被踢了，司机紧张地四下张望，“我要是你就快点动起来。”

“好。”斯佩克特小心地打开车门，来到拥挤的人行道上。有的鬼牌冲着他做鬼脸，还有的举起拳头，但是大部分都没有找他麻烦。他缓慢向前走，心中闷闷不乐，因为他意识到身上的新西装和行李让自己看起来很显眼，活像个靶子。

经过十分钟的连推带挤，酒店终于出现在了街对面。斯佩克特浑身是汗，散发出的气味已经开始跟身边那些怪物差不多了。一个指甲像针尖的鬼牌挡在面前，突然向他的手提箱发起攻击，有一面都被这人撕裂了。斯佩克特盯上他的眼睛，用足够的死亡痛苦投喂他，这个鬼牌倒下了。他不想杀人，那可能会引发一场骚乱。天气这么热，有人昏倒了也很正常，没人会多想。

街上的人群开始分散开来，毫无疑问是要在其他地方重新集结。就在此时，他走进了酒店大堂，站在这里就能一直看到屋顶。这个建筑的曲线让他想起死尸的内部。斯佩克特深吸一口凉爽的空气，走向了安保区。*赫伯特·贝尔德，你是赫伯特·贝尔德，赫伯特·贝尔德*，他心里默念着。

负责检查的是几个身着制服的警察和穿西装戴耳机的男人。“请出示证件。”其中一个警察说道。

斯佩克特掏出钱包，试着放松，然后把驾照递给对方。警察看了一眼，递给旁边坐在电脑终端前面的人。这个人手指如飞地快速输入，然后停顿了一下，最后终于点了点头。

“可以请您把行李给我吗，贝尔德先生？”警官看着手提箱侧面的划痕，“外面有点乱，嗯？”

“是有点，我一时间不太习惯。”斯佩克特微笑着。他们都已经疲乏了，也没过多关注他，就准备让他进去了。

警察把手提箱放在X光机上，指了指金属探测器。“麻烦你从中间走过去，先生。”

就在他穿过之后，金属探测器的报警声响了起来。斯佩克特立马停步，缓慢把手伸进口袋。他能感觉到至少有二十个人在盯着他看。他掏出一把零钱，递给警察，这是他为了用压膜机而特意换的零钱。“能不能让我再试一次？”

警察缓慢地挥挥手，示意他向前。斯佩克特再次穿过，这次毫无声音，他叹了口气，警察伸手把零钱还给他。斯佩克特把它们放回口袋，再次微笑。

“你的行李在这里。”警察指了指，转身继续对着酒店门口。

斯佩克特拿起自己沉重的手提箱，汗湿的手掌差点没有抓稳。他缓慢地穿过大厅来到前台。基本上这里所有人的西装下面都鼓鼓囊囊的。办理入住的时间有点过长了。工作人员是个好管闲事的烦人鬼，听到他说现金付账时还眼神古怪地看了他一下。这个小怪物想要在特勤局或者其他什么蠢局面前表现一下，也许眼前是个大人物，也许这是他一生一次的机会，斯佩克特总有一天会回来解决这个家伙。工作人员终于拿出门卡之后被他一把抓过，快速走向电梯。

就在他快要到达电梯的时候听到有人在喊他。“詹姆斯，詹姆斯·斯佩克特。嘿，斯佩克。”声音听着耳熟，但这不一定是好事。他缓慢转身。有个男人微笑着向他走来，还伸出一只手。对方穿着烟灰色西装，头发仔细地打理过，比斯佩克特矮几英寸，但是比他强壮不少。

“托尼·考。”他松了一口气，肩膀也不再紧张，“这不可能吧。”他和考尔德伦是从小一起在蒂内克市长大的，但是好多年前两人就失去了联系。

托尼紧紧抓住斯佩克特的手，跟他握了握。“我的好搭档，挡拆[①]王子，你到这里来做什么？”

“呃，游说。”斯佩克特咳嗽了一声，“你呢？”

“我帮哈特曼做事。”托尼回答道。斯佩克特不自觉张开了嘴巴，立马又闭上了。“很难相信，我知道。但我现在是他的第一演讲顾问。”他搓搓手，“我向来就擅长说话。”

---

① 此处使用了篮球赛中的掩护配合术语。

“尤其是对女孩说话。”斯佩克特不自在地变换着姿势。显然，那些核查他身份的警察们没有听见托尼喊他，但他还是觉得自己被曝光了。“听着，很高兴见到你，但是我真的想先入住，我跟你说，外面真像个动物园。”

“你要是觉得外面像动物园的话，进去看看。”托尼拍拍斯佩克特的肩膀。这个动作有着真实的温度，斯佩克特好些年没有感受过这样的温度了。“你房间号多少？”

斯佩克特拿起门卡。“1031。”

“1031。知道了。你安顿好之后我们一起吃顿饭，我们有好多事情要复习。”托尼耸耸肩，“自从高中之后我就没听到你的消息了。”

“行。安顿好之后我们有不少时间可以消磨。”斯佩克特说。电梯叮的一声停在两人身后，托尼后退着走进去，冲他挥挥手。“回头见。”斯佩克特被托尼的提议吓到了，但是他尽量装出淡定的样子。目前的情况简直比新年夜的怪人吧还奇怪。

♥

海勒姆在自己的万豪套房里举行了一场招待会。格雷格应该会出现，所以房间里挤满了纽约代表和他们的家人。塔基扬去过的大部分套房里都弥漫着香烟和过期比萨的味道，这一间也有香烟味，好在其中精心摆放了不少托盘，都装着乳酪小蛋饼和有馅的小卷饼。塔基扬拿了一个，这种千层酥饼在他口腔里爆炸开来，很快他就品味到了中间的蘑菇馅料带来的醇厚风味。

擦干净指尖和外套翻领上的碎屑之后，塔基伸手拍拍海勒姆的肩膀。这位高大的王牌跟往常一样，穿得很有品味，但是眼睛下面挂着一圈圈浮肿的瘀青，皮肤也像潮湿的面团一样，看着就不健康。

“别告诉我是你找时间亲自去厨房做了这些。”塔基扬调笑道。

“不是，但用的是我的配方……”

“我猜到了。”塔基扬弯下腰用手帕的边缘擦掉了漆皮鞋上的碎屑。待他站直之后，鼓起勇气说道：“海勒姆，你还好吗？”

对方敏感地快速回应道：“为什么这么问？”

“你看起来不太好。过会儿到我房间里来，我帮你检查一下。”

“不用，谢谢你，但是不需要。我很好，只是累了。”他宽阔的脸上皱起一个笑容，像是被某个漫画家仓促画上去的一样。

然后海勒姆匆忙去招呼丹尼尔·莫伊尼汉参议员，塔基扬看着他，烦闷地叹了口气，摇摇头。外星人在房间里四处走动，跟众人微笑握手——来了地球这么多年之后他依然觉得这是个古怪的传统。在塔基斯星会走两种极端：一般情况下，心灵感应者之间很少相互触碰，而且大家也不愿意触碰；但在见到密友和亲戚时会热烈拥抱。在地球上这两种选择都会引发问题。蜻蜓点水般的触碰让人觉得势利，热烈拥抱又会引起不少恐同男性的反感。所以塔基扬一边思索，一边看着自己戴着手套的手被身边人类的手指一次又一次地紧紧包裹。

有一个男人坐在窗户下面的沙发上，被三名笑容满面的女性环绕着。最小的那个坐在他腿上，她的姐姐则站在沙发后面贴着他，胳膊绕着他的脖子，旁边的沙发上坐着一个漂亮的灰发女人，一双深色眼睛充满爱意地盯着他的脸。这个场景中有股暖意，触动了塔基扬内心的空洞。

“来嘛，爸爸，”最小的那个恳求道，“就一个小演讲。”她的声音微微变化，增加了响度和深度。“你想告诉我什么？倘若那是对大众有利的事，那么让我一只眼睛看见荣光，另一只眼睛看见死亡，我会同样无动于衷地注视它们，因为我喜爱荣光更胜于惧怕死亡，这自有神明作证。”

“不行，不行，不行。”男人每说一个不行就摇一摇头。

“政治大会上恐怕不太适合引用尤利乌斯·凯撒的话。”塔基扬温柔地说道。四双深色眼睛看向他，那个男人垂下他的目光，用手指紧张地梳理灰色胡须。“抱歉我插话了，我是一不小心听到的。你们好，我叫塔基扬。”

“我们大概猜到了。”沙发后面的那个女孩说道。她打量着塔基斯星人绿粉色的亮眼外套，一脸被逗乐的样子看着她妹妹。

“我是乔什·戴维森。”男人冲着旁边的女性做了个姿势，“这位是我妻子，丽贝卡，还有我的女儿，希拉和伊蒂。”

“幸会。”塔基扬的嘴唇轻吻三位女性的手背。

伊蒂咯咯笑起来，眼神一会儿看着父亲一会儿看着姐姐。汹涌的情绪席卷过他们这一小群人。表象之下有些东西塔基扬没有留意，他是故意忽视的。人们总是有秘密的，塔基扬虽然能够读心，但不代表他就有这个权利。他在地球待了四十年，学会的另一课就是必须过滤信息。未经训练的人类心灵中有杂音，要是他不藏在心灵屏障后面，过不了多久他就会被逼疯。

“现在我认出你来了，”塔基扬说，“去年冬天的《玩偶之家》，你演得好极了。”

“谢谢。”

“你是代表吗？”

“哎呀，当然不是。”灰发女人笑道，“我女儿，希拉，是我们的代表。”

“谈到政治，我爸爸就有点愤世嫉俗，”大女儿说，“他肯过来就已经算是我们走运了。”

“我可盯着你呢，小姑娘。”

“他老觉得我还是十岁。”她冲着塔基斯星人眨眨眼睛。

“这是父亲的特权。”戴维森目不转睛地盯着塔基扬，外星人不禁想到这位父亲是否是在向自己发出警告——*敢动我女儿，就搞死你*。塔基扬觉得好玩，故意得寸进尺。他将闪耀的笑容对准戴维森的两个可爱女儿：“不知道我明天可否邀请二位女士午餐？”

“先生，”希拉说话的口气很严肃，但是她的眼睛在舞蹈，“你的名声我们早就有所耳闻。”

塔基把手放在胸口，颤抖着说：“哦，我的名声，我可怜的名声。”

“你喜欢你的名声。”戴维森说道。他那双会说话的眼睛里展示着道别的意思，很有趣。

“我猜在这方面我们俩差不多，你觉得呢戴维森先生？”

“不不不，我不这么认为。”

周围已经有人在低声议论，于是塔基扬走开了。他感觉到有人正盯着他的后背，但是他没有回头看。他不应该鼓励那两个可爱的姑娘，他只会让她们失望，这是注定的命运。

下午5点

其他大部分候选人都被格雷格收作玩偶了，这是当然的，而且全都轻而易举。格雷格要做的就是触碰他们几秒钟而已。握手时间略长一点，就足以让玩偶人通过触碰的桥梁爬进对方的心灵，接着在隐藏的欲望和情绪洞穴中潜行，唤醒所有的污秽。

连接一旦建立，格雷格就不需要继续身体接触了。只要玩偶处于几百码以内，玩偶人就可以通过心灵跳跃过去。竞选期间格雷格巧妙地利用玩偶人让其他候选人在回答某些问题时结巴，或者在陈述观点时过于坚定和直率。到了初选后期，吉姆利突然出来干涉，格雷格才不再利用玩偶人，因为太不稳定，用起来会有危险。

虽然他有机会收杰西·杰克逊为玩偶，但他并没有动手。这位牧师魅力超凡，而且很有说服力，是个了不起的演说家。格雷格对他甚至算得上敬佩，所有候选人中只有他从不怕羞，永远直率，总是大胆发声，毫无惧色。杰克逊是个理想主义者，不像其他那些实用主义者。这也是他的一大弱势。

而且格雷格知道歧视是真实存在的，他见得多了。普通人嘴里说着同情是很容易的，真正到了做事的时候却不一定会心存同情。

对鬼牌的歧视是真实存在的，对黑人的歧视是真实存在的。不管有没有玩偶人，杰克逊都不可能成为总统，就算是他得到提名了也不可能赢得最后的胜利。

今年不可能，现在不可能。

这些话都是格雷格在公开场合不敢讲的，但是他知道，不管杰克逊嘴上怎么说，心里也明白这个事实，所以格雷格也就由着他去了。在某种程度上，这让初选活动更加有趣了。

而现在，玩偶人虽然不停哀号，但是太不可靠，不能放出来。格雷格只得承认之前的决定可能是个错误。要是收了他一切也许简单得多。

杰克逊牧师就在格雷格对面，跷着二郎腿坐在一张奢侈的皮质单人沙发上，黑裤子熨烫得无可挑剔，昂贵的丝绸领带紧紧箍着此人的喉咙。这里是杰克逊的竞选套房，他的助手们都假装没有在偷看，而他的两个儿子则坐在他身侧的木椅子上。

“巴奈特把鬼牌权利条款当成笑料来嘲讽，”格雷格说，“为了稀释这个条款的效果，他把他能想到的所有特殊利益集团全都拖进来了。问题在于，我一个人阻止不了他。”

杰克逊噘起嘴，然后用一根食指点点嘴唇。“你现在是想让我帮你，参议员，但是竞选纲领之争结束以后，一切就要照旧。虽然我在基础的问题上并不赞同巴奈特牧师的主张，但是我明白政治现实。鬼牌权利条款是你的孩子，参议员，如果这个条款不通过，那么你就很难成为这个国家的领袖。毕竟，这是你最根本的主张，然而就连你自己的党派都不肯听从于你。”

杰克逊看起来几乎有些愉悦。

*我能解决，只要让我出去……*玩偶人焦躁不安，怒气冲冲。这股

力量推动着所有的限制，想要冲出去痛击信心十足的杰克逊。

让我来解决，就几分钟，让我出去。

格雷格把这股力量推回去，向后靠上椅背，掩藏短暂的内在冲突。杰克逊在看他，小心仔细、聚精会神地看他。这个男人长着一双捕食者的眼睛，极具迷惑性和危险性。格雷格感觉到眉毛上开始渗出汗水，他知道杰克逊也留意到了。

“我现在不关心提名，”格雷格忽略掉玩偶人，“我关心的是如何帮助鬼牌，他们跟你们一样承受着歧视。”

杰克逊点点头。一个助手端过来一个托盘，放在了他们之间的茶几上。“来杯冰茶？不用？好吧。”杰克逊抿过一口自己的杯子，放回到茶几上。格雷格能看出来对方在思考，在权衡，在疑惑。

放我出去，你就能明确知道了。你还可以控制那些情绪……

安静点。

你需要我，小格雷格。你需要我。

格雷格专注于控制玩偶人，杰克逊说了一会儿他才回过神。“……传言说你把你的人逼得很紧，参议员，甚至有几个人都被你激怒了。有人提到了情绪不稳定的问题，说会重现 1976 年的情景。”

格雷格脸红了，立马激动地反驳，之后才意识到对方是在故意刺激他。他这种反应正是杰克逊希望看到的。他强迫自己微笑。“我们都习惯了一定程度的诋毁，牧师。对，我是逼得很紧。当我坚定地相信某件事情时就会紧抓着不放。”

“还有，这种指控使你愤怒。”杰克逊笑着挥挥手，“我知道这种感觉，参议员。有人质疑我为追求公民权利所做的工作时我也是同样的反应。我懂你。”他双手呈尖塔状抵着下巴，把手肘撑在膝盖上，向前探身。“所以你想要什么，参议员？”

“鬼牌权利条款，仅此而已。”

“你打算怎么赢得我的支持？”

“我希望你纯粹因为支持鬼牌们的权益而支持我，出于人道主义理由。”

“我很同情鬼牌们，相信我，参议员。但是我也知道纲领里的条款仅仅是一些文字而已。它无法向任何人保证任何东西。我愿意为所有被压迫群体的权利而战，不管在不在条款里。我也没有向我的人民承诺给他们专门的条款，我承诺的是我会尽全力争取在这场大会上获胜，而这正是我现在拼命想要做到的。我不需要条款，但是你需要。”

杰克逊再次伸手拿杯子。他抿了一口，等待着，观察着。

“好吧，”格雷格终于开口了，“我跟德沃恩还有罗根谈过这个事。如果你能让你的代表们站在我们这边，第一轮投票之后我们会强烈建议我们的阿拉巴马代表投给你。”

“阿拉巴马对你来说并不重要。你拥有，多少，10%的代表？”

“会变成你的10%。在阿拉巴马，巴奈特是第一，你是第二。更重要的是，这可能暗示南方的大趋势是抛弃巴奈特奔向你，这对你来说有好处。”

“对你也有好处。”杰克逊指出。他耸耸肩。“我在密西西比也是第二。”

混账东西。“我要去确认一下，但是我觉得大概也可以把那里的代表放给你。”

杰克逊暂时没有说话，他看看儿子们，然后转向格雷格。“这个我得考虑一下，”他说。

机会就要从你手上溜走了，该死！他只会得寸进尺。我可以轻松让他同意，根本不用做出任何让步。你是个蠢货，小格雷格。

“我们没时间了。”格雷格急促地说道，接着立马就后悔了。杰克逊眯起眼睛，格雷格赶紧掩饰自己的失礼。“我很抱歉，牧师。只……只是对于外面的那些鬼牌来说，纲领并不仅仅是文字。对他们来说纲领是标志，标志着他们的声音终于被倾听了。我们都能有所收获，只要我们一起支持他们。”

“参议员，我知道你是个人道主义者，但是……”

让我来搞定他……！“牧师，有时候我会被激情冲昏脑袋，我再次道歉。”

杰克逊还皱着眉头，但是眼睛里的怒气已经散了。

你差点搞砸了。

闭嘴，都是因为你在干扰我，让我自己处理。

你必须让我出去，快点。

很快，我保证，现在安静点。

“好吧，”牧师说，“我觉得我可以跟我的人安排一下。参议员，我支持你。”

杰克逊伸出手。格雷格能感觉到握手的时候自己的手指在颤抖。我的！我的！内心的力量战栗着、尖叫着，又抓又闹，狠狠撞向栏杆。在跟杰克逊握手的时候，格雷格费尽全身力气才抵挡住了玩偶人，随后他快速结束了这次肢体触碰。

“参议员，你还好吗?”

格雷格虚弱地冲着杰克逊微笑。“我很好，”他说，“谢谢你，牧师。我只是有点饿了，仅此而已。”

下午6点

“在我长大的那个地方，未经邀请是不能坐在别人桌子旁边的。”

塔基扬匆匆翻看了七张粉色便笺纸——全都是海勒姆给他留的言——然后塞进口袋。“在你长大的那个地方，人们收到礼物之后应该先告知收到，并表示感谢。我还记得，我给你带了糖果，后来你第一次口齿不清地说了谢谢。”

弗勒棕色的双眼里燃起猛烈的怒火，塔基扬甚至都畏缩了，半抬起一只手以示防卫。

“别来打扰我!”

“不可能。”

“为什么?”她拧着手，十指绝望地交缠在一起，“为什么你要折磨我？害死我母亲还不够吗?”

“平心而论，我认为你爸爸和我都有过失。我弄乱了她的心，但是他任由你的母亲在疗养院里被折磨。要是他让她跟我在一起，我也许可以找到办法修复她的心灵碎片。”

“如果还有这种选择，那我很高兴她死了。总比当你的妓女要好。”

“你妈妈从来都不是妓女。你这样说她，既不尊重她，也不尊重你自己。这不可能是你的真实感受。”

“这就是，这应该有什么感受？我对她根本不了解，而且这是你造成的。”

“把她赶出家门的不是我。”

“她原本可以去找她的父母。”

“她爱我。”

“我无法想象这是为什么。”

“给我个机会，我展示给你看。”

这句油腔滑调的轻浮话语刚刚离开塔基扬嘴边，他就立刻意识到自己做了一件愚蠢至极的事情。他用手指捂着嘴，好像是想拉回这句话，但是已经太迟了。非常，非常迟。

迟了四十年?

弗勒从椅子上站起来，像个被激怒的女神，狠狠给了他一巴掌，打得他眼冒金星。他的下嘴唇被她的指甲擦过，划出了一道口子，他尝到了强烈的铁锈味，是血液的味道。庞帕诺餐厅里的所有讨论都停了下来。突然的静默让塔基扬皮肤发麻，而且耻辱的苦涩滋味他只能自己咽下。她冲出餐厅，高跟鞋哒哒的响声冲撞着他晕眩的头脑。

他小心地在眼前竖起两根手指，数了数，用她扔下的纸巾擦擦杯子，上面还带着一点她的香水味。他的下巴固执地绷紧成一条线。

晚上 8 点

“肌肉萎缩。多发硬化投不投，查尔斯?”

“天呐!”德沃恩怒吼的声音从杰克的手机里传来，他似乎比往常更加粗暴。“我猜我们没法不支持肌肉萎缩的孩子，对吧?”

会场里的乐队吃力地演奏完了《女士》的最后几个音符，路易斯·阿姆斯特朗睡着了都能完胜他们。杰克在会场，此刻正站在一张伤痕累累的灰色折叠椅上，周围都是加州的代表们。

“投不投，查尔斯?”杰克质问道。

“投，该死，投。”杰克清晰地听到了德沃恩用拳头砸桌面的声音，“操操操。操那个该死的婊子。那个贱人。那个该死的白人新教徒贱货。”

“我想拧断弗勒·范·伦斯勒的脖子。”

“那你得到我后面排队去，兄弟。”

“要开始投票了。”埃米尔·罗德里格斯拽住杰克的袖子。杰克挂掉移动电话，向他的那群代表们做了一个大拇指向上的手势。他试着想象数千名坐在轮椅上、用着腿部支架的美国人因此欢呼雀跃，改换支持的党派，但他也只能想想而已。

个子不高但体型健壮的罗德里格斯抬头看着杰克，眼睛里燃烧着怒火。

“太糟糕了，伙计。”他啐了一口。

杰克从椅子上下来，点了一根香烟。“你说对了，确实，伙计。”

吉姆·怀特敲敲木槌，要求大家保持秩序。杰克看着四散开来的一群群代表们，思考起了今天降临在亚特兰大的种种混乱：暴力游行、竞选纲领之争、萨拉·摩根斯特恩打断早晨的记者招待会，还说了一番胡话。

*秘密王牌？*他心想。

然后他继续想，*会是哪个？*

关于鬼牌权利条款，大会已经讨论了好几个小时，一直争执不下。最后纲领委员会是通过了，但是巴奈特的人强烈不满：巴奈特趁着别人不注意的时候将这个议题移交给了全体成员，汗流浃背的角力这才真正开始。巴奈特的人团结一心反对条款，哈特曼则表示支持，杰克逊出于原则站在哈特曼这一边，其他候选人只想拖延时间，看看在不得不站队之前自己能跑出多远。如果不是下午鬼牌营地周边发生了暴力事件，一切本可以轻松了结。那些保持中立的候选人也不知道会不会出现反鬼牌浪潮，所以尽可能地不偏不倚，但是到了最后，代表们开始偏向哈特曼的观点。

就在此时，巴特曼的团队使出一个妙招。他们意识到无法阻止条款通过，于是开始削弱条款的效力。

为什么只支持*鬼牌*的权利呢，他们这样问。难道支持其他残疾人的权利就不该支持吗？

于是开始投票多种硬化疾病的患者是否应该被包括在公民权利条款里。哈特曼的竞选经理们清楚地明白这是一场胡搅蛮缠，纷纷咒骂着打砸起了家具。全体一致同意了这个议案：没有哪个民主党人愿意跳出来反对帮助不治之症患者的条款。

接着又有其他疾病：肌萎缩性脊髓侧索硬化症、格林－巴利综合征、脊柱分裂、后小儿麻痹症候群——这个疾病赞成和反对的人数比较接近，主要是因为没人听说过——现在轮到肌肉萎缩的孩子们。巴奈特成功让鬼牌权利的问题变成了一场笑话。

巴奈特的德州代表们的领头是个蓝发女人，她戴着牛仔帽，穿红色漆皮靴和与之配套的红色衬衣，背心上有甩动的白穗，像水牛鲍勃常穿的那种。她现在又上台提出议案了。杰克打电话给总部，随后再次爬上了椅子。

“我的天呐,”罗德里格斯说道,“是艾滋。”

会场上响起一片恐慌的惊呼。巴奈特使出了最绝的一招。每个因为害怕逆转录病毒而恐同的观众都瞪大眼睛盯着屏幕,想看看民主党是否会支持这个提案,一旦支持,那些每个毛孔都散发着污物的潜藏鸡奸者和瘾君子就会出来污染大众了。不仅如此,巴奈特还令人信服地将艾滋和外星病毒塔基斯星联系在了一起。

“投不投,查尔斯?”杰克疲惫地问。

“该死的基佬!”德沃恩暴怒,“滚他妈的!”

杰克咧嘴一笑,给了他的人一个拇指向下的手势。逆转录病毒彻底输了。大会受够了巴奈特的战术。这种干扰策略一开始还算有趣,也成功地让哈特曼信誓旦旦的话语显得愚蠢,但是现在,已经让人不胜其烦了。

那位得州女士收到高层的指令,没有再继续要求投票。哈特曼的人安静地发表提案:其他所有遭受疾病痛苦的人都应该被包括在公民权益条款中。这一条全体一致通过。

纲领被提出来之后就通过了。吉姆·怀特敲敲木槌,给这漫长的一天画上了疲惫的句点。代表们感激地将帽子、标语还有飞行王牌滑翔机扔向空中。

杰克告诉他的代表明天一大早就要做好准备。在星期三晚上之前至少会有两场投票,在很大程度上可以体现之后的发展趋势。

他点燃一根骆驼烟,看着数千名代表呈漏斗状从出口向外涌。乐队用《阿根廷,别为我哭泣》给他们的退场伴奏。

难得一次,杰克对这首可恶的曲子无动于衷,他在想那个秘密王牌。

晚上 9 点

比利·雷在万豪的大堂里给格雷格打电话。“参议员,你还想跟巴奈特见面吗？黑女士刚才告诉我他刚开完一个会，正在回酒店的路上。”

今天真是可怕的一天。下午和晚上比早上还要糟糕。艾米、约翰还有德沃恩都尝试过约巴奈特见面，但是都没有成功。他们最多也就是联系上了弗勒，对方直截了当地说巴奈特不愿意跟格雷格对话。在会场上的挣扎也反映出了这种不合作的态度。

巴奈特和弗勒·范·伦斯勒中有一个是很懂行的政治战略家。格雷格动用了全部的影响力才在纲领中保留了鬼牌权利条款，这还多亏了杰克逊的支持，否则他做再多也是徒劳。纲领最终采用的是被阉割后毫无力度的版本，它被各种条件和含糊不清的语言束缚着。话说得好听一点就是这确实是第一份鬼牌权利条款。各大电视台将其称为哈特曼和鬼牌们的“一场小胜”，但街头愤怒的人群明白，这条款没有任何实质意义。

纲领既然确定下来，那就没理由跟巴奈特见面了。*也不是，还有一个理由*。内心的声音语气加强了。*去见他*。

“参议员？我们可以去偶遇之类的，等到他——”

最糟糕的是，在外面听鬼牌们闹了一会儿之后，他就不得不处理玩偶人愈加高涨的绝望情绪。他尽力了，但是没有能力完全把这股力量压下去。玩偶人就在这里，和他在一起。

其他人都注意到了他的转变。杰克逊显然在看他，艾伦也会盯着他看，还以为他没注意到，艾米、布劳恩和德沃恩等人全都以小心谨慎的态度对待他。如果他想要这个提名，就必须想办法处理玩偶人。他不能让自己的注意力时时刻刻被分散。

“多谢，比利。听起来很棒。我们还有时间吗？我想梳洗一下。”

“行，我到时候去接你。”

格雷格挂断电话，走进卫生间。他盯着镜子。“你失控了。”他轻声说道。吉姆利用冷笑回应。

这一天的工作耗尽了他的心力——镜子里凝视着他的那个影子看起来精疲力竭。巴奈特归我了，玩偶人再次坚定地说道。格雷格几乎以为自己的嘴唇要随着这番话而动。

一旦我们将他收作玩偶，就可以像操纵格普哈特和巴比特那样操纵他了。只要在这里那里轻推几下……

我们之前就曾经打算尝试一下，在某场辩论会上，格雷格提醒道。但他总是跟我们保持距离，从来不跟我们握手，连碰都不行。真是疯了。

玩偶人嘲讽起来。这一次他会的。你必须相信我。没有我的帮助你是赢不了的。

但是吉姆利——

我们必须尝试。如果你不再阻挡我，那我们就能成功。

好吧，好吧。

他们花了几分钟时间才下到巴奈特所在的楼层，这一路上比利·雷一直在说话。格雷格没有打断他的独白，但是也没有听进去。电梯门开的时候，雷先出去，亮了他的证件，跟驻守在那里的守卫说了几句。格雷格则走向露台边缘，俯视着闪闪发光的大堂。一架滑翔机落在了他脚边的地毯上：是西北风。他捡起这个玩具，轻轻一扔。它绕了个圈，稳稳地向下飞去。几层楼之下的某个人看见了，醉醺醺地冲着它欢呼了一声。

五分钟之后，电梯叮地响了一声。格雷格一转身看见黑女士走了出来，后面跟着弗勒和里奥·巴奈特。格雷格扬起笑脸，大步走过去。“巴奈特牧师，你的手下将你保护得真好。”

黑女士站到一边，但是弗勒面色阴沉地挡在格雷格和巴奈特中间，格雷格别无选择，只能停下，否则就要跟她撞到一起了。他走到旁边，向巴奈特伸出一只手。

玩偶人弓着背准备跳跃。

巴奈特帅气中带点直率，完全是金发版的南方牧师形象。他饱满的嘴唇旁边潜伏着若有若无的微笑，说话时洪亮的嗓音中带着温柔的家乡鼻音。“哈特曼参议员，真不好意思。有时候我的手下觉得我不仅需要主的保护，还需要他们的保护。我相信你能理解。”他看着伸过来的那只手，若隐若现的微笑再次出现在他的嘴边。“参议员，我很乐意跟你握手，但是很不幸，我的手现在很痛，在楼下大堂里出了点小意外。”

玩偶人咒骂起来，格雷格收回了自己的手。

“告诉他是个鬼牌干的，牧师，”弗勒冷酷地说道，“告诉他你跟那个罪人握手，他却试图把你的手捏碎。我还是觉得你应该去医院。要是骨折了——”

“只是一点瘀青，姐妹，请你……”巴奈特对着格雷格微笑，好像是在分享一个只有他们俩能懂的玩笑，“我确定参议员也有过类似的经历，握手就是政坛的痛苦之源。”

“一点不错。”格雷格说。他实在烦透了微笑，于是他冲着面无表情的弗勒点点头。“因为是个鬼牌，所以我格外要向你道歉。”

“那个鬼牌身上还别着你的竞选徽章。”弗勒冷哼一声。

“那些徽章我们跟你们一样都发了几千个出去。”格雷格有点过于尖锐地还击道。接着他转向巴奈特。“已经有太多的误解了，我想跟你和你的手下们说声恭喜，纲领这一场硬仗你们打得很棒，我很高兴我们终于都妥协了。”

这番话让巴奈特的嘴角微微抽搐，格雷格知道自己戳到了痛处。“我并不接受修改过的条款，”巴奈特说，“嗯，我的代表中有些怯懦的人不顾我的抗议，投了赞成票。这是错误的，而且——我必须承认我有些自大——这让我恶心。但是挫败对主也是有价值的，参议员。我发现这场大会并不适合我这样的人。”

在这个瞬间，格雷格心里陡然生出一股乐观情绪：如果巴奈特要退出竞选，就算他指示他的代表们投给杜卡基斯或者杰克逊……但是巴奈特又笑了，从西装外套的口袋里掏出一本用旧了的《圣经》，拍拍镀金的封面。“我是圣徒，参议员。在这场大会的剩余时间里，我打算做我最擅长的事——我将会祈祷。我要锁上这个世界的门，打开我灵魂的门。”

格雷格的困惑肯定展现在脸上了。“今天对你来说算不上失利，牧师，对我来说也算不上胜利。我想跟你一起讨论一条新道路，双方都愿意踏上的道路。将自己隔离起来不是解决问题的好方法。”

巴奈特严肃地点点头，仿佛是在脑中权衡格雷格的论述。“也许你是对的，参议员。如果是这样的话，我相信上帝会让我明白的。所以，我还是愿意在大会的剩余时间里专心祷告，不再参与会场的权力游戏。弗勒完全有能力处理好那些事。有时候我是个固执的傻子。我不会妥协，也不相信正确的道路不止一条，那只是错觉。我所知道的上帝、我在圣经里读到的上帝，永不妥协。上帝从来不会‘谅解’，上帝从来不会‘因为政治现实而让步’。”巴奈特瞥了一眼格雷格，高高的前额因为关心而皱起，“我没有冒犯你的意思，参议员，我只是说出我所信仰的理念。”

“我跟你信仰的是同一个上帝，牧师。我们只是人类，不是上帝。我们都在尽可能做到最好，我们不是敌人。阻隔我们的是人类的自尊自傲。作为领袖，我们至少应该握握手，试着解决我们的分歧。”格雷格用最真诚的口吻说道，“考虑一下所有人的共同利益，这似乎才是一个基督徒真正该做的。”格雷格故意自嘲似的轻笑了一声，然后再次伸手：“我保证不使劲捏。”

玩偶人激动地颤抖起来。在这一刻，他确定这一招奏效了。巴奈特犹豫了，身体前后摇晃，然后他若有所思地双手紧抱住他的《圣经》。

“我想看到的不是我们握手，而是我们一起祷告，参议员。我现在邀请你，跟我一起守夜祈祷。接下来的几天里，让那些代表们去解决政治上的事吧，我们一起跪着祈祷。”

“牧师……”格雷格开口，又摇摇头。为什么？为什么他每一次都要避开？

巴奈特点点头，几乎有些悲伤。“我也觉得你不会愿意，”他说，“我们走的是完全不同的道路，参议员。”他开始向房间走去，右手紧紧抓着《圣经》。

格雷格让自己的手垂在体侧。“你不跟敌人握手，牧师？”格雷格的声音有些刺耳，混杂着玩偶人的尖刻。跟在巴奈特身后的弗勒愤怒地涨红了脸，而巴奈特只是再次向格雷格展示了悲伤而神秘的微笑。

“人们都觉得圣徒老是喜欢引用《圣经》里的话，参议员，”他说，“这没什么奇怪的，因为圣经里常常正好有符合眼前场景的句子。现在我就想到一句，来自《提摩太前书》：‘圣灵明说，在后来的时候，必有人离弃真道，听从那引诱人的邪灵，和魔鬼的道理，这是因为说谎之人的假冒——这等人的良心，如同被热铁烙惯了一般。’这话说得有些夸张了，参议员，但是我认为，有恶魔污染了你的话语——也许你自己没有觉得。我们不是敌人，参议员。至少我不这么认为。就算我们是敌人，我也会为你祈祷，希望你早日走向光明、净化自己。赎罪的希望永远都是存在的，永远。”

巴奈特一眨不眨地盯着格雷格看了很久。他打开门锁的那一声咔哒清晰无比。

♣

白兰地不停地碰到他嘴唇上的伤口，每次他都要尖叫一声，酒保也会随之傻笑一下。塔基扬想让她滚一边去，但是又不禁去联想那样的话他会呈现出何种个人形象。昨天晚上他惨败于萨拉的指甲之下，现在脸颊的雪白肌肤上就像是被挖出了一道道红色沟渠。下嘴唇的开裂和轻微肿胀则是拜弗勒的指甲所赐。他还真是个差劲到不可思议的好色之徒，怪不得吧台后面那个年轻女性会笑他。女人。她们总是这么团结一致。

“嗨，介意我坐这儿吗？”

乔什·戴维森坐在了他旁边的高脚凳上。塔基转头跟他问好，心里真心高兴。“不，完全不介意。”

“当一个男人缩在酒吧的高脚凳上，通常意味着他想要一个人待会儿，但是我觉得可以碰碰运气。”

“我很高兴你来了，请你喝一杯？”

“当然可以。”

随后，两个男人陷入了尴尬的沉默，只能听到戴维森点了个单。突然他俩转过头面对面，同时开口，

“我钦佩——”

“我一直都钦佩——”

两人都笑了，然后塔基扬说：“这样挺省事的，不是吗？我们显然品味都很好。”他停下来抿了口白兰地。

“你为什么过来？”

戴维森耸耸肩。“好奇。”

“好奇什么？”

“政治进程。一个人真的能造成影响吗？”

“嗯，可以的。我很确定。”

“但是你来自一个鼓励个体努力的地方。”戴维森将杯子抓在手里转动。

“看来你不同意？”

“我不知道。但我觉得不该依照某一个人的愿景和观点来建立政策方针，这种方式我表示怀疑。”

“但在这个政治体系里，不可能只由某一个人做决定。就算是在我那个贵族政治文化中，完全的独裁也是空想。永远存在着相互矛盾的利益。”

“对，那你怎么选择呢?”

塔基扬皱着眉头说：“你再做出一个决定。”

“听起来很简单。但是你凭什么有资格用你个人的判断来代替……代替……”

“人民的意愿?”塔基斯星人提示道。

“对。”

塔基扬的双手呈尖塔状抵着嘴唇，头向后靠，盯着杯架上水晶钟乳石般倒挂着的酒杯。“代表不仅要为他的人民努力工作，还要献上他的判断力，如果他只是收集意见，而没有自己的判断，那他就是背叛了人民……埃德蒙·伯克[①]说的。”

戴维森的笑声清晰刺耳。塔基扬身体僵硬。“医生，你让我震惊。”

塔基扬没有回应。他知道他经常让人震惊。自从来到这个星球的那一刻开始他就一直让人震惊。那是 1946 年 8 月 23 日。天，时间都去哪儿了？四十二年。他在这个星球上所待的时间几乎和在母星上一样长了。

“嗯？你在想什么?”若有所思的深色眼睛，温柔而关切的注视。

“想一个对我来说不再存在的世界。”思乡之情像是个锯齿状团块，卡在塔基的喉咙后部。

“这样，一分、一时、一日、一月、一年，

安安静静度过去，

① 18 世纪爱尔兰政治家、哲学家，代表作《对法国大革命的反思》《与美国和解》。

一直活到白发苍苍，然后悄悄地钻进坟墓。

呀，这是多么令人神往呵！多么甜蜜！多么美妙！

牧羊人坐在山楂树下，

心旷神怡地看守着驯良的羊群，

不比坐在绣花伞盖之下，

终日害怕人民背叛的国王，更舒服得多吗？”

两人四目相对。“这描述的难道不就是塔基斯星吗？”戴维森温和地问道。

“也是地球。在这个变化无常的宇宙里，背叛大概算是个常量。”塔基突然站起来，“不好意思。你是对的，我确实需要一个人待会儿。”

晚上 11 点

今日真是惨败。斯佩克特四肢摊开躺在床上，全靠两个枕头支撑。他一只手拿着电视遥控器，另一只手拿着一瓶威士忌。这是他晚上睡觉时候的惯例，能帮助他恢复一点往常的状态。

他不打算在这栋建筑里了结哈特曼，除非他的运气好到不可思议。现在他觉得一路走来已经把运气都用光了。酒店里哈特曼会出现的区域，除了记者招待会之外他应该都进不去。而且他注意到政客们只有在你问问题时才会看着你的眼睛，他还没有蠢到用这种方式吸引别人的注意力。

他喝了一口酒，然后开始换频道。亚特兰大又输了，这次赢他们的是红雀队。当然了，新闻里全是政治的那些烂事。哈特曼跟那个愚蠢的贱记者上床了没有？里奥·巴奈特真的认为上帝会与他对话吗？斯佩克特真希望多几个人来雇他，把这些政客全杀了。他们之所以从政，大部分是因为思想和道德修养不够，无法继续当律师罢了。

他最终选择了一部老电影。这是一部历史片，背景是大革命时期的法国。里面有个男人说起话来就像动画片李奥纳多国王里的奥迪·科隆。斯佩克特觉得这个演员好像是一人分饰两角，但他看得不太认真，所以无法确认。里面所有的颜色都很不自然，只要有人移动，浅淡的颜色就会模糊不清，互相渗透。泰德·透纳的电影看起来跟他的棒球队水平差不多。

碰见托尼就已经够奇怪的了，更奇怪的是他居然还是哈特曼手下的一个头头。托尼是个好人，斯佩克特挺喜欢他的，但他一直就是个心肠很软的人。

那个男演员现在倒大霉了，正被送往断头台。但他似乎并不沮丧。换了斯佩克特的话估计是又踢又喊，他知道死亡是什么滋味。

如果没有其他办法，他就得利用托尼来接近哈特曼。斯佩克特一直引以为豪的是他从来没有欺骗过他的朋友。他本来也没有多少朋友，所以这点不难做到。但是现在，工作是第一位的。

男演员刚刚用一个吻送别了要上断头台的娇小金发女人，现在轮到他自己了。“这是我一生中最乐意做的事，这是我最好的安息之所。”男演员站在断头台前面，高贵而无畏。自然地，镜头向上升，没有拍到他的头颅掉入篮子里。

“真是个傻子。”斯佩克特关掉了电视。他又喝下一大口威士忌，关上了灯。

♣♦♠♥

第三章

1988年7月20日星期三

早上7点

引擎的轰鸣声碾压着塔基扬的每条神经，他阴郁地看着飞机的窗外，直到邻座戳了戳他的肋骨，他才回过神来。空姐用眼神示意手上满满的托盘，挑起眉毛。

“谢谢，不用了。给我个喝的就可以了，来一杯螺丝刀吧，正好可以用到橙汁。”他冲着她微笑。她没有回应，实际上她的表情清晰地表明了她的意思：你这个酒鬼。

他继续阴沉地注视着翻涌的积雨云，思考着两千英尺之下的事情。空姐把他的酒水拿过来了，塔基扬从口袋里掏出零钱，还碰到了一英寸厚的一沓粉色便笺纸——塔基扬，给我打电话，该死的！海勒姆。他付完钱之后再次盯着海勒姆粗鲁无礼且毫无信息量的留言。

沃切斯特到底想搞什么鬼？戴维森又是什么鬼意思？他是不是想暗示塔基扬是牧羊人，鬼牌是驯良的羊群？也许是把塔基扬比做国王？还是有什么更私人的意思？戴维森之前就看着奇怪。也许这是演员的职业病之一？离了编剧写好的剧本，他们根本无法进行正常交流，只会说些做作虚假的烦人话。

“驯良的羊群，去他的。”塔基扬拿出一块手帕，快速擤了下鼻子。

我要回家去埋葬我的一只迷途羔羊，噢，蝶蛹。

他用手撑着脑袋。

上午9点

他等了差不多四十五分钟才有地方坐。中庭里的咖啡厅里忙忙碌碌，服务生们像弹球一样在各个桌子之间来回走动。斯佩克特独自坐在一个小卡座里，忽略掉周围的嘈杂，缓慢地环视整个咖啡厅。不少人眼睛通红，表情痛苦。斯佩克特猜测他们中的大部分人昨晚都遭罪或者挨揍了，或者兼而有之。他自己也是到了清早才勉强睡了一会儿。

一个女服务生停在他的桌子旁边，摆了个表情，她前一千次摆出来的时候大概可以算是个微笑。她掏出写字板和铅笔，挑起眉毛期待地看着他。“早上打算来点什么，先生?”她短促而迅速地说出这句话。南方的热情好客仅此而已。

“来杯咖啡就好。”斯佩克特缓缓微笑。他也想要食物，但是又觉得既然必须给这个贱人小费，那不妨多耗她点时间。女服务生不悦地看了他一眼后，快速离开了。

斯佩克特靠在椅背上，逼迫自己脱离环境，集中注意力。他必须想个办法接近哈特曼。今天早上疼痛狠狠袭来，让他很难思考，也许他应该从托尼那里搞一点内部线索，了解一下什么时间什么地点最容易接触到参议员，而且现场必须足够拥挤，这样才不会有人知道到底发生了什么。至少短时间内不会有人知道。

服务生风一般地回来了，重重地放下杯子，里面的咖啡洒在了碟子上。“抱歉，”她话虽这么说，但并没有丝毫歉意，“还需要点别的吗?”

斯佩克特等了好一会儿才回答。“我还要想几分钟服务。”

服务生翻了个白眼走开了。

斯佩克特拿起杯子，喝了一大口。滚烫的咖啡灼烧着他的喉咙，接着一路向下。没关系，等他想好要点什么吃的时候伤口肯定愈合了。他现在舌头上根本不会起水泡。

斯佩克特瞥了一眼等待座位的队伍。一个长着胡子、年纪略大的瘦削男人走过人群，缓缓扫视咖啡厅。他看到了斯佩克特，开始朝他的桌子走来。斯佩克特突然双腿紧张，准备关键时候站起来就跑。男人看起来莫名眼熟。他停在了桌子的另一边，微笑起来。

“抱歉，早上这里人比较多。你介不介意我跟你坐在一起？我名叫乔什·戴维森。”

斯佩克特刚准备让他滚一边去，突然想起来戴维森是他最喜欢的演员之一。戴维森再次微笑起来时，斯佩克特的所有紧张情绪都烟消云散了。

“不介意，请坐，戴维森先生。”斯佩克特把菜单递给演员，搜寻起服务生。既然他能帮得上忙，就不该让乔什·戴维森坐在这里干等着服务生过来，不然太过意不去了。

“实在太感谢你了。”戴维森小心地坐下。他抽出胳膊下面夹着的报纸，展开看了起来。

斯佩克特看到了服务员，正准备向她示意，此时一个身形高大的男人从人群中走了出来。海勒姆·沃切斯特抚平翻领上的褶皱，扫视着一张张桌子。

“可以借一张给我看看吗？”斯佩克特伸手去拿戴维森放在旁边的头版。

“请随意。”

斯佩克特抓住了报纸，快速打开，他从上方探出头来偷看。胖子还在扫视。*要是他在找戴维森，那我就完了，*他心想。弄死这个混蛋也许会让他身心舒畅，但是可能会破坏任务。还好，一个服务生走向沃切斯特，恭谦地冲他点点头。

“我必须要走了，戴维森先生，”斯佩克特说，“我感觉不太舒服。这个头版可以让我拿走吗？”

“当然可以。很高兴我能帮上忙。”

斯佩克特站起来慢步走向门口，一直用报纸挡着脸。这么做看起来很蠢，但是总比让沃切斯特认出来要好得多。

他离开的时候那个女服务生从他身边走过。“一路走好。”她说道，声音不高，正好让他能听见，但是斯佩克特心思在别处，所以根本没有在意。

上午 11 点

塔基扬靠在教堂长椅的一侧，舔掉上嘴唇冒出的汗珠。他觉得自己可能会昏倒在这令人窒息的热量中，永恒苦难的圣母教堂后面的那四个巨大风扇根本无法搅动潮湿闷热的空气。他想过脱下天鹅绒外套，但是那就会暴露出腋窝下的深色汗渍，以这种不雅观的形象送别蝶蛹实在太冒犯。按照计划，他应该上台发言，用一些聪明又伤感的言语描述蝶蛹对鬼牌镇的意义，但他不知道他该说些什么。他其实并不了解蝶蛹，而且从某种角度来讲也并不喜欢她，但是这种话不能在悼词里说。

玫瑰经社的各位数着念珠说着祷告，祈求蝶蛹灵魂安息时，塔基扬盯着饰有花朵的棺材，心里想着她的鬼魂是否在附近盘旋，倾听着这番仓促的喃喃声。

仪式开始了，一个鬼牌祭坛侍童走在最前面，手上拿着雕刻着鬼牌耶稣的青铜色十字架，身后跟着的另外两个男孩摇晃着香炉，带有香味的烟云飘散在已经气味强烈的空气中。塔基扬咳嗽起来，用他的手帕捂住了嘴。

“我讨厌天主教神经兮兮的把戏。她一生下来就是个浸礼会教徒，死的时候也应该按浸礼会的方式。”

塔基扬缓慢转头，看向坐在他旁边的男人。他身形高大，长着一张饱经风霜的脸，虽然晒黑了，但透着红润。黑色的西装外套紧紧箍着他的肚子，汗水在他的双下巴上留下了一道道闪亮的痕迹。此刻好像没什么好说的，所以塔基扬没有说话。

“我是乔伊·乔瑞，黛博拉·乔的父亲。”

“你好。”塔基扬模糊不清地说道。鱿鱼神父庄严地从他们身边慢步而过，他身着最华美的白色罩衣，显得光彩照人。

神父走向圣坛，将弥撒经书放好，然后转向人群，大大地张开手臂，用温柔悲伤的声音说道：

“让我们祈祷。”

在整个弥撒过程中，乔瑞和塔基扬都很难跟上，同那些站着、跪着或者坐着的祈祷者们比起来，他们俩总是慢了一拍。去年在戴斯的葬礼上也是同样的场景——但那个时候塔基扬知道悼词要说些什么。他已经不再试图理解这种外星仪式了，只是头低着坐在位置上，在内心组织着语言，这个时候眼泪从闭上的眼睑中慢慢流下。

鬼牌祭坛侍童推推塔基扬的肩膀，他才回过神来。男孩手里拿着个篮子，里面装着小块的面包。塔基斯星人吃过一块，将篮子传给后面的人。面包似乎停滞在了他干涩的嘴巴里，他想吞下去，但是却噎住了。他偷偷看看左右两边，打开自己的酒瓶，喝下一大口白兰地。

鱿鱼神父招手示意，塔基扬随即走上讲台。他掏出手帕擦擦脸，然后深吸一口气，开始讲话。

“就在一年前的 1987 年 7 月 20 日，我们聚在这座教堂里埋葬泽维尔·戴斯蒙德。当时是我致悼词，现在也由我来为蝶蛹致悼词。这是我的荣幸，但也是我的悲哀，我送走了太多的朋友，这让我痛苦而疲惫。他们离开之后，鬼牌镇更穷困了，我的生活——还有你们的生活——也因为他们的去世而大不如前。”塔基扬暂停了一下，盯着自己牢牢抓住讲台的双手。他强迫自己放松下来。

“悼词应该是赞扬逝者的，但是这一次我不知道该怎么说。我自称是蝶蛹的朋友，跟她定期见面，甚至跟她一起环游了世界，但是我直到现在才意识到我对她并不了解。我知道她自称蝶蛹，知道她住在鬼牌镇，但是我不知道她的原名，不知道她的出生地在哪儿。我知道她假装是英国人，但是不知道其中的原因。我知道她喜欢喝苦杏酒，但是不知道哪些事情能让她发笑。我知道她喜欢秘密，喜欢掌控一切，喜欢摆出一副难以接近的冷酷模样，但是我从不知道她为什么会这样。

“我坐在从亚特兰大出发的飞机上思考了以上这些，然后决定，如果我无法赞美她，那我至少可以赞美她所做的事业。一年前，我们的街道上战争肆虐，我们的孩子身处险境，蝶蛹贡献出她的领地——她的宫殿——作为避难所和堡垒。这显然会给她带来危险，但蝶蛹从未惧怕过危险。

“她是个拒绝表现得像个鬼牌的鬼牌。这位水晶女士从未戴过面具。你看到的就是她原来的样子，不接受的话就滚一边去吧。也许，她用这种方式教会了普通人什么叫忍耐，教会了鬼牌什么叫勇气。”眼泪从他的脸上流下。他哽咽了，但话语未停，声音变得更响也更尖细。

“因为塔基斯星人崇拜先祖，所以我们的葬礼甚至比出生还要重要。我们相信死去的先人们就待在我们身边，指引着愚蠢的后裔们，这个信念可能算是恐怖也可以算是舒心，都取决于那位先祖的性格。我觉得，蝶蛹如果就在我们身边，那应该算恐怖，因为她对我们会有很多要求。

“有人谋杀了她。我们一定要追查到底。

“在这个国家里，仇恨像令人窒息的潮汐般涌动。我们必须要抵抗它。

“我们的邻居们一贫如洗、饥饿潦倒、心怀恐惧。我们必须帮助他们，给他们食物、住所和慰问。

“她会期望我们做到这些。”

塔基扬暂停了一下，扫视全场。他的注意力被讲台旁边燃烧的一排许愿烛吸引了。他走过去，拿起小蜡烛中的一根，回到讲台边。火光在他眼前催眠似的摇曳着。

“一年之内，鬼牌镇失去了最重要的领袖中的两位。我们恐惧、悲伤、迷茫。但是我想说，他们还在这里，还跟我们在一起，我们必须配得上他们。带着对他们的记忆赢得荣耀，永远别忘记他们。”

塔基扬弯下腰从靴子的刀鞘里抽出他的小刀。他把蜡烛摆在讲台上，食指直接放在火苗上方，小刀快速一划，手指上流下的鲜血熄灭了火焰。

“再见，蝶蛹。”

♠

遇到胖子这件事让斯佩克特有些慌乱，但是喝了几口威士忌之后他渐渐冷静下来。他弯腰驼背地坐在床沿，盯着报纸上的头条。“哈特曼今日在公园演讲。”这位参议员打算公开恳求鬼牌们以非暴力的方式游行示威。这样做很冒险，毕竟他面对的是一群疯子。但是要说疯，谁也比不过被逼到墙角的政客，现在哈特曼正是遇到了重重困难。斯佩克特打开电视，转到一个播报每日大事件的时间和地点的频道。过了一会儿，他等到了。一点钟有个演讲，而且没有任何消息说会取消。

斯佩克特咬着嘴唇漫不经心地翻看着报纸。他需要点灵感。他要找个办法融入人群，但又得有些出挑，能够吸引哈特曼的目光那种，才好跟他四目相对。

角落里的一则小广告引起了他的兴趣。是基顿服饰的广告，售卖面具、化妆品、服装、派对用品以及其他。一个身着戏服的男人拿着一张单子，脸上带着愚蠢夸张的笑容，样子他看起来就像马塞尔·马索[①]。斯佩克特扔开报纸，擦掉灰裤子上的油墨印，开始大笑。

◆

杰克穿过万豪酒店巨大的黄铜旋转门，进入大堂，这里挤满了记者和哈特曼的代表们，他好不容易才没有将这群人看作饲料槽旁边的猪。在午餐休息的短暂时间里，大会倾尽全力喂饱众人，并将他们送回会场。万豪酒店尽职尽责地提供了大型自助餐，其中包括上吨重的意面沙拉和半熟烤牛肉。杰克看到海勒姆·沃切斯特坐在酒吧钢琴旁边的松软沙发上，膝盖上摆着一个食物堆得高高的盘子。玻璃电梯里装满了记者和代表，人人身边都伴着妓女，打算趁着午休放松一下。钢琴师再次弹奏起《钢琴师》。杰克心情焦躁，他很明确地知道接下来对方会弹奏哪一首歌曲。

还好，在钢琴师不可避免地致敬贝隆夫人时，杰克不需要挤到自助餐桌旁边跟其他人一起争抢午餐——在美丽世界餐厅里杰克一直都有预留好的座位，这是靠每天给领班一张崭新的百元钞票换来的。

好吃的一餐加上几杯双倍威士忌，他应该能感觉好点，今天早上实在过得难受。电视台正播着吉米·卡特支持哈特曼的演讲，大部分时间评论家们都在叽叽喳喳地议论，其他的电视台则切到了广告。演讲快结束的时候大会主席吉姆·怀特提示乐队演奏《星条旗永不落》，杰克觉得他是希望哈特曼赢的。这个时候全场起立示意，不过电视机前的观众并没有看到。杰克发誓他在万豪都能听到德沃恩的喊叫声。

杰克内心迷信作祟，开始觉得有个秘密王牌正准备杀死哈特曼，但也许只是克里姆林派来的小精灵。

① 法国哑剧艺术家。

“杰克！布劳恩先生！”一个圣诞老人般慈祥的身影向他滚来，一顶草编的平顶帽在他的白色长发和乱七八糟的胡子上投下阴影。是《洛杉矶时报》的记者路易斯·曼克斯曼。自从哈特曼参选以来他就一直跟着。现在他的眼睛里散发着有所图谋的神情。

“嗨，路易斯。”杰克把公文包夹在胳膊下面，双手塞在“香蕉共和国”牌摄影师风格外套的口袋里，想要快速溜走。但曼克斯曼故意挡着他的路，嘴角带笑，眼睛透过金属边框的远近两用眼镜看着他。

“我想知道星期一晚上的投票是什么情况。”

“那都是旧事了，路易斯。”

“各个报纸对丹尼·罗根的大师级策略都满是溢美之词，全在夸赞他如何在最后时刻搞定一切，就连德沃恩都不知道发生了什么——你应该看看他意识到情况时的表情。但是我早就认识罗根，那完全不像是他能做出来的事。我把我能找到的代表全都问了一遍，他们都说是从你这里收到的指令，不是从罗根那里。”

“罗根知道我在做什么。”杰克想要向左走。曼克斯曼过去阻拦。

“有人告诉我那个老家伙星期一晚上都是在昏睡。”

“他在庆祝。”他又向右移动。

“从早餐时间就开始庆祝了，据我所知。”继续阻挡。

杰克狠狠瞪着他：“我很忙，路易斯。你到底要干什么？”

“我只想知道是不是你的点子。”

“我既不肯定也不否认，可以吗？”

“为什么要否认？你是个好莱坞明星——应该很喜欢公开宣传。别像个窝囊废似的。”

杰克停下来想了一会儿，不知道“窝囊废”会不会成为本场大会的关键词。

不可避免的事情还是发生了，一个身着白色礼服的钢琴师开始弹奏《阿根廷，别为我哭泣》的开场音符。杰克感觉自己的脾气快要控制不住了。

“我午餐要迟到了，路易斯。我不会肯定或者否认。这是我的正式声明，就是这样的，明白吗?”

圣诞老人的慈祥样子消失了。“现在才反对自证其罪，晚了四十年吧，杰克。”

杰克心底涌起愤怒，他冷冰冰地盯了记者一眼，自顾自向前走，就像是要从他身上穿过去。

他们逐渐靠近白色钢琴所在的台座，穿白色礼服的男人还在弹奏着南美法西斯主义的赞歌。杰克心中的恐惧和羞耻散去之后愤怒席卷而来，他跟艾米说过再见之后走向了钢琴。穿白色礼服的钢琴师向他摆出一个机械式的笑容。

钢琴上放了一个大鱼缸，底下漂着一堆绿色的小费，杰克伸手摸向玻璃鱼缸的边缘，向外微微用力，掰下了一片。他的金色力场略有颤动。在钢琴师的瞪视下，杰克用手将玻璃捏成碎屑，然后打开男人身上穿着的礼服的前口袋，把碎玻璃屑倒了进去。

《阿根廷，别为我哭泣》停下了。

“你要是再弹这首歌，”杰克说，“我就杀了你。”

走开的时候杰克心里有种上不了台面的满足感，他觉得自己应该以此为耻。

但不知道怎么的，他并没有。

中午12点

只有巨魔一个人为蝶蛹抬棺。这个来自鬼牌镇医院的魁梧安全主管双臂抱着棺材——好像那是个沉睡的小孩，——将队伍领向墓地。众人又祷告了一番，随后，鱿鱼神父用焚香和圣水为墓地祈福。塔基扬捧起一把土，缓慢地撒在棺材上。空洞的刮擦声传来，就像是爪子刮过玻璃，塔基扬随之一颤。

太阳飘浮在烟尘弥漫的纽约夏日，看起来莫名肿胀病态。塔基扬盼望着早点结束。逝去之人已经被埋葬了，现在亚特兰大正呼唤着他。但还有迎宾队伍在等待，他还要忍受三十分钟的握手时间。塔基扬决定让自己少体验点恶心的感觉，于是掏出一副红色羔皮手套，戴在纤瘦白嫩的双手上。

“你好，神父。”一个熟悉的声音在他左侧响起。

“很高兴再次见到你，丹尼尔。”

塔基扬无法自控，他冲向布伦南的怀抱，紧紧抱住这个人类。他心里明白，这个男人是在勉强忍耐他赤裸裸的情感流露。接着，塔基扬深吸一口气，跟布伦南分开了，但依然抓着他。两人离着一臂距离，他挑剔地看着眼前的人类。

“我们必须谈一谈，来。”

两人往墓地深处走，直到被几座复杂的墓碑在一定程度上挡住。塔基扬绕过一个哭泣天使，看到了一名正好奇地张望他们的女人。

“这位金发美人肯定是詹妮弗吧。”

“对。”布伦南说。

“我不得不说，你很幸运，但是这么说也不太合适，毕竟你被诬陷了谋杀的罪名。你是因为这个才回来的吗？”

“算是部分原因。我回来的主要原因是想查出谁杀了她。”

“那你进展如何？”

“不太好。”

“你有什么想法？”

“我觉得可能是基恩干的。”

塔基扬摇摇头。“说不通。我们做过交易，你出城，战争就算结束了，为什么他要冒险重新开启杀戮循环？”

“谁知道？我打算继续查，总有一天会有人跳出来的。”

塔基扬干巴巴地说："别让那人跳到你头上来就行。我真希望我能帮到你，但是我必须回亚特兰大。跟我保持联系好吗？"

"不行，查完这个之后詹妮弗和我就会离开纽约，这一走就再不回来了。"

"你不愿意保持联系就算了，自己小心。"

"这一点你放心。"

下午1点

皮德蒙特公园已是水泄不通。斯佩克特在人群中向前挤，逐渐靠近演讲台。他觉得自己是个白痴，居然穿了一套黑白紧身服，脸上的油彩让他几近窒息。而且那家服装店里满满当当的全是人，大部分都是鬼牌，害得他差点没能按时到达公园。还好，因为人群都聚集在公园里，所以街上基本没人。他把自己的衣服和其他随身物品锁进了柜子，钥匙塞在了紧身衣的袖口里。

但他现在还是离演讲台一百多码远，刚才他们测试了麦克风，不过到目前为止还没看到哈特曼。一个阴影缓慢掠过人群，斯佩克特抬起头，用手挡住刺眼的光芒，看到灵龟悄无声息地向着正在为哈特曼的演讲而布置的舞台飞去。掌声和零星的欢呼声响起。人群中大部分是鬼牌，边缘地带也聚集着几撮普通人。

"看啊，妈咪，这个人好搞笑！"一个年轻的鬼牌女孩指着斯佩克特。她正坐在一个破旧的婴儿车里，手上抓着一枝花，她的胳膊和腿都像电线杆子一样纤瘦，而且上上下下长着不少突出的疙瘩，仿佛四肢被弄断过二十多次。

斯佩克特虚弱地一笑，希望嘴角的油彩让这个笑容显得大一点。

女孩的妈妈回以微笑。她脸上沾着斑点状的红色颜料，就在斯佩克特的注视下，其中一个圆圈缩成一个小点，随后崩出鲜血。女人窘迫地快速擦干净，拿过女儿手里的花朵，递给斯佩克特。

斯佩克特伸手接下，小心翼翼地避免触碰到她的肌肤。作为一个普通人，虽然他打扮成小丑的样子，但待在鬼牌之中还是让他毛骨悚然。他转过身去。

“做点搞笑的事情，”小女孩说，“妈咪，让他做点搞笑的事情。”

周围的人群低声附和。斯佩克特缓慢地转头开始思索。从来没有人说过他是个搞笑的人。他将这朵花放在指尖，想让它保持平衡，令他吃惊的是，他居然做到了。一片死一般的沉寂。汗水从他画着颜料的眉毛上滴下来，流进他的眼睛。他已经呼吸急促了，旁边依旧一片死寂。

一只戴着手套的手从斯佩克特眼前闪过，抓住了那朵花。它把花茎摆放在画着颜料的双唇之间，弄出一个做作的姿势。有人笑起来了。另一个小丑深深鞠过一躬，缓慢站直。

斯佩克特向后退了一步，但那个小丑快速拽住他的手肘，摇了摇头。人群笑得更欢了。斯佩克特最不需要的就是这些。现在他不仅是众人注意的焦点，而且还跟他想去的地方隔得老远。哈特曼随时都可能开始演讲，斯佩克特也许会来不及冲到前面去。

另一个小丑向下看，做了个鬼脸，指着斯佩克特的脚。斯佩克特本能地看了一眼，什么都没看到，就在这时对方的手放在他的下巴上，抬起了他的头。这一下，人群爆发出了最响亮的笑声。另外那个小丑抓住他的体侧，毫无声音地大笑起来。

斯佩克特揉揉嘴，他刚才咬到舌头了。虽然脸上用颜料画着笑容，但他其实正咬牙切齿。

另一个小丑用一根手指按住斯佩克特的头，像个五朔节花柱[1]一样绕着他跳起舞来。接着，他停在了斯佩克特面前，用手扯动他的

---

① 欧洲祭祀树神、谷物神的传统民间庆典，人们用树叶、彩带等装饰柱子，绕着它载歌载舞，期望丰收。

脸颊。

斯佩克特忍够了，该让这个混蛋滚开了。他向前一步，与对方四目相对。锁定眼神之后，他就释放了痛苦，对方开始瘫倒时被他抓住了肩膀。斯佩克特缓慢地将他放下，把这小丑的双手放在胸前，这个白痴躺在被践踏过的草坪上，目光呆滞，沾满了被突袭的惊讶和死亡的气息。斯佩克特把花朵塞在尸体的手里，夸张地鼓起掌来。人群大笑着欢呼喝彩。有人拍拍他的背，其他人则看着地上的小丑，等着他站起来。

“朋友们!”放大了的声音从演讲台上传来。众人纷纷转身。斯佩克特再次向前挤。“今天，我们有幸请到了唯一能带领我们度过未来的艰难岁月的男人来给我们做演讲，他向来宣扬宽容，而非仇恨。他总是希望我们团结一心，而非各自为政。他将会引领他的人民，而非看管人民。请大家一起欢迎美利坚合众国的下一任总统，格雷格·哈特曼参议员!”

一时间掌声雷动，震耳欲聋，同时还伴随着古怪的尖叫和口哨声——鬼牌们发出的噪声。斯佩克特的耳朵碰到了一个鬼牌的手肘，这人模样古怪，胳膊一直垂到膝盖。他闪开了，继续前进。

“谢谢。”哈特曼没有再说话，等待着欢呼声和尖叫声逐渐停下，“非常感谢你们所有人。”

斯佩克特现在能看见他了，但是隔得太远，就算哈特曼看向他，他也没办法锁定目光。人群开始向着演讲台移动。斯佩克特随着畸形人类组成的浪潮向前，同时利用自己的窄肩为自己开路。过了一两分钟，他终于到达了理想地点。

“有人说我是个撑鬼牌的候选人。”哈特曼在掌声响起之前抬起手，示意自己的话还没说完，“严格来说，这话并不完全对。我有不少主张，但最重要的一点始终没有变过。那就是，这个国家应该像国父们期望的那样，在法律面前人人平等。没有谁比谁更伟大。不管一个人多有权有势，都必须遵守法律。”哈特曼停顿了一下，人群再次鼓掌。

斯佩克特站在人群中间，距离哈特曼大约一百码。对方今天穿了一身米黄色西装，微风吹动他做好的发型。特勤局的人站在演讲台两侧，眼睛藏在太阳镜后面。参议员的目光扫过人群，但是没有看向斯佩克特。就算是参议员的目光跟他对上了，他也必须在那一瞬间百分之百集中精力。

“我需要你们帮助我赢得党内提名，成为新一任总统。”哈特曼向着人群伸出手，“身处亚特兰大的你们只有以一种井然有序的方式来游行示威才能帮助我。无论是主动挑起，还是被人激怒，任何形式的暴力行径都会被用来反对你们。你们有机会做出简单但却有说服力的声明。甘地和马丁·路德·金都做出过这个声明。那就是，暴力是可憎的行为。无论在什么情况下，你们，都不会容忍暴力。”

哈特曼的眼神再次在人群中飘荡，这一次是直冲他而来的。斯佩克特屏住呼吸，集中精神，脑袋里的痛苦咆哮着。就差一点。斯佩克特踮起脚。他们的眼神交汇了……

……一个声音响起。特勤局的特工扑倒了哈特曼。是枪声。人群尖叫起来，开始试着移动，但是太挤了，很难散开。斯佩克特看着一个小山顶，上面大概有一百个穿着南方制服的男人，他们的枪口冒出轻烟，枪响声在整个公园回荡。

哈特曼不见了。斯佩克特没有机会了，至少在这里下不了手。他跳到一个身形有普通人三倍宽的鬼牌身后。不管这人要去哪儿都没关系，至少比待在原地安全。灵龟从头顶呼啸着飞过，又几轮枪响之后，那些人停火了。斯佩克特踩到了什么东西，脚下发出咔哒一声，之后传来呻吟。他紧紧抓着鬼牌的皮带，上面用金色字母写着“高负载”。

真扯淡，斯佩克特心想。但这一次，他很高兴能有个死胖子跟他同行。

下午6点

麦基站在走廊的尽头，看着奶油咖啡色皮肤的瘦高男人锁上门。1531房间，跟老大说的一样。在他看来，美国正走向衰落，就跟他那些死去的红色军团同志们过去常说的一样。这世界上还有什么地方，能看到一个黑鬼穿着麦基·梅塞尔这辈子攒的钱都买不起的西装，挽着白人女人大步进城里闲逛?

他在心里嘲笑目标人物的伪装太刻意。她看起来就像是他家乡的那些女孩，因为不习惯白天出门所以必须全副武装。这很好理解。她就是个妓女，又一个该死的妓女。就是她勾引了老大，她必须付出代价。

那俩人转身向着走廊另一侧的电梯走去。原本麦基靠着墙站在装着消防器的玻璃柜旁边，现在他走开了。他不能在这里了结对方——他已经决定了要杀掉他们，为了不留下目击者，这是唯一合理的方式——因为这个疯狂的资产阶级宫殿的内核是空虚的，就跟建造了它的资产阶级文化一样，而且中庭周边的过道上无论发生什么，都有可能被这十几层上的某个人看见。他必须暗中行动——老大之前已经明确地指示过。

不过暗中行动也没问题。麦基的刀可以做得很微妙，就像……就像那首歌里唱的。他准备跟着他们，他会把握时机。

也许他应该跟那俩人一起上电梯，这个好笑的想法让他舔舔嘴唇。那就真的是犯罪了。他们肯定不会怀疑他，甚至可能不会注意到他的存在。也许他们在恋爱，也许那个黑人硬了。

他动起来了，一个声音制止了他。“嘿，你。别忙着走。”

他转过头，看到一个敦实的白人男子，穿着棕色西装，耳机线从耳朵里垂下来。麦基在圣保利的鹅卵石上蹒跚学步时就在自主神经系统里印下了警察们的等级划分，这个是酒店混蛋。麦基已经足够谨慎了，他特意待在这个房间的门口，就因为里面放着一台咔咔作响的制冰机，每当有人靠得太近时他能穿墙而过，躲入杂物间。但即便麦克基斯也做不到完全彻底的隐蔽，毕竟这六十多米无遮无挡的空间着实让人不安。

西装男一只手放在他的胳膊上。*你不该这么做，你不该这么对待麦基·梅塞尔。*

“你很幸运。”他说着，碰了一下对方的颧骨，指尖*嗞嗞作响*。

血从脸上流了出来，男人大喊一声弯下腰，用手捂住脸。麦基化为虚体穿过钢质防火门，并开始顺着楼梯向下跑。他现在不能把猎物跟丢了。女人常常改变心意，也不知道她会不会再回到这个地方。

♥

斯佩克特实在太久没有住过酒店了，回房看到一切都被清理干净的时候几乎有些吃惊。他跪坐在床沿，在看电视的间隙思考下一步计划。现在，他的注意力被电视吸引了。一个试图掩盖自己能力不足的记者正在大厅里采访哈特曼。

“参议员，你觉得下午的骚乱跟巴奈特牧师有关系吗?”记者举起麦克风对着参议员，后者想了一会儿才回答。

“我觉得与他无关，虽然我们之间有分歧，但是我相信里奥·巴奈特不会使用这样低级的手段。这位牧师是个可敬的人。”哈特曼咳嗽了一声，“但我觉得那些扰乱集会的人很可能跟他持有同样危险的狭隘观点。我们要尽力消除的，正是这样毫不理智的偏执。里奥·巴奈特解决问题的方式是将所有百变王牌受害者逐出社会，而我想要克服这种恨意本身。”哈特曼背靠着椅子，双手交叠，紧盯着摄影机。

“这个家伙也太厉害了，”斯佩克特说道，“但是也没什么用。”

画面切回演播室。一个黑人女主持转向另一个主持人。“感谢霍华德为我们带来这场有趣的采访。丹，对于那场骚乱的肇事者，警方有什么消息吗?”

“恐怕没有多少消息。他们当中有几个被拘留了，是灵龟抓住的，但是他们都不怎么合作。”主持人的拇指轻扣在一起，“有传言说他们中大部分是三K党成员，但并未被证实。虽然这场骚乱明显计划周详，但是没有人站出来承认是团队的领头。而且到目前为止，那些正宗的南方军制服是从哪儿来的也毫无线索。”主持人皱起眉头，转头看向女主持。

“嗯，我确定当局一定会随时通报我们这场古怪事件的最新进展。”女主持摇摇头，“虽然当时用的是假弹药，但还有几个人在随后的慌乱场面中受伤。”画面切换到早些时候公园骚乱的视频，拍摄者在跟着人群一起跑，所以画面一直晃动着。“据称至少有一人被踩踏致死，是个街头表演者。讽刺的是，他当时正好在装死。目前正在等待他的近亲前来认尸，名字暂时不便播报。”

“蠢货。”斯佩克特狠狠关掉了电视。不管怎么说，这个人的死算不到他头上了，但是他也没办法离哈特曼更近，他甚至能感觉到锁定眼神的那一瞬间，有什么东西在把他往后推。不会的，只是想象而已。要是真的，哈特曼得有钦天士或者塔基扬那样的本事才行。“钦天士[①]当总统，”他轻笑起来，“这样一对比，里根都能算是不错的了。”

他从床上跳起来，缓慢地走在铺着地毯的地面上，思考着自己的各种选择。杀哈特曼可能没有他以为的那么简单。他可以拿钱走人，到一个别的地方，别的国家也行：也许可以去为古巴的某个赌场工作。不行。他向来拿了钱就要办事。真他妈的中产阶级道德观。从来没有碍着他杀人，但是却逼着他履行合同。

---

① 原文 Astronomer，有天文学家之意。

他叹了口气，走向电话。托尼是他唯一的机会，从他们在大厅见面之后他就知道。这是天命，或者其他什么。但他心里还是有种屎一样的感觉。他按下号码之后等待了一会儿，对面传来不熟悉的女声。

“可以帮我找托尼·考尔德伦吗?”

“他现在不在，需要我帮忙带个口信吗?”女声听起来很疲惫。

“嗯，告诉他詹姆斯给他打电话了。他知道你说的是谁。跟他说，他之前的那个晚餐邀请我同意了。”斯佩克特意识到自己的声音有多冷酷礼貌时几乎有些惊讶。

“好的，詹姆斯，呃，你的姓氏是?”

“就叫詹姆斯。他知道你说的是谁。”

“我会告诉他的。”

“谢谢。”斯佩克特挂了电话，叹息一声。也许他应该跟客房服务点一份牛排，再祈祷电视上今天晚上会再播蜜桃队。他心想，如果他们是美国的队伍，那我们可就惹了大麻烦了。

晚上8点

聚光灯晃着杰克的眼睛，电视摄像机的长焦镜头训练有素地对准他，像一支支猎枪。心里泛起的怯场情绪让他膝盖打战。他好多年没有做过这种事情了。

他抬头看向灯光，歪着嘴对世界展示出一个笑容——条件反射又回来了，很好——然后他开始说台词：

“第三十一州，黄金之州，自豪地用314票支持鬼牌权利和下一任总统，格雷格·哈特曼参议员!”

一片咆哮和掌声响起。各种傻兮兮的帽子与飞行王牌滑翔机纷纷被扔向空中。杰克一直试着保持得体、愉快和得胜的模样，直到聚光灯转向科罗拉多州的主席。

看着吧，罗纳德·里根，他心想，我来告诉你面对摄影机的时候应该怎么表现。

他从小小的红白蓝色演讲台上下来，这个东西摆在这里就只是为了让他们站上去说那么几句话。来自科罗拉多的这个家伙不确定具体有多少票，他的词也说得不怎么利索。还好，科罗拉多支持的是杜卡基斯和杰克逊。

第一轮投票过后，哈特曼有1622票，巴奈特998票，剩下的由杰克逊、杜卡基斯和戈尔瓜分。谁的票数都不足以赢得票选。

会场一片混乱的时候媒体评论员们睿智地判断局势，言语模糊地推测接下来的状况。第一轮投票结束了，“9（c）条款”也不管用了，于是现场的各位竞选经理各显神通跟自由了的代表们胡乱许诺。

第二场投票提前开始，此时距离第一场投票结束仅有半小时，竞选经理们正好来得及获取足够数据，评估接下来的走向。哈特曼大概得到了50票，主要来自杜卡基斯和戈尔的支持者。

现场乱成一锅粥的时候，媒体评论家开始试图判断50票是预示着哈特曼将会获得一场“大胜”，还是只能让胜利的天平略微“偏移”。会场的竞选经理们一想到代表们从手头溜走就气到心烦意乱。

这片乌烟瘴气延续了四个小时。午夜时分，睡眼惺忪的吉姆·怀特召集众人开始第三轮投票，三大商业电视网络已经沉寂了，全都开始按照夏日惯例重播经典影片和约翰尼·卡森的访谈节目。只有PBS还在为几千个深度政治爱好者直播现场的情况。

哈特曼的票数稳定在1800，情况越来越明朗了。帽子和滑翔机都瞄准天花板了。杰克举起演讲台向上扔，裹着星条旗的它飞了起来，翻滚着来到离地面有一百英尺的高空，这是胜利的象征。之后他伸手小心地抓住台子，没有让它砸到任何人。

庆祝活动在杰克的套房里延续了几个小时。在他上床睡觉之后才意识到应该给波比打个电话的。就算她是那个饱受脂肪团困扰的小明星也没关系，杰克觉得可以让她体验些有益健康的锻炼，她肯定会心满意足的。

晚上10点

——桃树中心，铺着瓷砖，响着回声。他们肩并肩走着。萨拉喝了两杯酒，这是一年来她第一次喝酒。她从来都不是个迷恋酒精的人——除了环球之旅结束后的那段时间。

这一路上瑞奇跟她说了一大堆有关候选人的最新笑话。“你听听这个：如果杜卡基斯、哈特曼和里奥神父在尼尔湖上一起划船，接着船的引擎炸了，船沉了，谁会得救?”

“整个国家，”萨拉说，“上次我听到这个笑话的时候，主角是里根、卡特和安德森。不过估计那时候你年纪还小，记不得了。”

“这种事情总是反复发生的，罗茜。但是我1980年的时候已经勉强达到投票年龄了。”

“你可能觉得我是个老牛吃嫩草的古怪老女人。”她皱起眉头，这句话是从哪儿冒出来的? *稳住*，她告诉自己。

瑞奇拍拍她的头。“我当然非常期待你是，罗茜。”他大笑起来，示意这是个玩笑，然而她还是感觉到了一阵紧张。

就在二人笑声的间隙，轻柔的声音沿着走道传来。“这是什么歌?”她问道。

他挑起一边眉毛看着她。“你不知道?”她知道，但是她想找点话题，“是《麦基刀》。北半球每一个廉价酒吧歌手的后备曲目。穆扎克公司的背景音乐响起了，所以你看，他们就雇了这个白人吹着口哨到处晃悠。”

她笑了起来，轻捏他的手臂。*该死的，我在做什么?* 她看看四周，几乎像是在为自己的行为找寻外因。

后面有动静。她伸出舌头舔舔突然干燥的嘴唇，把头偏向一侧，像是在欣赏精品店橱窗里摆放着的银色、黑色、橄榄绿色无头假人所穿着的闪耀服饰。

“有人在跟踪我们，别、别看！”

“相信我，罗茜。我是个记者，记得吗？你的研训班上我可没有睡觉。”

他向侧面瞥了一眼，又面向前方。“只不过是个穿皮夹克的小孩罢了。”他皱起眉头，光滑的前额也因此不再完美，“看上去他好像是个驼背。可怜的狗崽子。”

她再次回头。“别再看了，不然你就要变成盐柱了，不是你说要谨慎行事的吗？”

“我不喜欢他的样子，”她说，“他——感觉——不对劲，反正就是奇怪。”

“经验老到的王牌记者的直觉，经验特别老到。”

“这是在说我的年纪吗？”

“说的是你喝的酒。”他拍拍她的手，“这样就对了。就像是吹着口哨穿过墓地，一直走，头抬起来。别让他们看出来你害怕了，那会释放出北欧人的原始掠夺本能。”

她的脖子肌肉一直试图转向那个皮衣男孩，但她强行稳住了。“你猜他会不会是巴奈特的小助理之一？”

“据说大会期间确实发生过这种事，罗茜。这难道不是很讽刺吗？我们被怀疑是哈特曼的支持者，还因此被攻击。”

她还是回头看了。他漫步在他们身后，双手插在口袋里，一只脚穿的是白鞋，另一只脚是黑鞋。瑞奇说得对，这人一边肩膀绝对比另一边高。他煞费苦心地摆出一副没注意去看的样子，但过于刻意了。

*至少他块头挺小的。*不过话说回来，瑞奇也不是阿诺德·施瓦辛格……

转过一个弯之后瑞奇抓住了她的手，两人开始飞奔。萨拉穿着高跟鞋，跑得晃晃悠悠的，瑞奇的古驰皮鞋啪嗒啪嗒地踩在橡胶地垫上，他们不停地跑，还特意拐了好几个弯，她也一直向后看，没看到有人追过来。

他们慢下脚步，萨拉气喘吁吁。瑞奇也够体贴，装出了一副累坏的样子。“再拐一个弯我们就回凯悦。”瑞奇说，“又避开了一桩潜在的可怕对峙。我们这些80年代人就是这样处理事情的。”

他们转过弯，那个人就在眼前。他的后背和脸颊靠在冰冷的瓷砖上，正在打量他们。他开始吹口哨：《麦基刀》。

萨拉抓住瑞奇的手腕，拉着他躲到那个人的视线之外。“我觉得这不是个好主意，罗茜，”他说，“我们虚张声势地走过去就行了。”

“你难道看不出来吗？”恐惧袭上她的心头，像白热的火光在眼中闪烁，“他怎么会出现在我们前面的？”

“可能是有什么服务通道。我们就在酒店附近，要是他乱来，我们可以大喊大叫，会有人过来救我们的。”

突然那个男孩穿墙而来，像鲨鱼一样冲他们扑过来。

瑞奇以舞者般的动作将萨拉护在身后。“你这个人在搞什么鬼？”

“党派聚会，”男孩带着喜剧节目《汉斯和弗朗兹》里的那种奥地利口音，大笑的时候唾沫从嘴里喷出， “今晚所有人都要有个了结。”

被人造凉气环绕的桃树中心之外，潮湿夜晚沉重而压抑，现在空气中响起嗞嗞的声音，更是听着难受。男孩挥动一只手，有些空手道的架势，攻向瑞奇的脖子。

瑞奇可是堂堂的王牌壁球手，反应速度非同一般，他瞬间就以细长的前臂挡住了这一击。

但那只手直接切了过去。一阵恐怖刺耳的声音传来，如同圆锯切开了厚木板上的一块疙瘩，瑞奇的前臂连着张开的手掉落在地。

瑞奇站在原地，盯着西装包裹下的断肢处喷涌而出的一圈红色鲜血。萨拉惊声尖叫。

瑞奇的胳膊动了动，用自己的血喷向袭击者的眼睛。男孩向后倒去，一边向外吐对方的血，一边拼命擦脸。接着，瑞奇猛冲过去，胳膊像风车一样旋转着挥动。

“罗茜，快跑!”

她的腿动不了。瑞奇正用他的残肢和不熟练的拳头殴打男孩，此情此景看起来就像是最糟糕的校园霸凌。瑞奇比对方高一头，而且两人之间的距离大概有六英尺——

又是那个声音。她知道，在今后的人生中，只要一闭眼她就会听到这个声音。她闻到了类似烧焦的头发的味道。

瑞奇的手臂从肩膀上掉了下来，他的血喷洒在用少量蓝、绿和黄色马赛克点缀的白墙上。

他转过头，一脸大义凛然地看着她。“罗茜，”他的牙龈上面满是鲜血，“*求你快跑，看在上帝的分上，跑*——”

那只手玩笑似的划过，他的下颌被切掉了，剩下的话语也没有说出口。他的舌头失去港湾，垂落下来，像是恐怖版的淫欲模样。

她掉头就跑，恐怖屋的声音紧随她身后。

就在她转过弯之后，左脚的鞋跟突然断了。她像是遭受了枪击一般单膝跪倒在地，向一侧滑动二十英尺，撞上了一面墙。她挣扎着站起来，但是双腿走不动了，身体只能沉重地靠着瓷砖。

“哎，瑞奇，”她呜咽着，“我很抱歉。”抱歉，浪费了他用生命换来的逃跑机会，抱歉，虽然她心里满是恐惧，但却又莫名有些安慰，因为她不用再与他同处一室，也不用面对随之而来的关于两人关系的问题，这个想法让她很愧疚。

她的膝盖直起来了，屁股靠着墙，双手撑住墙帮助自己侧身移动。他从拐角处过来了，看起来有 12 英尺高。皮夹克和皮肤上都沾着血迹，在荧光灯的照耀下，呈现出不自然的光亮。他咧着嘴笑起来，牙齿像是快要垮塌的围栏。

“老大向你致意。”

她现在一心只想移动得快点，尽量远离他。现在她的世界什么都没了，只剩下注定失败的最后一搏。

——还有声音，在这条走道的前面，就在凯悦酒店出来之后与中央大道的交会处。一群戴着杰克逊徽章的代表出现在视野中，大都是中年黑人男性，穿着讲究，愉快地谈论着他们的候选人在今天白天的最后一场投票中，票数还在最后时刻大涨了。

穿着皮夹克的杀手抬起头。就在此时，一个年轻女性也抬起了头，她穿着暴露的浅橙色裙子，波涛汹涌的双峰之下装饰着一个蝴蝶结，她正好看到了男孩和他身上的血迹，还有倒在走道拐角处的那个受害者。她把双拳抵在双眼下面，拼命尖叫。

男孩的眼睛狠狠盯着萨拉。“记着詹妮·托勒[①]！”他嘶吼着说完，就穿墙离开了。

晚上11点。

我的！

玩偶人感觉到灼热扭曲的威胁正在靠近。格雷格一转头，发现麦基鬼魅地穿过他的卧室墙壁进入房间，一高一低的肩膀上飘动着扭曲的笑容。他的右手手肘处有个棕红色的斑点，只可能是一种东西。

我的！

“所有的酒店房间看起来都他妈的一样。”麦基说。

“给我滚出去。”格雷格狠狠地说道。

笑容从麦基被猛揍了一番的脸上褪去。“我想告诉你，”他话语里的德国口音比往常更重。“我杀了那个黑鬼，但是那个女人——”

我的！他是我的！

---

①《麦基刀》的德语歌词中写道：詹妮·托勒被发现的时候身中三刀！

格雷格惊讶地发现他居然越过玩偶人的嘶吼听到麦基的声音。内心的力量不断冲击着格雷格的控制力，一遍又一遍又一遍。麦基原始暴力的错乱情绪疯狂向外辐射，伴着腐肉的气息从男孩周身的毛孔中渗漏出来，就像是腐烂变质的酒宴，呈现在玩偶人的面前。

格雷格必须让麦基快点离开，否则，他堪堪维持住的脆弱控制力就会彻底分崩离析。

“出去，”格雷格绝望地重复道，“艾伦在。”

麦基扯动嘴巴，摆出冷笑的样子，又焦躁起来，不停地变换站姿。“嗯，我知道，在另一个房间里看该死的电视。正在放蝶蛹的葬礼。我看到她了但是她没看到我。我本来可以轻松把她切了。”他舔舔嘴唇，紧张的眼神像鞭子扫过格雷格的身体，与此同时，玩偶人再次撞击心灵中的栏杆。“我不知道摩根斯特恩去了哪里。”他最终还是说了。

“那就去找。”

“我想见你。”麦基低语道，宛如一个情人，声音像是天鹅绒砂纸，其中的欲望是甜如蜜的糖浆，金黄、浓稠、香甜。

玩偶人渴求地尖叫起来。格雷格心里的栏杆开始松动。“快出去，”他咬紧牙关嘶嘶地说道，“你没有搞定唐斯，现在又过来告诉我你找不到萨拉。留着你对我有什么好处？不管有没有王牌能力，你都是个没用的小混混。”

他一直以来都对麦基很好，抚慰这个孩子，满足他的自大。就算在玩偶人控制着这个驼背的情绪时，他依然对麦基心存恐惧，利用这人就像是拿着硝化甘油玩杂耍：看起来简单，但是他明白，只要犯一个错误就一切玩完。格雷格觉得自己刚刚大概就是犯了错误。麦基的脸突然变得冷酷无情。欲望快速变化为某种更简单也更危险的东西。他的右手开始无意识地震动起来，带着胁迫感十足的嗞嗞声划过空气。

“不,”麦基摇摇头说,“你不懂,你是老大,我爱——”

格雷格打断了他的话。既然注定要爆炸,那就好好地炸一场。“我让你除掉我们的两大威胁。但他们现在都还活蹦乱跳的,你却到我这儿来告诉我你有多好、我对你来说有多重要。”

麦基眨眨眼,焦躁不安。“你没有认真听我说——”

“对,我确实没听。在所有七零八碎的事情都处理好之前我都不会听你说话。明白了吗?”

麦基蹒跚着向格雷格迈出一步,抬着一只手,手指已经成了可怕的一团模糊。

格雷格盯着他。这绝对是他做过的所有事情中最难的一件。麦基靠近之后,情绪的波涛在他身边拍打,玩偶人在他的双眼后面兴奋发狂,嘴里含混不清地胡言乱语。格雷格知道,过不了几秒钟玩偶人就会完全浮上表面,心灵镣铐就会颠倒,他会成为沉在下面的那一个。而且他虽然还能压制玩偶人,却无法控制麦基,无法抑制那股疯狂。要是这个王牌再走一步,要是他的那只手向格雷格挥来……

格雷格费劲地颤抖着。

“过后再来找我,麦基,”他低声说,“所有事情都做完之后,不是现在。”

麦基放下自己的手,低垂下眼帘,身边红色的暴力略微褪色。

“好吧,”他轻声说,“你是老大,你说了算。”他伸出一只手,此刻已经停止震动了,安全了。格雷格有股退后加逃跑的冲动,但他抵挡住了。他集中注意力对付玩偶人,争取多控制对方一会儿。

麦基干燥的指尖带着古怪的柔情触碰着格雷格的脸颊,抚摸他的胡楂。

格雷格闭上眼睛。

再次睁眼时,麦基已经离开了。

♣

塔基扬的手指沿着小提琴的琴弦向下，拨动出音乐的叹息。特勤局的特工沉重而缓慢地摇晃脑袋，像一头正面对刺激物的公牛。塔基扬礼貌地冲他点点头，男人明显快活起来了，鬼鬼祟祟地转头越过肩膀向后看看，快步走向盘腿坐在弗勒房间外面地板上的外星人。喧闹的声音沿着走廊从附近某个正在狂欢的房间飘来。“嗨。”

“你好。”

“我女儿特别迷恋你，她要是知道我遇到你之后竟然没拿到你的签名，肯定会杀了我。你介不介意帮我签一个？”

“不介意，我很乐意。”塔基扬从口袋里掏出一本手册，“她的名字是？”

“特丽娜。”

满满爱意献给特丽娜。他用花体签下自己的名字。

“呃，冒昧问一下，你在这里做什么？”

“我打算为那间房里的女士弹奏小提琴。”

“哦。来点小浪漫，嗯？”

“但愿吧。我不会惹麻烦的，先生。我可以留在这里吗？”

特工耸耸肩。“嗯，没什么大不了的。但是如果有人抱怨——”

“这个你不用担心。”

塔基扬举起琴弓，把小提琴垫在下巴下面。几年前，他曾经计划着把肖邦的大调练习曲改成小提琴独奏。

音符像是水晶珠子从琴弦上掉落下来，又像是水流掠过石头。但是在欢快之下还藏着一丝悲哀。

女人的面容。布莱思、天使脸、露莱特、弗勒、蝶蛹。再见，老朋友。酒店房间的门猛地打开。塔基扬盯着她怒火中烧的棕色眼睛。你好吗，我的爱人？

“你要干什么？你为什么就不能让我一个人静静？求你，求你了，让我一个人待着吧！”她的头发乱糟糟地贴在脸上。

“我不能。”

她跪在他的面前，双手紧紧抓住他的肩膀。“为什么？”

“在我看来毫无意义。我该怎么向你解释？”

“你扭曲破坏了我所触碰过的所有东西，现在你又想要对我做出同样的事情。”

他没有否认，无法否认。“我觉得我们可以做到双方都满意，冲刷掉愧疚感。”

“只有上帝才能做到。”

他试探性地用一根手指的指尖触碰一束头发。“你的脸和她很像。也许你并没有继承她的灵魂？”

“你这个该死的蠢货！你将她转变成了一个从来不曾存在的东西。”

她猛地把头转开，他的手指抚过她的脸颊，摸到了湿漉漉的东西。她实在想抗拒，便往他的左边退后了几步，将额头靠在墙上。身体的每一寸线条都在痛苦挣扎。塔基扬将琴弓搭在琴弦上，开始演奏。

午夜12点

格雷格戴着小丑造型的乳胶面具，如同一个试图在亚特兰大黏糊糊的潮湿天气里保持凉爽的普通鬼牌。温度基本稳定在90华氏度刚出头，微风徐来，像是移动桑拿。面具热得像炉子，但是他不敢摘下来。

花了些时间他才终于从酒店里逃出来。艾伦终于入睡了，但是也不知道她什么时候会醒。他最讨厌冒险，可又不得不想办法处理玩偶人。

这股力量深陷绝望，又强大了几分。格雷格害怕已经有外人能看出他内心的挣扎了。

格雷格跨过排水沟走入皮德蒙特公园时，地上散落着一个个他妈的飞行鬼牌，都是由飞行王牌滑翔机改造而成的。人影在树木之间以及长满草地的小山丘上穿过。警察定期巡视四周，尽量保证鬼牌在里面，其他人在外面，但是格雷格轻松地借着黑暗从他们身边溜过，进入了公园内部荒诞离奇的世界。

进去之后，身后的城市就被遗忘了。其中一个山坡上有座帐篷村，传来喊叫声和笑声，还闪烁着光线。附近有堆篝火噼里啪啦地响着，他听到他们唱歌了。路过篝火的鬼牌们在草地上投下变换着的长长阴影。在公园的更深处，在帐篷的后面，格雷格看到了古怪飘浮的磷火，那里聚集着足够多皮肤会发光、闪光或者辐射光芒的鬼牌。每到天黑透的时候，这些人就聚在山顶，像人类萤火虫似的，这已经成了每晚的惯例：合众国际社的摄影师给他们拍过照片，成了会场之外最让人难忘的景象之一。

在拨动过人群中玩偶的心灵之线以后，格雷格借助玩偶人的指引在公园里穿行。公园里有不少人，大部分都是鬼牌镇的长期住户，他们的神经症和弱点是玩偶人经常走访、无比熟悉的乐园。他通常不会太在意他们，更喜欢追求扭曲新玩偶意志的刺激感，但是今晚的情况与往常不同。今晚他需要食物来缓解那股力量的需求，所以只能选择简单快捷的方式。

其中一条线引向花生。

花生自从70年代中期就是他的玩偶，还被他在1976年大会的那场悲剧中利用过。这个鬼牌是个头脑简单的可怜人，他的皮肤坚硬、易碎而且疼痛不堪。他是已经不复存在的鬼牌正义会成员，是吉姆利的伙伴，大概一年多以前，此人的右胳膊被麦基·梅塞尔砍断了——当时花生正好挡在麦基和真神之光的妹妹女巫之间。吉姆利死后，他和组织里的其他人都被抓起来了，但是格雷格的人替他说了情，之后他很快就被释放了。

吉姆利对格雷格的深仇大恨一直让花生很不安。他敬重他所了解到的哈特曼。被释放之后，花生甚至加入纽约竞选团队，成了一名志愿者，初选期间，一直都在鬼牌镇选区帮忙拉票。

花生就像个老情人，格雷格太了解该怎么对付他了。

没有人注意到格雷格，这里的大部分鬼牌脸上都无遮无挡，招摇着他们的畸形，但也有一些戴着面具，所以格雷格还不算过分显眼。他在帐篷边缘徘徊，在篝火旁边的人群边缘徘徊。他靠着一棵树坐下，树上贴了一张风吹日晒的“释放鼻涕虫”的招贴。

他脸上汗如雨下，滴落在他的黑狗T恤上。

格雷格看到花生来到了他的右侧，于是放下玩偶人身边的栏杆——这些限制消散得太快了，凸显出他的控制力原本有多么薄弱。玩偶人冲向花生，检查着这个鬼牌暗淡心灵中的颜色，寻找……美味的东西。

花生心灵的颜色简单而平淡，很容易就能将之一缕缕分开，找到可以为玩偶人所用的东西。花生跟其他很多被收为玩偶的鬼牌一样，这类情绪之线都连接着性。玩偶人知道——不管对方如何否认——大部分鬼牌都厌恶自己的外表。他们憎恨镜子当中看到的模样。鬼牌当中的很多成员又反感其他鬼牌。有个事实让包括福尔图纳托在内的几十个人获利不少，那就是，鬼牌镇是个生机勃勃的繁荣市场，急需愿意取悦鬼牌客人的普通人妓女。

花生和其他所有鬼牌一样痛苦地承受着耻辱。他的身体组织呈脊状，无法弯折，脸庞看起来仿佛厚厚地涂满一层泥巴，又在阳光下炙烤过。他四肢关节处的皮肤常常破裂，留下满是脓水很难愈合的疮疤。花生很丑，而且恰好有足够的自知之明，能意识到自己并不聪明。要是个普通人，这两点加在一起可以算是很不幸了，而在鬼牌镇，这种组合更是糟糕。

对于花生（格雷格知道），性是稀罕东西，是痛苦与愉悦的交汇。他的勃起让他疼痛，性接触时的摩擦会让那皮革似的肌肤破裂流血。在之后的好几天时间里，他都得忍受痛苦。

然而百变王牌并没有抑制他的冲动，也没能阻止他渴望性交带来的释放感，真要说起来的话，他的欲望比普通人还要强烈。花生经常光顾最廉价的鬼牌镇妓女，当他连那些例行公事的服务都买不起时，他会在自己的床上快速而愧疚地自慰。

玩偶人知道，全都知道。有好多次玩偶人都觉得百变王牌设计出来完全就是让他受益的。

他爱抚着花生的心灵，看到跳动的黄色欲望，知道对方好几天没有释放过了。冲动就在那里，已经很强烈了。玩偶人伸出手，缓慢地调亮那颜色，让它越来越饱和，直到几乎占满整个心灵。格雷格观察着，看到花生一脸痛苦，然后这个鬼牌站起身来从火堆旁边走开。格雷格等了一会儿才起身跟上。

金黄的主色调里还有浅色和阴影：薄涂的橙色是缓和了的施虐癖；蓝色是对普通人的欲望；珊瑚绿是对口头刺激的偏爱。玩偶人在每个玩偶身上都看到过这样的切面。欲望总是很复杂的，有时候甚至还相互矛盾。通常这些东西都是被压抑，甚至是被否认的——比如幻想和手淫时的想象，都是些洪水中的小漩涡。但是玩偶人知道如何推波助澜，让它们成为汹涌澎湃的激情。他能迫使他人变成残暴的强奸犯或者受辱的奴隶；他能推动他们勾引孩童或者朋友的配偶。

这是他最喜欢的把戏。

想做什么就去做吧。但是要尽快。记住吉姆利……

玩偶人听到这个人名之后咆哮起来。他残忍地戳刺着花生的心灵，想知道接下来会发生什么。

花生在营地边缘树木丛生的黑暗区域徘徊。他似乎焦虑不安，不停地左看右看，整个身子都跟着转动，格雷格躲在一顶帐篷后面观察，然后他看到花生似乎做出了一个决定，径直走向树木。

格雷格跟在后面。

他差点撞上这个鬼牌。

花生往树林里走了几码后停步了。格雷格知道他为什么不走了，他听到了：那种喘息的呻吟声只可能是一种情况。花生一动不动地站着，看着躲在暗处的鬼牌情侣交合。他心灵的颜色是迷惑的、飘忽的。

玩偶人再次触碰他。

感觉到了吗？你不能只是站在这里注视着。看看她。看看她的腿怎么缠绕着他。看看她怎么在他身下扭动屁股，抬高了胯部好让他插得更深，又热又湿的渴望。在那里的可以是你。你想要她。你想感觉她的双腿紧紧环绕着你的胯，你想要感受她的温暖包裹着你，你想要听到她冲着你的耳朵叹息，请求你操她，深深地狠狠地好好操她，直到你在她体内爆发……

花生一只手拽开他的皮带，这个鬼牌的裤子落到了他的脚踝处。

但是她不想要你，她不要花生。你又丑又恶心，全都是坚硬的边角。你又这么蠢，她会厌烦的，她会觉得你脏，觉得被侵犯了……

玩偶人能够感觉到欲望和愤怒正在指挥下一齐奏响，同时他还在不断施加压力，直到感觉情绪到达顶点即将爆发。你必须要成为主导。这是你想要的，也就是她想要的。我懂你。我知道你自慰的时候想的是什么……玩偶人自己都在叹息，准备好了，终于要进食了。

花生蹲下来，在灌木丛中寻找。他站直的时候，格雷格看到他手上握着一根粗壮的树枝。这个鬼牌扬起了他的武器。

上啊，打他，抓住那个贱人。你想的，你必须……

随后格雷格听到低沉的嘲笑声。

吉姆利。你在哪里，该死的！格雷格咒骂道，你藏在哪里？

*怎么了，就在这里，小格雷格，就在这里！*吉姆利大笑起来，与此同时，侏儒的墙就像过去的几个星期里那样突然竖立起来。与花生连接的线突然被切断了，玩偶人沮丧地号叫着。

“不!”这个喊声可能是格雷格发出的，也可能是玩偶人。玩偶人飞身撞向心灵屏障，想要趁着还来得及把它撞开。花生惊讶地转身看见了戴着小丑面具的身形。这个时候地上那对情人踉跄着站起来，树枝也从花生手里掉落。

怎么了，小格雷格？控制不了你该死的小宠物了？

筋疲力尽、虚弱无力的玩偶人蜷缩在他的内心。格雷格害怕自己被认出来，慌张地逃跑了。他以前从来没有被发现过。他胡乱地跑，树枝打在他身上。花生在他身后一边追一边慌张地呼喊。

但是他无法逃开吉姆利的声音。吉姆利永远在那里——在格雷格推开众人穿越帐篷营地时，在他踉踉跄跄地离开公园回到街道上时，在他找到回万豪的路时，吉姆利一直都在。

*你还能控制他多久，小格雷格？*侏儒奚落道，*一天，也许两天？之后那个混蛋就会把你吃得一干二净。玩偶人会彻底失控，把你活活吞噬。*

♠

斯佩克特并没有看到大堂另一边的他们，但是他知道他们就在那里。一堆人，包括哈特曼和他的随从，正向他移动。现场并没有多少噪声。斯佩克特向外踏出一步，前去迎接。这些人看向他的方向，但并没有注意到他。他们走进来时他的脉搏加快了。照相机在哈特曼周围闪烁，他向着斯佩克特伸出一只手。

斯佩克特一伸手才意识到自己还戴着白手套，穿着黑色紧身服。人们都笑了起来，指指点点。斯佩克特咬紧牙关，目光锁定了参议员。他能感觉到哈特曼因为痛苦而沸腾的血液，感觉到他疲惫的呼吸，感觉到他的心跳逐渐沉寂。一瞬间的满足，立刻就结束了。他倒在地板上。全场一片安静，只有照相机闪光灯还在周围咔嚓咔嚓闪动。斯佩克特踢了他一脚，是托尼，他面目狰狞，停留在最后尖叫的那一刻。

哈特曼大笑起来，斯佩克特抬头看去。哈特曼身边全是特勤局的人。他们纷纷拔枪对准斯佩克特，枪筒看起来大到难以置信。

斯佩克特张开嘴想要说些什么，但特工们的第一枪就打掉了他的下颌。他想要后退，然而一颗颗子弹击中他，将他放倒在地。他身体上的有些部分被扯掉了。他的一只眼睛看不见了。他以前也遭受过枪击，但是跟现在不一样。他能感觉到雨点一样的子弹推动着他的身体穿过地板，一只手上有几根手指不见了。他把另一只手放在眼前，依然洁白无瑕，一滴血都没有沾上。他的另一只眼睛也看不见了。

他尖叫着滚下床，爬到床底下。并没有枪声。他动动下颌和手，眼睛也缓慢地适应了黑暗。斯佩克特从床底爬出来，打开了床头灯。房间里只有他一个人，空调突然开始送风，他立马跳了起来。

“该死的噩梦。”他摇摇头，把自己拉回到床上，“我的天，真是个他妈的噩梦。”

他摸索着寻找遥控器，把电视打开了。又是一部老电影。他认出了约翰·韦恩，不知道为什么，看到公爵[①]之后他心里就平静下来了。他从床头柜下面拿出他的那瓶威士忌，就只剩下一小口了。他抓起电话，跟客房服务又点了一瓶。明天他得找个别的地方待着。迟早会有人挂念起真正的赫伯特·贝尔德，斯佩克特可不希望在这个房间里坐等警察过来敲门。不管他辗转到了什么地方，都可以打电话到这家酒店来查看托尼有没有给他留消息。他万分盼望着一切早点结束，能尽快回到泽西。

♣♦♠♥

① 约翰·韦恩的昵称。

第四章

1988 年 7 月 21 日星期四

凌晨 1 点

“你这个混蛋!”

琴弓落在琴弦上，发出刺耳的啸叫声。海勒姆向下瞪视着塔基扬。面团似的胖脸上，那一双眼睛气得发红。

“太迟了，海勒姆。我们都承受了不少压力，所以我就不计较了。”

沃切斯特显然好不容易才控制住自己的脾气，他开口道：“从星期二晚上开始，我总共给你留了二十七条信息。”

塔基扬一巴掌拍上自己的额头。“哎呀，先祖啊，海勒姆，原谅我。今天……昨天，”他看了一下表，改口道。“我在纽约参加葬礼——”

“你看到杰了吗?”沃切斯特问道，“杰?”

“阿克罗伊德。”

他想起来了——杰·阿克罗伊德——是个三流私家侦探，兼职当王牌，全职当海勒姆的朋友。他好像擅长瞬间移动，他曾经在 1986 年的百变王牌日用能力把塔基扬从一个很难对付的形势下拯救出来。

“哦，他啊，没见到。”

“跟我来。我们有个大问题。我觉得这个问题只有你才能解决。感谢上帝，现在似乎还不算太迟。如果迟了，那你就真的该感到愧疚了。”

塔基扬砰地关上小提琴盒，跟上了海勒姆的脚步。

“所以是什么事情？”

沃切斯特把声音压得很低：“蝶蛹雇佣了一个刺客。”

“什么？”

高大的男人在塔基扬的眼前打了个响指。“醒醒吧，塔基扬。”

“血亲先祖啊，我实在不敢相信。”

“信了吧。这种事情杰很少会说错。就算他莫名弄错了，我们难道敢冒这个险吗？”

塔基扬觉得仿佛有个冰冷的铅块落入自己的腹部。“我们知道目标是谁吗？”

“杰觉得是巴奈特，但是出于安全考虑，我觉得我们不该排除任何一个人。每个候选人的安保都要加强。我们的问题在于如何警告特勤局，同时又不用对他们全盘托出。我的上帝，到那时候可能已经全完了。”

海勒姆的声音逐渐消失，成了男低音的隆隆声。言语失去了含意，塔基扬坐在私人的地狱里，盯着右手上缓慢发白的骨节。

“……他杀了蝶蛹，他马上就要杀我了。”

“你不想相信。”

“帮帮我。”

“不！”

“上帝啊！我说的话你是不是一个字也没听进去？”王牌的腋下已经被汗水沾湿，呈现出深色的圆形印记，“我们要怎么办？”

“我去告诉特勤局，就说我在人群当中随意读取了一下众人的表层思绪，然后就知晓了刺杀的事。但是只知道他有这个目的，并不知道他的目标和方法。”

“嗯，嗯，很好。”随后他又担忧起来，“那他们会相信你吗？”

“他们会相信我的。你们人类都觉得我的心灵力量很了不起。”

他拍拍沃切斯特的胳膊，“别担心，海勒姆。我们会阻止他的。”

这完全是故作勇敢。而且塔基扬觉得海勒姆也知道。

早上5点

“你确定你要在这里下车，女士?”身着制服的司机伸长脖子，透过窗户看向皮德蒙特公园里如雨后蘑菇般冒出来的帐篷城。天亮起来了，在被践踏过的草地上，临时的营地篝火逐渐暗淡、熄灭。

“我确定。”萨拉说完就下车了。虽然还早，但空气里已经凝固了胶质状的热量和湿度，还有柴油烟气与分泌物的味道，是人类散发出来的，但也不完全是。她关上车门，巡逻车开走了。

她抑制住冲动，没有向这辆车比中指。她要求警方保护的时候，他们只是盯着她看。

亚特兰大警方为了控制住众人的歇斯底里和胡乱猜忌，故意拖延桃树街谋杀案的调查进程，就连瑞奇的名字都没公布，对外宣称是要等他在费城的母亲过来。也没有提到过萨拉。亚特兰大警方发言人告诉记者，被害人的同伴已经被保护性监禁了，这可能在某种程度上算是收买人心。

萨拉非常明白亚特兰大警方这是想把炸药塞在玻璃罐里——但是这样一来，爆炸的时候会比原来更恐怖。不过她还是为此而高兴。瑞奇的同事们很快就会知道被害人的身份，之后推断出他被杀害时陪在他身边的那个女人就是她。

那时候会发生什么，一想到这个她就害怕。接受讯问的时候，她一丁点都没想过要利用这个机会来揭发哈特曼，因为她知道一切都是徒劳。塔基扬的工作做得太出色。

她戴上一顶宽边帽，单肩背着包，背得高了一点。英勇无畏的记者——现在是自由撰稿人了——走在地球上的可怜人之中，更不要说他们还丑得不忍直视，搜寻关于痛苦和压抑的故事：她在人群中一待就是几个小时。

她害怕独自一人。

怕得要死。

她开始一瘸一拐地爬上山。

上午9点

格雷格觉得昨天晚上基本都没怎么睡过。最后一次投票直到早晨才出结果，结束后在休息室里员工们小小地庆祝了一下——他终于突破了1800票的壁垒。他的团队期望这股前进的动力能一举将他推向2081票，晚上就拿下提名。“300票。小意思。”德沃恩这样说过。

然而格雷格不在乎，他不在乎。

格雷格站在套房的窗户旁边，俯视着在晨光下打着旋的人群——从帽子来看，大部分是哈特曼的支持者。他揉揉眼睛，喝了一口塑料泡沫杯里的黑咖啡。咖啡灼烧着他的胃，玩偶人灼烧着他的头。

“该死的，你必须让我进食！”玩偶人哀号着，从这个声音就能听出他的痛苦——那种忍饥挨饿的感觉。

“我做不到。”格雷格能感觉到自己胃里的空虚，这是一种平稳的渴求。“我想，但是我们做不到。你知道的。”

“我们他妈的没得选择，现在没了！”玩偶人用心灵利爪抓挠着他。格雷格的手指紧握着厚实的窗帘。人群在晨光中走来走去的景象嘲讽着玩偶人的饥饿。他的手指因为抓握的力度而愈加发白。

“回到纽约——”格雷格开口，但是玩偶人打断了他。

“现在！我们还要再过一个星期才能回纽约。我等不了那么久了。你等不了那么久了。”

“你究竟想要我怎么做？”格雷格绝望地回以怒吼，“不是因为我，是因为吉姆利。我们要想办法处置他。再给我一天。”格雷格祈求道。

“现在!”

“求求你……”格雷格几乎在啜泣。他痛苦地控制着玩偶人，脑袋颤抖着。他想要把自己的头盖骨扯开，徒手挖出这股索求无度的力量。

“快点，该死的！快点，否则我就再让你爬着走。我会把你剥个精光，让你在记者面前殴打自己。你听到了吗？如果不能吃到别人的话我就吃你。这一点吉姆利说的没错。”

玩偶人再次抓挠他的心灵，格雷格痛苦地喘息着。“离我远点!”他喊道，痉挛的手指狂暴地将窗帘从墙上扯下来，杆子和挂钩统统掉落在地，发出隆隆响声。格雷格将杯子扔到房间另一边，里面的咖啡溅到了奢华的家具上，也烫到了他的手。“离我远点!”他尖叫着，用手指抓着自己的脸。

“格雷格!”

“参议员!”

艾伦进了卧室，与此同时，比利·雷从门口冲进来。他们两人都盯着格雷格和房间里的混乱场面。艾伦脸上全是惊恐，她的双手保护性地放在腹部。“我的天呐，格雷格，”她说，这一次是低语，“我听到你在争执……我以为有别人在这里……”她的声音越来越小。

格雷格愣愣地眨眨眼，还处在惊讶的状态。他此时才意识到玩偶人刚刚把话都说出来了。他跟玩偶人进行了一场大声的对话，而且他到现在才知道。恐惧袭来，他悲吟起来。

艾伦瞥了雷一眼。

比利的眼神从艾伦转向格雷格，盯着看了好一会儿，接着他走出套房，关上了门。

格雷格在房间中央喘息。他强迫自己平复呼吸，他想要耸肩，假装没什么大碍。“艾伦……”他开口，然而说不出其他话来。

他突然开始哭泣，像个怕黑的孩子。

艾伦勇敢地微笑着走向他，让他的头靠在自己肩膀上，抚摸着他的头发。“没事了，格雷格，”她呢喃着，但是他能听出她声音中的恐惧，“现在没事了，一切都好起来了。我爱你，亲爱的。你只是需要休息。”言语，这些只是言语。

格雷格听到了吉姆利的笑声——在那么一瞬间——他在想为什么艾伦似乎可以无视那声音。

◆

“了不起的爱荷华州！人间天堂！玉米之乡！”（塔基扬在想，这个人是怎么做到这么多场投票之后还能热情不减）。“四票投给阿尔·戈尔参议员！”

塔基扬觉得欧姆尼会展中心像个巨大的漏斗。人们仿佛成了小小的调料颗粒，全都依附在陡峭的边沿，重力则试图不由分说地把他们全都拽到篮球场所在的那个平面。当然了，这是夸张的说法，但是这个地方确实让塔基扬感到晕眩。

塔基扬不顾掉在上衣前襟上的糖粉，匆忙把油饼放回咖啡杯上，让它保持平衡之后抓起钢笔就草草记下数字。他扫过最上面标有姓名的首字母的五列数字，戈尔明显是在挣扎，失利只是时间问题。哈特曼费劲地爬升到了1900票。塔基扬用手背擦擦似乎进了沙子有点疼痛的眼睛。他跟特勤局开会一直开到五点，到了那个时间，也没必要上床睡觉了。

“你的男孩遇到困难了。”宗毓华坐在了他身后的折叠椅上。她戴着带天线的耳机，看起来像个不对称的昆虫。

“你所谓的，我的*男孩*，表现还行。一旦戈尔退出了——”

“你就准备好体验一番沉重打击。”

“你这话是什么意思？”塔基扬忧虑地问道。

“到时候要在三个北方自由派和一个南方保守派之间做出选择。

你觉得——”

“不。”塔基扬厌恶地说道。

她帮他掸掉了下巴上的糖。“在这个领域你还是个小宝宝，医生。学着点吧。”她转身要走，又回头补了一句：“哦，对了，戈尔十点会召开记者招待会。”

♥

杰克抽着今天的第一支骆驼烟时电话响起来了。他一时间找不到自己的公文包，后来发现在茶几下面。他接了电话之后就躺倒在沙发上。打电话来的是艾米·索伦森。

“我们遇到麻烦了，格雷格要你把屁股挪过来。”

杰克眼神迷蒙地盯着天花板。“出什么事了？”

“戈尔准备在今天早上的晚些时候召开记者招待会，他要退出了，而且他会号召他的人支持巴奈特。”

“那个蠢货！那个雅痞白痴！”难得一次，杰克没有意识到他在女士面前使用了污言秽语。他从沙发上跳起来，撞得茶几移动到了房间中央。“他想当巴奈特的副总统，对吧？”

“看上去是这样的。”

“这他妈的开玩笑呢吧。”

“还有，昨天晚上在桃树商场有个百变王牌切掉了新闻界的某个记者，猜猜谁会用这件事大做文章？你先过来再说吧。”

员工会议也没什么太大作用，大家只能坚持住，盼望着多些人改换阵营。戈尔的支持肯定是用巨大的回报换来的，但这样做可能会惹恼他的支持者中那些完全忍受不了巴奈特的人。

第四次投票中哈特曼又多了 104 票，所以杰克最害怕的事情并没有发生，但是巴奈特的票数增加了将近三百，现在高歌猛进的绝对是他。通过那台小小的两英寸索尼收音机，杰克听到丹·拉瑟在谈论有些政治掮客们正试着发起一个“要谁都不要哈特曼”的运动。有人畅想着让杜卡基斯和杰克逊组队参选，但又被尖锐地指出杰克逊的代表更多，所以大概应该是杰克逊和杜卡基斯。分析人士们正在猜测杰克逊是否会愿意为了当副总统而忍辱负重。

显然他不愿意。拉瑟口中的“要谁都不要哈特曼”运动现在似乎还只是几个党徒和巴奈特竞选集团的幻想而已，这些人觉得“要谁都不要哈特曼”跟“为什么不试试吐火者?”起同等作用。

要谁都不要哈特曼。杰克简直不敢相信这是真的。为什么不是*要谁都不要巴奈特?*

一个秘密王牌，他想，也许真的有个秘密王牌。

相比之下，来自克里姆林的小精灵这个猜想就显得不太靠谱了。

♣

刚开始时一切顺利。萨拉就算是在梦游都能完成这机械的采访任务，每月第三个星期天的副刊文章就是这个，还有小镇十点新闻里的人性故事部分也总播这个：在美国做个鬼牌是什么感觉?

优秀的新闻记者不该这样。这就是她最讨厌的东西：死去的宇航员的亲属们、被强奸之后你有什么感觉之类的报道。但是当然了，她现在并不是在搞新闻，她是在求生。

一切都很顺利，直到她被认出来。

在公园里扎营的鬼牌来自全国各地：加州，爱达荷州，佛蒙特州，甚至还有几个来自阿拉斯加和夏威夷。他们当中经常读报的人认出了她的名字——毕竟她是百变王牌问题上的世界一流记者——但她从不出镜。每个人都知道宗毓华的脸，但是没人认得她的脸。她本来一直对这个情况很满意。

然而这里还有许多她在鬼牌镇的旧相识，她之前甚至都没想过这些人对她的到来会是什么反应。就在她跟一个鬼牌母亲和两个迥然不同的孩子瞎聊时，一只覆盖着毛发、长着利爪的手捉住她的肩膀，让她转过身来。捕食者灼热的呼吸喷过来，带着腐肉的味道。

“你到底在这里干什么？”一个声音问道。

震惊时的第一反应依然回荡在萨拉的大脑回路里，是他啊我真希望我能有把枪亲爱的上帝啊瑞奇瑞奇，接着她认出了跟她搭话的这个人。不可能错的：从楔形脑袋上潮湿的黑鼻子算起，到她的尾巴尖，总共六英尺，圆圆的耳朵，戴着强盗面具，米色的毛发之上还生着黑色鬃毛，肚子上的毛则呈银色，完全是迪士尼电影里走出来的人形雪貂。她身上只穿了一件绿色背心，上面别着哈特曼的徽章，以及其他难听的鬼牌标语：干吗要正常？还有鬼牌正义会！以及带个普通人吃午餐。萨拉对她很熟，她原本应该是个普普通通的意大利女孩，穿着邋遢的蓝色格子裙去天主教学校念书的那种。她第一次被抓住是十四岁的时候，当时她参与了释放炸面团的游行。

“鼬莉娜，”她说道，“嗨，你好吗？”

“你到底在这里干什么，贱人？”她的激烈情绪让萨拉有些畏缩。真奇怪，迪士尼的人常常忽略重要细节，比如她上颌长着的那些两英寸长的弯曲尖牙。

“你什么意思？”萨拉在鬼牌堆里待了不少时间，所以女孩的气息也并非不能忍受。鼬莉娜的鬼牌让她强迫性地渴望活肉，好在鬼牌镇里有很多老鼠。

人群逐渐聚集，来自全国各地的鬼牌中有不少人都戴着面具，所以看不出来是谁，但来自鬼牌镇区域的更喜欢展示自身的鬼牌特征，像炫耀光荣的伤疤一般炫耀他们的畸形。她认出了萤火虫和奶酪先生，还有花生，他的残肢被硬壳包裹着，眼睛里带着奇怪的神色。他们曾经是她的朋友，但现在友谊已经荡然无存了。

“我的意思你很清楚。你把我们卖给了巴奈特。”

她眨眨眼睛，泪水开始涌出。“你在说什么？”

“就是你想要污蔑格雷格参议员。”是南方口音，声音的主人戴着歌舞伎面具，眉毛上挑，前额又圆又白。

“你出卖了哈特曼，”鼬莉娜说，“你出卖了我们。你真有种，居然敢就这样闯进来。”

“对，叛徒！”有人这样喊道。

“普通人！”

“他妈的犹太贱人！”

她想要后退，但鬼牌们从各个方向包围过来，那一张张古怪的脸就像是从戈雅、葛饰北斋还有博斯的画里走出来的，有的戴着羽毛面具或者骨头般光滑的塑料面具，同样敌意满满。*为什么我要到这里来？这里都是哈特曼的人。*

鼬莉娜突然从她眼前被抓走了，并被扔出十五英尺远。她蜷缩成一个球，滚动着，站起来的时候像一串爆竹似的噼啪作响。

一个巨大的白色身影掠过这群刚刚成型的暴徒。它伸出一只肥胖苍白而且反光的手，就像生面团一样。

“来吧，莎拉，”它说话的声音像个黑人小孩，“我带你去昂（安）全的地方。”

她抓住那只手，炸面团开始迈着如同滚动的步伐向前走，萨拉跟在他的一侧。人群给他们让路了。虽然不喜欢使用暴力，但毕竟他的体重达到六百磅，力量相当于三四个普通男人。他这个人也可以算是难以抵挡了。

“我在电四（视）里抗（看）到过你，”炸面团说，“你在缩（说）仓（参）议员的坏话。每个人都缩（说）你是胖（叛）徒。”

她抬头看着他。他在微笑，那张脸就是没有坑的月亮，而且也没有嘴唇或者牙齿。

“你是我的朋友，莎拉。我知道你永远不会做坏事。”

她拥抱了他，同时脚步没有停下。她现在才后知后觉地意识到，对于哈特曼的牵线木偶而言，这里是攻击她的理想地点。也就是说，如果不是炸面团过来，她可能已经被解决掉了。人群当中的某些人现在还跟在他们身后。

“你能不能大（带）一点糖果给我，莎拉少（小）姐?”炸面团问道，“发关（光）体先森（生）走了之后就没人给我大（带）糖果了。”

他在街边停下，面向她：“发关（光）体先森（生）什么时候会回来？你觉得他很快会回来吗?”

“他不会回来了，亲爱的，”她轻柔地说道，“你知道的。”那年一月，他中风了。在他们那间位于埃尔德里奇街上的小公寓里，炸面团发现他瘫痪在床垫上，于是抱着他走到街上，哭着求路人帮忙救救发光体先生。院方忙着找能承受他重量的救护车——没人能将他和他的朋友兼监护人分开——但一直没找到，等到他一路走到鬼牌镇医院时，就连塔基扬医生也无能为力了。

眼泪从炸面团纽扣状的眼睛里滚落。“我显（想）念他。我很显（想）念他。”

她伸出手，但她不够高。他弯下腰，好让她用胳膊环绕着他的脖子。

“我知道你想他，亲爱的，”她自己也在流泪，“谢谢你帮助我。我很快就会帮你带糖果的。我爱你。”她亲吻了他的脸颊，快速走远，没有再回头。

上午11点

“医生!”

他看着那张帅气的深色脸庞，紧张的双眼正积极地扫视万豪的大堂，一寸地方都没放过。

塔基扬微微欠身。“牧师。”

“不待在会场里?”

“太混乱。”

“而且太失望?”杰西·杰克逊轻声补充。

“会好起来的。”塔基抬着头猜测地问，“你，怎么会进入敌人的大本营?”

“格雷格·哈特曼不是我的敌人。”

“啊，所以如果让你退出竞选，把代表都交给参议员，你也不反对?”

杰克逊笑了。“医生，你这把我难倒了。我们可以谈谈吗?”他对着大堂一侧墙边的沙发做了个手势。

联合通讯社、《时代》《太阳报》和《邮报》的记者们开始梭子鱼似的在他们身边环绕。杰克逊的保镖，来自犹他州的摩门王牌直箭正一眨不眨地盯着他们。塔基扬的重磅消息已经在安保队伍里传开了。据他观察，整个大堂里大概满是带着武器、小心谨慎的人。

“在你的房间谈难道不是更隐私吗?”塔基斯星人干涩地问道。

白色牙齿在胡子的遮挡下一闪而过。“我追求的不是隐私。让他们去猜好了。”

塔基扬内心纠结着，觉得他和杰克逊牧师也许可以相互利用。有人可能会以为塔基扬动摇了对哈特曼的支持，还有些人会觉得是杰克逊准备支持哈特曼了。

一个是高大的黑人，一个是把一只脚压在身下的娇小外星人，他们在沙发上坐好。

“我想让你转而支持我。”杰克逊直白地说。

“就这样?”

“就这样。我作为候选人来代表鬼牌和王牌们，这是最符合逻辑的。我们要是联合起来，可以建立一个新世界。”

“我已经在这里待了四十二年了，牧师，我还在等待那个新世界。”

“你一定不要就此放弃、愤世嫉俗、悲观绝望，医生。我从未觉得你会变成那样的人。你是个斗士——跟我一样。”塔基扬没有说话，于是杰克逊继续说：“我们有着同样的兴趣。”

“是吗？我想要保护我的人民，你想要当总统。”

“帮我当上总统，然后我会保护你的人民——也是我的人民。”他对着远端的墙皱眉，“医生，我的先祖们坐着贩卖奴隶的船来到美国。你是坐着宇宙飞船来的，但是我们现在处于同一艘船上。如果巴奈特当了总统，我们都要遭殃。”

塔基扬摇摇头，更多的是出于困惑，而非否认。“我不知道。这二十年来，格雷格·哈特曼一直都是我的朋友。为什么我现在要抛弃他？”

帮帮我。

杀了我。

相信我。

他狠心地关掉了内心的声音。

“因为他赢不了。参议员在拖延。我的人汇报说大会各处都涌现出了‘要谁都不要哈特曼’运动。如果格雷格·哈特曼都阻挡不了里奥·巴奈特，那迈克尔·杜卡基斯肯定也做不到。”

“但是你可以？”

这自信的笑容曾经照亮整个国家，强度不亚于一道弧光。“对，我可以。”笑容消失了，他聚精会神地盯着塔基扬，“我明白。我知道抛弃的感觉，人们对你很刻薄，说你一无是处，而且永远都成事不足。我明白。”他的手抓住塔基斯星人的肩膀。

塔基扬把手放在杰克逊的手上。两个人的指甲都修剪得很完美，手指都纤细修长，但一白一黑。“你跟巴奈特侍奉的是同一个上帝，但为什么我觉得你们的上帝如此不同？”

“好问题，医生，这是个非常好的问题。”

一架飞行王牌滑翔机轻声落在塔基扬脚边的瓷砖上。他拿了起来，用食指抚摸塑膜的白色围巾。杰克逊看着那张被画成黑色的脸，条件反射地举起手，用手指触碰自己的脸颊。

“你的犹豫完全是因为你的忠诚，还是因为我是个黑人？”

塔基扬的头猛地抬起来。“燃烧的天空啊，不是的。”他站起来，“相信我，牧师，要是哪天我决定不再支持格雷格·哈特曼，那你一定是我的第一选择。你知道的，你有种超凡的魅力，几乎能和塔基斯星人比肩。”

杰克逊笑了。“我猜这是在夸我？”

“最高褒奖，牧师，最高褒奖。”

中午12点

格雷格让客房服务送来的午餐摆放在房间的茶几上，他一点都没吃，已经冷掉了。索尼还在响着，但没人听。塔基扬坐在沙发上，像个该死的木头上帝。格雷格听到了玩偶人的声音，令他恐惧的是，这声音极其靠近表面，还混合着吉姆利嘲讽的笑声。为了不被潜意识层面的喋喋不休扰乱心智，为了不说出揭示内心挣扎冲突的话，他已是费尽了全部心力。

最糟糕的是，格雷格害怕玩偶人会开始再一次大声说话。

他焦躁地在窗户前面踱步。全程他都能感觉到塔基扬紫色的眼睛正凝视着他：冷静地评判着鉴定着。格雷格知道自己说得太多了，但是他发现只要动起来、说说话，玩偶人似乎就能平静下来。

“上一次投票中巴奈特涨了100票，100票！我们涨了多少——20，25？有人得开始堵住漏洞了，医生。该死，查尔斯说他跟戈尔的手下谈了，对方告诉他戈尔不准备退出。那是昨天晚上的事，天呐！巴奈特肯定是许诺了让他用代表来换副总统职位。有一半的媒体都在谈论‘要谁都不要哈特曼’运动，以至于有些骑墙派代表都开始向他们倾斜了。这种胡说八道已经让巴奈特受益了，杜卡基斯也在后面边偷笑边跟人握手呢，他巴不得情况陷入僵局或者有人找他做交易。”

“这些我全都知道，参议员。”塔基扬说这话的时候声音里带着一丝不耐烦，他那双纤巧的手交叠着放在膝盖上。

“那就让我们行动起来，该死的。”外星人的傲慢态度让格雷格恼火，玩偶人也烦躁地上升。*不，白痴，他告诉那股力量。所有人当中，最不该惹的就是他，求你了。*

“我在尽我所能，”塔基扬的用词简洁精炼，“跟支持你的人发火对你来说没有任何好处，参议员。尤其别这样对待你的朋友。”

格雷格没有“朋友”，没有知己——玩偶人算是唯一的一个。他怀疑塔基扬也是一样。他们称呼对方为“朋友”，但那主要是60年代开始的政治、社交关系的残余，当时格雷格是议员，后来成了纽约市长。格雷格和塔基扬互相帮忙，互相照应，两人都影响了自由派，左派的政治。从这个角度来说两人是朋友。

塔基扬是个王牌，格雷格害怕王牌，尤其是会读心的王牌。他知道如果塔基扬对他起了疑心，那么这个外星人一定会在公众面前揭穿自己，不会有一丝一毫的犹豫。

他们的友谊仅此而已。这个想法让格雷格更愤怒了。

“那么我们就坦诚地谈一谈，朋友间的交流。”格雷格回应道，“会场里到处都有人在说你像个饥渴的青少年似的追着弗勒·范·伦斯勒跑。有些事情比你的生殖腺更重要，医生。”

格雷格以前从来不敢这样跟塔基扬说话，毕竟他是个拥有超强心灵能力的人，而且此时玩偶人还在他脑袋里摇摇晃晃。塔基扬脸上泛起深红色，快速站起来，像是自尊被冒犯了。“参议员——”他开口，但是格雷格转过身子，手上还做了个砍切的动作。

“不，医生，不。”格雷格的愤怒宛如一团煤炭，在胸中熊熊燃烧。他想用拳头对付这个衣着过分讲究的男人，想看那贵族式的精巧鼻子被揍扁，想看鲜血溅在打褶的绸缎衬衣上。格雷格咬紧牙关，才没有暴怒地吼叫起来，才没有反手抽塔基扬自大的脸一个巴掌。这一整天都太糟糕了——在会场上他原本应该一鼓作气向上冲，然而一切却停滞不前：玩偶人持续不断地折磨着他，吉姆利的得意，蝶蛹死了之后麦基在纽约和在这里都刺杀失败，还有跟艾伦之间发生的一切。

在那一刻，他突然想到了玩偶人现在并没有煽风点火。这个想法让他冷静下来，他扮了个苦相。

"我需要你。你可以装作只是个记者，但是每个人都知道不仅如此。你是个非常非常显眼的支持者，"他对塔基扬说，"人人都知道你帮助我参与竞选，也知道我们在百变王牌问题上的立场。但是现在，好医生更关心的是佳人垂青，而不是确保他的候选人获得提名，大会的其他人会怎么想？事有轻重缓急，医生，轻重缓急。"

塔基扬用鼻子深吸一口气，抬起下巴。"不用像对待顽劣的孩子那样跟我说教，我不会听你的，参议员，而且我这一早上都在为你忙碌，所以我觉得你的指责非常不妥。"

"巴奈特当上下一任总统这事有多不妥，医生？他也许装得很有同情心，但是我们都知道他会怎么做。你觉得你的医院还会收到资金支持？鬼牌们今后的遭遇难道不比在一个女人两腿间的片刻欢愉更重要？"

"参议员——"塔基扬暴怒道。

格雷格笑了，声音疯狂尖利。他在流汗，布鲁克斯兄弟牌衬衣的腋下已经有了一圈汗渍。"医生，我很抱歉冒犯到你了，我向你道歉。我说话直白，是因为我很担忧。为自己，对，也为了鬼牌们。如果我们现在输了，那所有被百变王牌影响的人也输了。我知道你明白这一点。"

塔基扬的嘴唇抿成毫无血色的一条线，愤怒的红晕浮现在他高耸的颧骨上。“我比任何人都明白，参议员。记住这这一点，对你有好处。”

他以芭蕾式的优雅姿势转身，大步走向门口。格雷格觉得他应该会停步，然后再说些话，但是塔基扬并没有，他走出去了，冲着站在外面的比利·雷点点头。

“他妈的一句话不说就走。”有人用格雷格的声音说道。

格雷格也不知道是谁在说。

下午1点

纽约代表团中的一名成员跟来自佛罗里达的一位老妇人扭打起来了。两位女性从推推搡搡升级到龇牙咧嘴，伸手想要抓挠对方。海勒姆的脸涨得通红，眼睛几乎要因为愤怒而蹦出眼眶，他把椅子扔开，奔向这两个人。吉姆·怀特坐在婚礼蛋糕状的分层式坐席上绝望地敲击木锤，但是并没有用。突然，木锤的头竟然断了，直接飞进了人群中，这让他倒吸了一口凉气。

塔基扬正迂回着在人群中穿行，就看到海勒姆握紧拳头，一种无法描述的表情掠过这个王牌的脸，他的脸突然间变得像海浪退去之后的沙滩一般平静，指甲修剪整齐的胖手摊开，无力地落在体侧。

那个老妇人戴着巴奈特徽章和一个巨大的木制十字架。有那么一瞬间，塔基斯星人犹豫了，不过当他看见佛罗里达代表抬高尖头鞋子准备飞踹时，他就丢掉了小心谨慎，用心灵控制住了她们两个。

媒体来了。

安保来了。

弗勒来了。

“你凭什么这样做！放了她！”弗勒的胳膊保护性地放在巴奈特的代表肩膀上。

塔基扬注意到海勒姆抓住了纽约的那位女士，他欠身。“我很乐意，别让她打我就好。”

“我的上帝！他抓住了我的心灵！他污染了我！外星人——”

“女士，我给自己立过规矩，永远不会用我宝贵的外星液体污染你这个年纪和情况的女性，也不会在你们身上浪费我宝贵的外星时间。”

“混蛋!”弗勒带着啜泣的女代表离开。

海勒姆用手扶着前额。“很不客气啊，塔基。”

“我也觉得我不太客气。这是一场灾难。”

“这里挤成这样，打起来是迟早的事。”海勒姆说。

他们在两张空椅子上落座。这儿的椅子排得太挤了，就连塔基扬都蜷缩在椅子上，膝盖都快要碰上下巴了。塔基斯星人鬼祟地寻找了一下安保和摄像机的位置，然后打开他的酒瓶。海勒姆喝了一大口白兰地，呛到了，突然间泪水从沃切斯特肥胖的脸颊上滚落到他浓密的黑胡子里。看着那巨大的身体开始啜泣，塔基扬也痛苦地颤抖起来。

塔基扬张开双臂抱着海勒姆前后摇晃，轻拍着他，一连串毫无意义但饱含爱意和安抚的话语从他口中流出。他自己的声音也开始颤抖了。

情绪风暴过去之后塔基扬递上他的手帕。海勒姆轻轻地擦拭他的眉毛和嘴唇。

“抱歉，抱歉。”

“现在没事了。我们最近都绷得太紧了。”

“塔基扬，他必须赢!”

外星人的目光从海勒姆那双紧盯着自己不放的狂野双眼上移开，落到了紧抓着自己胳膊的双手上。人类的骨节因为压力而愈加发白。塔基扬轻轻触碰对方的一只手，非常轻柔温和地开口。

“海勒姆，别这样，你伤到我了。”

沃切斯特像个弹簧夹一样松开了他。“抱歉，抱歉，塔基扬，我们必须竭尽全力，对吧？这太重要了，绝对不能冒险……不能仅仅依赖其他人的好意。这一次，不管用什么手段，只要结局好就可以了，对吗？”

塔基扬闭上眼睛，想起了叙利亚：鬼牌们在街头被乱石砸死，普通人过路者要么冷眼旁观，要么看得兴致勃勃。在南非，就在不久之前，强奸鬼牌女性还不算是犯罪行为——只是会被认为品位不佳而已。

“对，海勒姆，也许你说得对。”

塔基扬心不在焉地拍拍这位餐厅老板的肩膀，之后就去寻找查尔斯·德沃恩了，他在考虑的事……不对，是他已经决定好要做的事……很疯狂，而且明显不公平。但塔基斯星人什么时候在乎过公平？没必要接近忠于巴奈特的代表，这样只会引起怀疑，效果也不会长久。但是那些不怎么忠诚的……会不会在德沃恩的狂热政治攻势和超有魅力的塔基扬医生的强力劝说之下改变心意……至于迈克尔·杜卡基斯，他少几个代表也无所谓，他现在的唯一希望就是被选作副总统候选人……

♠

有个东西不知道从哪里飞了过来，来到她的手边。她几乎没有动，也不需要动，那东西就被她抓在手里了。她边往下走边研究起来：是开合跳闪电的飞行王牌滑翔机，机身和机翼上都小心地用灼热的电线或者棍子烫出了小洞，那张脸也被心怀怨恨的人仔细地涂成了黑色，已经完全看不出容貌。

对面走过来一群黑人小孩，盯着各种奇怪的人看。“你手里拿着的是什么呀，女士？”其中一个穿着RunDMC乐队T恤的问道。

她不解地看向手里的东西。“一个他妈的飞行鬼牌。”她说道。

◆

这个房间比不上他在万豪的那一间。这里没有窗帘，而是用了老旧的木质百叶窗，床垫的弹簧吱呀作响，踢脚线周围的涂料也有些斑驳。这间汽车旅馆距离市中心四十五分钟路程，而且他悄悄塞给前台五十块才搞到了这间房。不过，斯佩克特觉得在这里更舒服。街道尽头处有个 24 小时酒水商店，街对面还有个卖汉堡的地方。他刚刚吃完一个双份肉双份奶酪的油腻汉堡，正在想着编一个可信的谎话来骗托尼。万豪那个房间的钥匙还在他手上，所以进酒店是没问题的。

他们大概主要还是会谈论过往的岁月。至少他是这么希望的。抽中黑桃皇后之前的生活他已经完全记不清了。他不怎么回想过去，对未来也只是偶尔会思考一番，大部分时候他想的都是死亡。不是因为他喜欢死亡，而是很难不去想。跟死亡比起来，其他的一切都显得微不足道。要是那些政客、律师还有商业巨头能像他一样明白死神的行事之道，他们可能早上都不会愿意起床。

这里的电话是米色的老旧拨盘式。斯佩克特拿起听筒，拨打了万豪的号码。响了二十声之后有人接了。“万豪酒店。”这个声音粗暴烦躁，可能就是他入住时在前台反复核查他的那个小混蛋。

“你好，有人给 1031 房间留讯息吗?”

对方并没有说“稍等一下”或者“我来查一下”就直接撂了他的电话。斯佩克特的指尖敲打着大腿。酒店那边可能是故意让他等着的，也许更糟糕，他们可能知道贝尔德出事了，正在追踪这通电话的来源。这种事至少需要一两分钟。那他就再等几秒钟。

“有的。考尔德伦先生说他想今天晚上六点在大堂跟你见面。”咔哒，挂断了。

“操!”斯佩克特用话筒敲了床头柜的边沿一下，才把它扔回原位，向洗手间走去。为什么如此奢华的酒店还会雇佣混蛋？那个小前台在清单上的排位上升了。他活过这个星期的可能性甚至比哈特曼还小。

下午3点

有线电视新闻网的玻璃演播室选在会展中心的顶部，就如同天堂的幻象。塔基扬疲惫地向上爬，心里默默地为与记者们的下一轮谈话做准备。这个社会阶层跟食腐的鸟儿有太多相似之处，他苦涩地想到。必须有个故事，越悲剧、越恐怖、越吓人就越好。哈特曼是颗星星，在漫长的竞选季刚开始时，他明亮耀眼，但悲剧的是，在民主党大会的白热光芒中，他似乎越来越暗淡。虚情假意的评论员正说着傻兮兮的暗喻，但又像一个要自我应验的预言。

演播室的门开了，弗勒走了出来。楼梯间突然幽闭到难以忍受。他们都准备好面对面了，这是不可避免的。塔基扬准备好要应付她了，然而就在此时，弗勒的高跟鞋鞋跟滑了一下，头朝下栽倒了。虽然塔基扬的小腿肌肉因为紧张而酸痛，但他还是快步向上，赶在她的头和混凝土亲密接触之前抓住了她。她的发髻松了，一缕缕黑发垂落在脸上。他把她扶正，有几个小发卡啪嗒掉在了地上。

“你没事吧?”

“没事，没事。”她一只手撑着额头，迷茫地四下看看。“我差点死了。”他的胳膊依然环着她。她向下一瞥，抬起眼睛犹豫地看着他的脸。“你还抓着我。”

“我很抱歉。”他准备把手放开，她却又将手搭在了他的肩膀上，示意他别动。塔基扬感觉到了丝绸裙子之下她坚实的大腿正贴着他的腿。他的阴茎抖动了一下。

“你本可以任由我坠落。这样做很正常，毕竟……毕竟我之前一直那样对待你。”

“我永远不会任由你……坠落。”

手指，像蝴蝶一样轻柔的手指，正探索着他的脸，掠过他的嘴唇。“你救了我的命。”

“你夸张了。”

弗勒将身体贴向他。塔基扬轻声呻吟，他的阴茎已经完全硬了，痛苦地需要释放。突然间她双手捧着他的脸吻了下去，所有残余的自控力都消失了。他的舌头深深探入她的嘴里，双手抓住她的屁股。两人喘息的声音莫名对上了会场里低沉单调的点名声。塔基扬的手疯狂地抚摸着她的全身。

弗勒推开了他，艰难地重新扣好她的衬衣。塔基扬握住了她颤抖的手指。

“让我来。”

“带我去你的房间。”

他抬起头，手指停在一颗纽扣上。她抓住他的手，重重地咬了他的食指。

帮帮我。

他灵魂深处的呼喊，还是弗勒的一个随想？他忽略了这个悲伤的声音。

“不能让别人看到我们一起离开。”弗勒低语道。

他把房间钥匙递给她。“我等会儿……会跟上的。”

♥

杰克的电话又响了。他在美丽世界餐厅吃午饭期间这电话响个不停，其他食客都开始恼火了。实际上，坐在旁边那桌的众议院议长，也就是来自得克萨斯州的吉姆·怀特看他的眼神已有些愠怒，杰克对他做了一个抱歉的表情，打开公文包，拿出了他的电话。

“我是塔基扬，我现在正在演播室里，我必须要走了，所以需要有个像你这么魅力四射的人过来。”

“具体是要干什么？”

“你过来，我再详细跟你说。请你快点。”

“嘿，别跟我摆什么匆忙的塔基斯星皇室范儿。”但是塔基扬已经挂断了。

杰克想要把这个电话捏碎，碎成尘土。

但他并没有，他吃完了最后一口甜点，多付了些钱，给了领班一张百元大钞。

万豪到会展中心的距离正好够抽一根不加过滤嘴的骆驼烟。杰克的脖子有些刺痛。到会展中心门口时他正好碰上了弗勒·范·伦斯勒。神经病——他的第三任妻子就是个疯子——总是让他觉得紧张。虽然弗勒吓到他了，但是杰克还是愉快地跟她挥挥手，咧嘴一笑，对方的回应是抿嘴一笑。他看到了她手里的万豪房间钥匙，估计她是要去让某个记者感受一下直接来自上帝的口交，也许能将那个人转化成巴奈特的支持者。

塔基扬在电视台的空中演播室下面等待。他上身穿着带有斜缝和褶皱的骑士款外套，下身是马裤和靴子，一脸紧张的神情。刚一看到杰克，他紫色的眼睛就闪烁出光芒。

“怎么这么久才来？”

“也跟你问好。”

“你必须马上在媒体面前发言。”他拿着插有羽毛的帽子在杰克的鼻子底下晃动。

“好吧。”杰克从烟盒里抽出一根香烟，“这一次要我跟他们说什么？”

“说这个‘要谁都不要哈特曼’的事情。如果媒体不断地报道这件事，它就可能会成为一个自我应验的预言。”

“好吧。”杰克点着骆驼烟的时候咧嘴一笑，“宗毓华在吗？如果她结婚了，那她的丈夫在吗？”

“这个时候就不要想着——”塔基扬又开始挥动帽子了，然后突然闭上了嘴，脸颊上浮现出红晕。看到他的这个表现，杰克确定了一件让他心寒又绝望的事。

“是弗勒，对吗？她冲我挥手时拿着的是你的酒店钥匙。”

“她没有挥——”外星人再次闭嘴。塔基扬做出一副王子的派头——他穿着高跟鞋，还是比杰克矮大约8英寸——暴怒的紫色眼睛盯着他。“我不会回答任何私生活方面的问题。这个跟你没有关系。”

“当然跟我没有关系，我几天前刚拒绝她。”

塔基扬龇牙咧嘴。“你怎么敢这样说！你知道你在跟谁说话吗？”

杰克抽了一口烟。“我在跟一个用下半身思考的人说话，一想到你有多久没硬过了，就觉得还挺有意思的。”

塔基扬气得满脸通红。寒冷的恐惧爬上杰克的脊柱，他觉得自己做得太过分了，对方从小受到的教育都是只要受到一丁点羞辱就要痛下杀手，而且他曾经发誓要谋杀杰克，也许他现在会突然想到这个誓言拖得太久，也该实现了……

但塔基扬只是从他身边走过，离开了会展中心。杰克紧随其后，他的长腿轻而易举地跟上了外星人的快步。

“塔基，好了，我那么说不公平，”他说，“关键在于，弗勒前几天确实跟我献殷勤了。”

“我不相信。”塔基扬咬紧的牙关里挤出这句话，靴子的后跟快速敲击着混凝土地面。

“她想要让整个团队蒙羞。你知道萨拉·摩根斯特恩的事情对我们影响有多大。你们搞在一起的时候，说不定就有好几个电视台的摄像师躲在双面镜后面拍着呢。”

“在……我的……卧室？”塔基扬的回答很克制，但是声音有些尖锐。

“这就是个局。你能不能听我一句？”他抓住塔基扬的胳膊，“这是个该死的——”

“别管我!”塔基扬的胳膊挣脱开来。

“她是个疯子，她不是她的妈妈，明白吗？她不是布莱思。”

塔基扬停下脚步，转身面向杰克。他的脸上已经毫无血色。“永远不要，”他说，“用你这张嘴说出她的名字。你根本就不配。”

杰克盯着他，恼怒已经转化为了灼热的怒火。“这是为你好。”他说完吸一口嘴里的烟，把塔基扬抱起来用胳膊夹住，开始走向欧姆尼酒店，外星人又踢又打地挣扎着。

“血与先祖啊！放我下来!”

“我打算找个凉水淋浴，把你放进去感受一下，”杰克说，“就当是用这场苦行来抵消你在巴黎冲我扔炸弹的事。如果你真想找个人睡，我认识一个桃树小姐，她会很乐意——”

杰克停下脚步，放下塔基扬，走上斜坡来到通向空中演播室的楼梯。他扔掉香烟，用鞋跟踩灭，开始爬楼梯。

他眨眨眼，深吸一口气，试着不要瘫倒。塔基扬刚才撕碎了他的心灵，就好像强风撕碎报纸。

记者们在等待，他们散落在桌子旁边，一脸百无聊赖。有的正盯着他。杰克也不知道自己是从哪里获取的勇气，他冲媒体记者们笑了笑，挥挥手，走上前去，开始说话。

下午4点

“你想喝一杯吗?”

“不想。”她的胳膊保护性地抱在胸口。

酒精有时候是抑制剂。他掂量着瓶子，然后快速放回原位，双手抱胸，盯着地板。他们两人之间的距离只有几英尺，然而却可能是几光年之遥。他从来没有如此别扭的感觉。

丝绸的摩擦声吸引了他的注意力。他抬起头来，看到弗勒的裙子落在地板上，就在她的脚边。她心不在焉地皱着眉头研究远端的墙面，同时轻快地解开衬衣扣子和胸罩搭扣。沉甸甸的胸自由地晃荡起来。她的胸比她妈妈的大。塔基扬也不知道他是否喜欢。他的嘴因为紧张而干涩，眼睛盯着她屁股上的凹陷处，看着她爬上床。

“等一下。”他挤出这么一句。

“来吧。”这句话不够诱惑，感觉少了些什么。

他把手塞进口袋，在房间里快速转了一圈，然后意识到自己又勃起了。

“我怕了。”

弗勒的手肘搭在膝盖上，双手在双腿之间的深色毛发前晃荡。她干巴巴地说：“这话应该我说。”

“帮我一下。”

“怎么帮？”

“帮我脱衣服。带点爱意。”

她双腿一摆，从床上下来，抓住了他喉咙处的蕾丝领巾，解开他的衬衣扣子，从肩膀上把衣服扒下来。塔基扬虽然只是闭着眼睛站着，但能感觉她的头发擦过他的皮肤。香草和香料的味道冲刷过他全身——是一千零一夜香水，是布莱思的味道。过去的记忆猛地席卷而至。1948 年那个炎热的夏日，他拥抱布莱思时她裙撑发出的咔吱声，他用舌头探索她的脖子时一千零一夜的气息和味道。

弗勒蹲了下去，就像是古老祭坛上的礼拜者。松开他的裤子之后，她的嘴唇紧紧贴上他的肚子，任由裤子挂在他的胯部。他勃起的抽动和心跳节奏一致。接着，他发了疯似的踢掉鞋子，奋力挣脱开了束缚着他的裤子。他失去平衡倒在地板上，弗勒笑了，声音嘶哑低沉。他们亲吻着，抓挠着，喘息着，疯狂的爱意随着低沉的呻吟声不断攀升，最后他们倒在了床上。一滴精液从下体涌出来，塔基扬害怕这勃起会消失，所以赶紧分开她的腿，喃喃地说着塔基斯星的下流话，像个异教徒在祷告。她的身体包裹住了他。

触碰到她的心灵。露莱特，毒药，死亡，恐惧，疯狂。

他开始软下来了。钢铁般的硬挺逐渐消失。突然间，有双手在他的长发里交缠。一个甜蜜沙哑的声音鼓励着他。

火热的微风轻轻吹过，珠帘发出柔和的咔哒声。《茶花女》的唱片发出沙沙的声音，像阳光的碎片一样洒满整个公寓。布莱思就在他的怀抱里。

他深埋进她的体内，发出胜利的尖叫声。

布莱思，布莱思，布莱思。

下午6点

夜晚就要降临了。这一点她很确定。她坐在万豪大堂里，上方的盆栽长着锯齿状的叶子。她在这里都能感觉到夜晚像个野兽，懒散地接近亚特兰大市中心。

它来的时候，人群就会稀疏一些。她所藏身的这片树林里，那一棵棵会动会说话的树木就会一个接一个地离开，直到这里变得无遮无挡。这是简单的数学问题：如果安全是数字，那么减法就是死亡。

夜晚最适合哈特曼的那个驼背玩偶。她知道。就像她知道夜晚迟早会来。

她必须找一个不会跟她分开的人来保护自己，不然的话，那个怪物会抓着夜晚的黑色腹部上的毛发来杀她。

塔基扬没能保护她，瑞奇也是——他的所作所为无比崇高，而且给她带来了24小时的安全。但是她必须找到有能力保护她的人，那个人还必须愿意接受她唯一的付款方式，并且得在白昼的胎盘破裂之前找到。

她刚好知道该找谁。

♣

乐队正在演奏《星星坠落在阿拉巴马》，杰克真心希望这首歌不是什么政治讯号。十一次徒劳无功的投票之后，任何事情都能被疲惫绝望的代表们当做征兆。杰克只希望这首歌能够安抚人群，毕竟这一天会场里已经爆发过七场互殴了，最近的那场，是叛逃到哈特曼阵营的杰克逊代表对阵试图劝他回心转意的竞选经理人。有人提议今天暂时结束，各自回去，正好满足那些代表们早已成熟的疲倦之心。杰克在人群中穿梭，寻找罗德里格斯。

“听着，伙计，这么久以来，我们一直坚定地支持哈特曼。”

“对。”

“今晚每个人都打算冲我们来。稳固的加州门面只要有一丝裂缝，人们就会觉得现在到了开放的狩猎季节。”

汗水从杰克脸上倾泻而下，剪裁得体的衬衣已经湿透了，胳膊下面满是汗渍。今天下午的某个时间，空调罢工了。

“晚饭之后开会。九点。每个人都要参加。”

罗德里格斯看着他。“这个会是关于什么的？”

“谁在乎啊？总能想出来点事情的。我们只需要点个人数，确保我们的人没有跟其他的人谈话。如果我们能让我们的代表忙碌起来，我们就可以把他们跟其他人隔开。”

罗德里格斯咧嘴一笑。“然后你打算怎么办，伙计？一个个地查房？”

“差不多吧。”罗德里格斯的笑容消失了，杰克快速说道：“我们现在都被困在万豪了，我希望你找些能信任的人负责每一层，检查进进出出的人，弄个名单，搞清楚身份。我们无法阻止其他人接触我们的人，但至少能确保我们看到他们在行动。”

罗德里格斯看上去将信将疑。“你也看到外面那些妓女了，她们的名字也要都记下来？”

“照做就行了！”杰克厉声说道。

该死，他跟其他人一样脾气爆发了。

“巴奈特的人想要撬走我们的人，”他压低声音，“就在我们说话的这时候，他们一个为耶稣服务的妓女正在跟塔基扬鬼混。”

罗德里格斯似乎吓坏了。“好，”他说，“我去办。”

吉姆·怀特敲敲木槌宣布今天的大会提前结束时，看起来如释重负，然而各家电视台只能疯狂地开始设法安排重播黄金时段的节目。

杰克跟着人群挤出门口时，内心狂吼。这整件事情拖得太久了，两天在程序上的争斗，然后是两天的投票，还身处乔治亚州闷热的夏日。弗勒·范·伦斯勒去睡塔基扬了，上帝才知道他想干什么，而且塔基扬还让杰克在毫无准备的情况下面对媒体。

不仅如此，还有那个宗毓华，显然是打算忠于她的丈夫。

至少他在美丽世界餐厅还有个位子在等待着，还有一整夜的自由时光。他已经有一个星期没有跟人上过床了。今晚他也没什么事好做，不如修正一下这个小疏忽。

波比又在前台给他留了消息，但是回电话过去的时候并没有人接。他洗了个澡，换了衣服，出了房间，坐电梯去美丽世界，忍耐着玻璃电梯带来的恐惧感。

服务生认出了他，没等他要求，就送来一杯双倍威士忌。萨拉·摩根斯特恩在他对面坐下，她看起来就像是有人最近把她连在了汽车电池上。她把一个单肩包紧紧护在胸口，似乎她现在只剩这一样东西。

“我可以坐在这里吗？”

他看着她。她穿着皱巴巴的蓝白礼服，但还算得体，不过金到发白的头发就显得非常散乱，凹陷的眼睛里还有股不稳定的神情。

“我不想听，萨拉。”杰克说。

“能不能借我一根香烟，我觉得有点——状态不佳。我昨天晚上目睹了一起谋杀。”

“商场那起？”

萨拉双手颤抖着抽出一根骆驼烟。“那是个王牌，”她说，“一个古怪变态的青少年。他把瑞奇切成碎片了。就在我眼前。”

杰克觉得他一秒钟都不想跟这个女人多待。

“萨拉。”他说。

她抬头看着他。他注意到她的眼睛四周涂了太多化妆品，是想要掩盖失眠之夜所带来的影响。

“关键在于，”她试着微笑，“我今天晚上不想一个人待着。”

这下情况可能就不一样了，杰克心想。他伸手从夹克里掏出打火机，点燃了香烟。她吸了一口，然后无法自控地咳嗽起来。泪水溢满眼眶。“天呐，”她说，“这是什么烟？”

“我在军队里学会抽的烟。”

“我大学的时候曾经抽过卡尔顿烟，我真的不该重新开始抽烟。哎，要命。”她摁灭了香烟，动作就像是用匕首刺杀她最恨的敌人。

“喝杯酒吧，效力长久一点。”杰克示意服务生。

至少，他大公无私地想到，他可以拖住这个不管不顾的女人，让她几个小时不能搞事，也许能拖一整晚。

除此之外，也有人跟他上床了。

他看着萨拉，一个想法浮上心头。

也许不仅仅是这一夜，他觉得他可以把她拖得更久一些。

♠

北部高速公路堵车了，但托尼还是开着黑色君威毫不费力地穿梭其中。斯佩克特很高兴他们没有在万豪吃饭。离开酒店之后，他被认出来的机会一下子小了许多。托尼穿着一身剪裁得当的深蓝色西装，系着与之相配的领带。斯佩克特的西装是灰色的，闻起来带着那家商店的味道。

“我们去哪里?”斯佩克特问道。

“洞穴餐厅。”托尼连续变了两个车道，才从桃树街出口下高速。“如果我们能活着到那儿的话，你会喜欢那个地方的，是城里最好的意大利餐厅。当然了，这里不比纽约，怎么说呢，享受现有的东西吧。”

“嗯，对，谢谢你花时间跟我出来。我知道你现在非常忙。”

“我都好久没见过你了，你有优先权。”托尼微笑着。这个微笑能让女人的心伤感起来，也能赢得男人的尊重，至少斯佩克特对托尼的认知是这样的。他就是让人讨厌不起来。

“你怎么会跟哈特曼在一起的?”斯佩克特想要让托尼继续谈论他自己，这样的话他就不会问太多问题了。

托尼耸耸肩。“是因为一个又一个可能性很小的事情。我得到了一笔贷款，然后想办法进了法学院。在本地政坛做了点事情，碰巧好几次都站在了赢家的队伍里。格雷格团队里有人注意到了我，嗯，我代表着种族多样性，我能接受。”

“再说了，你本来就很棒。一直都很棒。跳投很厉害，也很会搭讪女孩。”斯佩克特微笑着，“该死，我们其他人梳个头的工夫，你就能说服一本正经的天主教女孩脱光衣服了。”

“浪费上帝给予的才华可是罪孽。”托尼在斯佩克特面前晃晃一根手指，“你知道的，我是不惜一切代价都要避开罪孽的。”

“对。”斯佩克特瞥了一眼窗外。深色的云朵聚集在树顶，还有些地方灰蒙蒙的一片，已经下雨了。“看上去我们可能要淋雨了。”

“我的朋友，为了这样一顿，让你横渡哈德逊河，一路游到蒂内克市你都不亏。”托尼发出满足的声音。他看看斯佩克特，然后亲吻自己的五指指尖。“相信我。”

雷声在头顶隆隆响起。“我相信你，老朋友。”斯佩克特真希望他能说他们之间的信任是相互的。

晚上 7 点

他突然惊醒，内心充满幸福安康的感觉——也许不该用“充满”这个词来形容。空洞、漂浮、两年来的压力和焦虑终于消失了。

塔基扬踢开乱七八糟的床单，房间里有股浓郁的汗水和性爱的味道。他失望地意识到床上只有自己一个人，他坐起来，这时听到厕所冲水的声音，于是又放松地躺回了枕头上。

弗勒走过来，双峰摇晃着。她意识到他醒了，于是用胳膊挡住胸口。

“别，我喜欢看着你。”

“你真是个异教徒。”

“没错，而你是个交际花。”

她掀开窗帘向外看。“这话说得太不好听了。”

“本意是想恭维一下的。为什么你还没结婚？”

“你怎么知道我没结婚？”她背靠着窗户，一边屁股坐在狭窄的窗台上。

“我没从你身上读出你结婚了。”

她身体一僵。“你在读我的心？”

“没有。”

“你试过，在我们第二次做的时候。”

“我原本可以第一次做的时候尝试，但是那时候我忙着确保我能保持……呃……坚挺。”

“不许读我的心！”

“好吧。那样能提升我的性爱体验，但是好吧。”

“你可以用这种方式侵犯别人，我觉得很恐怖。”

“弗勒，请允许我提醒你一下，我并没有读你的心。我感觉到了你的反对，所以我就没有继续。我是个很讲礼貌的人，更不要说还魅力四射、英俊潇洒、机智有趣……”她阴郁的表情没有一点变化，于是他声音越来越低，逐渐滑向尴尬的沉默。他从床头柜里翻出酒瓶，豪饮了一口。“你妈妈希望你能得到所有的一切，丈夫、孩子、家庭、幸福。”

“我不想谈论她。”

“为什么？”

“那都是老早以前的事了。”她钻到床上，伸手寻找他的阴茎，“我希望你是在跟我上床，不是跟她。”

♦

斯佩克特把皮带松了一个扣。他吃了一份沙拉和炖羔羊肉。托尼管它叫意大利炖牛肉，他还先挑了一小块品尝了一下，确认是合格的。托尼吃的是一道鸡肉和杏仁做的菜，加上涂了黄油的米饭。至于甜点，他们分享了一份奶油馅饼，于是斯佩克特吃撑了。他不习惯吃这么多，甚至能感觉食物堆积到了他喉咙后部。

托尼叹了口气。“我跟你说什么来着？”

“跟你说的一样好。”斯佩克特喝完了杯子里剩下的葡萄酒。

“一直都忙着吃东西，我都没机会问问你在游说什么。”

斯佩克特紧张了。到目前为止，他俩谈论的一直是旧时邻居、女孩、篮球和大家有了什么变化。在学校期间，托尼是他唯一的好朋友。倒不是说同学们憎恨斯佩克特，他们只是不会注意他。托尼是魅力先生。两人不像是能成为朋友，然而却亲密无间。托尼的问题让他回想起来到这里的任务是杀死哈特曼，这是个无法避免的事实。“嗯，这么说吧，我的雇主跟你的参议员有很多不同观点。”斯佩克特不想撒谎，但是他也十分确定他不能说出真相，最好折中一下。

托尼点点头，用叉子把散落的馅饼残渣聚集起来。“你不想谈论你的工作，没关系。你对百变王牌受害者持有什么样的情感，我是说你个人？”

“那是走霉运。”斯佩克跟所有人一样明白这一点，他自己就抽到了黑桃皇后。只不过塔基扬这个傻瓜把他救回来了。“但是世间的霉运很多，只不过有些人的运气比其他人更差而已。”

“那么你难道不觉得鬼牌们一直在遭受不公平的待遇吗？”托尼此刻狠狠盯着斯佩克特，不知道为什么，他非常在意这个，而且不只是种政治态度。

“当然，但是你们打算接下来怎么做呢？”斯佩克特拿起那瓶黑比诺，又给自己倒了一杯。

“确保他们跟其他的美国公民一样，享受应有的权利。这就是我选择为哈特曼工作的原因。”托尼沉默了一会儿，“你觉得这个想法太空太大了，对吗？”

斯佩克特摇摇头。“没有，我见过不少鬼牌，他们不一样。黑人、意大利人，还有其他各种人，外表看起来就是普通人模样。但很多鬼牌看起来就应该待在动物园里，虽然我知道这不是他们的错。大部分人都是靠直觉而不是脑子做出反应。”斯佩克特能懂，因为他就总是跟着直觉走。要是他自己没有感染病毒，很可能会跟其他人一样讨厌鬼牌。

托尼把餐巾扔在桌子上，示意服务生买单。“你有时间跟我一起去兜兜风吗？”

“当然。”斯佩克特一口气喝完了他的酒，“你想玩点什么？”

“就去拜访几个朋友，好朋友。我想让你见见他们。”托尼再次微笑，斯佩克特无法拒绝。

“也许结束之后，你可以把我介绍给你的大领导。我很想见他。”斯佩克特觉得不舒服，而且不完全是因为肿胀的腹部。

“也许可以做到，”托尼说，“但是，先做最重要的事。”

♥

好，斯佩克特心想，先做最重要的事。

他以前所有的技巧全都回来了，又神气活现起来。塔基扬笑着看自己的阴茎从铜色毛发中探出来，强有力地硬挺着。他大笑起来，深埋进她的双腿之间，啃咬着舔舐着她的腿，不断逗弄着她。现在只剩下一件事：跟她完全结合在一起，跟她的心灵连接在一起。这件事他觉得可以在他们一起高潮的时候做，这样露莱特带来的恐惧就会被永远地抛诸脑后。她的身体扭动着，他吮吸了她深色的乳头，然后插入了她的身体。

她的思绪很尖锐，就像带锯齿的玻璃。“你看起来很像你妈妈，她是个荡妇……荡妇……荡妇。”

可怕的声音。他已经有三十八年没有听过这个声音了。虽然经过弗勒的层层回忆的过滤，但是亨利·范·伦斯勒依然能让他感到厌恶。

“你最好证明你有多爱我。”

“我爱你，爸爸，我爱你。”

里奥·巴奈特抑扬顿挫的温柔声音。

“向耶稣敞开你的心，然后你所有的罪孽都会被原谅。”

剩下的是一幅幅快速闪过的图像，令人难过。弗勒意识到了他如何利用其能力让犹豫不决的代表改变心意。她假装摔倒，她假装热情，想到她正和母亲的爱人躺在床上时涌起的厌恶和错位感。就算在她紧抓着他大汗淋漓的湿滑躯体时，她都在假装对方是里奥·巴奈特。

塔基扬暴怒了，他这辈子都没有像现在这么想殴打一个女人。他的复仇方式是在她身上完全释放自己，像对待雇佣的妓女一样拿她泄欲。结束之后，他滚下床，收拾好她的衣服，扔在她身上。她瞪着他，棕色的眼睛带上了警觉的神色。

“出去。”

“你读了我的心——”

“对。”

“你侵犯了我。”

“对。”

她在那堆衣服里找出长筒袜，揉成一团塞在她的手提包里，接着开始梳理缠在一起的头发。她在门口停下，又冲回他面前。“我做成了我想做的事。我把你挡在会场之外了。”

“让你费心了，该给你点什么作为回报。”塔基扬掏出两张二十元的纸币，塞在她手里。“杰克说得对。你不是你妈妈，你是个贱人。”

她砰的一声关上了门，离开了。

空调的凉风吹在他赤裸的皮肤上。塔基扬给自己倒了一杯酒，又深吸了好几口气，想要让狂跳的心减缓一点，他拿起杯子送到唇边，就在这时门突然被打开，撞上了墙，爆裂声就像子弹开火。

白兰地洒在了他的胸口和肚子上。“天呐!”

“你在等人吗?”波利亚科夫看着塔基扬的勃起，冷淡地评论道。

但是他的眼神里有股狭隘的神色，下巴也十分紧绷，塔基扬觉得这个俄国人心里想的绝对不是塔基扬的性生活。

“如果你能把心思从第二大脑转移到第一大脑上来，我有一个非常重要的问题想跟你谈，可以吗?”

“很好笑。”塔基扬走向碗橱，又拿出一瓶酒。布拉斯盘着腿坐在床上，向下看着自己的手。格奥笨重的身体牢牢占据着房间中央的位置。“所以那个不得了的重要问题是什么?”

“我们被逮捕了。”

“什么?”塔基扬像一条缓慢盘踞起来的蛇一样转身面向布拉斯，

“你干什么了？”

“没干什么。”他抱怨道。

“嗯，没什么，就是跟一个鬼牌、一个三K党成员、一个新纳粹，还有一个警察玩了操控木偶的游戏。”波利亚科夫厉声说道。塔基扬摇着头，像匹困惑的小马。格奥继续阴沉地说着：“我还以为他的能力既然这么隐秘且不易察觉，那他怎么也不至于傻到在使用能力时大肆宣扬。”

男人和男孩之间闪烁着什么东西。塔基扬有些怀疑，于是动用了心灵能力来探查，但是他只抓到往来那些思绪的易碎边缘。阴谋的味道。

“他们一个个在那里耀武扬威的。我只是想给他们个机会证明自己有多厉害。那个愚蠢丑陋的鬼牌还想退缩——”

“闭嘴！”俄国人声音里的暴怒和控制欲连塔基扬都吓了一跳。波利亚科夫转过身来，背对着满脸通红的男孩：“青少年加超能力版的卡利古拉①出去闲逛并不是问题所在，问题在于亨利·柴肯。”

“有意思。那么谁是这个亨利·柴肯呢？”

“美联社②的记者，曾经常驻海外。他认出来我就是维克托·德米耶诺夫，是塔斯社的记者。”

“先祖啊。”塔基扬感到膝盖瘫软，他的手摸到了床的边沿，然后重重坐了下去。

“自然地，警方——”

塔基扬觉得这故事展开得实在太缓慢，于是直接从孙子的心灵中抓取了记忆。

---

① 此处将布拉斯喻为罗马暴君卡利古拉，因为布拉斯喜欢利用超能力来操控、愚弄、羞辱他人。

② 美国联合通讯社（即美联社，The Associated Press，缩写为AP）是美国最大的通讯社，国际性通讯社之一。

皮德蒙特公园侧面的街道。向下瞥一眼，车子的引擎盖上有他那双网球鞋踩过的脚印。这幅小画面里环绕着一圈大汗淋漓的脸庞。嘴巴因为兴奋而张开，眼睛闪烁着光芒，挣脱开格奥紧抓着的手。

“来吧，来吧！快点下注吧，别赌这个丑陋的鬼牌，他马上就要挨揍了。”

这个四分之一塔基斯星血统的孩子将自己的心灵和那个人类相连，随后猛地拉扯起来，那名警察随之抽搐。

“他是不会帮助鬼牌的，他也恨鬼牌，我知道，我在他的脑子里呢。”

“不久之后，一队警察过来了，布拉斯发现自己的能力也是有限的。”波利亚科夫不知道塔基扬已经读过心了，还在继续往下说。

塔基扬发现布拉斯最后控制了九个人时，后背窜起一股寒意，仿佛被一根冰凉的手指划过。塔基扬自己最多只能够完全控制三个人，身心还会因此承受巨大的负担。九个，他才只有十三岁，我还一直在训练他。他看向生闷气的男孩，正好对上他饱含愤恨的眼神。

“这一切都被柴肯看在眼里，他发现我现在的身份跟他对我的记忆对不上号。我跟他们说是因为我想开始新生活，所以把名字也改了，但只要他们有点脑子，都会去查实的。”

“你的身份证件？”

“全都没问题，但关键点并不在这里。如果有照片被不该看到的人看到了……”

“你必须离开这里，离开这个国家。如果你需要钱，我可以给你——”

“不，我到这里来是为了完成一件事，我现在不能走。”

“那我呢！”

“你跟我一样无足轻重。我之所以会做这些事情，大概是出于某种过于理想化的可悲信念。这种情况你应该很熟悉，塔基扬。你被它所连累，但又信仰着它。我们没有那么不同。我们都有自身的荣誉要守护。不幸的是，通常要用鲜血才能实现。”

俄国人和布拉斯之间又闪过稍纵即逝的眼神交流。塔基扬钻进青少年不够完美的心灵屏障。

“你不准使用！布拉斯。我不允许！”

波利亚科夫的眉毛几乎难以察觉地上挑了一点，嘴角随之微动，展现出一个痛苦的笑容。

“格奥叔叔让我做什么我都做。”布拉斯尖声说道。

“那我就先把你杀了。”塔基扬说话的时候眼神锁定住俄国人。

“我不是你的敌人，舞者。他才是。”粗短的手指指向天花板，哈特曼的套间就在七层楼之上。

晚上8点

麦基·梅塞尔站在一株蕨类植物旁边，它的叶子落在他脸上，像是他的刘海。他看着萨拉和那个大蠢货离开餐厅。

她让他这一整天都一无所获，她一直待在人群之中，绝不让他有机会跟自己单独碰面。他本来确信这个女人会回她跟黑鬼的房间里冲个澡，女人都爱干净得要命。但他没看过《惊魂记》，所以他不知道，萨拉这一代女人在目前这种情况下最不会做的事就是洗澡。

他回想起自己是怎么切开那个干净整洁的黑鬼的，嘴角泛起了笑容。那感觉真好，他的手切到骨头了。但心潮澎湃的感觉已经消退。他饿了。他十点左右找到萨拉，就在鬼牌公园里。他甚至没时间化为虚体进入某间餐厅的厨房弄点东西吃。饥饿加重了他一整天都在积攒的沮丧和愤怒。

*那个贱人，我必须杀了她。我不能让老大失望。*他必须要快点做些什么，做些暴力的事情，释放所有的情绪。

现在，她和她的新男朋友正手挽着手走向电梯。要上楼去做爱，女人都一样。

他跟在后面，在代表们之间穿行，他们根本没有纡尊降贵地去注意这个扭曲的男孩。他赶到的时候正好看到他们进了电梯，紧接着电梯门关上了。他大笑起来：“耶，宝贝，宝贝。”

他现在只要看看他们在哪一层，找到他们就行了。

他舔舔嘴唇。*我真希望在我抓住他们的时候他们正好在做着。*那个男人的粗大阴茎插入萨拉，坚硬的手会切入他的身体——这个想法让他差点弄脏了牛仔裤。

♣

酒水、疲惫和丰盛的晚餐给萨拉带来了很大的影响。玻璃电梯急速上升时，她膝盖瘫软，靠在杰克身上。杰克闭上眼睛，对抗陡然涌起的眩晕感。然后他想到了他行李箱中还有一瓶安定，于是在心里笑了起来。

萨拉显然已经筋疲力尽了，几个小时之内她就会睡得不省人事，快到早上的时候杰克会爬下床，找出那瓶安定，捏碎几片放进客房服务送来的橙汁里，连同早饭一起喂她吃下。

他心想，这样的话，这个麻烦的家伙至少在星期五这一整天，或者这天的大部分时间都不会到处乱跑。

杰克带着萨拉，沿着蜿蜒的中庭露台向前走，又顺着一小段走道来到他的房间。《钢琴师》从中庭那一层飘上来。萨拉进了门之后就停在了门口，沉重的单肩包压得她身形不稳。杰克在门上挂了请勿打扰的牌子，然后关上门，锁好，手臂从背后抱住了萨拉。虽然喝了酒，但她的身体还是像钟表弹簧一样紧绷。他拨开她脖子上的乱发，开始亲吻她的颈背。萨拉并没有回应，过了一会儿，她叹息一声，转身面对他。他亲吻了她的嘴唇。她缓慢地回应，最后终于用双臂抱住他的脖子，张开嘴，由着他的舌头挑逗她的舌头。

“那里，”杰克咧嘴一笑，“你能帮忙就最好了。”这句是《逃亡》里白考尔对鲍嘉说的。

萨拉没有笑。“我要去一趟卫生间，很快回来，可以吗？”

杰克看着她踉跄走向厕所。一股沮丧的情绪开始包围他。这一切都太像他的第二次婚姻了。

他脱掉夹克，给自己倒了一杯威士忌。他能听到卫生间里传来流水声，也许她在弄头发或者补妆。也许她正坐在马桶上，回忆她那位朋友的死亡过程。

杰克点了一根烟，回想起第一次见到暴力致死时的场景，那是在阿韦利诺和贝内文托之间的90号公路上，德国发起了反攻，他的同伴被抓住了，他还想起来，那种经历一点都没让他觉得性致昂扬。

该死，他心想。今晚很可能会成为非常压抑的一晚。

卫生间的门开了，萨拉走进房间时勇敢地冲他一笑。她梳好了头发，妆也补好了，看起来跟晚饭时坐在他对面的稻草人大不一样。

杰克踩灭香烟，走向她。正准备将她揽入怀中，他就看到一个穿皮夹克的驼背年轻人穿墙而入，站在她身后，咧嘴笑着，一只手长矛一样伸出来。

杰克没来得及细想，抱起萨拉半转身，轻轻把她放在身后的沙发上。杰克周身金光闪烁，空气里散发着烧焦的味道。一阵尖锐的响声传来，像是锯子碰到了树里埋着的长钉，杰克听得汗毛倒竖，肾上腺素荡过全身。杰克转身再次面向闯入者，看到他年轻苍白的脸上带着震惊的神色。杰克冲他挥挥拳头，轻柔地反手一击，在耀眼的黄光之中，那个皮衣男孩撞上了卫生间的墙壁，这撞击力足以折断他的骨头。男孩像个布娃娃似的倒在地板上。

萨拉转头看到刺客时尖叫起来，杰克不自觉地跳了起来。

“我搞定他了，萨拉。”杰克说完，她还在尖叫。他听到了她挣扎着站起来的声音。

杰克上前来到皮衣男孩身边，俯下身去。男孩的眼睛猛地睁开，他的双手猛地伸出，像小刀一样快速戳刺，然而当它们碰到杰克时，黄光再次闪耀，锯子的尖锐声音再次响起，杰克的衣服碎片飞了起来，像战斗中的猫身上的皮毛一样。

但是杰克没有感觉到一丁点冲击力。

他拽着男孩的皮夹克把他拎起来，与他保持一臂距离。这个驼背仿佛不相信刚才发生的一切，还在不住地砍切杰克的胳膊，把淡蓝色的纪梵希衬衣切成了一根根布条。

显然，这个小家伙以前并没有碰到过不可战胜的敌人。

“杀了他！”萨拉的声音传来，“杰克，现在就杀了他！”

杰克不这么认为。他想要先弄昏这个人，再搞清楚他为谁工作。他大张着五指，对准男孩的头缓慢扇了一巴掌，这大概能让他昏个几小时。

这个巴掌穿过了驼背的脑袋，但是并没有打中他。他的另一只手原本揪住男孩的夹克，抵着他的下巴，但是突然间，手里空荡荡的。男孩开始朝着地面飘动——缓慢地飘动，并非掉落——他脸上还浮现出茫然而得意的笑容。

“杰克！”萨拉哀号起来，“杰克，哦天呐天呐天呐……”

如利刃般的恐惧擦过杰克的神经。他猛地挥出一拳，迅速连击两次，但这两下都穿过这个男孩，没有打中他的躯体。

男孩的双脚碰到了地面。他带着扭曲的笑容向前移动，身体穿过杰克，冲向萨拉。

杰克转身追击。萨拉踉跄地向着门口后退，紧紧地护住她的单肩包。男孩的双手向前出击，在撕裂声中将这个包一切两半，如同用巴克刀切开硬纸板。

杰克抓住驼背的衣领，全力把他往后拽。这个男孩的脚还没完全离开地面就又化为了虚体，但是杰克给了他足够的动量，于是男孩向上飞了一会儿又下来了。杰克看到对方那张苍白的脸已经气得涨红，消失在天花板上，随后又向下杀了回来，身体的下半部分自始至终都是可见的。

“天呐！天呐!”萨拉的手胡乱抓着大门，想要把锁打开，“哎呀，操!”

杰克已经弄明白了。男孩必须先化成实体，双手才能化成锯子。他在尝试攻击时是最脆弱的。

相比之下，举起坐满纳粹逃犯的车子再把它们扔个车顶着地真是太简单了。

萨拉终于把门打开了，她尖叫着消失在走道上。皮衣男孩飘向后面，他的头现在消失了，杰克冲他猛击了几次，以防他想要再次化为实体。

驼背继续飘，穿墙而过，进入杰克的卧室。“该死。”杰克说。他想着也穿墙去追他，然而决定还是算了——他可能会卡在当中。他跑向卧室的门口，在一阵明亮的光芒之中把门撞得粉碎。他看到皮衣男孩已经化为实体，正跑向隔着房间和外面走道的那面墙。随后他身体虚化，头向前穿过墙。

“该死。”杰克又说了一遍，调转方向，跑向大门。

那个男孩就在他前面。没见到萨拉，大概现在已经跑到中庭露台了。

《阿根廷，别为我哭泣》从一楼飘上来。

杰克加速向前，挥动拳头袭向男孩的后颈，然而差了一点没有打到。但这一拳的力量让杰克自己失去平衡，撞上了墙壁，男孩不断向前移动。他肯定是听到了杰克在他身后，因为他到了中庭露台之后转过身来，脸上再次带上了疯狂的笑容。他单手震动起来，从墙上切下了一块混凝土，这只是为了展示他的能力。

杰克继续以不得了的速度向前移动。他双脚钉在男孩前面，利用向前的冲力扭转着上半身向前，右手挥出，使出全身上下的每一分力量击打驼背的胸口。

刺客又化为了虚体。

一片金光亮起，杰克这一拳的力量带着他越过了露台的围栏。

♠

她跑出门之后沿着走道一路向前，因为她总觉得电梯井会包围住她，好像随时会长出胳膊来把她切成两半。恐惧宛如一个实体团块，卡在她的喉咙里。

她不知道要去哪儿。她心灵中的一个遥远角落注意到，惶恐是她的朋友，因为从逻辑上来看，她并没有地方可去，惶恐总比绝望要好。

*我也许应该回去，献上我的喉咙。*她疯狂地想着。但是她的脚步一直没停。

然后墙上真的伸出一只手，而且真的抓住了她的手腕。

她尖叫起来，她的心脏像是爆炸了一般，然后那声音从她嘴里喷出来。这股恐惧让她跌倒在地。

“起来。”这声音很轻，但是专横、带口音。她抬头一看，是一张老年人的脸，就是这个人在她大闹塔基扬的早餐会之后跟她搭讪。这次他没穿米老鼠衣服，而是穿着橙绿色休闲西装。

“起来。”他再次开口，“你现在知道，我跟你说的是真话了。”

她任由他把自己拖起来，点点头，不知道该说什么。她的鞋掉了。

“那么跟我来。我带你去个安全的地方。”

她跟着去了。

♠

万豪中庭就在下面，离他越来越近，杰克有充足的时间思考刚才的行为有多愚蠢。

他翻滚着，胳膊和手胡乱挥动。一个个露台从他身边划过。眩晕和恐惧感在他的腹部凝结。

他喊叫了一声，只是想让下面的人有机会跑远点。

《阿根廷，别为我哭泣》又飘了上来。

他突然想到现在应该做点什么，让自己别再翻滚了。

杰克像个跳伞者一样伸平胳膊和腿，试图稳住自己，减缓降落。他的身体猛地横向移动，胃部又翻涌起来，但这个技巧是有效的。眩晕感减轻了，身上那件毁掉的纪梵希衬衣在他身后飘荡，就像一面旗帜，袖子的残余部分在他的一只耳朵旁边呼扇着，音爆似的。他因为挥拳而不慎向着中庭跌落，现在他似乎无法控制下落的过程，不能决定自己是会落在某个露台上，还是一路向下栽倒在一层地面上。

他非常认真地尝试着思考。

这边到处都拉着各种长绳，上面还有一块块染色的布料，应该是想用它们来抽象地代表各种旗帜，给这个蜥蜴胸腔般的中庭带来一点明亮和活泼。杰克试着调整角度，想朝着其中一根下落，也许能够为他的下落减减速。

正是因为杰克努力调整自己的角度，反倒使得他变成了头朝下的姿态，他又喊了一声，双手乱挥着稳住自己。他希望他能说些英勇无畏而且鼓舞人心的话，不过有了钢琴的声音，大家可能也听不见他说了什么。

他没有碰到他想碰的那根绳索，差了二十英尺。他开始集中注意力，试图落在没人的地方。他又喊了一声。

飞行王牌滑翔机在他下面飞舞、猛冲，一个个明亮的斑点像是在嘲笑他。

下面的人肯定是听到了，因为他们开始四散走开。地上有一块白色的区域，似乎是个优秀的着陆点。他开始朝着那个方向调整角度。

他现在能看到每个人了。一个金色头发的黑人妓女，想跑，但是鞋跟太高，只能像个麻雀似的向前跳动。一个穿白礼服的男人正向上盯着他看，好像无法相信自己的眼睛。海勒姆·沃切斯特上蹿下跳，挥舞着拳头。

厄尔·桑德森在他身边飞过，双翼张开，飞向光亮。杰克突然感觉到一阵悲伤袭来。

太迟了，他心想，然后又思考起他这句话是什么意思。

突然间，杰克耳朵里的风声似乎变小了。他觉得肚子里一滞，就像是电梯开始移动了。地面上升的速度也没那么快了。

他意识到，他变轻了。海勒姆让把他变轻了，但是没有完全停止他坠落的过程。

他看清了，那块白色区域，是三角钢琴。他马上就要撞上去了。

他心想，至少，他不用再听那首蠢不拉几的《阿根廷，别为我哭泣》了。

♥

斯佩克特能感觉到他们进入了亚特兰大的鬼牌镇。正宗的鬼牌镇在纽约，但其他很多大城市也有专门安置怪物的贫民区。这里的建筑破烂不堪、被火烧焦，或者干脆就是一堆垃圾。街上的大部分车子都被拆散或者已经不能开了。墙上喷着各种标语，“杀光怪物”还有“怪兽杂烩”。显然不是周围的鬼牌们写的。亚特兰大的鬼牌镇不大，所以时不时会有些疯狂的普通人过来逛一圈，砸烂点东西或者揍几个鬼牌。

斯佩克特听到了轰隆的声音，但不是雷声，于是他回头去看。他们身后跟着一辆1957年的粉加白色雪佛兰。消声器坏了，车子发出了很响的噪声。斯佩克特看不太清楚，所以无法确定，但是觉得坐在里面的应该是几个小混混。

“不用担心。”托尼在路边停车，后面是一辆废弃的漫步者。

“谁说我担心了?”斯佩克特并不只是说说而已。他杀掉的街头流氓多到他自己都数不过来。他打开车门，看着托尼。

“跟我来。”托尼绕过车，小跑着登上混凝土台阶，来到个灯光透亮的门口。他按下门铃，等待着。

斯佩克特缓慢地跟在他后面，同时还留心着街上的动静。那辆雪佛兰慢慢开过他们身边，在拐角处转弯了。他还能听到他们开在另一条街上的声音。

门开了。一个穿着朴素蓝色连衣裙的鬼牌女性看着他们微笑。她周身覆盖着类似橡胶的黄色毛发。“托尼!”她抓着考尔德伦，给了他一个拥抱。“真没想到会见到你，我们知道你现在很忙。”

“我永远不会错过拜访你们的机会，谢丽，你知道的。”女人后退一步，拉着托尼的袖子拽着他进门。斯佩克特也跟着进去。

“谢丽，这是吉姆·斯佩克特，我在泽西时的老朋友。”谢丽看上去有些困惑，斯佩克特害怕她知道这个名字，但过了一会儿，她伸出了一只手。斯佩克特跟她握握手。橡胶毛发摸起来很诡异，而且他握紧的时候她的手收缩得太多了。

“很高兴见到你，吉姆。”她说着收回了手，然后转向托尼，“为什么不告诉我你要来?还带了朋友一起。早说的话我可以先把这里收拾打扫一下。”

托尼摇摇头。“谢丽，我住的地方要能有这么整洁就好了。”

斯佩克特看看四周。这里出乎意料的干净。家具不贵，但是没有灰尘，擦得光亮。一个黑人正坐在沙发上看电影。这个家庭跟大部分鬼牌家庭一样，成员之间并没有血缘关系，将他们凝聚在一起的是他们的畸形。

“这是阿曼德。”托尼说了名字之后阿曼德转过头来。他下巴的连接方式不对，于是嘴巴就成了垂直方向的粉色裂口。据斯佩克特所见，他没有嘴唇也没有鼻孔。阿曼德跟托尼握握手，又向斯佩克特伸出了手。

“很高兴见到你。”斯佩克特握住了男人的手，他的手至少握着挺正常的。

“孩子们在房间里？”托尼向着房间迈了一步。

“嗯，我猜是在玩纸牌。你们俩想喝咖啡吗？”她看着托尼，然后看着斯佩克特。

托尼看着斯佩克特，后者摇摇头。“不用了，谢丽，我们刚刚吃完一顿大餐。”托尼拍拍她的肩膀，然后走进了房间，斯佩克特无力地一笑，跟了上去。

孩子们坐在牌桌旁边。小女孩看起来比小男孩大几岁，她挺漂亮的，但是胳膊上上下下都长着一排排类似玫瑰花刺的东西。男孩坐在她对面，用卷曲的双脚抓着纸牌。他没有胳膊，脑袋比普通人大几倍，由连接在轮椅后部的金属支架支撑。

“嗨，托尼叔叔。”他们同声说道。两个人似乎都对纸牌更感兴趣。

“嗨，小屁孩儿们。”他也在桌边坐下。“我想让你们见见我的一个朋友，他名叫吉姆。”

“嗨，孩子们。”斯佩克特说。他觉得自己待在这里实在不合适，简直比扫帚把插在屁股里还难受。

“我叫蒂娜。”小姑娘说着翻开了一张牌。

“杰弗瑞。”男孩并没有看他，不过扭头这件事对他来说也挺难的。他翻开一张牌，然后笑起来。他的 J 大过她的 8，所以他把两张牌都拿过来，放在了所有牌的最下面。杰弗瑞的那一摞比蒂娜的高。

“在玩比大小？”斯佩克特问道。

“鬼牌比大小。”蒂娜纠正道。

托尼抬头向上看。“都一样，唯一的区别是鬼牌最大，而且黑桃皇后能够杀死其他人的牌。”托尼笑了。斯佩克特无法想象他的朋友为什么他妈的这么开心。

杰弗瑞又要起了花招。“我猜他知道你的牌，蒂娜。”斯佩克特说。

蒂娜皱起鼻子，向他展示了她最凶狠的眼神。斯佩克特后退一步，假装被吓到了。杰弗瑞虽然看起来明显很惨，可他自己似乎感觉还好。斯佩克特想要杀了他，免得他一辈子都活得这么痛苦，但他不能这样做，用他们的话来说就是牌不能这样打。

“妈咪说我们等会儿可以看电影。”蒂娜说。她翻开牌，让杰弗瑞拿走。“等会儿会播《谍网迷魂》[1]。”

托尼叹了口气。“政治，精神控制，还有暗杀。小孩子不应该看这类东西。我得跟谢丽谈谈……”

“别这样，托尼叔叔。”蒂娜祈求道，然后她看向斯佩克特，“先生，别让他这么做，妈咪都已经答应了。”

斯佩克特耸耸肩。“我可不想跟你来硬的，老朋友。”

托尼举起双手。“这就是民主。”他说完，向着客厅走去。

“耶。”蒂娜说。

“我的皇后杀掉了你的最后一个王牌。”杰弗瑞用脚趾扇动纸牌，“我赢了。”

“恭喜，孩子们，”斯佩克特说，“有时候事情就是这样的，记住这个就好。”

♣

撞击之后，也就是他栽在钢琴正中间然后撞穿了地板跌落进下一层的多功能厅之后，最让杰克吃惊的就是他开始向上飘动，自下而上

---

① 1962 年拍摄的美国悬疑片。讲述冷战与卧底的故事。

地又穿过了被他撞开的那个洞。

海勒姆让他变得比空气还轻了。这是什么屁事。

杰克飘到空中之前抓住了原本支撑中庭地面但现在已经扭曲的钢筋。他现在头朝下飘动着，炫目的闪光灯在眼前闪烁。一个电视照明灯钻到了他的双眼之间。钢琴师东倒西歪地走着，像个醉汉。透过强烈的灯光，他看到了海勒姆面团似的脸庞。他正在凝视他。

“这里有个刺客！”杰克喊道，“穿皮夹克的小个子男人！他是个百变王牌！”

“在哪里？”海勒姆瞪着他。

“参议员那层！”

海勒姆顿时脸色煞白，他掉头就跑，胳膊和双腿摆动着。人群也闹哄哄地四散跑开了。

“海勒姆！”杰克喊道，“沃切斯特，该死的！”

他依然比空气还轻，而他是唯一一个知道刺客是什么模样，以及该如何阻止他的人。

钢琴师穿着白色礼服在他面前晃悠。他指着杰克：“他刚才想杀死我！他之前就威胁过我！”

“你他妈闭嘴。”杰克说。

钢琴师的脸色变得像他的衣服一样白，然后跑开了。

过了几分钟，海勒姆的飘浮作用逐渐消散，杰克终于可以双脚着地了，他试着跑向电梯。然而他还是很轻，所以像月球上的宇航员一样一蹦一跳的。他一直在中庭里跳动，难以靠近电梯。安保人员已经开始在所有入口前面布防了，但对方能够穿墙，这么做根本没用。几个陌生人用手抓住杰克，把他带进了电梯。

杰克一路向上，试着不要去想那个皮包骨头的驼背可能就坐在轿厢顶上，正用锯子一般的双手切开缆线。安保都打起一百分的精神关注着通向哈特曼房间以及总部的走道。比利·雷穿着他标志性的白色服饰，很是显眼，他站在一群身着灰色西装的特勤局特工面前活动筋骨。这些人当中有的明晃晃地举着乌兹冲锋枪。

杰克掸掉已经一塌糊涂的衣服上沾着的混凝土粉末，走向雷，跟他描述了一下刺客，包括此人可以化为虚体。这一次雷非常严肃，完全没有对着杰克冷笑。他通过对讲机转述了这些信息，让杰克进另一个房间做个情况说明。杰克问能不能先让他换个衣服——他的衣服已经破破烂烂了。雷点点头。

杰克走回自己的房间。刚一踏进敞开的大门，他就意识到自己还没有跟任何人说过，刚才就是在这里跟刺客打斗的。

他走向卧室，脚碰到了一个掉在地毯上的东西。他向下一看，发现是萨拉的单肩包的一部分。杰克弯下腰，拿着它摇了摇，三分之一的电脑滑了出来，还有些残破的纸片，飞到了地上。

杰克伸手捡起那些纸片。有几张是钉在一起的，从靠近顶部的地方被整齐地切开，是媒体材料，上面写着竞选活动开始之前里奥·巴奈特会现身的活动。

还有一样是黄色便笺本的上半部分，上面用蓝色圆珠笔胡乱写着字：“秘密王牌。”上面写道，还加了好几条下划线。

下方还有些涂鸦，一排十字架，一座墓碑。另外还有一张纸，是张老式的光滑复印纸，印着的显然是某种官方文件，上面写着：国防部。

国防部#864－558－2048（b）

血清测试

外星病毒塔基斯－A

剩下的被切掉了。

杰克盯着这东西看了很久。

他心想，秘密王牌，可能无法再保密了。

晚上 10 点

到了离开的时候，斯佩克特总算舒了一口气。大家都跟他们说了再见，除了阿曼德，他看起来好像也说不了话。两人站在门口时托尼塞给谢丽一个信封。斯佩克特估计里面是支票。谢丽跟他们挥手道别，然后关上了门。斯佩克特和托尼走下楼梯，向着车子走去。

“给他们一点点机会，你就能看到他们真实的样子，”托尼说，“哎呀，狗娘养的。”他看到他的君威被人用黄色喷漆喷上了“巴奈特当总统！”的标语，每个字都有 6 英寸高。

斯佩克特什么都没说，但是他估计托尼车上的哈特曼贴纸对于带着喷漆的混蛋们来说太有诱惑力了。“我猜就是雪佛兰里的那群蠢货，你愿不愿意打这个赌？”

“猜得真准。”声音从他们后面传来。斯佩克特和托尼转过身，看到对方有七个人，都穿着沾了汗渍的 T 恤和牛仔裤。最高大的那个还穿着棕色的飞行员皮夹克。“但是我们都不太喜欢蠢货这个称呼。我觉得我们应该教教你做人的礼貌。”其他人嘟嘟囔囔地表示赞同。

这种情况斯佩克特见得多了，也听得多了，然而这一次不一样。他不能杀这些混混，否则托尼就会发现他是个王牌，二对七的胜算实在不大，他们大概要挨打了。

穿夹克的小伙戴上了某种黄铜拳刺，径直走向托尼。其他人散开，从各个方向包围他们。托尼身体微蹲，举起双拳。斯佩克特移动到他的身旁。他希望自己能够缠住那个戴拳刺的小伙。肯定会很痛，但是他很快就会好的，托尼可不会。而且至少他们没有亮出刀枪。

领头人狂暴地冲着托尼挥拳，他得到的回报是一记强力右直拳，直击他的下巴。这小伙是被打得后退了一步，然而其他人一拥而上。斯佩克特一记肘击，打中了一个混混的脖子，但是他一般不会这样打架。

他们很快就把他推倒在人行道上，开始对着他的腹部拳打脚踢。斯佩克特缩成一个球，护住自己的头。对方持续不断地狠狠踢了他好一会儿，这才停下。

“来，我们给这些鬼牌爱好者好好上一课。”这小伙显然是在虚张声势，不过作为一个脑子只有豆子大的街头混混，他也只能演到这个程度了。

斯佩克特翻了个身，抬头看去。托尼躺在他旁边，嘴巴和鼻子里都向外冒血，眼睛闭着。他昏过去了。穿夹克的小伙掏出一把弹簧刀，亮出了刀锋。斯佩克特知道游戏时间结束了，他眨了好几次眼睛，准备等脑子清楚了之后再杀那个小子。

他们身后的某扇窗户传来一声枪响。小伙表情滑稽地倒下了，手里的弹簧刀也落入黑暗。斯佩克特还没站起来，其他混混就跑得没了影。那小子从被打中的震惊中缓过神来，开始躺在人行道上尖叫。这人右胳膊从肩膀到手肘的部分已是血肉模糊。

斯佩克特挣扎着站起来，踢踢小伙的嘴巴。“你给我闭嘴，不然我就扯断你的舌头，傻逼。”小伙不再尖叫，但依旧可怜地轻声啜泣着。

阿曼德拿着步枪从楼梯上走下来。谢丽跟在他后面，橡胶般的手捂着嘴。蒂娜的脸紧贴着窗户，正在偷看人行道上的情况。街上各家门廊上的灯，至少是还没坏的那些，纷纷亮了起来。好几个邻居都冲他们走了过来。斯佩克特小心地帮他的朋友翻了个身。托尼额头上有一处严重的伤口，还有几颗门牙有缺口，或者裂开了。

“他还好吗？”谢丽用袖子轻轻擦拭托尼脸上的血。

“他会没事的。”斯佩克特说完，打开了车子的后门，胳膊伸在托尼的腋下架着他。“帮我把他抬进去。我们必须送他去医院。”阿曼德抓着托尼的腿，把他抬到后排座位上。斯佩克特转向谢丽：“你知道最近的医院在哪里吗？”

谢丽点点头。

“那你坐在前排，告诉我该怎么走。”斯佩克特掏出托尼的车钥匙，关上后门，走向驾驶座。

阿曼德抓住他的手肘，冲着那个小伙点点头。

斯佩克特咳嗽了一声。“托尼会让你把他交给警察，然后尽量往好处想。但是我觉得，如果让我来处置，我会割开他的喉咙，拿他喂邻居的狗。”

阿曼德的表情变了，但斯佩克特也不能确定那是不是一个微笑。他坐上驾驶员的位置，转动钥匙，发动了这辆君威。

“系好安全带，谢丽。”斯佩克特也给自己系好了安全带。她照他说的做了。斯佩克特加速之后托尼呻吟了一声。车子呼啸着驶入了夜色。

♣♦♠♥

第五章

1988 年 7 月 22 日星期五

早上 6 点

黑暗原本应该是抚慰人心的，然而空调嗡嗡作响，就像某种处于睡眠状态的邪恶野兽或者恶魔，正潜伏在天花板的阴暗角落里。格雷格感觉到自己的手在颤抖。他正处在焦虑发作的边缘。惊恐的感觉随时可能会淹没他的理智，让他大喊出声。

“格雷格?”艾伦在他身边轻声低语。她的手温柔地抚摸着他的胸口。“现在才六点，你应该睡一会儿。”

“睡不着。”就这几个字都差点让他哽住，他害怕自己张嘴之后吐出的是尖叫声。她的手抚摸着他的脸颊，惊恐缓缓褪去，但阴影还残留着。他僵硬地躺着，感受心里的玩偶人在艾伦的触碰之下爬行，像他皮肤下面的一只小虫子。“大会结束的时候我会很高兴，不管结果如何。”艾伦说。

“我搞砸了，艾伦。”格雷格闭上眼睛，缓慢悠长地吸了一口气，然而并没有因此冷静下来。幽灵还在他的眼皮后面飘荡。“周围的一切，所有的一切都崩塌了。”

“格雷格……我的爱人……”艾伦的胳膊环抱着他，她的身体紧紧依靠着他，然后她拥抱了他。“别这样，你主要是太过紧张了，仅此而已。也许你该去见见塔基扬，他可以给你开点药——”

“不，”他情绪激烈地打断了她的话，“医生没什么用。”艾伦听到他口气尖锐，瑟缩了一下，再次开口。

“我爱你。”她的话并没有带来任何抚慰。

“我知道。”他叹息道，“我知道。这真他妈的是个好事。上帝啊，你一直都这么善解人意，而我的表现总是……”在这一瞬间，他差点就要坦白，就要把所有的疯狂事情统统倒出来，好让一切有个了结。然而玩偶人在他心里蠕动，提醒着他，他小心翼翼地把那股力量推回去。

你不能说，它告诉他。我不允许。

“你担心的太多了。提名有就有，没有就没有。就算今年不行，92 年你还可以参加。我们可以等，等孩子长大一点。”他能够感觉到她在勇敢地微笑——这是她自己的一点小小的强迫症。“我们的儿子或者女儿会让你忙碌起来的，是我们的一小部分。”

艾伦握住他的手，放在肚脐上方隆起的部分。“感觉到了吗？”她问道，“最近踢我踢个不停。每一天都更加活跃，更加壮实。它正在苏醒。就在那儿，感受到了吗？跟爸爸问个好，小东西。”她柔声说道。

格雷格突然间希望她是对的，希望一切都结束了。忙乱的几个月旅程结束之后艾伦提起了这个话题，他吃惊地发现自己居然轻易同意了。似乎很恰当，暴力和恨意之后回归正常状态的一种标志。他们花了好几个月做准备，发现艾伦终于怀孕时他非常高兴。其他事情暂且不论，他跟她一样想要这个孩子。他喜欢扮演骄傲的准爸爸形象。就连内在的力量似乎都在分享这份快乐。

我们的一小部分。

现在他基本已经想不起来那时候的感觉了。那些骄傲、爱意和希望已经被玩偶人的需求替代了。他的指尖下面有轻微的颤动。艾伦因为婴孩的动作而大笑起来。

等孩子长大一点。

格雷格却觉得像被烫伤一般，差点把手移开。疑心就像是身体上的打击。他懂了，玩偶人也明白了，于是在他内心咆哮。

玩偶人是几个月前开始慢慢变得麻烦的，而且是间歇性的。之前，吉姆利的存在感模糊且无力，而且没有成型，很容易就被推开了。

每一天都更加活跃，更加壮实。

“啊，我的天呐，”格雷格低声说道。那个胚胎又踢了一下，动作很轻柔。他由着力量钻进去，轻轻触碰。他看到了艾伦的内心，看到了胎儿的原始色彩。

就在那里，包裹着孩子的情绪母体，像某种绞杀藤蔓，那里还有其他颜色，非常熟悉的颜色和阴影。

吉姆利说过的：不，没死。只是变了。我花了好长时间才回来……

“有时候我自己都不相信，”艾伦笑起来，“这种感觉真是不可思议，感觉到这个小生命——我们的孩子——在我体内成长。”

格雷格瞪大双眼躺着，盯着她的腹部和他的手。“对，”他跟她说，“是很不可思议。”

“我在想它会是什么样子？”艾伦拍拍格雷格的手，“我打赌它会很像你。”她说。

*不可能的，*他告诉自己，*千万别是这样的。*

但他知道他想的没错。

早上7点

“我的天呐，别再拽着我了！我不需要这种屁事！”杰克抓住塔基斯星人的双手，从自己身上扯下来，就像是在拍水。“天呐。”

恼怒感如同咽下的食物，从喉咙后部翻涌而出，塔基扬坚定地把它压了下去，但还是用略带委屈的声音说道：“我很担心，你差点就被杀死了。”

杰克啪嗒一声用打火机点燃了一根骆驼烟。“嗯，用别的方式展示你的担心。再说了，你看起来就像屎一样。”

“真是太感谢你了。我昨天晚上没睡。”

“嘿，我也一样。”

“杰克，出了什么事？新闻报道里说得乱七八糟的。我那时候正在刷牙，后来就看到你栽倒在钢琴上了。”他的头歪向一边，思考了一下。“我估计，这是这一团混乱中唯一一件幸运的事情。”

“幸运，真见鬼了。我是在对准那个该死的钢琴。”这个王牌用断断续续的几个句子大概描述了整个晚上发生的一切：萨拉笨拙的搭讪，杰克计划着搞定这个记者，恐怖的驼背男人的到来，还有那场打斗。白兰地味的呕吐物涌上塔基扬的喉咙，他冲向卫生间。“又怎么了？”杰克喊道。

塔基扬用湿毛巾擦着嘴，从卫生间里走出来。“萨拉，她现在在哪里？”

“我不知道。她像个导弹一样冲出房间，我没有责怪她的意思。总之在那之后我就没见过她。”

塔基扬双手捂住脸。“各位先祖，请你们原谅我。我没有相信她。”“什么？”

“她星期一晚上过来找我，告诉我她处境危险，但是我没听。”这句话说出来之后他猛然明白了自己的意思，然后又冲进了卫生间。

他现在吐的已经是胃酸了，而且一路灼烧着他的喉咙，这酸液好像在腐蚀他的信任、他的确信。*哈特曼是个王牌，帮帮我，你会后悔的。*

塔基扬双臂环抱着马桶，冰凉的陶瓷边缘贴着他滚烫的脸颊。他低声说道：“帮帮我。”

杰克扶着他站起来，问道：“怎么了？你想要什么？到底是怎么回事？为什么你周一的时候会说起秘密王牌？跟我说说，塔基。”

“现在不行，杰克，现在不行，我必须先找到萨拉。”

上午8点

比利·雷敲了敲门，打开门，把脑袋伸进来。“安保说楼梯已经检查过了，没问题，参议员。你们准备好了吗？”

“我们马上就来。”格雷格告诉他。他在脖子上系好领带之后又略作调整。

玩偶人在表面之下徘徊等待，有如一只圆滑的猫。艾伦从卧室走出来，担忧关切地瞥了格雷格一眼。格雷格回以安慰的笑容，他讨厌这种表演。“我没事，”他说，“我早上跟你聊过之后就好多了。恢复正常了。”他的胳膊环抱着她，轻抚她的肚子。“毕竟，这个孩子可能会有个总统爸爸，对吗？”

艾伦倚靠着他，无言地拥抱他。

“他今天早上还在踢吗，亲爱的？”

“他？你怎么这么确定是个男孩？”艾伦调笑着，再次拥抱他。

格雷格耸耸肩，*因为我的孩子是个他妈的早就应该死掉的侏儒鬼牌，因为我听到他跟我说话了。*“就是一种预感，亲爱的。”

艾伦靠在他胸口轻笑起来。“好吧，他大部分时候还是很安分的。我觉得他在睡觉。”

格雷格叹息着呼出一口气。他暂时闭上眼睛。“很好，”他说，“很好，那我们走吧。艾米和约翰大概在等着我们。”他冲比利挥挥手。

早上的员工会议在楼下的竞选活动总部举行。格雷格一直都是走楼梯下去的——他可以征用电梯，但毕竟只需要下一层楼，所以似乎没必要。现在他很高兴他一直有这个习惯。他明确地知道自己需要做什么。

*你确定？你确定这样就能终结一切？*内心的力量强烈地震动着。

玩偶人的声音很迫切。

我不知道，如果不能，我们就再找其他方式，我保证。既然已经知道了情况，那我们就可以计划了。只要耐心等待，做好准备。

楼梯间跟走道完全不能比：污渍斑斑的混凝土平台连接着陡峭的金属楼梯。他们跟照例守在这里的亚历克斯·詹姆斯点点头。比利开门让艾伦通过的时候阵阵回声响起。格雷格扶住门，示意比利走在他前面。

我不想这样做，我不想，格雷格心里想着。

我们没有选择。玩偶人。带着渴望。

他在脑中搜寻吉姆利，并没有找到。

他放开玩偶人，由他发挥。

就在艾伦靠近楼梯时，那股力量急速从格雷格身上跃出，他害怕要是有一点犹豫，吉姆利就会再次出手阻止。他入侵了她早已敞开的心灵，找到了他想要的东西。

都在那里，跟他猜想的一样：艾伦站在楼梯上向下看时模糊打旋的眩晕感；因为还不太习惯肚子前面的重量所以还有惴惴不安的不平衡感。玩偶人残忍地同时拧动两者，抑制她心灵里其他的一切。终于，恐慌快速爆发，他立马将其放大。

这些总共花了不到一秒钟，事态的发展比他料想的更严重。

艾伦踉跄了一下，惊骇地尖叫起来。她伸手去抓扶手，但是已经太迟太迟了。

就在这一瞬，玩偶人跳向比利·雷。作为王牌，比利的反应极快，他看到艾伦第一步没走稳时体内就涌起了肾上腺素，但这股浪潮被玩偶人切断了。格雷格则什么都没做——即使想做也做不了，因为他站在雷的身后。比利英勇地跳向艾伦，他的指尖擦过她挥舞的胳膊，什么都没有抓到。

艾伦摔下去了，一切就像是慢动作。

格雷格推开惊骇的雷，后者的手依然徒劳地向前伸着。艾伦软绵绵地蜷缩在下一个平台的墙边，她眼睛闭着，脑袋一侧出现了一个很深的伤口，正往外冒血。格雷格奔过去时，她眼睛睁开了，眼里全是痛苦的神色。格雷格抱着她，她想要坐起来，雷则大喊着让詹姆斯去叫救护车。

艾伦呻吟着，突然捂住肚子。她两腿之间流出鲜红的血液。她的眼睛瞪大了。“格雷格，”她呼吸急促，“啊，格雷格……”

“我很抱歉，艾伦，天呐，我很抱歉。”

她开始哭泣，不断地喘息着啜泣着。他也和她一起哭，哀悼着这个逝去的孩子，而他心里的另一部分则开始庆祝。

在这一瞬间，他憎恨玩偶人。

上午9点

吃早餐的人越来越少，来这里的人——有黑人有白人，都是工人阶级——必须要去工作了。比起万豪，斯佩克特在这里吃饭时舒服得多。在那里，有太多他忍不住想杀死的人，而且昨天晚上的那一架之后，他心情格外糟糕。他读了晨报，但是并没有看到上面提到托尼被一群反鬼牌的混混打伤住院。

他让谢丽帮托尼办理了入院手续。他不希望碰上警察，被问各种问题。没必要冒这个险。他离开的时候谢丽眼神古怪地看着他，但是他知道她不会乱说的。她确信他是站在他们这一边的，这样就已经足够了。

斯佩克特吃完了盘子里的最后一点薯饼和培根。

咖啡很烫，而且服务生一直帮他把杯子续满，所以他觉得自己暂时哪儿都不会去。反正他对这份工作的热情也逐渐消散了。也许他应该去看看托尼，然后直接跑路。

他决定过会儿再细想，现在他打算放松身心，少管闲事。

♠

媒体都挤在候诊室里。每次门一开，格雷格就能瞥到他们：汹涌刺眼的便携式太阳灯，闪烁不停的电子闪光灯，模糊不清的高声提问。艾伦摔倒的消息传得飞快。救护车刚到医院，记者们就已经在等着了。

比利·雷闷闷不乐地靠墙站着。“如果你希望的话，我可以让安保把他们赶走，参议员。他们就像是一群秃鹫，食尸鬼。”

“没事的，比利。这是他们的工作，别太在意。”

“参议员，我就差那么一点，相信我。”比利·雷将拳头举在面前，嘴角抽搐，“我应该抓住她的。这他妈的都是我的错。”

“比利，别这样，不是你的错，不是任何人的错。”

格雷格坐在手术室外面的沙发上，双手抱头。这是个精心设计的姿势，是一个悲痛欲绝的丈夫形象。而在他的心里，玩偶人正生气勃勃。他驾驭着艾伦的痛苦，享受着这滋味。就算在麻醉药的迷雾之下，他也能让她的内心翻涌滚动。她对胎儿的担忧是寒冷原始的深蓝色，玩偶人将其变为痛苦饱和的天蓝色，而后缓慢褪色，变成她自己的伤势所带来的橙红色。

但是更棒——非常，非常棒——的是吉姆利。那个与他的孩子捆绑在一起的吉姆利正承受着痛苦折磨，没有任何药物可以驱散这种疼痛，没什么能阻止玩偶人将其放大，再放大。格雷格能感觉到吉姆利在艾伦的子宫里呼吸困难、窒息、尖叫。

玩偶人笑了。胎儿死的时候他大笑起来，因为吉姆利和它一起死了，因为那些疯狂错乱的情况终于结束了。

胎儿缓慢死亡的可怕很美味，真好。

格雷格对这一切都毫无感觉。他觉得自己被分割成了两半。

格雷格的那一半憎恨这些，玩偶人的志得意满让他惊骇且厌恶。

这一点格雷格不想笑，只想哭泣。

你不应该觉得安慰。死掉的是你的孩子，伙伴，是你的一部分。你想要它，但是你失去了它。还有艾伦……她爱你，就算没有玩偶人她也爱你，然而你背叛了她，你怎么能不伤心，你这个混账东西？

但玩偶人只是冷眼视之。吉姆利傍上它了，那不是你的孩子，不再是了。它死了最好，它正好可以滋养我们。

格雷格听见吉姆利在自己脑海里哭泣，那是个怪异的声音，其中的痛苦和忧伤惹得玩偶人轻笑起来。

吉姆利的哭声突然升高，变成绝望的尖叫。虽然他的声音变得尖锐了，音量却逐渐减小，仿佛吉姆利跌入了一个幽深的大坑。

之后就什么声音都没有了，玩偶人像高潮一样呻吟起来。

手术室的门被推开了。一个医生走了出来，她身上的绿色手术服已沾了汗渍。她一脸苦相，冲格雷格和雷点点头。她缓慢走向站起身来的格雷格。

“我是莱文医生，”她说，“你妻子正在休息，参议员。对于她这样的身体情况，这次摔倒实在太过糟糕。我们止住了内出血，缝合了头上的口子，但是她还是会严重瘀青。我打算稍后帮她做个髋部X光，骨盆没有碎裂，但是我想确保没有骨折。我们要让她留院观察至少一到两天，但是我认为——最终——她会没事的。”

莱文停顿了一下，格雷格知道她是在等着他提问，那个问题。“宝宝呢？”格雷格问道。

医生抿紧嘴唇。“我们没办法救他——是个男孩，顺便说一下——当时的情况是，脐带脱落了，胎盘也离开了子宫壁。孩子缺氧了好几分钟，而且还有其他损伤……”她表情痛苦地搓了搓手，深吸一口气，深色的眼睛里满是同情。“这样可能更好。我很抱歉。”

比利用拳头狠狠砸门，碎片四溅，木门上被砸开一个参差不齐的裂口，他的胳膊也被划出了道道伤痕。雷开始不断低声咒骂。玩偶人开始品尝他的愧疚，然而格雷格再次把那股力量压到表面以下。这么多个星期以来，这力量第一次如此顺从听话。格雷格对着墙看了一会儿。

玩偶人虽然心满意足，但他的另一部分则是悲伤的。他重重咽了下口水，差点哽住。他转过头，看到连医生的眼睛里都泛起了泪光。

“我想见见艾伦。”他说。声音听起来筋疲力尽，恰到好处地显示出他有多疲惫，而且这并不是演出来的。

莱文医生苍白地一笑，表示理解。“当然了，参议员。请跟我来——”

早上 10 点

杰克听到艾伦出事之后的第一个想法就是：对，秘密王牌。

“参议员在哪里?”

“在医院。”

“雷呢?”

“跟他在一起。”

那么也许雷可以挡住那个怪物。杰克还有其他事情要做。

萨拉破烂的笔记装在杰克胸前的口袋里，感觉颇为沉重。他看看四周，发现工作人员正在总部里来回打转，漫无目的且默默无语，就像一群灾难的幸存者。不过话说回来，他们可能确实可以算是。

秘密王牌首先对付的是哈特曼，杰克心想，因为哈特曼获得的票数更高。只有这样才能解释那些莫名其妙的怪事，比如电视台在卡特的支持演讲时切换到广告，还有竞选纲领之争，以及艾伦的流产。

细思之后，这个想法更加让杰克怒火中烧。秘密王牌不仅要对付候选人，还对候选人身边的平民下手。

萨拉·摩根斯特恩知道王牌的身份，但是她消失了，杰克跟特勤局已经找了她一个晚上，都没找到。

德沃恩从总部赶过来，艾米也是。杰克打过电话，用他的信用卡订了一千零一朵玫瑰，送去艾伦的病房，然后走到了媒体中心。他发现一个没有使用过的录像机，拿起其他候选人的一些录影带，还有竞选活动时印制的候选人传记，把它们统统带回他的房间。

也许格雷格·哈特曼将退出竞选。杰克也不知道，而且不管情况如何，杰克也无力改变些什么。

只有一件事他是确定的。他要打电话给罗德里格斯，让他接管代表团，每次投票都作为他的代理人投给哈特曼。杰克还有别的事情要做。

他要去追捕这个秘密王牌。

◆

就算酒店是个重重武装、与世隔绝的堡垒，外人还是可以进去，但要讲究方法，隐秘行事。麦基正试着穿过拥挤的代表们和恶心的媒体人，他能感觉到现在是早上，光亮慢慢照进了来，空调喷射出处理过的冰凉空气产品，散发着独有的气味。也许作为汉堡港的耗子，他就是本能地惧怕早晨，且能够闻到它逐渐靠近的味道。

他双手插在口袋里，脑袋里反复播放着回忆。他还记得小时候犯了错误，大部分时候他妈妈都会尖叫着拿起手边随便一样东西打他。然而有时候，酒水的雾气会略微消散，她勉强能清醒一点，双眼蒙眬但严厉地瞪着他，跟他说，德特勒夫，你让我很失望。他最恨这个。他可以忽略掉尖叫，殴打也能忍受，只要把脑袋痛苦地缩在高低不平的肩膀中间然后跑开就行了。但是失望能够贯穿全身，他无法抵御。

他生命中的每个细小部分都会让某个人失望。唯一例外的是他那双手，它们像钢铁般坚硬，像刀子般锋利。血液涌出的时候，没有失望，完全没有，内心只有笑声：爽。

然而到了这两天，他有两次机会，他两次都失败了。他唯一做到的就是切开了一个身上的西装比麦基全身上下都贵重的黑鬼，可他并非目标人物。那个闪耀金光的窝囊废飞过栏杆时他以为至少除掉了这个家伙，可今天早上看到新闻才知道这个人撞穿了钢琴，却毫发无损。

不过钢琴的事他还挺高兴的。那个烂玩意儿从来没弹过他的歌。

他看到前面两个把深色西装撑得满满当当的男人簇拥着一个肩上挂塑料护衣罩的男人，正向着墙壁退去，避开水泄不通的人群。他们俩靠着中间那个男人，姿势就像白痴警察把你抓个正着时的样子。麦基听到了他们说话的只言片语：

“不是，真的，我刚才还戴着证件呢。这儿人太多了，可能是有人从我旁边走过，然后撞掉了——”

听到这些，麦基微笑起来。他就不需要那些证件，不需要在钳制之下扭动，说出像妓女的微笑一样虚假的谎言来取悦那些白痴，让他们得意地傻笑。他还是麦基，跟这个擅自闯入的普通人不一样，这人是个小臭虫，而他是像传说中一样了不起的*麦基刀*。

他化为虚体，悄悄地飘过人群，穿过墙壁，去赴一个关于爱与失望的约会。

♥

约翰·沃森在医院的体育馆或者说会堂里安排了一个临时记者招待会。就在助手艾米陪着格雷格走到小舞台的后方时，他感觉她突然悲痛起来。“约翰，你这混蛋。”她低声说道，然后愧疚地瞥了格雷格一眼。会堂前一晚被用作无痛分娩法的教学课堂，一个角落里堆着生产各个阶段、子宫颈扩张还有胎位的图表，简直就像是一种嘲讽。

你不得不做，他快速提醒自己。*你没有选择*。

“我很抱歉，先生，”艾米说，“我去找人把那些东西弄走。”

“我没事，”他说，“不用担心。”

哈特曼的孩子胎死腹中，这成了本届大会上最大的新闻。传言像野火燎原——哈特曼要退出了；哈特曼要接受副总统的位子了，可能辅佐杜卡基斯或者杰克逊，甚至巴奈特也有可能；是真神之光恐怖分子干的，但预期受害者是哈特曼；同时还有人在威胁着所有候选人的生命安全；艾伦的摔倒跟一个鬼牌有关；不对，那个宝宝是个鬼牌；刽子手推了艾伦，或者他一动不动地看着她跌落；巴奈特说这出于上帝之手；巴奈特给哈特曼打了电话，他们在一起祈祷。

这一切引发了一种病态的快乐感。马戏团般的气氛变为了令人又恐怖又入迷的氛围。

会堂里安静得不自然。“参议员，如果你准备好了……”艾米眼睛又红又肿。到了医院之后她就断断续续地哭泣着。这一点玩偶人清楚得很。她看着格雷格，眼泪又开始满溢了。他静静地拥抱了她，与此同时，玩偶人舔舐着她的痛苦。

很简单，有玩偶人在的时候一切都很简单。

艾米为他拉开帷幕，他走了出去，面对一片熟悉的闪光灯。台下挤满了人：前排是记者；后面是大会中哈特曼的支持者，还混杂着鬼牌与医院员工。艾米和约翰希望设置准入机制，只允许记者进来，但哈特曼没有同意。当时有一大群鬼牌包围医院，格雷格坚持说这些人也可以进来。人数达到上限之后安保封锁了所有入口，透过窗户，格雷格看到走廊上也全是人。

让他们进来，格雷格吩咐雷。鬼牌是我们的人。我们知道他们很担心。只要他们没问题，就放他们进来，直到里面没位置了为止。我相信你，比利，我知道不会有坏事发生的。

雷的感恩甚至让他觉得有些可怜，但是尝起来很美味。

格雷格缓慢走向演讲台，抓住台子的两侧微微鞠躬。他深吸一口气，听到贴着坚硬瓷砖的墙面传来回声。玩偶人能感觉到涌过来的同情，他纵情其中。格雷格看到人群中散落着他的玩偶们：花生、锉刀、蛾子嘴、萤火虫，光是前几排就还有十几个。根据长久以来的经验，格雷格知道，群体是很容易被影响的野兽。只要控制他们中的一些，剩下的自会跟上。

这会很容易，轻而易举。

他真讨厌这样。

格雷格抬起头，表情凝重。“我……我真的不知道我该——”他故意停下，闭上眼睛。哈特曼在控制自己。他听见观众中传来强忍住的轻柔呜咽声。他温和地触碰了几十条心灵之线，感觉到他的玩偶们随之而动。他重新开口时，特意让声音微微颤动。

“……不知道我该跟你们说什么。医生跟我说了情况。嗯，我想告诉你们艾伦没事，但是那不是真的。只能说她目前的情况你们也能猜到，她身体上的伤会愈合，但其他的——”他又停下了，低着头沉默了一会儿。“其他的要花很长时间才能恢复。我听说现在房里已经放满了你们送来的花朵和卡片，她让我向你们道谢。你们的支持、祈祷和爱都是她现在需要的。”

他示意艾米。“我本来想请索伦森女士——我的助手——宣读我的声明。是我草拟的，大意是由于……由于今天的不幸意外，我将退出竞选。我甚至给艾伦读过，然后她让我给她，我给了，这就是她还给我的。”

众人顺从地等待着。玩偶人的手指拉紧了一根根心灵之线。

格雷格把手伸进口袋里，拿出来的时候手已经握成了拳头。他把拳头伸出来，掌心向上摊开五指。纸张的碎片落在木质地板上。

“她跟我说她已经失去了一个儿子，”他轻声说，“她说她不想再失去其他的。”

玩偶人紧紧拉着线，打开人群中玩偶们的心灵。观众的低语声越来越高，最终场内一片沸腾。站在体育馆后排注视舞台的鬼牌们开始鼓掌，随后前面的一排排也加入进来，最后所有人都起立鼓掌，又哭又笑。房间里吵闹得像是狂热的宗教聚会，每个人都摇摆着，喊叫着，哭泣着，痛苦着，庆祝着。他看到了花生，他仅剩的那只胳膊前后挥动，上蹿下跳，他的嘴巴像是一个长在覆有鳞片的坚硬脸庞上的黑色伤口。萤火虫的鬼牌被这股兴奋劲触动了：他搏动的光辉堪比电子闪光灯。

照相机和摄影机旋转着，拍摄这场古怪的庆祝会。记者们急切地冲麦克风低语。格雷格还站在那里，摆着姿势，手里的纸张碎片已经全都掉落了。他任由自己的手落到身侧，终于抬起头，好像才听见欢呼喝彩声。他摇摇头，假装困惑。

玩偶人开心极了。格雷格将一部分偷来的反应引向自己，又因那纯粹且未经稀释的力量而屏息。玩偶人稍稍松了线，哈特曼也抬起双手，示意众人安静——花了好一会儿，喧闹的会场才安静了一点，才能听见他说话的声音。

他声音哽咽。“谢谢，谢谢你们所有人。我想也许艾伦才配得上这个提名，对于这次竞选，她比谁都认真努力，就算是孕期疲惫来袭，或者是早上的恶心难受，她也始终坚持着。如果大会不想要我，也许我们应该把她的名字放在提名者那一栏。”

更多的掌声和痛快的欢呼声响起，还夹杂着啜泣声和笑声。从始至终，格雷格一直脸色苍白，紧张无力地微笑着，这跟玩偶人没有关系。他心中的这个部分只是在轻蔑地观察。

“我只希望你们知道，不管发生了什么，这场仗我们还要打下去。我知道艾伦正在她的房间里观看，她想让我谢谢你们的慰问，谢谢你们持续不断的支持。现在，我想回到她的身旁。你们的问题索伦森女士都会回答。我再次对你们所有人表示感谢。艾米——”

格雷格抬高双手对观众示意，玩偶人狠狠拉扯。众人在为他欢呼，脸上满是泪水。

他把一切都收回来了。

是他的了，他知道。

他心里的大部分是快乐的。

下午2点

肥皂剧的声音穿过廉价汽车旅馆的墙壁，说是墙，其实就是硬纸板刷上了灰泥，看起来像松软干酪一般坑洼不平。房间电视上出现一个漂亮的年轻鬼牌姑娘，皮肤是宝蓝色，她正试着通过亨利·温克勒留下的线索猜测密码。萨拉坐在床尾，盯紧屏幕，像是上面的图像有多重要似的。她身上裹着便宜僵硬的家居服，是那位神秘恩人在凯马特商场给她买的打折货。

她还在想着新闻报道里说的那件事情。参议员格雷格·哈特曼的妻子不慎从楼梯上跌落，腹中的孩子流产了……参议员勇敢地克制住了悲伤，继续在大会上为了政治梦想而战斗。美国正需要这样坚持不懈的精神，来面对即将到来的90年代，总之评论的语气大概就是这么个意思，也可能只是萨拉耳朵里血液涌动的声音。

混蛋，怪物。他牺牲了他的妻子、他未出生的孩子，来拯救他的政治前途。

她将世卫旅程的记忆都存放在裹尸布里，此时艾伦·哈特曼的脸从里面飘浮出来，一个苍白勇敢的微笑，心知肚明，宽容忍耐……极致的悲剧。现在她伤痕累累地躺在医院里，差点死去，她无比期待的孩子也没了。

萨拉从来不是那种激进的女权主义者，她不会从宏观角度利用政治提喻法来观察人与人之间的每次互动，不会将某一个男人当做全体男性，将某一个女人当做全体女性。然而眼前的这个新闻还是深深击中了她，触怒了她内心最原始的东西，让她很愤怒：为了她自己，为了艾伦，为了所有哈特曼的受害者，对，尤其是为了那些女人。

为了安德莉亚。

昨天晚上警车闪烁着红蓝色的光，呼啸着冲向最新的冲突地点，是那个男人匆忙把她从酒店里带出来的。今天凌晨的时候他们俩聊了一会儿，对方有一个建议。她答应会考虑后，他就离开去办自己的事了——虽然她还保留着记者的好奇心，但并不想知道他是去干什么了。她觉得他的建议很符合他自称的苏联间谍头子身份，但实际听到之后还是很震惊的。虽然她总骄傲地认为自己在鬼牌镇的街道和密室里摸爬滚打过，已经什么都不怕了，但毕竟她只是个来自中西部地区，被移植到神经衰弱的纽约知识分子花园中的女孩。

但至少，但至少……必须要阻止格雷格·哈特曼。格雷格·哈特曼必须付出代价。

但是萨拉·摩根斯特恩不想死。她不觉得迫切地步入安德的后尘是个好主意。格奥·斯蒂尔的提议其实就是这个意思，他没有隐藏，但是也没有明说。

但是，那个——东西——还在追杀我，我能有机会吗？那个大笑着扭曲着的皮衣男孩，他哼着歌曲，穿墙而过。她不可能永远躲藏。当他找到她的时候……

——她摇摇头，发梢刺痛了她的脸颊，突然涌出的热泪让她视线模糊。

屏幕上，那个蓝女人在《终极游戏》里大捞了一把。萨拉希望这能让她开心。

下午3点

“停下。”稳定而愤怒的杂志翻页声停下了。

“为什么？”布拉斯的语气满是挑衅。

塔基扬控制住他的脾气，又倒了一杯白兰地。“我正在想事情，这声音很烦人。”

“你生气的时候语气就变得正式了。”

“布拉斯，请你体谅。”

塔基扬拿起电话听筒，用下巴夹住，然后打给了萨拉的房间。遥远的电话铃声凄惨地回荡着，一声又一声。

塔基扬在桌子上敲着手指，按下了挂断的按钮，又打给前台。布拉斯的杂志像只受惊的鸟儿飞向房间另一侧。“坐在这里看着你犯傻实在太无聊了！我想出去。”

“你已经丧失了这个权利。”

“你就在这儿等着中情局来抓人吧。”男孩邪恶地咧嘴一笑。

“滚你妈的。”

塔基扬举起拳头，快速穿过房间。他还没来得及揍那孩子，就听到敲门声响起。

海勒姆和杰·阿克罗伊德站在走道上。海勒姆看起来像个死人，阿克罗伊德的脸庞浮肿着，还带着脸上不该出现的很多颜色。塔基扬的胃部缩成一个紧绷的小球，想要缩进他的脊髓里。他无奈地退后几步，让他们进来。

海勒姆摇摇晃晃地走向窗户。塔基扬意识到，两人认识这么多年以来，这个王牌第一次并没有用他操控重力的能力来减轻自己的重量。阿克罗伊德在沙发上坐下，把护衣罩放在了膝盖上。三个男人和一个男孩都沉默不语，寂静像蜘蛛网一样延伸开来。

阿克罗伊德冲着门扭过头：“把孩子弄走。”

“嘿！”布拉斯大喊。

“布拉斯，离开。”

他冲着祖父得意地一笑：“我还以为我丧失了这个权利呢。”

“滚你妈的，快走！”

“狗屎，事情才刚刚有趣起来。”布拉斯抬起双手，掌心向外，“嘿，没问题，我走就是了。”

他走了，门也关上了，房间再次陷入沉默。塔基扬的耐心被消磨殆尽，他挥着手开口了：“海勒姆，这到底是什么意思?”然而这位王牌并没有回答。

阿克罗伊德说：“你得做个血液测试，医生，就现在。”

塔基扬一笑，指着自己的房间。“怎么？在这儿?”

侦探摆了个鬼脸。“别装傻，别装可爱。我现在累得要死，浑身难受，没空对付这些。”男人拉开护衣罩拉链时手有些颤抖。“这是哈特曼参议员在叙利亚时穿的衣服。”

塔基扬惊骇地盯着布料上黑色的污渍。

就是这个。他不能再以复杂的塔基斯星荣誉为借口延缓探查进度了。这陈旧的血迹会证实或者反驳萨拉的指责。

“你们是怎么得到这样东西的?”

“这是个很长的故事，”阿克罗伊德疲惫地说，“我们现在没有那么多时间。这么说吧，我是从……蝶蛹那里拿到的。它算是……呃……一种遗产。”

塔基扬清了清嗓子里的异物，谨慎地问道：“那你觉得我会发掘出什么信息?”

“外星病毒塔基斯－A的存在。”

塔基扬像个机器人似的走向碗柜，倒了一杯酒，喝了下去。“我看到一件夹克，任何人都可以去买一件夹克，再滴上染了病毒的血液——”

“我就是这么想的。”海勒姆的声音生锈刺耳。“但是他，”他冲着阿克罗伊德点点头，“经历了太多。从叙利亚到这个房间，所有的环节都没问题。这就是——就是哈特曼的夹克。”

塔基扬缓慢地转过头面向沃切斯特。“你希不希望我这么做?”

“我们还有选择吗?”

“没有，我猜我们没有选择。”

♣

回万豪的路上，玩偶人一直推挤着比利·雷心中痛苦的内疚感，佐以沮丧的酸味，真是美味的小吃。格雷格知道雷在一遍遍地回顾艾伦跌落的瞬间，而且每一次比利都能感觉到他的手指擦过艾伦的手。雷坐在豪车的前排，过于小心谨慎地观察车流，藏在反光墨镜后面的双眼也眨得太频繁。格雷格知道刽子手迫不及待地想要暴打个什么东西，或者什么人。

太简单了，玩偶人咯咯直笑。为了弥补错误，我们让他干什么他都会照做的。

记住这一点，格雷格告诉他。也许今晚用得上。

这个事情处理完之后，格雷格开始觉得自己恢复正常了。麻木和被一分为二的感觉逐渐褪去。他心里的一部分依然痛恨他的所作所为，但是他有什么其他办法吗？

没有，完全没有。

没有任何其他办法，对吧？

当然没有，完全没有。

玩偶人自鸣得意着。

雷为格雷格打开竞选员工办公室门，就在此时，一架硬纸板做的游隼飘了出来。有人把她的服装全都涂白，又用笔在私处画上毛发，还在胸口添加了巨大的乳头，旁边甚至印着“飞行打炮”的字样。

这里一片欢腾而混乱的景象。格雷格看到杰克·布劳恩和竞选经理查尔斯·德沃恩以及罗根一起待在一间卧室里。俄亥俄代表团中似乎有一半人都在客厅里，挤在小酒吧后面的酒水贮藏处畅饮，等待着跟德沃恩会面。初级雇员们在打电话，志愿者们则进进出出。门边的地面上散落着客房服务的托盘，地毯上沾了溢出的汽水，所以黏糊糊的。整个地方闻起来就像是放了一个星期的比萨。

格雷格一进去，情况立马变化了。玩偶人感觉到那歇斯底里的欢腾场面瞬间变暗，噪音也完全消失了。每个人都转过头来看哈特曼。德沃恩离开了杰克和罗根，衣冠楚楚的他穿过拥挤的房间来到哈特曼身前。“参议员，”他含混地说，“我们都觉得非常遗憾。艾伦怎么样？”

玩偶人在这位竞选经理心中并没有感觉到确实的悲伤或者担心——德沃恩根本不关心其他人的事，除非直接影响到了他自己，那可就是危机了——但格雷格还是点了点头。“她其实不太好，可成功地伪装出了很好的样子。对于我们所有人来说这都是个打击，但对于她来说尤其如此。我不打算在这里长留，查尔斯。我过会儿就回医院。我只是想过来看看。我知道我并没有帮到你们……”

“你错了，参议员。医院的记者招待会——”德沃恩摇摇头。雅痞风格的发型一动不动，“约翰正在跟佛罗里达、乔治亚和密西西比的代表见面，看上去戈尔的那些南方代表们可能会转而选择我们，而非巴奈特。他们特别在意家庭的力量之类的东西，我们收获了不少可以加以利用的同情分。”德沃恩并没有意识到自己这话说得有多么麻木不仁，不过能听到旁边的助手们都倒吸一口气。“天呐，伙计……”其中一个惊呼。

德沃恩没在意，继续往下说。“我跟杰克聊过了，西部区域是稳的。”他脸上一直挂着笑容。“我们赢定了，参议员，”他热切地说道，“我们还差150—200票就能达到大多数，天平越来越向我们这边偏移了。再来两轮，最多三轮。巴奈特的票数升得很慢，他赢不了的，而且其他人的叛逃者全都到了我们这边。一切都结束了，只剩下副总统的人选。你最好开始想想。”

他这么说了之后他们身边的一些员工开始欢呼。格雷格允许自己微笑一下。杰克跟着德沃恩过来，站在了他的身旁。看到眼前的景象，杰克眉头紧皱，玩偶人感觉到了一丝厌恶。

“我很抱歉，格雷格，”他狠狠瞪了德沃恩一眼，“真的。你要是退出的话也没人会怪你的。我觉得如果是我，肯定就放弃了。我知道不管别人说什么，都抚慰不了你的痛苦。”

“谢谢你，杰克。”格雷格拍拍这个王牌的肩膀。他重重地叹了一口气，然后不自觉地耸耸肩。“信不信由你，但你的这番话真的有作用。听着，你是我回来的主要原因之一。艾伦想要见你和塔基扬。我觉得她是想确保有合适的人在我身边保护我。”

格雷格感觉到比利·雷心中一阵刺痛：更多的悔意。他拧动着这份悔意，让玩偶人品尝，这样做不仅是为了让玩偶人享受欢愉，还是因为这么多个星期以来，他第一次毫无顾忌地做这种事。他听到了雷猛吸一口气的声音。

“塔基扬住在欧姆尼，我记得。”杰克说。

“那我能不能请你帮个忙？能不能找到他，把他拽到万豪来？如果你们都没问题的话，我们一起去医院。”

这个事情安排起来很简单。艾伦做玩偶已经很久了，而且她非常配合。事成之后，这场意外给他带来的好形象会更坚固。他都能看见那幅场景了：哈特曼参议员、黄金男孩和塔基扬医生一齐聚在哈特曼夫人的病床旁边。从布劳恩嘴角的轻微抽动来看，这位王牌显然也得出了同样的结论，但他只是耸了耸肩。

“我猜可以。我去看看能不能把塔基喊过来。”

“好，”格雷格说，“我在我房间等你们。”

下午4点

杰克在欧姆尼没有找到塔基扬，于是决定不带他，自己去医院。杰克着实不忍心告诉候选人塔基扬大概就在万豪，只不过是在跟弗勒·范·伦斯勒上床。

去医院的路上交通堵塞，他们的豪车只能一点点向前挪动，哈特曼一直静静地盯着比利·雷的后脑勺。

杰克在想秘密王牌。如果顺着萨拉的复印件这条线索查，那么这个未知王牌肯定是当过兵的，而且用什么手段将血检结果保密了，没让外人查到。这就排除了杰西·杰克逊，他以前是神学院学生，申请过征兵延期。其他候选人都当过兵，但是杰克心中最怀疑的是里奥·巴奈特。

巴奈特是个魅力十足的民粹派牧师，他宣称自己能够解释上帝之道，他的支持者大多在之前两次大选中投给了里根，但是却盲目地跟着他走入了民主党阵营。他到处做反对百变王牌和百变王牌暴力的宣传，但是他根本不可能得到足够多的选票，除非大会中爆发多场骚乱，点燃众人对百变王牌的愤恨之情，他才能赢得提名。

巴奈特可能就在他与世隔绝的塔楼里祈祷着灾祸降临到格雷格·哈特曼身上。也许天使们就是听他的话。

也许，听他话的并不是天使们。

萨拉的“秘密王牌”文件里还有一个可能的线索，就是一排十字架的涂鸦。也许萨拉画下这些十字架时心里想的就是里奥·巴奈特牧师。

杰克看了录像带之后才真正做出了判断。杜卡基斯给他的感觉是勤勉、聪明，相当无趣。完全不像是会雇佣扭曲王牌砍杀敌人的样子。但是巴奈特就很吸引人了。

在录像里，他像只机警的黑豹，在台上徘徊，用一块又一块巨大的手帕擦掉成桶的汗水。他的声音会从西佛吉尼亚普通民众的那种温和的鼻音陡然变为撕心裂肺、轻蔑藐视、悲叹声讨的尖叫。而且他显然跟那些只会咆哮的无脑圣灵降临派成员不同。他冰蓝色的眼睛里燃烧着令人恐惧的智慧。他说的内容永远结构清晰，永远有理有据——至少在他们启示录的框架内——而且他的沟通能力极强，其他候选人的演讲撰稿人都只有嫉妒的份。

而且巴奈特还——杰克也不想承认这一点——很性感。他不到四十岁，一头金发，雷德福德般的好皮囊。他还有酒窝下巴，显然拴住了女性观众的心。录像中有一幕非常引人深思，其中有个俯卧的年轻女性，她被鬼魂附身了，巴奈特跨坐在她身上，对着男性器官状的话筒高喊着，女孩则含糊不清地在说胡话，同时身体扭动，发出哼哼的声音，混迹好莱坞多年的杰克一看就知道这是一连串惊人的高潮……而且杰克观察了牧师专注的脸庞和掠食者般残忍的双眼，他知道巴奈特也知道，光凭他的存在和他的声音，就能让这个女孩高潮，而且巴奈特很享受这扭曲的荣耀……

杰克还记得1948年的那个晚上，他在百老汇初次登台结束之后跟大卫·哈恩斯坦一起坐在第六大道的一间咖啡馆里，在那个时候，这位四王牌成员的费洛蒙能力并没有为公众所知。他们俩并不知道一场美国共产党会议正在这条街上召开。会议结束后，几个党派成员出现在咖啡厅里，认出了杰克和哈恩斯坦。本来只是想要个签名，随后演变成激烈的政治辩论，刚开完会所以群情激昂的同志们要求两位名人赞同他们的意识形态。抓捕纳粹、推翻胡安·贝隆固然是好事，但是四王牌要到什么时候才会宣布与工人阶级团结一致？为什么不协助爪哇的反荷兰武装？为什么四王牌不在希腊与当地人民解放军并肩作战？为什么不协助俄国清除东欧的不稳定因素？

简言之，都是名气惹的祸。

杰克觉得跟他们说说晚安然后就算了，但是哈恩斯坦有个更好的点子。小小的咖啡厅里已经弥漫着他的费洛蒙了，所以每个人都会听从他的建议。过了没多久，那些同志，包括几个身形魁梧的码头工人以及戴着框架眼镜的知识分子，全都站在柜台上开始模仿安德鲁斯姐妹。深夜的顾客们享受到了《朗姆酒和可口可乐》《迷人的跳舞的小号手》以及《别坐在苹果树下》这几首名曲。

杰克看到巴奈特最后一个录像的时候，脑海里想到的就是哈恩斯坦多么轻而易举地控制满怀敌意的人群。这个录像的场景发生在鬼牌镇，巴奈特走在被帮派战争摧毁得满目疮痍的街道上，召唤天堂的力量来治愈类人，后者死而复生……看到这个，杰克清楚地知道了秘密王牌的身份。

巴奈特能够行不可能之事。他是怎么做到的，杰克说不准。巴奈特能够从远处影响事情：让电视制作人在他有需要的时候切换到广告；迫使哈特曼和拜登这样的候选人自毁；让他的追随者爱他，给他钱；也许还把他军事记录上的百变王牌信息擦除了；消除了塔基扬的性无能然后让他对弗勒起色心；也许还能隔空给信徒们带来高潮，也许他还向那个双手如锯的扭曲皮衣男孩许了诺要治好他的百变王牌诅咒，但必须先完成上帝的任务。

天呐，杰克心想。真的有人看过这些录像吗？就没人意识到这些有多重要吗？它们就像是天空中燃烧的圣经之手，食指对准了里奥·巴奈特。

巴奈特。秘密王牌肯定是巴奈特。

现在杰克咬着下嘴唇看向哈特曼，想着该不该告诉他。哈特曼依然盯着坐在他前面副驾驶位置上的比利·雷，眼神莫名的犀利。他是在因为艾伦的事而责怪雷吗？杰克心里想着。从其他人的描述来看，雷显然对此事很自责。

杰克开口想对哈特曼说些什么，又把话头给咽下去了。不知道怎么地，就在今天发生的那些事情之后，他已经无法解读哈特曼的想法了。

他想着还是先跟塔基聊一下。把线索，就是那些录像，展示给塔基扬看。他们两个人应该可以想出个应对之策。

反正这种远距离的心灵控制本来也就是塔基扬擅长的区域。

下午5点

斯佩克特坐在医院接待室里翻看着一本《读者文摘》。沙发由坚硬的红色塑料制成，还用银色的牛皮胶布修补过。快要坏掉的荧光灯在头顶闪闪烁烁，嗞嗞作响。医院里冒着臭气。不是那种普通的防腐剂与疾病的味道，而是鬼牌的味道。那些畸形人有种独特的臭味。不过这里大概是全城唯一肯给他们床位的地方。

一个像电线杆一样瘦的年轻护士走过来。“你现在可以见他了。205 病房。”她又走了，整个过程中她疲惫的双眼都没有从写字板上抬起来。

斯佩克特站起来，舒展了下筋骨，然后沿着走廊上坑洼的地板向前走。他决定不履行合同了。他永远都不会帮助巴奈特还有他那群白痴追随者入主白宫。当然了，钱，他会留着，可以帮助他在其他某个地方重新开始。他会先回蒂内克，把东西都收拾好再出发。也许拿出个地球仪来转一下，手指点到哪儿就去哪儿，就像电影里那样。他的能力肯定在很多地方都有市场。如果他目前的雇主想要追踪他，那就让那些人尽管来试一试。这点他根本不担心。但是首先他要去看看托尼，确保他没事之后，他就坐下一班飞机回泽西。

他推开 205 的门，把头钻进去看。托尼睁开眼睛冲他微笑。那么多牙齿被打坏之后他的笑容都不一样了。“进来。”

斯佩克特坐在床边的椅子上。托尼一只眼睛上缠着纱布，另一只眼睛下面一片瘀青。他的颧骨和额头上都缝针了，嘴唇肿胀，毫无血色。

“需要我把你救出去吗？”

“明天吧。医生说我除了脑震荡之外，还出现过几次惊厥，不是很严重，但是就因为这个他们还要继续观察我，至少要观察到今天晚上。我还得待在这家医院里……”他闭上眼睛。

斯佩克特点点头。“说话的时候难受？”

“眨眼的时候都难受。你还好吗？”托尼把自己撑起来，“那些人对你下手比较轻，还是怎么的？”

“我没事。他们总是更喜欢对付你们这些漂亮男孩，可能是知道我们这些丑人碰上的糟心事够多了。”斯佩克特摇摇头，“你这样可是会让某位牙医非常高兴，他看着你的嘴，就看到了随之而来的一整套全新家庭娱乐设备。”

托尼沉默了一会儿。“你听说艾伦的事了吗？”

“嗯。”哈特曼夫人流产是这几天来的最大新闻，“太糟糕了，真遗憾。”

“从个人的角度来说，我也觉得遗憾。但是这会让他一举在大会上登顶。”托尼伸手抓抓鼻子，面色痛苦，“我猜这话听起来很冷酷。但是这样一来也能帮助到很多人，所以权衡一下，还是值得的。”

斯佩克特瞥了一眼床头柜上的电子钟。“我要走了，托尼，有事要做。我可能有一阵不会过来看你，但是我有时间会去宾夕法尼亚大道找你。”

“你走之前可以帮我个忙吗？”

“当然，说吧。”

“我所有写作的东西都在万豪，我知道我们今晚会赢下提名，所以我必须写好提名演讲。我床上有个黑色公文包，里面有我需要的一切，有我的笔记本电脑、播放机。”托尼缓慢向上移动肩膀，尽可能坐直，“艾伦出了事，而且据说有个刺客随时会下手，所以现在没人能帮我拿。在这片混乱中，我好像是被遗忘了。”

“呃，我觉得他们大概不会允许我大摇大摆地进你房间拿你的东西。”斯佩克特不喜欢这样退缩，但是他真的不愿意回万豪。他可能会看见巴奈特，并不得不杀了那混蛋。

“没问题的，我写个便条给你，你拿给门口的安保人员看，他们就会放你进去的。我给前台护士打个电话，让她把我房间的钥匙给你。”

虽然斯佩克特很想拒绝，但他说不出口。“好吧。可能要好一会儿，这里的交通太垃圾了。”

托尼笑了。他嘴唇开裂，呈青紫色，但这家伙还是像个赢家一样。他握住斯佩克特的手，晃动了几下。“我们还跟以前一样是好搭档。”

“没错。”斯佩克特说着递给他一支笔和一张纸，“你这个样子，我不可能让你出门。你需要戴个面具来遮盖所有这些缝合的伤口。”

托尼抓住他的手肘。“对了，吉姆。面具。我从这个角度写写看，这可以真实地展示为什么要保障鬼牌权益。”他松开斯佩克特，抬起手。“美国，戴一天面具。看看遭受非人待遇时是什么感觉。”

斯佩克特安静地站了一会儿。“我觉得大概需要修改修改。”

“没问题。找好角度之后词句自然会有的。”托尼开始写。

“我会尽快把你的东西拿来。”斯佩克特出了病房之后摇了摇头。

下午6点

百变王牌独特的水晶结构被投影在了电子显微镜的屏幕上。

“天呐，”阿克罗伊德低声说，“真美。”

塔基扬把他的刘海向后拢。“对，我也觉得。”他咧嘴一笑，“相信我们塔基斯星人，就算制造病毒也要符合审美理想。”

他坐在实验室的凳子上，刚刚转过身，就看到靠在墙上的海勒姆开始瘫坐下来。

“阿克罗伊德！”

他们两人各抓一只胳膊，但这就像是在阻止一场雪崩。最终结果就是他们三个人都坐在了地板上。海勒姆的手捂着眼睛，喃喃地说：“抱歉，可能是瞬间昏厥了。”

塔基扬打开他的酒瓶，递到海勒姆嘴边。沃切斯特大口喝下白兰地后，脑袋歪向一侧，像是他的脖子太过脆弱，无法再支撑脑袋的重量。他脖子上有个丑陋的陈年大疮疤。塔基扬小心谨慎地用食指轻触了一下，海勒姆突然就坐直了。

“嘿，我可以喝一口吗?”杰的下巴对着酒瓶，“这一周可真够受的。”侦探大口喝下白兰地，他的喉结一动一动的。阿克罗伊德叹息了一声，然后擦擦嘴。

“没有任何其他可能?”海勒姆用眼神乞求塔基扬。

“没有。”

“但是，他是个王牌……呃，也证明不了什么。他是疯了才会承认他染上了病毒。而且他可能还在潜伏期。”

不安的沉默降临在三个人之间。塔基扬穿着高跟鞋蹲在地上，抬头若有所思地看着天花板。三层楼之上，就是艾伦·哈特曼的病房。她正在梦中思念逝去的孩子，从来不曾想过她的丈夫会是个秘密王牌，也许还是个残酷无情的杀手。又或者她早就知道?

杰清清嗓子，问道：“所以我们现在怎么办?”

“这是个非常好的问题。”塔基扬叹息道。

“你的意思是你不知道?”

“我并不像众人以为的那样，对任何问题都能拿出个解决方案来。”

“我们光有这个证据是不够的。”海勒姆说着，挣扎着站起身来。

阿克罗伊德伸出大拇指，越过自己的肩膀指向后方的电子显微镜屏幕。“你还要什么其他证据?”

“我们不知道他有没有做过什么坏事!”

“他害死了蝶蛹!”

两个人鼻尖碰鼻尖，气愤地喘着粗气。

“我要看到干坏事的证据。”海勒姆用拳头砸着自己的手掌。

“那就是证据!”阿克罗伊德指着屏幕吼道。

塔基扬大喊：“停下!停下!”

海勒姆的双手放在塔基扬的肩膀上。“你去找他，跟他谈谈。也许会有个合乎逻辑的解释。想想他做的那些好事——”

“嗯，对。”讽刺就像酸液，侵蚀着阿克罗伊德的话语，接着，他又拿起酒瓶喝了一大口。

“想想看我们会失去什么。”海勒姆哀号道。

“他只要跟塔基扬撒谎就行了。之后我们怎么办?”

“他不可能对我撒谎。”海勒姆的手从他肩头滑落，这个大个子王牌后退了一步。塔基扬完全站直了，虽然不算高大，但是贵气和控制力就像斗篷裹紧了他。“如果我去找他，你知道我会怎么做。”海勒姆的眼神里满是无声的悲苦，但是他缓缓点头。“你能不能接受我读了他的内心之后获取的真相?”

“能。”

“尽管这并非法庭认可的方式?”

“对。”

外星人转身面向杰。“至于你，阿克罗伊德先生，拿上夹克，毁掉它。”

“嘿，这是我们唯一的证据!”

“证据?你的意思是我们应该大肆宣扬?思考一下……我们手里的这样东西可能会毁掉美国的每一个百变王牌受害者。”

“但是他杀了蝶蛹，如果我们不治他的罪，那么埃尔默就要替他背黑锅。”

塔基扬用手指梳理头发，指甲重重刮过头皮。“该死，该死，该死!”

“听着，这不是我的错。但是我绝对不会跟你们达成什么肮脏的小交易，然后让谋杀蝶蛹的人逍遥法外。”

“我用我的荣耀和鲜血向你发誓，我不会让埃尔默受苦的。”

“真的?那你打算怎么做?”

“我不知道!”塔基扬用力一戳，关掉了电子显微镜，拿起载玻片来到水池边，将带血的织物纤维冲入下水管道。

外星人走向门口时，海勒姆跟了上去。塔基扬将一只手放在对方胸前。

“不行，海勒姆，这件事我必须独自完成。”

“要是那个圆锯男孩就是他的人呢？要是他正准备对付你呢？”杰克问道。

“这是我必须承受的风险。”

晚上7点

斯佩克特用拇指拨动着他翻领上写着“特殊访客”的塑料徽章，然后轻笑起来。这个星期的早些时候，他得大开杀戒，等到杀了齐腰那么高的一摞人之后才能搞到这个东西。而现在，他得到了，却又已经不需要了。生活有时候真他妈搞笑。

哈特曼的这一层出乎意料的安静。他还以为应该挤满了助手和特勤局员工。斯佩克特掏出托尼的房间钥匙，开始在心里默数房间号。他觉得是时候离开这个国家了。也许可以去澳大利亚，或者其他什么地方，只要说的话类似英语就行。他停在托尼的门口，插入钥匙。推门的时候他感觉到里面有人在拉这扇门。

斯佩克特退后一步，一个带着特勤局装备的鬼牌看到了他的访客徽章，示意他进去。这个鬼牌身形瘦长，斯佩克特进房间之后又被他上下打量了一番。他身上能看出来的鬼牌特征只有两处，长着鳞片的突出眉骨和额头上丑陋的肿块。斯佩克特估计还有别的特征，但是他没兴趣问。

“你是谁？”鬼牌态度敷衍地问道。

“我是托尼·考尔德伦的朋友，他派我来收拾他的写作工具。”斯佩克特指着床上的黑色公文包，“我猜就是那个。”

“明白了。能不能请你把双手放在头上，先生？”斯佩克特按照要求做了，这鬼牌快速但彻底地搜了他的身。斯佩克特紧张了。如果这个家伙盯着他看太久，那可能会认出他来。他确定联邦调查局有他的档案夹，上面用大写字母写着死亡，他的另一个名字。“这件事情我没有听说，所以我要跟考尔德伦确认。”鬼牌来到电话旁边，翻开笔记本，找到一个号码，接着按下按键。他很小心，没有背对斯佩克特，但是也没有任何迹象表明他认识这张脸。“找托尼·考尔德伦。”暂停了一会儿。“托尼。我是科林。这儿有个人说是来帮你拿写作工具的。请你描述一下他。好。嗯。我很抱歉，我们只是忘了。”科林挂了电话，“你是吉姆？”

“嗯。现在可以了吗？”

鬼牌抬起一只手示意他安静，把手指搭在耳机上。“对，我还在考尔德伦的房间里。有个人说要帮他把写作工具送到医院。为什么没人在我忘记的情况下提醒一句？”长时间的停顿。“不，酒店的人说，昨天晚上又没有人住在贝尔德的房间里。好吧。我等会儿再去核查，但是我觉得我们是在浪费时间。等会儿再跟你说。”鬼牌叹了口气走向门口。“弄完你自己出去就行，”他跟斯佩克特说，“别忘了告诉托尼我很抱歉。”

斯佩克特僵硬地点点头，直到门关上之后他才恢复了呼吸。他们知道贝尔德的事了。不过也没关系，反正他也要走了。但是他越早离开这个鬼地方，他就会越开心。他坐在床上，打开了公文包。小电脑，播放机，还有各种其他东西，跟托尼说的一样。他合上包之后走去卫生间想喝口水。今天又是燥热的一天，完全看不到解脱。他把公文包放在厕所旁边，伸手准备开水龙头，就在此时，传来说话的声音。

不管说话的人是谁，语气都算不上开心。斯佩克特耳朵贴着墙倾听。听出来说话的人是谁之后他的胃都翻涌起来了。塔基扬。他走到哪儿都能认得那个混蛋神经兮兮的声音。他在跟哈特曼对质。斯佩克特坐在厕所上，希望在他偷听时不要有人进这间房。

♠

下面就是万豪的大堂了。塔基扬以医师般的超然态度注意到自己的双手正紧紧抓着栏杆，指关节都因为过于用力而发白了。

爬出去吧。越过安全绳。去吧。漫长的坠落，坠入平静。终于可以安息的机会，终于可以不再承担责任的机会。

他本就痛苦难忍的双眼里热泪盈眶，但是痛苦很快过去。他是伊尔卡赞家族的王子，他的家族从来不养懦夫。

他肩膀放平，直面哈特曼房间的大门。也许就像哈勒姆所坚信的，真的有个合乎逻辑的解释。

但是杰侦探声称他亲眼目睹了一个驼背王牌用锯子般的手在水晶宫殿中的办公室里切开了女巫的内脏，哈特曼就在旁边愉快地观看。

还有昨天晚上，还是那个驼背，试图杀掉萨拉和杰克。

他杀了安德，他杀了蝶蛹，他马上就要杀我……我……我……我。

他用指关节叩响大门，在大厅里显得格外响亮。寻欢作乐的声音从楼下飘上来。格雷格要赢！赢！赢！

我没时间，时间，时间。

是刽子手开的门，他似乎莫名地萎缩了，绿色的眼睛里隐藏着痛苦。

“我要见参议员，比利。”

王牌用手示意他进来，塔基扬跟着进了这间套房。格雷格坐在窗户旁边的椅子上，手掌揉搓着一个杯子。

参议员吃惊地瞥了他一眼。“嗯，没指望你现在过来，但我猜到你很快回来的。你去哪里了？我让杰克去找你的。我本想让你跟我一起去看艾伦。”

塔基扬盯着那张光滑的脸庞，看着眼睛旁边的笑纹，看着敏感的嘴唇。参议员在叙利亚和南非遇上野蛮残暴的景象时，嘴唇就会因为愤怒而抿紧。塔基扬的能力颤抖着，宛如一个活物，但是他控制住了。他不愿刺探这熟悉而友善的脸庞之下的心灵。

塔基扬内心纠结。他的沉默似乎让哈特曼有些生气。

“你到底是在搞什么鬼？我就要得到提名了。”

“让雷出去。”

“什么？”

“让他出去。”

哈特曼明显地冲着王牌翻了个白眼，显然是迁就他一下的意思。这位特工点点头，离开了。

“塔基，现在可以说了吧，这是怎么了？要喝酒吗？”他举起瓶子。

“你是个王牌。”

格雷格大笑起来。“真的，医生，你这段时间工作太辛苦了——”

“我测试了你在叙利亚穿的那件夹克上的血迹。”对方突然一僵，但只持续了短短一瞬，而且他那张脸始终表情温和。

“我否认，断然否认。”

“你的血液就是证明。”

“夹克是错的，血是错的，敌人的阴谋。”

“血是错的。”塔基扬反复咀嚼品味着这一字一句，“对，你害死蝶蛹的时候确实是让错误的人流血了。”

“我跟蝶蛹的死没有任何关系。”

“你有太多事情没有收尾，参议员。挖掘者，萨拉，故事在逐渐揭开，全部的故事。”

“没人会相信他们，也没人会相信你。”

“我有血检结果。”

“你永远都不会公开的。”哈特曼咧嘴一笑，他从塔基扬的脸上读到了答案，“当然，它不是真的，就算是，你也不会公开。”他将杯子再次倒满，然后靠在沙发上，散发着自信的气息。

“只要运用一点我的能力，你就会毫无保留地把一切告诉我，”塔基扬警告道，“我能看穿你，能看见你真正的模样。”

不加掩藏的恐惧扭曲了政客的脸。他从沙发上跳起来，杯子从手头坠落，地毯上沾了波本威士忌，颜色变深了。“这简直胡来，你已经疯了，雷，雷！”

塔基扬打了他，两记敏捷的重拳击中他的肚子。愤怒的力量裹挟着外星人，他因为暴怒和背叛而浑身发抖。格雷格踉跄着后退，捂着肚子，张着嘴，大口地喘息。

塔基扬的心灵能力猛地出击，抓住了人类，让他身体竖直。塔基扬看到了人类眼里的恐惧，因为在塔基斯星人强大的心灵能力面前，他只能无助地站立。

他走进了一个腐烂的地方。狭缝状的眼睛燃着愤怒和恨意盯着他。这个东西超越了所有的想象。玩偶人。它号叫着，抵抗着，扭曲着，塔基扬则以外科医生般的精准度回放这些年来的一幕幕，如同拨开腐烂皮肤上的下垂物。读一读死亡、痛苦和恐惧写成的故事。

宝宝和吉姆利一同坠入黑暗时疯狂贪婪的摄取；吮吸艾伦的痛苦和恐惧；激起一个鬼牌身上的情欲，让他抛开所有约束向一个女人发动攻击，然后残忍地强暴了她；在柏林，疯狂且阴晴不定的玩偶麦基·梅塞尔切开他的前同伴们时，一场鲜血盛宴，温热的咸味。

麦基帮格雷格口交时的情绪；贿赂并杀害给他做血检的技术员；罗杰·佩尔曼用石头砸向安德莉亚·惠特曼的脸时骨头碎裂的声音。美味，美味。高潮般的感觉。这个肿胀的东西靠吸食情绪过活，比如无助、孤独和恐惧。

那些情绪和记忆无比强烈，塔基扬的胯部甚至因此灼热起来，然而胃部却厌恶到作呕。他愤怒地冲着那东西尖叫，这只怪物能引出他自己最黑暗的本性。

玩偶人笑了，旋转着令人恶心的一大团紫红色。塔基扬将自己转变为银与水晶的刀锋，飞向那个怪物，把它打回它的巢穴，向它扔出一团团火焰。这个塔基斯星人之前还从未遇上过如此恐怖又强大的东西。

回到自己的身体里之后，塔基扬意识到了身上有汗液的味道，而且全身正剧烈地颤抖。哈特曼瘫倒在沙发上。

“你永远也当不了总统，永远不可能！”

格雷格缓慢站起身来，这个动作满是恐吓之意。他的身形笼罩着矮小的外星人。“你阻止不了我。你怎么阻止我……我们，小家伙？”

塔基斯星人不假思索地想要反驳，但又强行忍住，话到嘴边被他咽下去了，杀了你。不行。这是他最不愿意做的事。暴毙而亡是要做尸检的，尸检的话……就全毁了。

他一转身，离开了房间。

◆

斯佩克特的拳头抵在墙上，一直用力，直到他听见指关节开始咔哒作响。他抓着两个房间中间那扇门的把手一转，但是运气不好，打不开。他深吸一口气，拿起公文包，回到卧室。他把公文包放在床上，揉揉鼻梁。

哈特曼把所有人当傻子耍。托尼白白挨了那么一顿毒打。公园里的那些鬼牌支持的是个骗子。这个混蛋是个王牌，而且是个疯子。

他是个该死的大人物，跟钦天士一样，操控别人帮他干脏活，而他自己的手一直是干净的。斯佩克特紧咬着牙。他之前也被哈特曼的花言巧语骗了。他可不喜欢像个傻子一样被人戏弄。暴怒让他体内的痛苦沸腾起来。他必须做点什么，就做他被人雇佣来做的那件事。

塔基扬大概没什么用。他太他妈的自大了，觉得撤回自己的支持就已经足够了。真是个可怜的小蠢蛋。像往常一样，只治疗症状，不根除疾病，实事都丢给别人去干。

斯佩克特太愤怒了，他完全没在意塔基扬是多久之前离开参议员办公室的，但是他听到哈特曼在旁边那间房里走来走去。现在这里没多少特勤局特工，正是对付这个家伙的好时机。斯佩克特调整好衣服，进入走道，踱着步来到哈特曼门口。他的手刚放到把手上就听见有人在喊。

“你是谁?”

斯佩克特像触电了一样把手从哈特曼的门上移开，他转身面向那个声音的来源。是杰克·布劳恩，黄金男孩看上去疑心重重，不太高兴。斯佩克特想都没想，直接跑路。他听到身后传来沉重的脚步声，杰克在追他。

斯佩克特沿着走道全速狂奔，拽开了楼梯间的门。他刚想进去，就被人抓住了小臂。一个金发高个子特勤局特工想要把他按在墙上。斯佩克特弄掉了对方的眼镜，对准了他的双眼。为什么这些从希特勒青年军里逃出来的家伙就不能让他一个人待着呢？这个死去的特工刚刚倒在地板上，黄金男孩就进电梯间了。

♥

杰克坐在楼下的哈特曼总部里吃比萨，等待塔基扬跟哈特曼的会面结束。气氛总体上来说还算喜气洋洋。哈特曼只剩不到100票，就能达到赢下提名所需的2082票，而且看起来就算有一整排的秘密王牌倾尽全力也无法阻止他的势头。飞行王牌滑翔机在房间里上下翻飞。艾米·索伦森坐在角落里跟路易斯·曼克斯曼聊着笑着。就连查尔斯·德沃恩也偶尔会允许自己从阴沉的自我涉入中脱离出来，享受片刻的快乐。

但是，杰克还是担心。他得跟塔基扬谈谈。巴奈特可能会动用些孤注一掷的方式，哈特曼的安保人员必须有所准备。他吃完比萨穿过房间去找正在和记者聊天的艾米。“打搅一下，”他说，“参议员跟塔基扬聊完了吗?”

艾米抬起头看着他，脸上带着轻松的微笑。“塔基扬？他可能还在上面，我也不知道。”

“谢谢。”艾米似乎没想到这段对话会如此短暂。杰克转身快步走向门口，正好碰上比利·雷，他手上抓着餐巾纸，正试着擦干净他白衣服上沾着的番茄酱和奶酪。

杰克坐着电梯来到哈特曼那一层。一个看起来平凡普通，脸上有痘疤的男人正试着打开哈特曼的门。杰克心里立马警铃大作。他加快脚步。

“嘿！”杰克说，“你是谁?”

男人吃惊地抬起头，接着拔腿就跑。

杰克自己也愣住了，差点停下了脚步，他立刻想起来自己必须追上去。他脚趾踩上地毯，猛冲向前。

这一个，他心想，绝对不能让他跑了。那个男人正跑向走道上唯一的楼梯间，亚历克斯·詹姆斯守在那里。亚历克斯加上杰克，这家伙不可能逃得掉。

这个入侵者全速猛冲向楼梯间的金属门，一把把门拉开，安静的走道里回荡着嘭的响声。门又被关上了。除了耳朵里的风声，杰克还听到了混战的声音。

随后他听到一声尖叫。

冷至骨髓的哀号，恐惧和绝望的终极声音，听到这一声之后杰克全身的神经都被点燃了。

尖叫声消失了。

杰克一路狂奔，像个奔向二垒的跑垒员，双手抓住了门闩。门在轰隆的响声中打开，却又停了下来，杰克猝不及防，一头撞了上去。他咆哮着把门直接卸了下来，他的力量闪烁着明亮的金光，照亮了走道。

亚历克斯·詹姆斯躺在地上，脸上是发出最后尖叫时龇牙咧嘴的模样，手放在手枪尾部。杰克看到那张脸时，刺骨的凉意窜上脊柱，他第一次意识到这位刺客可能是个百变王牌。

算他倒霉，杰克说。

这一次一定不能大意，他不打算让这个刺客像驼背一样从他手头溜走。

楼梯间里响着脚步声，刺客已经到了第一段楼梯的最下面，抓着金属扶手准备转弯了。他一次跨四五级台阶向下跑时杰克瞥到了那张长着痘印的苍白脸庞和乱糟糟的头发。他并没有跟着追下去——他只是撑着自己越过扶手，直接落在了第二段楼梯的最下面。

他落下去的时候刺客正好就在他下面——杰克下去的时候飞起一脚，正中对方体侧，刺客撞上了墙壁，倒在地上。杰克轻巧地落地，转身看向对方的脸，那张脸上既震惊又痛苦，想要从沾着污渍的水泥地上站起来。

胜利就像一阵热风，吹过杰克的心头。他跳到刺客面前，双脚站好，击出一拳。

男人看到这拳的来势，想要扭头避开，但杰克还是打中了他下巴的一侧。血雾洒在毛面混凝土墙壁上。刺客连撞两面墙后，从楼梯上滚了下去，一路滚到底，侧躺在下一段楼梯的平台上。杰克的腿又动了起来，猛地向下冲，再用手掌撑地，落在杀手所在的平台上。

他站直身体，甩掉指关节上的鲜血，但心脏还在狂跳。刺客一动不动。杰克小心地走过去。

他的脚踩到了什么东西，发出嘎吱一声。杰克抬起脚，看到是刺客的一颗牙。

杀手残破的脸上血流如注，楼梯上都是血。碎裂的下巴仅仅依靠着一条皮肤，与脸部勉强相连。他真的需要时间来适应严重暴力所带来的结果，但他并没有这个时间。他上一次跟人打架还是一叠纸牌在巴黎的时候。

他跪在男人旁边，看着血迹斑斑的脸。也许他以前见过这个男人。

杀手睁开眼睛，与杰克四目相对。

死亡从男人的眼睛里溢出，抓住了杰克的心。

♣

到处都是血，全都是他自己的，斯佩克特抓住脱臼的下巴，深吸了几口气，把它推回了本来的位置。他眨着眼睛忍住眼泪，但是灼热的痛苦还在。他缓慢地站起来，靠在水泥墙上。

黄金男孩不动了，而且似乎也没了呼吸。斯佩克特从来没想过自己能伤到布劳恩，更不要说杀死对方了，但是他很高兴自己错了。不过现在不是骄傲自满的时候，他必须走了，这场打斗时间很短但是声音很大，特勤局的人随时会过来。

他单手脱掉鞋子，开始向下走。一级、两级。他必须不停地走，走到都数不清走了多少层才算走得够远。那些人可以检测地上的血，然后发现他是个王牌，一个杀手王牌。他用拇指和食指按压着撕裂的脸颊边缘，血肉已经开始自行修复了。现在有十级台阶了吗？那是多少层？

他上方有个楼梯间的门开了。斯佩克特立马贴着外墙向下走。他知道上面有人，正在上上下下地看着，寻找放在扶手上的一只手或者某个盯着门看的人。他不打算犯这个错误。但是他下一步能做什么呢？1031 的钥匙他还带在身上。这种做法很冒险，但是他想不到其他办法。

他的体侧快痛死了。黄金男孩弄断了他的几根肋骨。不过斯佩克特还能正常呼吸，至少肺没有被肋骨戳破。

他停在十楼，脱掉了外套。下巴已经完全跟头骨连上了，这很不错，不过反正他短时间内也不用说话。斯佩克特用外套内衬擦掉脸上和脖子上的血，有的已经干了，他只好用指甲刮下来。

上面传来了人声，还有快速的脚步声。斯佩克特不知道跟自己距离有多远，甚至不知道那些人是不是在往下走。不过要是还待在这里，也就离死不远了，这点他是确定的。他冲着掌心吐了几口口水，擦擦脸，想把残余的血迹全都弄掉。他的下巴还是有种在被马戏团里的大力士向下拉扯的感觉。

斯佩克特重新穿上鞋，打开门来到走道上，确保门是轻轻关上的。他把外套搭在胳膊上，这样就看不到血迹了。他缓慢地走向露天中庭，休息区域的人比走道多，但是似乎没有人注意到他。他咳嗽了一声，一点干涸的血块从喉咙后部掉了出来。栏杆旁边有个男人转过头来瞥了一眼，然后继续抬头看着通风井。

“黄金男孩。”男人颤巍巍地用手指着，醉醺醺地说。斯佩克特目视前方，加快了脚步。他的眼角看到有东西在动。是黄金男孩的滑翔机，盘旋着缓慢落向一楼。斯佩克特知道微笑的时候会很疼，所以他没有尝试。他杀了布劳恩和钦天士，这个世界上还有谁能做到？要是他足够接近哈特曼，这位参议员是不是王牌都不重要——斯佩克特同样能把他拿下。

他来到走道上，走向 1031 房间。他又逃脱了，感觉就好像有人在旁边帮助他一样。也许是上帝，想要补偿他这么多年的狗屁日子。继续啊，斯佩克特心想。他把钥匙插进槽里，等待绿灯亮起，然后进去了。

♠

“机票上的名字是乔治·科尔比。”

阿克罗伊德说出这个名字的时候声音已经成了尖叫。塔基扬把钥匙从门上拔下来，装进口袋。他进门的时候正好听到海勒姆嘟囔着：“机票上是鬼魂的名字。”

阿克罗伊德的声音，“对，一个鬼魂，一个死去的幽灵。”

“詹姆斯·斯佩克特！”海勒姆说道。

“而且两个乔治·科尔比都死而复生了，”杰说，“她雇佣了那个狗娘养的死亡。”

他们都背对着外星人，都没注意到他悄无声息地走进来了。

“我们必须告诉他们。”海勒姆说。他穿过房间，拿起电话，打给了接线员。“帮我接特勤局。”

最后他们终于注意到他了。海勒姆恐惧地盯着塔基扬，阿克罗伊德则用蛇一般的眼神朝向他。

“不……不是真的，对吗？”海勒姆绝望地说，“告诉我这只是个可怕的错误，格雷格不可能是……”

他的梦醒了，信仰粉碎了，心中满是惋惜。“海勒姆，”塔基扬轻柔地说，“可怜，可怜的海勒姆。我看到了他的心。我触碰了玩偶人。”惨状再次涌上心头，塔基扬一阵颤抖。“比我们想象的要糟糕一千倍。”

塔基扬双腿的力量像是被抽走了，他瘫坐在地毯上，双手捂住脸，开始哭泣。就在他痛苦万分的时候，他听见海勒姆说：“上帝，请原谅我。”

他为什么要原谅你？我应该能看出来的。二十年！我应该能意识到的。我应该能察觉到的！

极度痛苦的啜泣让塔基扬胸口发痛。他才意识到他一时间头晕目眩，是要陷入歇斯底里之中了。于是他冷酷地控制住自己，啜泣也逐渐缓解了。

“我们怎么办?”海勒姆问道。

“揭发他。”杰说。

塔基扬跳着站起来。“不行!”他说，“你疯了吗，阿克罗伊德?公众永远不能知道真相。”

“哈特曼是个怪物。”杰抗议道。

“没人比我更了解这一点，”塔基扬说，“我在他心灵的下水道里游过泳。我感觉到了住在他心里的邪恶，玩偶人。它触碰了我。你们根本无法想象那是什么感觉。”

“我不会心灵感应，”杰说，“你去告我好了。我还是不会帮你洗白哈特曼。”

“你不明白，”塔基扬说，“近两年来，里奥·巴奈特不停地向公众灌输百变王牌暴力有多可怕，煽动民众对王牌的恐惧和怀疑。现在你认为我们应该告诉所有人他说的全都是对的，确实有个怪物般的秘密王牌推翻了政府，你觉得公众会做出什么反应?”

杰耸肩。“那就是巴奈特当选，没什么不得了的。一个右翼傻子会在白宫里待四年。里根还待了八年呢，我们也撑过来了。”

塔基扬被这番愚蠢的言论震惊了。“你完全不知道我在哈特曼的心灵里发现了什么。谋杀、强奸、暴力。他待在他那张网的中心，而玩偶人拉着线。我警告你，如果整个故事为人所知，公众的厌恶反感会激起腥风血雨，相比之下，50年代的迫害根本就是小事。”外星人疯狂地做着手势，“他杀掉了他自己未出生的孩子，然后尽情享用死亡的痛苦和恐惧。他的玩偶有……王牌、鬼牌、政客、宗教领袖、警方，都是蠢到会去触碰他的人。如果他们的名字被公众知道了——”

“塔基扬。”海勒姆·沃切斯特打断了他的话，他的声音低沉，但是每个音节里有蕴含着痛苦。

塔基扬愧疚地瞥了海勒姆一眼。

“告诉我，”海勒姆说，“那些……玩偶。我……我是……其中……”他说不下去了，后面的话哽在喉咙里。

塔基扬轻快地点点头，幅度很小。一滴眼泪从他的脸颊滚落，他转过身去。

塔基扬听到海勒姆在身后说道：“这事情荒诞离奇，甚至可以算是有些好笑。”但是他没有笑。“杰，他说得对。我们必须保守这个秘密。”

塔基扬回身的时候看到阿克罗伊德一会儿看海勒姆，一会儿看他，这位侦探眼神苦涩。“你们想做什么就做什么，”他说，“但不要期望我会给那个混蛋投票，即使我注册了，也不会投他。”

塔基扬突然意识到这件事情太重要了，不能只是这样随口说说。“我们必须发誓。”塔基扬说，“庄严地宣示，倾尽我们的全力阻止哈特曼，并且将这个秘密带进我们的坟墓里。”

“哎呀，放了我吧。”杰抱怨道。

“海勒姆，杯子给我。”外星人突然说道。海勒姆把喝了一半的杯子递过去，塔基扬把里面的酒水倒在地毯上，弯下腰从靴子的刀鞘上抽出一把长刀，举在被迷住但又被吓到的人类们面前。“我们必须用血与骨起誓。”

他因汗液而湿滑的手抓住刀鞘，狠狠划过左手手腕。他很高兴自己的唯一反应是几乎轻不可闻的吸气声。也许地球并没有像他忧心的那样，让他变得过分软弱。塔基扬将伤口置于杯子之上，直到里面积攒了一英寸深的血，然后用手帕绑住手腕，将刀递给阿克罗伊德。

侦探看着刀。“你是在开玩笑吧。”

“不是。”

“改成尿在里面行不行？”杰建议道。

“血液才是纽带。”

海勒姆走上前来。“我愿意做。”说完，他接下了刀。他耸动着肩膀脱掉了白色亚麻外套，卷起袖子，划了一道。痛苦袭来，他倒吸一口气，但是手上并没有犹豫。

“太深了。”塔基扬低声说。伤口很深，足以对人造成危险。是不是哈特曼的背叛让海勒姆过于痛苦，甚至想要选择自杀？海勒姆龇牙咧嘴地把手放在杯子上。红线向下爬行。

塔基扬眼神严厉地看着阿克罗伊德。

杰重重叹了一口气。“所以如果说你们两个是哈克和汤姆，那我猜我就是黑鬼吉姆[1]，”他说，“这些都结束之后请提醒我去检查一下脑子。”他拿起刀，刀锋划过皮肤时他尖叫起来。

塔基扬从大汗淋漓的杰手上接过杯子，轻微摇动，让三个人的血液混合起来，高举过头顶，以塔基斯语吟诵。“我用血与骨发誓。”他说完了之后仰着头，一口喝掉了杯子里的三分之一。

塔基扬把杯子塞给了海勒姆。两个人类看起来都被恶心到了。

“我用血与骨发誓。”海勒姆吟诵道，然后按照仪式流程喝了一口。

“能不能允许我在里面加点辣椒酱，再来点伏特加？”杰从海勒姆手里接过剩下的最后一点。

阿克罗伊德的俏皮话塔基扬已经听腻了。“不能。”他语气僵硬地回复道。

“可惜，”杰说，“我一直都喜欢喝血腥玛丽。”他举起杯子，低声说：“血与骨，”一饮而尽。“美味。”他喝完之后说道。

---

① 这三位人物出自马克·吐温的两部小说《汤姆索亚历险记》和《哈克贝里费恩历险记》，汤姆和哈克原本是冒险的伙伴，后来哈克被嗜酒如命的父亲强行带到另一个城市，哈克为了追求自由而离家出走，路上遇到了因为害怕再次被卖而逃跑的黑奴吉姆。两人结伴前行，经历了种种奇遇。这里用汤姆、哈克和吉姆来形容三人或许是因为汤姆和哈克算是主动冒险，而黑奴吉姆是不得已。

“完成了，”塔基扬说，“现在，我们必须制定计划。”

“我回欧姆尼，”海勒姆表示，“我是最早支持格雷格的人之一，我敢说我在纽约代表团里还是有些影响力的。我可能可以搞出点动静。无论付出什么代价，一定不能让他拿到提名。”

“同意。”塔基扬说。

“我真希望我多了解杜卡基斯一点……”海勒姆说道。

“不是杜卡基斯，”外星人说，“杰西·杰克逊。他自始至终都在讨好我们。我会跟他谈的。”他紧紧握住海勒姆的手说。“我们能做到，我的朋友。”

“真棒，”杰说，“所以小格雷格当不了总统，这是大事。那些受害者呢？女巫、蝶蛹，还有其他那些。”

塔基扬瞥了他一眼。“没有蝶蛹。”他才想起来他居然忘记告诉他们了。

“什么？”杰嘶哑地问。

“他威胁了蝶蛹，没错，”外星人说，“他的手下将女巫折磨至死时他强迫她和挖掘者旁观了，但是他并没有兑现过他的威胁。他星期一早上听到她的死讯时，跟所有人一样吃惊。”

“他妈的胡说，”杰说，“你搞错了。”

塔基扬怒气冲冲地站直身体，鼻孔收紧。“我是塔基斯星的超能力贵族，训练我的是伊尔卡赞家族最优秀的心灵控制者们，”他说，“他的心灵就是我的，我不会搞错。”

“他派麦基去追杀挖掘者！”杰争辩道。

“他还派怪人去取可以判他有罪的夹克，并将其摧毁。基本正确。他听说蝶蛹被杀之后，采取了一些措施来保护自己。但是蝶蛹的死并不是他下的手。”塔基扬一只手放在杰的肩膀上，“我很抱歉，我的朋友。”

“那他妈的是谁干的？”杰质问道。

“我们没时间争论这个了，”海勒姆不耐烦地说，“那个女人已经死了，不管我们现在——”

“安静点。”杰急切地说道。

屏幕闪烁起来，开始播放新闻快报。“……会场上传来悲剧，”一个严肃的播音员说着，“哈特曼参议员没有受伤，重复，没有受伤，但是根据可靠报告，某位王牌杀手可能在接近参议员的过程中杀害了其他两个人，我们还在等待最终的确认，但有非官方的消息指出两名被害人是特勤局派给哈特曼参议员的特工亚历克斯·詹姆斯——”死者的照片出现在屏幕上，播音员肩膀上方的位置。“——另一个是哈特曼加州代表团的主席，王牌杰克·布劳恩。充满争议的布劳恩，曾经出演过许多电影和电视剧《人猿泰山》，更为人所熟知的名字是黄金男孩。很多人认为他是世界上最强壮的人。布劳恩第一次成为公众关注的对象是在……”

杰克的照片出现在屏幕上，播音员还在继续说啊说。杰克穿着旧式的工作服，歪着嘴微笑，身边环绕着金光。他看起来年轻、有活力、不可战胜。

“哎，杰克。”塔基扬说，三十多年来，他一直希望杰克早日归西，甚至醉酒之后很多愤怒的梦境里也有这个情节。现在成真了，他心里的一小部分却也跟着死了。

“他不可能死的！”海勒姆狂怒地说道，“我昨天晚上刚刚救了他的命！”电视机从地毯上飞了起来，刮擦着天花板。“他不可能死的！”海勒姆坚持道，突然间电视掉了下来，撞上地面，显像管炸了。

“他不会白白死去。”塔基扬说。这么说有什么意义吗？他觉得没有。但是他想说些什么，确定自己还活着。塔基抓着海勒姆的胳膊。“来。”他说。

◆

杰克从来不曾想过世界上竟有这样的痛苦折磨。从头到脚，每一根神经、每一块肌肉、每一平方毫米的肌肤，都宛如烈火灼烧。他的大脑一片明亮，心脏是爆炸的涡轮泵，眼睛似乎在融化。他身体的每个细胞都着火了，每串都反抗着遗传密码。

黑桃皇后，杰克知道了。不知道怎么的，他刚刚感染了黑桃皇后。

他能感觉到身体为了对抗剧痛逐渐封闭起来了。一点一点地、一个器官接一个器官地，就好像有个人关掉了大楼里的所有断路器。

疼痛停下了。

他看到自己蜷缩在地上，脸上定格着无声的震惊表情。刺客只能勉强移动，但还是成功脱下了他的衣服，包在头上，止住了破碎下巴所流出来的鲜血。“嘿，”杰克说着，想要抓住那个家伙，“停下！”不知道怎么的，那个刺客爬走了。

“哟，农场男孩。”

这是厄尔·桑德森的声音，杰克惊讶地抬起头来。厄尔看起来比杰克最后一次见他时年轻，刚刚从罗格斯大学毕业的年轻运动员，穿着老的陆军航空团工作服，上面的徽章被拿走了。他的皮质飞行夹克上还有 332 战斗机大队的标志。他还戴着黑色贝雷帽，系着长丝绸围巾。黑鹰奖学金获得者、运动员、民权律师、王牌……也许还是杰克最好的朋友。

“嗨，厄尔。”杰克说。

“伙计，你太慢了，”厄尔说，“我们现在准备从这里飞出去。”

“我不会飞，厄尔，我跟你不一样。”

“慢，农场男孩。”厄尔咧嘴笑着，“慢。”

两人都开始飞行时杰克略微有些吃惊。万豪消失了，他们正在空中，飞向太阳，阳光变得越来越明亮。

“嘿，厄尔，”杰克说，“这是怎么回事？”

“你迟早会明白的，农场男孩。”

阳光几乎让人目眩，之后黄光变得越来越白，所有的颜色都褪去了。杰克看到还有其他人，第五师和朝鲜战场的人，他的父母，他的哥哥。他们全都在空中飞行。布莱思·范·伦斯勒靠近他，冲他害羞地一笑。

“要命。他是心搏停止，”她说，“心电图是平线了。”

“嗯？”杰克看着她。

身穿一件白色亚麻西装的阿奇博尔德·福尔摩斯自信地大步走过来，他点燃一根烟，放在烟座上。

“嗨，福尔摩斯先生。”

“好，”福尔摩斯说道，“我已经在他喉咙插好管子了，袋子呢？”

“他为什么一会儿亮一会儿不亮的？”布莱思问道。

“控制不了，真的。”杰克耸耸肩。

“上氧气，”福尔摩斯说，“我打算顺着气管导管打点肾上腺素，马上给我拿一毫克阿托品。”

杰克左右看看，发现厄尔正跟一个长腿的女人手牵着手，她乱蓬蓬的金发遮住了只眼睛，穿着带垫肩的衣服，显得肩膀宽阔。

“你肯定是莉娜·戈尔多尼，”他说，“我见过你的照片。”

“纤维性颤动。”莉娜说。

“慢，”厄尔摇摇头，“农场男孩太慢了。”他的围巾在无形的风中飘动。

杰克才意识到四王牌的成员都在这儿了，除了大卫·哈恩斯坦，他开始想他是否应该为曾经的所作所为道歉，是他摧毁了他们所有人。但是他们似乎都很高兴见到他，于是他决定不提往事。

越来越多的人围在他身边，有的他都不记得了，甚至连黑猩猩切斯特也来了，他在《人猿泰山》里跟杰克演过对手戏，现在正坐在某个人的肩头。

“给他300焦耳，”这只猿说道，“心肺复苏停下，让开！让开，该死的！把你的手从金属栏杆上放下来，行吗，露易丝？”

光芒变得更亮了。那些光线在他们周围绕圈，就像是隧道的墙壁，感觉伸手就能碰到。杰克感觉到自己在加速冲向光源。他开始听见有人唱歌，一百万个声音因为欢愉而高声歌唱。

光芒更近了，不只是白色的光，而是圣洁的白光。杰克的心都提起来了。他开始明白了厄尔想让他明白的是什么。

“360！”猿尖叫着，“让开！让开！”

杰克伸直胳膊，准备跳入白光的中央。突然间，他似乎犹豫了一下。他慢下来了。他绝望地试图再次加速。他想要飞得更远。

他意识到白光正看着他。

“真是个窝囊废，”白光说，“把这个窝囊废弄出去。”

杰克咳嗽着睁开了眼睛，看到一群人弯腰看着自己，他认出来这些男男女女都是特勤局派来负责保护格雷格·哈特曼的，紧急医疗器械是随身携带的标准配置。他感觉腹腔神经丛很痛，而且一直咳嗽个不停。杰克越过这些人的头，看到了沾血的水泥墙和陡峭的楼梯。

“正常窦性心律，”有人说道，“也有脉搏，有血压。”他用阿奇博尔德·福尔摩斯的声音说道。其他人欢呼了一下。

一个高大的棕发女人正对着对讲机说话。“救护车正在赶来。”是布莱思的声音。

“我搞砸了。”杰克想这么说，但是他喉咙里插着管子，没办法说话。“我又搞砸了。”他实在太虚弱，什么情绪都感觉不到。

救护车来了，医护人员把他抬走了。

晚上8点

他控制住自己了。一个小时前的情绪崩溃已经过去了。杰克死了，跟他所认识的那个格雷格·哈特曼之间的友谊也死了，蝶蛹死了。很好，就这样吧。他现在能控制住自己。他得去做必须要做的事情。

但是却碰上这些多管闲事的傻瓜，非要跟他争执。这些人一个个嘴巴动个不停，鲜红的牙龈和舌头，黑色和白色的面孔。

“我跟你说了牧师现在正忙着。你没有预约。”黑人助手耐心地说道，好像是在跟智障儿童解释加法。

“他会见我的，我是塔基扬。”外星人同样耐心地解释着，语气居高临下。

“去打电话，利用合适的渠道。”直箭冷静地说。

“我没时间通过合适的渠道联系他。”塔基扬断然说道。他的控制力正在离他而去，就像是飞蝇钓上飞出的线。

“很晚了。”助手说。

套间的门开了一点。塔基扬判断了一下这两个比他高大的男人中间的空隙。他应该能过去。于是他像一条鱼似的冲入空隙，钻进了门里。“嘿！”

喊声。一大堆人向他冲来。电话惊声响着，电视机把电子垃圾倾倒进拥挤的套房里。

“让开！都给我让开！他在哪里？我必须见到他！”他听到了自己刺耳的声音。

“你不能就这么进来——”直箭喊道。

赶来的众人抓住了他的胳膊和腿，把他整个人都抬了起来。塔基扬愤怒地尖叫着，在这些人的钳制下扭动挣扎。他在疯狂地用心灵控制这些人，感觉到那些人松动了一点，不过又有新人走上前来替代那些被他弄晕倒地的人，于是他又被紧紧抓住了。

卧室的门被猛地打开，砰的一声撞上了墙。杰西·杰克逊手上抓着老花镜，瞪视着他的支持者们，吼道：“把他放下来！”

杰克逊最年长的两个儿子把愤怒的手下们向后推，而永远得体、永远冷静的杰克·杰克逊本人帮着塔基扬整理外套。现场逐渐恢复了秩序。杰西·杰克逊冲着塔基扬挥手示意，带着他走进卧室。门关上了，可怕的噪声和好奇呆滞的脸庞都被挡在了外面。

“给。”塔基扬睁开眼睛。杰克逊将一个倒满苏格兰威士忌的酒店杯子递到了他的鼻子底下。“你真是喜欢闪亮登场，对吧，医生？你就不能打个电话来要求跟我见面？”

塔基扬用一只手挡住眼睛。“我没有细想。”靠在墙壁上的他撑了自己一下，摆正肩膀站直起来。“召开记者招待会，牧师。你刚刚成为百变王牌受害者们最新最棒的希望。”

杰克逊似乎说不出话来，他的手拍拍大腿，然后在狭小的房间里快速走了几个来回。

“为什么？”他的语气和表情同样冷酷。

“我再三考虑，最后觉得你那番话说得很有道理。”

“胡说。你像个疯子似的跑进来。你颤抖得就像一片树叶……”塔基扬绝望地紧扣住双手，想要稳住出卖了他内心的颤抖。“出什么事了？”

塔基斯星人胡乱挥舞着一只手。“我准备给你的东西你到底要，还是不要？”

“要，但是我必须知道理由。”

“不行。”

“好吧，听着医生，你肯定得跟媒体说点什么，最好先对着我练习一下。”

这间房里的大床是精心制作的四柱床，带有罩盖。塔基扬双手抱住一个角上的木质床柱，额头靠在木头上。他用毫无起伏的单调声音陈述道：“有充分证据证明格雷格·哈特曼心理不稳定。虽然每个人都希望 1976 年的悲剧再也不会出现在参议员身上，但是我认为今天早上的各种事情严重影响了候选人，老实说，我不能再帮助这位先生获得民主党的总统候选人资格。”他放下双手，面向杰克逊。“就这样，可以吗?”

杰克逊用食指摸摸胡子。“嗯，我觉得大概可以。”他眼神严肃地俯视着小个子外星人，“你完全明白你所做的这些会带来什么后果?”

“嗯，明白。”这几个字仿佛一声叹息。

“而你还是要这么做?”

“我坚持要做。”塔基扬走向门口，又抓着把手，回过头来看他。“我将我的人民交给你，牧师。你最好不要让我的信念落空。”

晚上10点

“心理不稳定。”一头红色长发的小个子男人在电视屏幕里说道，他身边站着一个满脸笑容的高大黑人，背景墙被他挡住了一点，能看见的部分一边写着杰，一边写着逊。“我担心今天早上的悲剧事件已经让格雷格·哈特曼参议员不堪重负。”

“你这个混蛋，混蛋!”麦基·梅塞尔尖叫起来，对着屏幕喷出油炸猪皮的残渣。他皮包骨头的扭曲身体几乎从整洁的酒店床罩上飘起来，就像是磁力场里的超导体。

猪皮尝起来主要是盐和油脂的味道，失败尝起来像屎。

老大没有赶他走。他允许他留下，他就在待在一间偷来的房间里，还偷到了猪皮——*有趣的是，酒店不管怎么客满，终归会有空房，当然，这是在你能穿墙而过的前提下。*

很近了，麦基能感觉到，他总能感觉到自己快要被抛弃了。他体验过很多次。

塔基扬直直地盯着镀银的光芒。它似乎要把他的眼睛推回到幽深的坑洞里。

“我不再信任哈特曼参议员的能力，我认为他不适合代表民主党，也不适合担当总统候选人或者总统。因此，我已经决定支持杰西·杰克逊牧师，他承诺了会帮助鬼牌……”

帮助黑鬼！外星混蛋背叛老大，去支持丛林里来的野蛮人！而麦基，本来应该至少杀掉那个给老大找麻烦的金发婊子，但是他却搞砸了。

他毫无价值。他活该被老大抛弃，就像他活该被妈妈抛弃。他啜泣着从像糖果纸一样包得紧紧的床罩里抽出枕头，盖住了脸，好像这样就能阻止眼泪流下来。

晚上 11 点

电话响了，塔基扬瞥了一眼睡着了的杰，这位侦探一动不动。他不仅仅是在睡觉，而且是精疲力竭之后陷入了几乎无意识的状态。塔基扬盯着他，心里满是苦涩的嫉妒。他也疲惫不堪，但是内心焦躁，无法休息。喝掉了杯子里的最后一点白兰地之后，他伸手抓住了听筒。

“你好。不。我不接受采访——”

“塔基扬医生，这里是前台。伟大而强力的灵龟正在大门口盘旋，他找你。”

“跟他说我很忙。”

“但是——”

塔基扬把听筒放下，继续喝酒。几分钟之后，电话又响了。

“听着，该死的！过来见我！我们得谈谈。”

塔基扬在想汤米打这通电话时把他的龟壳停在哪里了。“不行，汤米。”

“你欠我的。”

“不行。”

他挂了电话，又喝了一杯酒。

就在这个时候火箭爆炸般的声音响起，玻璃碎片飞进了房间。塔基扬恐惧地高喊一声，用胳膊护住头。闪光的裂片纷纷落在地毯和家具上。巨大的黑色龟壳遮蔽了星星的光芒。走道上传来困惑的喊声。

“你挂了电话，我只好过来走一趟。”

“哎，汤米。”

“走吧，我们得谈谈。”

“我不能走。”

他被灵龟的力量抓住了，将他扔出碎裂的窗户，然后在距离人行道三百英尺的高空把他接住。“你能。”

塔基扬俯视着身下的房顶和驶过的车辆，强行忍住。“好吧，我能。”

灵龟轻轻将他放在龟壳圆形的后部。塔基扬找了个地方抓住，他喝醉了，没东西抓就保持不了平衡。

“为什么，塔基？”

“我不得不做。”

“再有一场投票，我们就赢下来了。”塔基扬保持沉默，“听着，该死的，跟我说说。”

“我不能说。”

“你不能说。”汤米用爱抱怨、神经质的语气模仿道。

愤怒搅动着他心里的疲惫。“听着，汤米，有什么问题吗？哈特曼支持的东西杰克逊全都支持。”

“杰克逊不可能当总统。”

“你怎么知道？”

“杰克逊是个支持鬼牌的黑人！”

“我认定他是代表百变王牌利益的最佳人选。”

“你，你认定？就这样。好吧，那我们其他人呢？”

“你认识我二十五年了，你必须相信我。”

“相信你。但你背叛了我们。你知道你了什么。你把提名拱手让给巴奈特了。”

“不，我没有！你很了解我的，应该知道我做事总是有可靠的理由。”

“那就告诉我他妈的理由是什么！”

“不行。”塔基开始哭泣。

“操，你喝醉了。”

他们掠过一个个房顶、亮着灯光的窗户和飞檐。欧姆尼会展中心弯曲的顶部出现在了眼前。一片黑暗之中，数千个亮光在这座绵延向外的建筑底部闪烁。塔基扬眨着眼睛，挤掉眼中聚集的泪水，意识到鬼牌们在这里创造了一片沉默的海洋，一千根蜡烛的光芒照亮了众人的面具和畸形，他们就站在那里安静地守夜。

“看看他们。好好看看他们。你打算怎么跟他们说，塔基？相信你？等到他们被军队包围的时候还会相信你？”

“不会到那一步的。”

“万一到了呢？”

“这不会改变我今天晚上做出的决定。”

这句话让灵龟品出了傲慢的意思，所以他立马就情绪失控了。“我的天呐，你他妈的以为你是谁啊？”一些戴面具的脸庞好奇地抬起来，看向他们。

塔基扬的脾气也上来了。“我是提西阿纳·布兰特·特萨哈·塞克·哈利马·塞克·拉格纳·塞克·奥米恩，伊尔卡赞家族的王子！我做的事，都有合情合理的原因，不准置疑我！”

“我他妈的不是你的奴隶！”

“对，但你是我的血脉，是我正式收养的。你是我的血与骨，你和你的子子孙孙都永远属于我的家族。别忘了你的身份！”他嘶声说道。

“去你的！你去死吧！我们对你来说只是玩物。自始至终都是这样。是你伟大实验的小白鼠而已！”

他们现在正飞过皮德蒙特公园。灵龟像块石头般直线下坠，同时用念力抓住塔基扬，把他放在一个喷泉旁边的台阶上。

“最后一次，塔基扬，回答我。”

“我不能回答。”

念力猛然出击，狠狠打中了他的脸，他向后倒去，重重撞上了体侧。他挣扎着想要用一只手肘将自己撑起来。灵龟俯冲下来，水浪涌起，塔基扬什么都看不见了。他轻轻地摸向肋骨，发现只是裂了，并没有骨折。灵龟盘旋了片刻然后突然向上冲去，消失在了公园的树木之中。

塔基扬明白这一次攻击的象征意义。1963 年 12 月。喷气机小子之墓的阶梯。“你他妈的根本不关心任何人。”

“我关心，我做这个是为了保护你，因为我爱你。他是个能穿墙而过的杀手。而且我还发了誓。”

不过灵龟提起了一个可怕的幽灵——巴奈特——他可能当上总统。塔基扬阻止了哈特曼，现在他必须阻止巴奈特，而且他需要杰克的帮助。

♥

救护车送杰克到医院时他感觉状态还行，就是比较虚弱，院方以为他是心脏病发作，所以给他做了一系列检查。他太疲惫了，也就没抗议，但是他们后来又宣布检测结果全部呈阴性，还得做个脑扫描来确定有没有什么大脑病变的迹象，这个时候杰克的力量已经恢复了，所以他坚决反对。他说，伤他的是一种王牌能力，但是他挺过来了。其实他身体上没有什么问题，就是脑海里经历了些可怕的事情。

医生们妥协了，只要求今晚杰克留院观察。护士走了没几分钟，他就打电话给了比利·雷，描述他见到的那个男人和他的能力性质与范围。

“他在为巴奈特工作，”杰克说，“他还有另外那个，皮衣男孩。”

“我会转达你的怀疑的，”雷说，“另外，那个伤你的人，我们猜他叫詹姆斯·斯佩克特，也就是死期。他还有点名气。你得戴上墨镜，这样他就不能对上你的眼睛了。”

“跟参议员说啊，要命。现在有两个王牌要对付他。”

“参议员还有其他的事情要考虑，小杰克。塔基扬和鬼牌转而支持杰西·杰克逊了。”

“什么？”杰克在床上坐得笔直。

“那个该死的外星混蛋。”

“这是什么时候的事？”

“大概就在某个黄金窝囊废在楼梯间里被人暴打的时候。等会儿再跟你说，再见混球。”

杰克挂了电话，盯着角落里那台屏幕全黑的电视机看了好一会儿。

屏幕上空洞的颜色就像斯佩克特的眼睛。一股寒潮顺着杰克的脊柱向上涌动。

然后他想到了，秘密王牌。秘密王牌——该死，里奥·巴奈特，对就是他——巴奈特不知道用什么方法搞定了塔基扬。也许是通过弗勒。弗勒跟他独处一室，然后巴奈特用什么力量搞定了他。

杰克从床上滑下来，从柜子里找出他血迹斑斑的衣服，开始一件件穿上。

他现在独自一人，他知道他要做些什么。

♣

塔基扬的拳头捶着护士站。痛得要命，但是他似乎不打算停下来。

“你们怎么能放他走？怎么可能？我要见他。我必须见他！”

“医生，”一个苗条的黑人护士轻柔地说道，“我会打电话给精神病区的英格利什医生——”

“我不……需要……精神病医生。我需要……布劳恩先生。”

“呃他……不在……这里。”护士学着塔基扬的口吻，清晰小心地回答。

一只手牢牢抓住了他的手肘。“舞者，过来。”塔基扬被拽着转过身，这个暴力的动作让他呻吟了一声。波利亚科夫依然抓着塔基斯星人的手肘，手指紧握着关节，塔基扬只好温顺地跟着他走。

“我们从新闻报道上看到你终于恢复理智了。”他们走出医院之后格奥轻声说道。

“我们？”

他招来一辆出租车。“还有萨拉，我在照顾她。”“哎呀，感谢上天。带我去她——”

“不然你以为我要干什么？”波利亚科夫打开车门，嘟囔道。

♣♦♠♥

第六章

1988 年 7 月 23 日星期六

凌晨 1 点

他们来到亚特兰大郊区，站在六号汽车旅馆的一扇房门前面。塔基扬试着去想该跟这个被他深深误会的女人说些什么，但是他只能想到自己有多么疲惫。他想算一算上次睡觉是多久以前，好像是星期二晚上，这让他觉得很糟糕。

波利亚科夫在门上响亮地敲了一下。

“萨拉，是格奥。”

塔基扬紧张起来，然后萨拉出现了，她神色紧张一脸苍白地看着他。她穿着一条皱巴巴的蓝白色裙子，后退的时候裙撑咔咔作响，双手保护性地抱在胸前。波利亚科夫在他身后，就像冷漠的黑影。塔基扬试着说些什么，但只是喉咙动了动。他突然匆忙地走向她，单膝跪地，提起她裙子的边沿，贴在了自己的嘴唇上。

“萨拉，原谅我。”

她含含糊糊地低声说了些什么，指尖像鬼魂一般梳理着他的头发，他还跪在她面前，脑袋低垂。

“他在干什么？”她终于怜悯地问道。

“摆出一副过于戏剧化的塔基斯星姿态。压力太大的时候，他就会做出这种超乎寻常的行为，”俄国人嘟囔道，“我先走了，你们单独待一会儿。”门被轻声关上，他们听到他的脚步声渐行渐远。

她拉着他的肩膀。“哎呀，起来吧，求你了。”

塔基扬站起来的时候裂开的肋骨痛得他呻吟了一声。“如果我让你尴尬了，请原谅我，但是言语不足以形容我的歉意，我实在错怪了你。”

“所以说……”

“嗯，你没有疯，”他回应了她最担忧的事，“我直面了怪物。”她开始哭泣。他轻柔地用指尖擦拭她的脸颊。

“哎，瑞奇。”

他拥抱她时发现她的肩膀简直像刀锋一样凸出。“嘘，都已经结束了。”

她松开这个拥抱，抬头看着他。“真的？完全结束了？”

“对，他的势头已经断了，不可能再追上来了。”

她的睫毛疲惫地忽闪着，投影在脸颊上。“那我就安全了。”

“对。”

他亲吻了她，品尝泪水的咸味。她倚靠着他，白金色的头发垂在他的肩膀上。如此娇小。她是这个热烈而沉重的星球上为数不多能让他觉得自己高大的女人之一。像精灵一样苍白，接近塔基斯星上美的标准。他还记得他曾经想要她。那是在三年前，她进入了他的生活，祈求他拯救可怜的炸面团——这个鬼牌被诬陷谋杀。现在他完整了——至少他的身体可以正常运转了。但他孤独、迷失、恐惧，她也是……他的吻落在了她的嘴上。

他知道她不可能是处女，但是她的回吻害羞而笨拙，令他欢欣。他把她抱了起来，再次呻吟。

她的头向后仰，纤细的脖子上肌腱的轮廓明显。“你受伤了。”

“没什么。”外星人蹒跚走向床边，将她放下，完全忽略了自己身体上的疼痛。

他在想为什么他的生活成了一片狼藉的时候他居然会突然涌起情欲。然后他意识到这再正常不过了。塔基斯星人的精神就是无所畏惧，永远想着反败为胜，想着从绝望中创造希望。塔基扬暂停动作，问道：“你想要我吗?”

“想，嗯，想。我很感激……非常非常感激。”她哽住了，眼泪流下来，沾湿了太阳穴旁边的头发。塔基扬的手抚摸着她的腰臀，抓住连裤袜上部，帮她脱了下来，这下他才注意到连日的奔波让这双袜子伤痕累累，就像狂风中残破的蜘蛛网。

“哎，可怜的小东西，我的小可怜。”

突然间他开始啜泣。肋骨上的伤间歇性发作，痛苦席卷全身。萨拉看起来被吓坏了，用手掌捧着他的脸。

“别，求你别有事，怎么了?”

“我相信他，但他背叛了我。现在，”他的手臂胡乱地对着皮德蒙特公园的大致方向挥动，“他们觉得是我背叛了他们。我太累了，很累。”

萨拉轻柔的双手替他脱下衣服，帮他盖好被子。她赤裸的身体和他一样湿冷。他俩拥抱了很长时间，只是拥抱，颤抖着想让身心放松。塔基扬一只手包裹住娇小的乳房。萨拉躺在他的怀抱里，食指轻轻抚过他嘴唇的线条。

“我不在塔基斯星上可能是件好事。”

“为什么?”

“如果一个人类，一个凡人，都能在塔基斯星的游戏中用谋略战胜我，那我要是一直待在塔基斯，可能早就死了。”他摇摇头。

“塔基斯星的游戏是什么?”

“阴谋。我认识哈特曼二十年了，从来没有怀疑过他。”

“他非常狡猾，我花了——”她的声音苦涩而低沉，“为了揭穿他，我毁掉了我的人生。”

“现在你成功了。值得吗?”

“我不知道。”她叹了口气，然后他亲吻了她。

塔基扬短促地笑了一声，然后闷声呻吟。“我完全不知道我十三岁的孙子在哪里，是不是很不可思议？我他妈的忙着昂首阔步地走在人生的大舞台上，然而却根本没时间认真生活。我想知道想当个普通人是什么感觉。”

“无聊，你不会喜欢的。”

塔基扬一个手肘撑着自己，俯视着她：“你这么觉得？”

“对。”

他躺了回去。“我不知道。有个妻子，有孩子，有朋友。”

“你有朋友。”

“我估计今晚之后他们中的很多就不再是我的朋友了。”

萨拉又开始哭了。“我很抱歉。全都是我的错——”

塔基扬用手捂住她的嘴。“不，这话该我说。”

“瑞奇爱我，他把他切成了碎片，而我甚至没有跟他睡过。”

外星人的手顺着她小腹向下，手指插入她的毛发。“那我们今天就用欢庆生命的方式来纪念逝者。”

“是不是有点冷酷无情？”

“嘘，萨拉，你想得太多了。”

凌晨2点

杰克大汗淋漓地坐在床上，他用厚厚的酒店枕头撑着后背，手上还抓着一瓶半空的威士忌，而且他抽完了两包骆驼烟。

电视还亮着，正在播放波利斯·卡洛夫的悬疑片[①]。卡洛夫一直用詹姆斯·斯佩克特的眼睛看着杰克。杰克用遥控器关了电视，然而屏幕还是一直瞪着他，所以他走下床，转动电，让它对着墙。

---

① 英国男演员，20世纪30年代出演《科学怪人》《弗兰肯斯坦的新娘》等影片而扬名。

他知道自己要做什么，但他不知道有没有勇气去做。

他从来没有一个人做过这种事情。他身边永远有福尔摩斯先生或者厄尔或者其他什么人来给他建议或者确保所有事情都不会出错。

秘密王牌差点杀了他，已经两次了。

他在想，会不会，事不过三？

上午10点

杰从卧室走出来的时候，塔基扬正坐在客房服务送来的托盘前面给一片吐司涂黄油。杰穿着塔基扬的西装，虽然胳膊和腿都太短了，但是他看起来明显优雅得体多了。

坐在对面扶手椅上伸懒腰的布拉斯抬起头来窃笑了一下。塔基扬狠狠瞪了孙子一眼。“布拉斯，你在行李传送带上玩得开心吗？”

男孩的脸沉下来了。“不开心，我觉得很蠢。”

“那就请你注意自己的言行举止，”塔基扬告诉他，“否则的话，我就让阿克罗伊德先生把你传送回亚特兰大机场。”

“他搞笑的时候我忍不住，”布拉斯抱怨道，“他看起来就像是个水果。”

“那是我的衣服，”塔基扬僵硬地指出，“我个人认为这是形象上的惊人提升。”

“我同意孩子说的。”杰的话让布拉斯有些吃惊，然后他笑了。杰的手指快速做了个手势，布拉斯畏缩了。“逮到你了。”杰说完就笑了，布拉斯也笑了。

塔基扬困惑地看着这两个人，很显然，杰把他这个任性的继承人传送到半个亚特兰大之外的机场去之后，两人之间建立了某种密切联系。他记得格奥有次跟他说过，布拉斯要先惧怕一个人，之后才会关心这个人。塔基扬觉得有点抑郁。

“你不用鼓励他，他已经够像流氓的了。”塔基扬低声说道。

“哎，他还好。”杰说完拖过一把椅子，坐在客房服务的推车旁边，“对于一个塔基斯星人来说还算好。”他揭开银色罩子，饿狼似的大吃他盘子里的班尼迪克蛋。

敲门声响起的时候，塔基扬正在用纸巾轻拭嘴唇，杰则在用一片吐司清理着盘子里最后一点蛋黄。塔基扬站起来。“谁在外面？”

“刽子手。开门，我可没时间跟你耗。”

塔基扬看了杰一眼。“让他进来，”侦探说，“雷是难对付，但是他也不能对我做什么，况且还有思科小子在。”他示意布拉斯。

外星人点点头，开了门。刽子手环视一圈，走了进来。他穿着紧身白色制服，身体上的每块肌肉和每根肌腱都清晰可见。“按照规矩，我们是应该远离政坛的那些屁事的，”雷不屑地对塔基扬说，“算你运气好。否则我就要揍你一顿了。我猜你是跟布劳恩在一起待得太久，把你的一些好品质都磨掉了。”

塔基扬抿紧嘴唇。“你要说什么就赶紧说，雷，”他告诉这位政府王牌，“你对政治和道德问题的看法跟我一点关系都没有。”

“格雷格想见你。”

“但是这种感觉并不是相互的。”

“你会去见他的，”雷歪着嘴一笑，“格雷格让我告诉你他有个提案想跟你探讨。”

“我没有兴趣跟参议员探讨。”

“害怕了？”雷问道，“别担心，如果你愿意的话我可以牵着你的手。”他耸耸肩。“不管你来不来，都跟我不相干。但是如果你不来，那你以后会后悔的。”这个穿白制服的王牌环顾整个房间：灵龟弄碎的窗户，海勒姆扔的电视，沙发上的尿渍。“肯定是场疯狂的派对，”他对塔基扬说，“该有个人教教你如何善后了，医生，这地方真是乱七八糟。”

他向着门口走去，就在此时，阿克罗伊德喊道：“嘿，柜子。”

塔基扬的脸抽搐了一下。

雷转过身来，绿色的眼睛里闪过一丝危险的光芒。“我叫刽子手，混蛋。”

“刽子手混蛋。”杰重复道。

塔基扬的脸再次抽搐，接着他闭上了眼睛。

“我尽量记住，”杰继续说，“你有多少套这种‘好心情’西装[1]？”

“六套或者八套，”刽子手狐疑地回答道，“怎么了？”

“清理血迹肯定是件烦心事。”杰说。塔基扬真不敢相信自己居然会听到这么一番对话。阿克罗伊德小时候肯定很喜欢踢蚁丘、捅马蜂窝。

雷瞪着侦探。“离我远点，大神探，”他说，“不然让你直接感受一下。”他摔门而去。

“大神探，”杰说，“他真的喊我大神探。天呐，我羞愧死了。”他转头面对塔基扬：“你去吗？”

塔基扬站直身体，抬高下巴。“不得不去。”

杰叹了口气。“我就怕你会说出这种话来。”

♠

也许他睡了一会儿，也许他只是时不时地陷入昏迷。他觉得他最好还是先把该做的事情做了，否则运动协调说不定很快就全都废了，连在手机上按键打电话都做不到。

“请接巴奈特牧师。”

“请问您是哪位？”带着浓重西班牙口音的女性声音问道。

“我是杰克·布劳恩。”

---

① “好心情”是一个冰淇淋品牌，售卖的员工穿白色制服。

这个口音浓重的声音一本正经地说："巴奈特牧师现在不会与任何人通话，布朗先生。他正在祷告守夜，会一直持续到——"

"他会跟我说话的！"杰克的声音近乎尖叫。

"先生，"对方带着虚假的耐心，"巴奈特牧师——"

"告诉他，"杰克说，"我可以把加州的票都给他。"

过了好一会儿，那个声音才重新开口。"我帮你转接范·伦斯勒女士。"

听到这个名字，杰克觉得宿醉的刺痛感戳着他的眼睛。

但至少他离牧师更近了一步。

◆

他来了。通过比利·雷的厌恶情绪，玩偶人感觉到塔基扬在靠近。我们犯了个错误，应该尝试着把他收作……

不行！格雷格强烈反对。他太强大了。如果我们用那种方式攻击他，他就有借口报复了。我的方式更好。

你太弱了，你觉得愧疚。

这个指责很正确，他确实觉得愧疚。毕竟他认识塔基扬二十年了。闭嘴，他告诉玩偶人，让我来处理。

当然，当然。他还告诉了谁呢？海勒姆知道，也许很多其他人也知道……

闭嘴！

比利——明显不情不愿地——帮塔基扬开门时，格雷格正面向窗外。"叛徒来了，参议员，"雷撑着门说道，"我真想知道他们给了这个小怪物多少钱。"话音刚落，雷就把门关上了，还好塔基扬快速闪进房间里，不然他的腿就要被门撞上了。

格雷格继续翻看着手中的一个文件夹，缓慢而刻意地翻动纸张。他在等待，过了一会儿，他听到塔基扬不耐烦地吸吸鼻子。"不管你要说的是什么，参议员，我可不想在你身上浪费太多时间。”

言语伤人，伤得比他以为的还要深。*那些事情不是我做的*，他想这样说。*是玩偶人做的*。但是他不能说，因为玩偶人也在听着。他扭头面向红发外星人，然后把文件夹扔在塔基扬面前的茶几上。“非常有趣的阅读材料，这个，”他说，“去，医生，拿起来看看。”

塔基扬瞪了他一眼，但还是用纤细的手指拿起了文件夹。他翻看着印有司法部印章的一页页，耸耸肩。“什么意思，参议员？快点把你的这出闹剧演完吧。”

“很简单，医生。”哈特曼坐在椅子上，放松地向后靠，脚则摆在茶几上，脸上带着刻意的冷漠表情，“你入侵了我的心灵，并且利用这一点来对付我。我不喜欢被强行推入一场决斗，手里拿的还是把没有子弹的左轮。所以我就开始查你。我在想是谁在你耳边说了我的事。我在想这些谎言来自何方。”

“这些不是谎言，参议员。我看到了你脑袋里恶心变态的污秽。我们俩都心知肚明。”

求求你，玩偶人觉得受了侮辱，开始乞求。*让我试试*。

不行！

格雷格挥挥手。“有人说服你来强奸我的心灵，医生。我知道跟海勒姆有点关系，但是他很愿意信任我，所以不是他干的。我猜肯定是萨拉，如果*真的是*萨拉，她很可能是跟其他人合作的。你看，我知道女巫——你还记得可怜的女巫吗，医生？——去找萨拉谈过。我知道她和吉姆利还跟另一个人有接触，一个俄国人。我甚至还有一张照片。而且我在高层有朋友，记得吗，医生？他们帮我查了点其他事情，查了下背景和生平。他们查出来的东西会叫你大吃一惊的，不过也许，也许你不会吃惊。”

格雷格摇摇头。他对着塔基扬一笑，这是他最出名的歪嘴微笑，就连漫画家都把这个表情当做他的标志。“其实挺讽刺的，对吧，医生？非美活动调查委员会的各位一直都是对的。你一直就是个该死的来自外太空的共产主义者。”

塔基扬脸色发白，身体颤抖，嘴唇紧紧抿成一条线。玩偶人感觉到了情绪的涌动，咯咯笑了起来。拿下他，我们搞定他了。

“嘭，”格雷格说，“你看到了，我也有几发子弹。一个叫布拉斯，还有一个叫波利亚科夫——还有其他名字。非常高质量的弹药。”

“你什么都证明不了！”塔基扬吼道。“你自己的人都说波利亚科夫死了，女巫死了，吉姆利也死了。每一个你触碰过的人似乎都死了，你手头不过就是捕风捉影的传闻而已，没有事实。”

“有人在这里看见波利亚科夫了，就在亚特兰大。其他事实也很容易挖掘，”格雷格淡定地告诉他。“但是我不想惹那么多麻烦。”

“那你想干什么？”

“我想干什么你很清楚，医生。我想你说你犯了个错误。我想你告诉媒体和代表们一切都只是我们两人之间的私人误会，而且误会已经解除了。我们还是朋友，我们还是兄弟。要是有人不投给我，你一定会很失望。如果你不想积极帮我宣传，也行，在媒体面前做完声明之后你大可以离开亚特兰大。但要是你不照我说的做，我会继续挖掘你随意散落在各处的事实。你也许可以阻止我获得提名，塔基扬，但是我一定会把你也拖下水——你还有你那个傲慢自负的孙子。”

奏效了，格雷格很确定。塔基扬没有说话，只是怒吼，他的手紧紧抓着文件夹，把它都弄皱了，脸颊也涨得通红。这个神经质的小懦夫绝对要哭了，他的眼睛里已经满是泪水。

*我们赢了。虽然他只是闭嘴了而已，但是我们赢了。我们会没事的。你看到了？*格雷格告诉玩偶人。

这一切结束之后我们就找个办法除掉他，一劳永逸。

塔基扬确实哭了，两行泪水从眼睛里往下流。他努力让自己站得笔直，就像一只矮脚鸡，挺胸抬头，怒视哈特曼。格雷格轻蔑地笑了。

“所以说我们成交了，”格雷格说，“很好，我找艾米来安排记者招待会——”

“不行。”塔基扬说。

他把文件夹扔向格雷格，文件像是鬼魅的秋日落叶一样飘散开来。“不行！”塔基扬再次说道，这一次是挑衅的哭喊，“你做什么都请随意，参议员，但是不行。你去死吧。至于你说的要拉我下水，我不在乎。我早就体验过了。”

塔基扬转身要走，格雷格猛地站起来，玩偶人在他心里疯狂呼喊。“你这个混账东西！”他冲着塔基扬尖叫，“你这个大蠢货！我现在只需要打给电话你就完了！我会让你失去一切的！”

塔基扬回瞪着格雷格，紫色的眼睛里冒着怒气。“我老早就失去了所有对我来说重要的东西，”他告诉格雷格，“你这样威胁我是没用的。”

塔基扬打开门，大声地吸了吸鼻子，然后一言不发地关上门离开了。

♥

斯佩克特是被开门的声音惊醒的。他躺在床底下，一整晚都躺在这里，因为他害怕睡在无遮无挡的地方。他透过地毯和床罩边沿那一英尺高的缝隙观察外面的情况。一双搭扣款棕色皮鞋走过，哒哒踏在卫生间的瓷砖地面上。

“昨天晚上没人在这里。”黑人女性的声音，“把我们的时间浪费在这种烂差事上。我猜我最好打电话告诉老大。”

“他们是让我们这么做来着，”走道上传来一个声音，“所以，我要是你的话，就会照做。”

那双脚移动到了床边。斯佩克特屏住呼吸，女人拿起听筒，按下四个数字。等待。“他永远都不在桌子旁边，永远想跟代表们或者特勤局的人在一起。”她清清喉咙，“是的，先生，我是沙琳，我在1031，昨天晚上这里没人。当然，我确定。你知道的，他住在这里的第一晚我们闻到了威士忌的味道，但后来就没有了。”长长的停顿。“好的，先生。我们会继续盯着这个房间。”她挂了电话，“混蛋。”走道上传来笑声。

女人走向大门口。“你知道，我们如果要玩这种间谍游戏，那应该另外加钱。不明白为什么要我们忙里忙外，就为了让那个热心过度的黑斯廷斯得功劳。”她关上了门。

斯佩克特听到那个女人出了房间之后还在继续说。她说话的时候，就算是纽约人也插不上一句嘴。

他快要累死了。他的下巴就像是用三英寸大钉钉回去的。现在，他实在不想费力移动。他闭上眼睛，倾听着保洁推车在走道上吱吱地向前。

♣

早餐的牛排和咖啡不足以让杰克鼓起勇气直面巴奈特牧师与一马厩的杀手王牌，但是最后时刻他喝了几杯伏特加，勇气随之而来。他的手不再颤抖了，可以刮胡子了——倒不是说他会割伤自己，就算他用上最凶残的手段，百变王牌能力也会保护他——但是他讨厌胡子刮不干净的感觉。

他一边穿衣服一边看新闻。今天的首次投票哈特曼的票数减少了两百，杰克的代表中有三十个都改选了，有的投给了杜卡基斯，有的投给了杰克逊。巴奈特总共上涨了大约40票。

杰克心里升腾起新一阵紧迫感。

他穿上深蓝色棉布材质的权力套装，是新泽西的一位老师傅手工制作的。四十年来，他一直在这家做衣服，还穿了浅蓝色箭牌衬衣，黑色意大利翼尖鞋，打了红色领带——他一直都没搞明白为什么现在权力领带都是黄色的，因为黄色总让他觉得是吃早餐的时候不小心沾上鸡蛋了。他戴上好莱坞范儿的大框墨镜，既是想遮住宿醉未醒的样子，又是怕死亡正在哪里等待着他。临走之前他又喝了几杯伏特加，还准备在大堂里买点香烟。

巴奈特的豪车在门口等他。交通状况一塌糊涂，游行的鬼牌、支持巴奈特的天主教徒以及针头兹皮的变异体，以及穿梭巴士将住在偏远区域的酒店的记者送到这里来。

弗勒在欧姆尼酒店门口等他。一看到她，他的神经就紧张起来，然而他遏制住了逃跑的冲动，微笑着跟她握手。“电梯已经在等着了。”她说。

“好的。”他们走过锃亮的大堂地面。

“我很抱歉康斯薇拉给你带来了麻烦，她习惯性地挡掉电话。”

“没关系。”

“她是从危地马拉的反拉地诺迫害中逃出来的难民，年纪轻轻就成了寡妇还带着三个孩子，很可怜。牧师出手帮忙，她才得以留在这个国家。”

杰克转向弗勒，微笑起来。“太了不起了，巴奈特牧师那样的大忙人还抽出时间来帮助别人。”

弗勒盯着他黑色墨镜。“牧师就是这样的，他很关心别人。”

“我确定，不止他一个。你自己身上也有慈善精神，我知道。”

弗勒想摆出谦逊的样子。“嗯，我——”

“我的意思是，牺牲了你自己的贞洁来帮助老塔基解决他的问题。”

她瞪大了眼睛盯着她。

“顺便问一句，就我们私下说说，”杰克咧嘴一笑，“他到底硬起来没有？”

杰克一脸笑意地跟着嘴唇发白的弗勒走出温度骤降了大概 50 度的电梯。特勤局的人在通往巴奈特房间的长长走道上徘徊，黑人女士也在其中。杰克希望她没有认出自己来。

他路过一个忙碌的房间，里面满是桌子和工作人员。大部分似乎都是女性，而且很多都年轻漂亮。

他们来到门口，弗勒伸手敲门。里奥·巴奈特打开房门，伸出一只手，他看起来完全不像三十八岁的人。

“欢迎，布劳恩先生。”他说。

杰克盯着那只手，想着巴奈特是否能够通过触碰他来控制他的心灵，接着，他不知道从哪里召唤了勇气，握住了这只手。

♠

就在杯子快到嘴边时，塔基扬又开始颤抖了，他暂时停下，开始思考。他这一早上喝了多少杯了？这是第二杯？还是第三杯？他用夸张的姿势把杯子从嘴边移开，然后稳稳地放下，好像是要让它保持住位置，不要突然又飞回到他手中。之后，他站起来走向一片狼藉的早餐托盘，吃了一口凉掉的吐司。

他的胃立马就抗议了。他喘息起来，冷汗从发际线上往外冒，外星人踉跄着走进卫生间，往脸上泼凉水。他听到卧室里传来布拉斯和阿克罗伊德的说话声和嬉笑声。

于是他走向卧室，刚一打开门，就听到里面的对话突然中断。杰抬头诧异地看着他，布拉斯奇异的紫黑色眼睛则带着沉思的光芒。

“阿克罗伊德先生，请你过来，我要跟你谈谈。”

杰耸耸肩，拉下已经爬升到他的脚踝以上的裤脚，跟着塔基扬走进卧室。“哈特曼想要什么？”他翻动着客房服务送来的餐盘，问道。

“阿克罗伊德先生，我想请你帮个忙。”

“当然可以，尽管说。”

塔基扬抬起一只手。“别这么快做出承诺。就算是我会因此欠你一份人情，也不足以偿还我要求你做的这件事。”

“我的天呐，快说重点吧塔基扬。这些华丽的塔基斯星鬼话少说。”杰的牙齿埋在橙子块中，然后扯下了果肉。

“哈特曼威胁我了。我拒绝了他的要求，但是我需要时间，一天，最多两天，之后一切就都结束了。哈特曼会输掉提名。”塔基扬的声音逐渐变小，最后他茫然地看到了一个再也不会萌发希望的世界，颤抖了一下，清醒了过来。“你可以帮我赢得时间。”

“重点是？重点是？”

“你必须把一个男人带离亚特兰大。我们现在用不了传统方式。”

侦探眼中浮现出怀疑。“为什么？是哪个男人？”

被他抛弃的那杯酒轻而易举地又来到他手中，带着冷凝水珠的冰冷杯子贴着他的手掌。塔基扬一大口喝光了白兰地。“很久以前，有个男人把我从死亡线上拉了回来，对于我来说，他时而是恶魔，时而是天使。”

阿克罗伊德抬起双手。“操。”

“这对我来说很难，”塔基扬眼神飘忽，他双手搓动着杯子，然后突然全盘托出。“1957 年，我被召入克格勃。”看到阿克罗伊德的表情，他苦笑起来。“也没那么难。只要能喝上一杯，让我干什么都行。总之，时间匆匆而过。我并不像他们本来以为的那么有用，于是他们就把我放了，我以为我自由了。但是就在去年，那个多年之前负责管理我的男人重新进入我的生活，让我还债。他就在这里，在亚特兰大。”

“为什么？”

“为了哈特曼。他猜测到了怪物的存在。现在哈特曼也知道了他的存在，还知道我们的关系。”

“关系？”

“他是布拉斯的私人教师。”

“我的天。”阿克罗伊德一屁股坐在椅子上。

“哈特曼就想用这个大棍棒来威胁我。我可能要进监狱了，阿克罗伊德先生，但是在此之前我会先阻止他。”

“你想让我把这个人弄走。”

“对，中情局和特勤局已经收到警报了。他们正在全城搜寻格奥。”

“你现在还是党员？”

塔基扬挑剔的手指摸了摸贴着喉咙的蕾丝，一根细长的铜色眉毛傲慢地挑起。“我？想想吧，阿克罗伊德先生。”

侦探看了看这个纤瘦又花哨的人，他身上穿着绿、橙和金三色。“嗯，我明白你的意思了。”他用手拍拍大腿，从椅子上站起身来，“呃，那些对我来说都是陈年旧事。我们就把那个党员送到其他地方去吧。”

塔基扬打开卧室的门。“布拉斯。”

“你要带上他？我是说，他知道？”

“当然。来吧孩子，我想给你个机会跟格奥说再见。”

◆

杰克今天是穿着权力套装来的，希望能够镇住这位在录像带里总是衣着考究的保守派牧师。然而里奥·巴奈特着装的正式程度约等于在位于普莱恩斯的家中晃悠的前任总统吉米·卡特。他穿着旧牛仔裤、格子衬衣，还有黑色帆布鞋，金色短发略有些凌乱。他双手插口袋，摇晃地回到房间里。

“你要吃早餐吗？我猜那边还剩下不少。”

杰克环顾巴奈特祈祷守夜的房间。这里就是个普通的酒店套间，有小厨房、小酒吧、大电视，甚至还有个带遮罩的壁炉，里面堆着旧报纸卷。所有的光源都是人工的：窗帘拉着，这是特勤局的指示。一张桌子上放着巴奈特未婚妻的照片，另一张桌子上放着麦金托什型电脑，门边还有个带轮子的银色保温餐桌，里面罩着的应该就是早餐。

“我吃过了，谢谢。”杰克说。

“那要喝咖啡吗？”

杰克想了一下他的精神状态和他的宿醉情况。管他呢，可能他在电梯里的时候就已经搞砸了。“我猜这里大概不会有血腥玛丽……？”

巴奈特似乎一点都不吃惊。“我觉得也许可以弄到一杯。”他说完转向弗勒，“能不能请你帮帮布劳恩先生？我估计可以从楼下的媒体室开始找。”

“没问题，里奥。”她的声音温度设定在大约3开尔文。

巴奈特温柔地对着她微笑。“太感谢你了，弗勒。”

杰克的眼神从巴奈特跳到弗勒然后又跳回巴奈特。主的荡妇？他再次想到，不知道他的未婚妻是否知情？

“请坐，布劳恩先生。”

杰克选了一把扶手椅，坐了下去，然后从口袋里掏出骆驼烟。巴奈特搬来一把扶手椅，坐在了杰克的右侧。他身体略微向前倾，一副期盼的态度。

“我能为你做些什么，布劳恩先生？”

“呃。”杰克深吸一口气，召唤全身上下的全部勇气。他试着回想四十年前上过的表演课。“你知道的，牧师，”他说，“我最近这几天差点死了两回。我从楼上飞出去了，要不是海勒姆·沃切斯特将我变得比空气还轻，我必死无疑。昨天晚上，一个叫死亡的王牌真的让我心跳停跳了好一会儿……”他声音逐渐变小。“是这样的，”他坚持着，“我在想是不是有人想告诉我些什么。”

巴奈特歪嘴轻笑，点点头。“你一般都不需要考虑永生的问题，对吧？”

“嗯，我猜是的。”

“对于你来说，生命就是活在地球上而已。你拥有永恒的青春，坚不可摧的身体，我猜你也不用担心钱。”他瞥了杰克一眼，眼神带着毫无保留的羡慕。“顺便说一句，我还记得《人猿泰山》，我还挺喜欢的，一集都没错过。我记得我家那边有个水塘，我就拽着旁边的绳索晃荡，还学着你的样子喊叫。”

“实际上，那不是我喊的，”杰克说，“是配音的，用好多种不同声音电子合成的。”

巴奈特似乎有些失望。“嗯。十岁的小孩大概不会想那么多。”他又笑了起来，“还有，那只猩猩后来怎么样了?”

“他在圣地亚哥动物园。”每次被问到这个问题，杰克给出的都是这个答案，但是这并不是真的。黑猩猩切斯特，进入青春期之后不久，就因为试图扯掉训练员的胳膊而被击毙了。杰克知道，大部分人都希望那猩猩能有个快乐结局——但杰克并没有这份同情心，他一直都不喜欢这个抢他风头的粗暴小野兽。巴奈特似乎想起了正事。“很抱歉，布劳恩先生，”他说，“我怕是把话题扯远了。”

“没关系。反正我也不知道我要说什么。”

“很多人都不知道该用什么样的言语来讨论永生。”巴奈特自嘲地轻轻一笑，“好在，我们这些牧师或多或少对此有些了解。”

“嗯，那好。这也是我来这里的原因。”

杰克难以将眼前这个悠闲懒散的巴奈特和录像带里那个残酷凶狠的牧师联系在一起，那个是潜行追踪自己的会众的金发豹子，是捕食者，是杀人不眨眼的秘密王牌，杰克很确定。但是两种模样都是巴奈特本人吗?

杰克清清喉咙。“你有没有看过《道连·格雷的画像》，40年代的老片子，阿尔伯特·列文拍的，乔治·桑德斯、赫德·哈特菲尔德还有安杰拉·兰斯伯里演的。”他再次清清喉咙，插过管子之后就一直不舒服，而且他还在抽烟，所以也没好转。“还有唐娜·里德，我记得，”他试着回忆，“对，唐娜·里德。反正，是关于一个年轻人，他找人帮自己画了一幅画像，后来他的灵魂进入了那幅画像。他就过上了，嗯，古怪的生活，随便你怎么说吧，总之就是他再也不用承担任何后果。他永远年轻，而那幅画像逐渐变老，开始……消散？是这个词吗？”

巴奈特点点头。

“总之，到了最后，那幅画像被摧毁了，道连·格雷瞬间变得又老又邪恶，最后暴毙身亡。”他笑了起来，“特效，你知道吧？总之，我就一直在想这个事情。我在想，你明白么，我在想我已经年轻了四十年，而且我的生活也不算清白，万一我的能力被消磨干净了呢？万一我像道连·格雷一样突然变老了呢？或者万一我被某个疯狂的王牌杀死了呢？”

杰克发现他在喊叫，又意识到他已经不是在表演了，所有的这些痛苦都是真实的，他的心猛地一颤。他再次清清喉咙，在位置上坐好。

巴奈特靠向杰克，一只手放在他的胳膊上。“到我这儿来诉说类似事情的人多到超出你的想象，布劳恩先生。虽然说你的这些不祥预感比较……特别，但我见过不少像你这样的人。事业有成，看上去心满意足，从来没想过永生的问题，却突然被触动了。也许是有惊无险的心脏病突发，也许是爱人或朋友在事故中身亡，也许是父母病重，生命垂危……”他微笑起来，“我觉得这些警告都不是偶然出现的，布劳恩先生。”

“叫我杰克。”他踩灭香烟，心想，差点就听入迷了。

“好，杰克。我相信这些警告都是有意义的，杰克。我相信全能的上帝用这些方式提醒我们他的存在。我相信你这些幸免于难的经历，都蕴含着上帝的旨意。”

杰克透过深色墨镜看向巴奈特闪亮的蓝色眼睛。“是吗?”他问道。

巴奈特瓷蓝色的眼睛闪烁着灼热的光芒。“主说，‘地极的人都当仰望我，就必得救。因为我是神，再没有别的神。’”

仰望我，杰克心想，巴奈特指的是上帝还是他自己?牧师继续说:“你的百变王牌让你误认为自己永生不朽，而主自有办法警告你这是谎言，提醒你真正的永生在何处，让你完成主的任务。”

有人敲门，这声音打断了巴奈特说话，他似乎因此身形微晃。他盯着门。

“进来。”

弗勒一只手端着血腥玛丽，态度冰冷地走进来。“布劳恩先生的酒来了。”

杰克冲着她微笑。“请叫我杰克。”

她的眼神满是怒气，杰克从她手上接过酒，透过墨镜边沿查看她是否往里面吐了口水。

“非常感谢，弗勒。”这一次巴奈特的微笑不怎么温暖，语气明显是要打发她走，弗勒也照做了。

杰克抿了一口酒，非常棒，显然媒体室里有人很懂得取悦记者。

“好喝吗?”巴奈特似乎是真的好奇。

“还不错。”杰克又多喝了一点。

“我从来没有……”巴奈特挥挥手，“算了，没什么重要的。”巴奈特说话语气中的渴望让杰克有些吃惊，像极了一个妈妈不允许他在雨里玩耍的小男孩。

也许，杰克想，巴奈特这辈子其实也没多少选择。也许他只是走了一条别人帮他铺好的路。也许他一生中做过的唯一一件叛逆的事就是跑去加入了海军陆战队。

见鬼，他突然又想到，可没人能逼你竞选总统。

巴奈特向后靠着扶手椅的椅背，双手指尖呈尖塔状撑着下巴。他的注意力已经完全回到杰克身上了，此刻后者正透过大墨镜仔细观察这位牧师。

“我想跟你说说我的一个梦，杰克。”巴奈特的声音轻柔温和，“若干年前，主将这个梦放在我的心中。在梦里，我发现自己身处一片巨大果园，到处都是果树，全都在主的庇佑下硕果累累。这个果园里有各种水果，杰克，樱桃、橙子、苹果、柿子、李子——所有能想到的种类全都出现在了这片上帝的丰饶角中。果园太美了，我的心充盈着快乐和愉悦。之后——”巴奈特看着天花板，仿佛看到了有什么东西在那里。杰克也跟着牧师的视线向上看，但又制止了自己。演技而已，他心里这样想着，再次喝下合乎健康标准的一口血腥玛丽。

“后来一朵云遮蔽了太阳，”巴奈特继续说，“深色的雨从那朵云上落下来。果园里的好多地方都淋了雨，只要被雨水碰到，水果就会枯萎。我看到橙子和柠檬都变黑了，从树上掉落下来。我看到树叶干枯死去。不仅如此，我还看到雨过之后，枯萎了的果树还在继续生长，我看到黑暗逐渐扩张，想要腐蚀健康的树木。这时我听到一个声音。”

牧师的声音变了，变得深沉而严厉。如此彻底的转变不禁让杰克脊背一凉。“‘我将这个果园托付于你，同时，我将摧毁枯萎病的任务交给你。’”

巴奈特的声音和态度又变了。他变得欢欣鼓舞，充满力量的声音回荡在这个小小房间里。“我明白了，果园里的水果是上帝的孩子，依照他的样子塑造。我明白了，那朵雨云是撒旦，我明白了，枯萎病就是百变王牌。于是我面朝下跪倒在地。‘主啊！’我祷告道，‘主，我不够强大。我配不上这个任务。’主回应道，‘我会给你力量！’”巴奈特开始尖叫，“‘我会让你的心像钢铁般坚韧！我会让你的舌头像刀剑般锋利，我会让你的呼吸像一阵旋风！’就这样，我知道我必须完成主给我的任务。”

巴奈特从椅子上跳起来，一边说一边来回踱步，杰克觉得就好像上帝正在晃动着他的锁链。

“我知道我有能力治愈百变王牌！我知道主的任务必须完成，他的果园必须被精心打理！”他竖起一根手指在杰克面前晃动。“那些对我的指责是错误的！”他说，“我不会胡乱修剪，也不会恶意破坏。我的批评者说我想要把鬼牌们送进集中营！”他大笑一声。“我想把他们送进医院！我希望他们免受痛苦，我希望他们不要再传给他们的孩子。政府现在给百变王牌研究投入的资金太少了，我觉得这简直罪孽深重——我会投入十倍的资金！我会让这种瘟疫在地球上荡然无存！”

巴奈特转向杰克，眼里竟然有泪，这让杰克大吃一惊。“你年纪足够大，应该还记得肺结核曾经是肆虐这片土地的瘟疫，”巴奈特说，“你应该记得亚利桑那和新墨西哥散落着成百上千家肺结核疗养院，病人们待在里面等待科学家们找到治愈的方法，而且也不会传染其他人。这，才是我想为百变王牌的感染者们做的。”

“杰克！”巴奈特在乞求，“主延长了你的生命！主让你免于死亡！这只可能是因为你是他计划的一部分。他想让你带领这场瘟疫的受害者们得到救赎。‘哪知他为我们的过犯受害，为我们的罪孽压伤。因他受的刑罚我们得平安，因他受的鞭伤我们得医治。’你为什么不帮我，杰克！帮我拯救备受折磨的上帝子民！跟我一起祈祷，杰克！‘我实实在在地告诉你，人若不是从水和圣灵生的，就不能进入神的国——凡接待他的，就是信他名的人，他就赐他们权柄，作神的儿女。’”

杰克震惊地发现自己似乎被一只巨大的手抓住脖子，离开了座位，突然间他跪倒在了牧师面前，双手抬起，被里奥·巴奈特牧师的双手紧紧握住。他抬起头来，哭喊着祈祷起来，巴奈特也是满脸泪水。

“‘若有人在基督里，他就是新造的人。旧事已过，都变成新的了。’”杰克几乎能感知到这个男人的力量，这绝对不是表演技巧，也不是骗人的花招。表演技巧杰克见的多了，但是他从来没有见过这样的。

他是个王牌，杰克想。*我的天呐，他真的是王牌*。也许他直到这一分钟才真正确信。巴奈特是王牌，杰克将会把他打败。

上午11点

卡尔·莱德肯的声音听上去就像个满脸痘痘的垃圾食品爱好者，他也确实就是。跟他说话的时候，背景音永远是塑料包装袋的沙沙声，他说话永远不清不楚，因为嘴里塞着夹心面包、士力架以及弗利多薯片之类。从声音来判断，他应该是个肥胖、迟缓且懒惰的人。

然而他只是肥胖而已。

格雷格很多年前收了他当玩偶，倒不是多喜欢他，只是习惯性地收下。他会玩弄莱德肯的贪婪食欲，让他吃到撑得真真要吐却还在继续，这让他觉得还算有趣。但是玩偶人并不怎么喜欢吃这个，所以格雷格很少使用这条连接。莱德肯跟海勒姆不一样——海勒姆是个品位和能力都独到的王牌，莱德肯是个久坐不动，但精明强干的调查员。没有人比他更擅长穿梭于令人晕头转向的官僚迷宫。格雷格跟塔基扬对峙时拿出的那份仅为推断、未经证实的关系网就是他整理出来的——就一晚上时间。

现在，他要确定这些推断能变为事实。

另一头电话响了两声，随后传来吞咽的声音和“莱德肯”。

“卡尔。这里是格雷格·哈特曼。”

“参议员。”玻璃纸被扯开的声音传来，又是一袋零食被拆开，“你收到我的包裹了吗？”

“今天一大早收到的，卡尔，谢谢你。”

“没事，参议员。你让我调查的东西还挺有趣的。”他条件反射地加上这一句，又吃了一口什么东西，大声地咀嚼着。

“这就是我想跟你说的，我们要继续追查下去，我想知道我们能不能起诉塔基扬。”

“参议员。”——吞咽声——“我们现在只有间接的信息。一个俄国间谍正好在这一年被派到这座城市，去年在伦敦也发生了同样的巧合，加上你在鬼牌正义会的联系人和她的说辞，还有这儿那儿找到的一些其他联系，只能说是勉强扯得上关系。没什么可靠证据，连稍微靠谱点的证据都没有。”

“把他吓得要死，卡尔，我看到了，肯定有问题。”

“这离证据还差得远呢。”

“那你就走近点。你知道的，录像去年跟我们说过，吉姆利和女巫绝对跟苏联有联系。去年的某天晚上他们在纽约跟一个特工见过面，吉姆利管他叫波利亚科夫。”

“波利亚科夫已经死了，参议员，我们用尽了手头的所有渠道，查出来的结果都是一样的，克格勃和国家安全委员会也都认定他死了。也许他们只是用他的名字来迷惑我们。”

“他们全都错了。录像的脑海里还留着图像，他符合波利亚科夫的所有特征。”

“符合特征的有几千多个人，又胖又秃的老男人太多了。再说，鬼牌用百变王牌能力获取的证据没有哪个法庭会承认的。心灵的投射不是照片。”

“这是个起始点。找到她，看看她知道什么，听她说说，再继续向下挖。”

莱德肯叹了口气。塑料包装像干燥的叶子咔嚓作响，他的声音突然被某样柔软的东西闷住了。“好吧，参议员。我会去做的，我尽量。你什么时候需要?”“一个星期之前，最迟昨天。”

又是一声叹息。“我懂了。我有消息了就联系纽约。还有别的事情吗?”

“尽快，卡尔。我必须尽快拿到。”

“你这是要我放弃午餐。”

“你帮我这一次，我买个餐厅送给你。”

“成交，参议员。以后再聊。”莱德肯又咬了一口什么东西，所以最后几个字含糊不清。咔哒一声，电话挂断了。

♥

“有人在跟踪我们。”

“什么?”塔基扬扭过头，透过出租车的后挡风玻璃往外看。

阿克罗伊德的手放在他胳膊上。“别紧张。他还挺厉害的，你这样是看不到他的。司机。”侦探掏出钱包，“你要是能甩掉后面那辆灰色道奇就再给你五十，大概跟你隔了三辆车。”

黑人司机脸上扬起大大的笑容:“没问题，先生。”

侦探掏出一张十块和三张一块，眼神窘迫地看着塔基扬，他只好嘟嘟囔囔地掏出自己的钱包，拿出五十塞进司机的衬衣口袋。出租车立马加速猛地左拐，塔基扬随即靠在了阿克罗伊德的大腿上。布拉斯像个小猴子似的抓着前排座椅，笑得开心极了。

“就像在巴黎，祖父。”

“嗯?”杰问道。

“别管了，我的秘密你知道的够多了!”塔基扬吼道。

杰向后瞥了一眼。“还追着我们，该死，他真厉害。”

“我们怎么办?”胃里翻腾的感觉又回来了，而且塔基扬能感觉到他的双手在颤抖。

阿克罗伊德用手捂着嘴。“恐怕是没有什么时间让你们慢慢地道别了。”

能看见六号汽车旅馆的招牌了。

“萨拉也在这里。”塔基扬说。

“我的天呐。你把整个纽约爱乐乐团都放在这里了？道奇队的队员们是不是也在？”

“不要说笑，这是正经事。”

“那确实。再快点，兄弟。全速向前。”

出租车沿着街道飞驰，伴着轮胎的一声尖啸，它拐入了停车场。车子还没有完全停稳，三个人就下车直奔房间，杰克还不忘掏出仅剩的那张十块越过肩膀向后扔给司机。

萨拉正趴跪在床上，身体蜷缩，胸前抱着个枕头，耳朵听着电视里的声音。波利亚科夫的圆脸上表情迷茫，他后退了一步以防被踩到。杰克抓住门的边沿，狠狠关上，然后插好门闩。塔基扬跑向萨拉，把她从床上拽起来。布拉斯飞奔向俄国人的怀抱。

“没时间解释了。哈特曼知道了，有人追着我们过来了。”塔基扬抓住萨拉身上裙子的最上部，用力一扯，撕裂的声音响起，裙子被扯开了。萨拉尖叫着挡住自己的身体。她现在只穿着胸罩。“进去洗澡，快点！别出来，还有，你是按小时计价的。”外星人将她推向卫生间门口，同时解开了她的胸罩。

走道上传来奔跑的脚步声。

波利亚科夫灰色的眼睛里带着认命的冷静神色。“没时间了。”

“不，还有时间。杰能把你带出亚特兰大。看在上帝的分上，布拉斯，走开！”

水声响起，波利亚科夫轻柔地把男孩推到旁边。

“开门！把这个门给我打开！”

塔基扬听出来那是比利·雷的声音。

“现在！”他催促着侦探。阿克罗伊德将手指比成枪的形状，接着波利亚科夫消失了，随即旁边的空气冲向他的身体原本占据的空间，响起啵的一声。

塔基扬快速穿过房间，拿起柜子上的一瓶伏特加，扯开衣领，动作缓慢地爬上床，摆出一副无精打采的样子。

比利·雷把门撞开了，一时间房里碎片纷飞。杰用身体护住布拉斯，塔基则盖住了自己的脸。这位司法部王牌手里拿着一把枪——一把马格南点44。塔基扬不敢直视枪筒，它就像个洞穴的入口一样大张着。

“好吧。他在哪儿？他妈的快说。”

“嗯？”杰问道。

“混蛋！”

雷推开侦探，后者摔倒在地，雷扯下了衣柜的门，把衣服全扔开，还查看了床底，最后走向卫生间。塔基扬双手食指和中指交叠，祈求路过此地的随便哪个先祖能保佑他躲过这关。

“出去，立马出去！”

萨拉的声音飘荡在水流声之上。这一听就是女声，带着浓重的南方口音。塔基扬真心希望只有他一个人听出了她言语中的慌张。

“哎呀，甜心，你这里面藏了多少男孩啊？”

浴帘被拉开了，萨拉尖叫起来。在很长一段时间里，卫生间里寂静一片。随后是一记响亮的耳光。雷回到了房间里，脸颊上浅粉色的手掌印已经渐渐消退了，白制服的前面被淋浴的水沾湿了。

他穿着粗气，说道：“他绝对在这儿。那个他妈的俄国人刚才肯定在这儿！”

杰看着塔基。“俄国人？我没看到俄国人，你看到俄国人了吗？里面那个甜美脸蛋的口音也不像俄国人。俄国人是要额外付钱的。”他咧嘴一笑，看着出离愤怒的王牌。

“你为什么想把我甩掉？”

塔基扬叹了口气，喝了一大口酒。“因为我以为是媒体在追着我，我可不想他们发现我来见妓女。”

“你带着孩子过来?”他用点44指指布拉斯。

“你能不能把枪放下?你这样挥来挥去的让我看着很紧张。大部分的致命枪伤都是意外造成的,你知道吧。”

雷怒气冲冲地瞪着他。“这不会是个意外。你他妈的回答我的问题。”

塔基扬优雅地清清喉咙,说道:“好吧,这个事情简单来说就是,孩子该学习了。”他环视房间。“这里达不到我对环境和氛围的期望,但是她挺不错的。我昨天晚上亲自试过。当然了,谁都比不上我父亲在我十四岁生日那天给我找的那个女人——”

雷大步流星地走出了被他弄破的大门。

“十四岁?你说真的?”

“哎呀,阿克罗伊德,拜托你了!”

中午12点

“你来召集记者招待会,”杰克说,“记者好几天没见到你了,如果是我来召集,他们可能不会来。”

巴奈特表示同意。

杰克一边考虑着自己的计划,一边观察着大会的情况。哈特曼的势头显然已经消失了,每轮投票过后,各人的票数都会变化。唯一稳定的是巴奈特一直在稳步上升,而他的反对者则开始崩溃瓦解。加州代表的投票情况每轮都会变化,罗德里格斯在宣布的时候总是一副被斧头劈了的样子。杰克心里很同情他。

记者招待会被安排在酒店的一个多功能厅里,这里也是巴奈特常用的媒体办公室。杰克在正事开始之前抽空又喝了两杯血腥玛丽。

弗勒是第一个说话的,她站在密密麻麻架着各家电视台麦克风的演讲台前面,开始进行冗长的一轮麦克风检查,杰克和巴奈特则站在一边等待。

在整个过程中，她时不时地斜睨杰克一眼，显然她一点都不相信他。

虽然隐藏在好莱坞式大黑墨镜之后，但杰克还是觉得全身赤裸。

“在巴奈特牧师发表声明之前，”弗勒说，“请大家先听一段简单的发言，这位发言人也许会让大家有些吃惊，他就是杰克·布劳恩先生，哈特曼参议员的加利福尼亚代表团的主席，也就是黄金男孩。”

杰克走向演讲台的时候没有微笑也没有挥手。麦克风像一片长矛组成的森林，矛头都对准了他。他拿下墨镜，折叠好，在一片刺目的闪光灯中微笑示意。他希望他的眼睛没有因为酒精和失眠显得过于红肿。

“我刚刚和里奥·巴奈特牧师进行了一场两小时的会谈。”杰克开始发言，他听到自动照相机对着他发出咔嚓咔嚓的声音。他抓紧演讲台，试着忽略心中让他神经发颤的大地震。

“这次大会上发生了很多奇怪的事情，也有不少暴力事件，”他说，“有人被杀了。有两位百变王牌王牌曾两次试图刺杀哈特曼参议员，而我，跟这两位王牌都交过手。巴奈特牧师一直以来都声称这场竞选中蔓延的混乱情况在很大程度上是由百变王牌造成的。今天和他谈过之后，我只能对他的言论表示赞同。”

凭借四十年来跟媒体打交道的经验，杰克知道电视摄像机的长焦镜头已经向自己推近了。房间里除了自动照相机的声音和快门声之外，一片寂静。杰克的脸上摆出一副极其真诚的模样，眼神稳稳地凝视着观众，多年以前他饰演的艾迪·里肯巴克就是带着这样的表情告诉潘兴将军他想开飞机的。

“这次大会上有秘密王牌，”杰克说，“而且其中有一个身处高位，影响力极大。这里的很多骚乱都是因他而起，还有，某些人的死亡也与他有关。我认为他能远距离操控他人做出违背法律或者自身意愿的事情。其他王牌，那些杀人的王牌都是为他工作的。他们想通过暴力来摧毁反对他的人。”

杰克能感觉到站在一侧的巴奈特和弗勒都在想着他这是打算说些什么。杰克对着各位记者的镜头摆出了一个冷酷的克林特·伊斯特伍德式笑容。

“今天早上的会谈之后，我已经得出了结论，那位秘密王牌……”暂停一下，加强戏剧效果，他心想，“——就是里奥·巴奈特牧师。”

现场的照相机和摄像机疯狂转向，想要拍下巴奈特的反应。杰克提高音量，冲着麦克风喊道：“刺杀行动是巴奈特安排的！”他的血管里充盈着得胜的快感。“我敢说巴奈特证明不了他不是王牌！”

巴奈特目瞪口呆地看着他。弗勒·范·伦斯勒脸色煞白，嘴巴暴怒地疯狂抽动，但是她没有说话。

巴奈特缓慢地摇头，好像是被揍了一拳之后需要缓一缓，之后他走上前来。虽然杰克心里没有这个打算，但还是莫名地后退着让出了演讲台前的位置。

牧师靠向麦克风，双手放在口袋里，脸上带着虚弱的微笑。“我不知道杰克这是想干什么，”他说，“我到这里来是为了一个完全不同的目的，但是如果杰克真的想让我证明的话，那我愿意在这里等着他召集一队医生来给我做血检，不管他需要多少小时，我都可以等。”他的笑容扩大了。“我知道我没有染上百变王牌，说我染上的人要么是骗子，要么……”他斜睨了杰克一眼，“就是被深深地误导了。”

杰克盯着牧师蓝色的眼睛，感觉到自己得胜的快感全都流入了他黑色的意大利翼尖鞋。

这是怎么回事，他心想，他居然又搞砸了一次。

♣

斯佩克特打开卫生间盥洗盆上方的水龙头，灌了一大口水，在嘴里漱了一会儿，又吐出来了。吐出的水被干掉的鲜血染成了棕色。

斯佩克特又灌了一口水吞下去。他现在又渴又累。每次受了重伤需要恢复时他都是这样的感觉。

他测试了一下自己的下巴，它可以上下移动，没有太大问题，但是左右移动的时候还是疼得要命。他能感觉到骨头在凹槽里咔咔响。过几个月情况可能会好转。不管怎么说，事情原本可能比现在糟得多。

他听到门口有声音，但是知道没时间藏回到床下了，于是他环顾卫生间，足够藏身的只有淋浴间，他走进去的时候正好听到大门关上的声音。有人在卧室里轻声自言自语，斯佩克特一下子就知道了来的是什么人。声音接近卫生间时，他屏住了呼吸。又来一次。要是再这样的话他可能就要永久地变成蓝色了。

他集中注意力回想死亡时的痛苦。它一直都在，随时候命。他看到粗短的手指搭上了浴帘的边沿。

男人拉开塑料浴帘，张大嘴巴想要尖叫。

不过这位前台工作人员还没来得及发出任何声音，斯佩克特就锁定了他的眼睛，将他推向濒临死亡的程度后，又停下来，在他倒下时拽住了他的领子。他让这个男人靠在卫生间的墙上，搜刮他的口袋，拿走了钥匙和钱包，其他东西都没动。这个家伙大概对酒店里的所有事情了如指掌，如果斯佩克特能逼他说实话，那也许可以发掘出一些信息。

斯佩克特弯下腰，一只手稳住这个男人，另一只手开始扇他耳光。他逐渐清醒过来，斯佩克特确定这人的感知力恢复了，于是又狠狠抽了他几巴掌。

男人睁开眼睛，斯佩克特用手捂住这张肥胖的嘴。“安静点，如果你大声求助、如果你回答我问题的时候瞎嚷嚷、如果你不回答我的问题，我都会杀了你。明白了吗？”

男人点点头。斯佩克特缓慢地把手移开。“你是谁?”

“我的名字叫，”他深吸一口气，“黑斯廷斯。”

斯佩克特检查了一下钱包。“嗯，不错，我们继续。你在这里干什么?”

黑斯廷斯瞪大眼睛环视四周，似乎在透过斯佩克特搜寻出路。“呃，政府的人告诉我们要留心观察，注意有没有觉得可疑的人。我觉得你有点可疑。”

“你这样我可不喜欢，”他看了一下驾照上的名字，“莫里斯。”

黑斯廷斯抹了一把嘴唇。“你不是你自称的那个人，你不是贝尔德，你是个王牌。”

斯佩克特点点头。“我跟你说，你这样的推理技能加上天然的直觉，完全可以当一个优秀至极的私家侦探。”

男人紧张地一笑，虽然心里害怕，但还是接受了赞美。“谢谢。”

斯佩克特停了一会儿，这才继续说：“我最讨厌私家侦探。”他实在太享受这种感觉了。他差点把这个混蛋忘了，现在这个死胖子正好落在他手上。

“天呐，求你了，不要杀我，我什么都愿意做。”黑斯廷斯浑身颤抖，又擦了一把嘴。

“哎呀，我没打算杀你，只要你把我想要的给我，我就放过你。”斯佩克特撒谎了，他现在想的是什么地方最适合藏尸，“我们先从简单的问题开始。这一层离这里最近的一间空房是哪间?”

“我们全都客满了，我发誓。”

斯佩克特发出啧啧声。“别骗我。我知道永远有留着备用的空房。要是再这样跟我撒谎，你猜猜我会怎么做?我可以让你表演个云中漫步，从十楼直接到大堂。坠落的过程也就几秒钟，不过场面会很难看。也许我应该把你留在淋浴间里，让你液化，直接从下水道流走，干干净净，一点都不给人添麻烦。”

“不要，求你了。”黑斯廷斯双手紧扣，“我猜1019是空的。请你别杀我。我很抱歉打扰到你了。你要什么我都可以帮你做到。我可以去给特勤局的人几条假线索，真的。”

斯佩克特从黑斯廷斯的钱包里抽出一张卡。“这是你的总钥匙?”

他咬了咬嘴唇，然后才回答：“对。”

斯佩克特凑近黑斯廷斯，盯着他的眼睛。“这次没有给我撒谎吧?”

“没有，撒谎天打雷劈……是真话，我发誓。”

“好，进淋浴室。”斯佩克特拉开浴帘，“快点。”

黑斯廷斯赶忙移动超重的躯体，挤了进去。“但是，为什么要进来?”斯佩克特又跟他对上了眼睛，这一次是来真的。黑斯廷斯瘫软在瓷砖地面上。他的身体抽搐了一会儿，之后就一动不动了。“就为了这个。”他缓慢拉上浴帘。“我不会放过任何一个找我麻烦的人。”这里不是存放尸体的最佳地点，但是跟往常一样，他不得不即兴发挥。

斯佩克特对着镜子再次检查自己的仪表。现在，他的下巴跟他的笑容一样歪。也许等到这一切都结束之后，他应该去巴哈马群岛上买一座歪房子。但是要先处理掉哈特曼，再去考虑假期时光。

下午1点

“你这窝囊废。”塔基扬怒气冲冲地从他身边走过，手里拿着医药包，紫色的眼睛里放射出狂怒的光芒。在他身后，三层记者将巴奈特团团围住，后者当然是通过了血检，他一点都没有染上撒旦降下的黑雨。

“你闭嘴吧。”杰克又喝了一杯血腥玛丽，嘴里含糊地说道。

塔基扬转身走了回来，站在杰克面前，尖下巴高抬着。“你很可能就这样把提名送给巴奈特了！你意识到了吗?”

“我觉得是你送的。”杰克未成形的愤怒凝聚在了塔基扬身上，“我觉得是你送的，情况一困难，你就去操弗勒，去支持杰克逊。”

塔基扬脸色一变。“你现在唯一能做的就是尽量让加州代表都投给杰克逊。”

杰克冷哼一声。“滚你的，混蛋。至少我还在努力做事。”

塔基扬瞪着他，咽下了一两句反驳的话，转身就走。

杰克独自站在媒体室的后面，他知道巴奈特做完演讲之后记者们就会向他蜂拥而来。他走向这间多功能厅后部设置的小酒吧，找到一瓶500毫升的75.5度朗姆酒，将其塞进口袋。

他估计对他来说最安全的地方就是大会的会场，他可以藏在代表团里其他人身后。

下午2点

格雷格在艾伦的医院病房里打电话，一边等待电话接通，一边抚摸她的头发，微笑着看她苍白疲惫的脸庞。艾伦想要回以微笑，但是没有成功。她看起来很可爱，也很脆弱，他看着她，感觉到眼泪在眼睛里凝聚。

上帝啊，我很抱歉，艾伦，我非常非常抱歉。

有人接电话了，他把注意力从她身上移开。“卡尔？我是哈特曼。”

“参议员。”莱德肯的声音似乎很紧张。格雷格觉得对方现在并不想跟他聊。“情况怎么样？”

*这个死胖子，要是我们在那儿……*玩偶人气愤地升起来。“这正是我想问你的。我希望你已经行动起来了，卡尔。”

听到这话，对方立马就采取防御措施了。格雷格简直能看见莱德肯被他这么恐吓之后，长着痘痘的脸一阵红一阵白。他肯定慌张地拿起巧克力棒压惊了。“听着，参议员，这事不容易办，”包装袋被扯开的声音，“最重要的一点就是你要找的那个俄国人是个死人。死了一年半了，而且是烧焦了。我能联系上的每一个人都跟我说这案子结了，司法部、中情局或者是联邦调查局都不愿意重新开启调查。我听了不知道多少句‘我疯了’，或者我是‘麻烦鬼’或者‘蠢货’这种话，听够了。”

格雷格觉得自己的脾气也控制不住了，莱德肯推三阻四，编造理由，与此同时，塔基扬依然活蹦乱跳的，还跟杰克逊亲密无间。德沃恩愁眉不展，骂骂咧咧，所有能帮忙的关系都用上了，而且仅仅是为了延缓下跌的势头而已。

打了一针杜冷丁后昏昏欲睡的艾伦躺在床上疑惑地冲着格雷格微笑，他把她的头发从额头上向后梳，冲她耸耸肩。他深吸一口气，将注意力重新集中到这通电话上。

“录像脑海里还存着图像，卡尔，我知道她是鬼牌，但图像是真实的。这还不足以说服那些人至少去查探一番吗？你难道没拿到她的证词？那安排波利亚科夫来亚特兰大的那个记者呢？难道他的话也没人相信？”

“没人能找到录像，参议员。这就是问题所在。一个记者说他看见了，这是不够的。这几天来都没人见过录像。没有她的话，呃，我也不知道我能做到什么程度。”

“这样可不行，”格雷格直截了当地说，“完全不行。”

卡尔叹了口气，几乎可以算得上傲慢无礼了。他把什么东西放进嘴里，大声咀嚼。玩偶人躁动起来。我们回华盛顿之后，要让他付出代价。格雷格狠狠把这股力量压回去。

“我很抱歉，参议员，”莱德肯继续说，“目前我能做的就只有这样。我们还在继续找录像，我会继续在书面记录里找线索，但都是陈年旧事了，你知道的，就算在最有利的情况下，这种调查也是很慢的。我会尽量缠着中情局彼得斯，再次告诉他那些数据有问题。如果我真能查到其他东西，我会确保把相关人士也抓出来，但是可能还需要好几天时间。”

格雷格彻底怒了。“我没法再给你他妈的几天时间了，卡尔！我可能今天下午都撑不过去了。”

对方没有回应，只有卫星电话连接的嘶嘶声和莱德肯的咀嚼声。“听着，尽快给我搞来你能搞到的所有东西，”最后打破沉默的是格雷格，“而且听好了，你做得好不好，我会记着的。”他啪的一声挂了电话。

“事情很严重?”艾伦一只手伸向格雷格，问道。

他握住她的手，由着玩偶人舔舐杜冷丁的边缘流出的痛苦，这样似乎也能缓解他自己的沮丧。

我们必须亲自动手，格雷格，没有其他方法。除掉吉姆利之后，现在我们很安全。想想吧。

格雷格确实想了，他完全明白他要做什么。

“也许吧，”他回答了艾伦的问题，“也许没我想的那么严重。还可以用其他的方式来解决。也该用用其他办法了。”

“我很抱歉你和塔基扬医生吵架了，格雷格，他是个好人，但是太固执了。”

“别担心这个，亲爱的，”他说，“塔基扬只是个暂时性的问题。”

下午4点

这里就像是水星。他穿过大门，万豪的空调吹着他的后背，亚特兰大的热风则给他带来了一脸的汗水。人行道上挤满了杰克逊的支持者，挥动着亮红色的“杰西!”标志。豪车就停在这群人旁边。杰克逊紧抓着他的手，然后高举过头顶，塔基扬局促不安地踮着脚，这个牧师比他高太多了。

高高低低的欢呼声响起，他们一齐微笑着走向豪车，一路上，经验丰富的杰克逊从容自在地跟身边的围观群众们握手，塔基扬则投以羡慕的目光。

阿克罗伊德在车门处等着。“现在干什么?”

“杰西希望我们跟欧姆尼酒店外面的鬼牌们谈谈，”塔基扬解释道，“他和我一起去。他在鬼牌问题上的立场跟哈特曼一样强硬，如果他们愿意倾听……”他长长地叹了一口气。“杰，如果你有其他线索要跟进，就不用过去了。”

杰耸耸肩。“去也无妨，”他说，“反正闲着无聊。”

至少豪车上是有空调的，车子开动起来时塔基扬心怀感激地想到。

杰克逊的保安，那个名叫直箭的王牌，坐在塔基对面，面无表情地盯着他。他开始意识到这件事是多么无望，多么愚蠢。他们是不会听的。杰西自己一个人去说可能更好。他不假思索地脱口而出：“这样是不行的。”他的声音因为紧张而尖细。

“保持信念，医生。”杰克逊说。

他被牢牢地夹在杰·阿克罗伊德和牧师之间。

他绝望地看看杰，又看看杰西。“他们现在很恨我。”

豪车停下了，杰克逊看着一排排沉默的鬼牌。“那只是一小部分。你又没有转而支持巴奈特。我还不至于那么难以接受，对吗?”

“我觉得你很好。”塔基扬捏了高个子人类的胳膊，“你能说服他们，我知道。”

“嗯，那你得帮我。”

“我会倾尽全力。”

直箭打开了黑色豪车的车门，杰克逊和塔基扬踏入热浪之中。警方已经在鬼牌中安排了人墙。在那条特意留出来的长通道尽头，停着一辆配备了音响系统的平板货车。天气热到不敢相信，一波波的热浪流过人行道。塔基扬看到阿拉克尼的八条腿一软，长叹一声跌坐在地上。而她的女儿，一个普通人，慌忙跑到母亲身边，用折叠的报纸给不省人事的她扇风。

“人们怎么可以这么恨他们？”塔基扬问道，紫色的眼睛里满是悲苦，“他们很可怜，很勇敢，非常勇敢。”

人群注意到他们了。他们心里阵阵颤抖，不确定情况会如何发展，但杰克逊还是走进了鬼牌之中，很多人开始不断向前推挤起了警戒线。塔基扬也摆正下巴，昂着头，跟上了杰克逊。他的眼睛正好对上了鱼鳃的眼睛。这个鬼牌梗着粗壮的脖子，鳃上薄膜阵阵抖动。他气坏了，接着，一团浓稠的白色黏液沾到了塔基扬脸上。外星人畏缩了一下，向前一步，伸出手乞求对方理解，但鱼鳃却转过头不再理他。

他擦掉脸上的唾沫，继续往人群里走。他听到了杰西的声音在前方响起，但是没听清他说的什么，因为他一直忙着在人群里搜寻，思忖着其中有多少是他的朋友或者他的人民。漠不关心、明显的恨意、同情。一片阴影落在他头上。灵龟。但汤米没有停下，而是继续向前飞。

一个巨大而苍白的身影撞开了两名警员搭在一起的胳膊，毕竟就连石墙都抵挡不住六百磅的炸面团。他不断向前，最后停在了娇小的外星人面前。

“医生。”

“哦，亲爱的。”他实在不忍心用“炸面团”来称呼这个鬼牌。

“他们缩（说），莎（萨）拉少（小）姐是个胖（叛）徒，他们还缩（说）你也是。我不明八（白）。”

“确实很令人困惑，孩子。”

“你难道不爱仓（参）议员了吗？”

塔基扬用手捂住眼睛。“我更爱你们。”

“表现方式真够奇怪的！”人群里一个声音喊道。

“叛徒，叛徒！叛徒！”

这声音让塔基扬痛苦不堪，他双手捂住了脸。突然，杰克逊出现在他身边，胳膊牢牢环住他的肩膀。

“加油，你能做到的。我们一起走过人群，我们站在那辆货车上，然后我们表明来意。一切都会好的。”

“不，牧师，恐怕有些事情永远无法修复好。”

但是经过杰克逊的提醒，他想起来自己还有任务在身，于是坚定地微笑着开始顺着人流向前走。眼前出现了各种不可思议的东西——爪子、触角、覆盖着恶臭排放物的畸形团块。好不容易看到了一只正常的人手，塔基扬甚至想跑过去握住。

那是个年轻男人，在这样炎热的天气里还穿着皮夹克，他抬起沉重的眼皮盯着塔基扬，眼神像鲨鱼一样空白。

♠

鬼牌们堵塞了街道，场面安静但是可怕。热浪和阳光像一条大蟒缠住你的胸口，每高一度就缠得更紧一点，似乎要让你窒息。这让麦基想起了汉堡的夏天。他讨厌所有让他想起故乡的东西，他讨厌高温和湿度，也不太喜欢白天的阳光。但是最讨厌的还是鬼牌。

尽管如此，他还是很高兴。救赎在他的血管里高唱，快活得如同来了一剂上好的安非他命。

老大又给了他一次机会。他又是麦克基斯了，他穿过人群，喉咙里咕哝着他的歌曲。

在这么一群怪物之中，没有哪一个格外引人注目，麦基尤其算不上显眼。他身形较小，可以躲开大部分身体接触。然而因为这可怕的高温，使得汗水顺着他的肋骨向下爬，弄湿了他的夹克和老旧的T恤，不过他身上的臭味也消散在了人群之中。

他挤向旁边，然后听到有人说：“嘿，混蛋，干吗呢！”

放在他胳膊上的那只手长着羽毛。“你推什么呢推！你他妈的以为自己是谁啊?”

“我是麦基刀，你这肮脏的东西!”愤怒跟他的下体一起肿胀起来，他的手开始嗞嗞作响了。

*不行，记住你的任务！*他没说话，只是吼了一声，复又化为虚体，留下那个怪物站在原地，旁边只剩下空气，他脸上的那副愚蠢表情逗得麦基大笑起来。

化为虚体之后，他飘过一群假装自己是人的恐怖蛆虫，找到一片足够大的空隙，于是瘦弱的躯体就在这里又化成了实体。鬼牌们根本没注意到他。他们开始呼喊，声音低沉且带着敌意。呼喊的内容掠过他的脑海，但他并没有试着理解，鬼牌们说不出什么东西来，这些畜生甚至不知道他从他们身上穿过去了！他是麦基·梅塞尔。他是绝对的神秘和死亡，他不可战胜。

那个想竞选总统的高个子黑鬼在他的猎场旁边徘徊——居然让这种人进入政坛，这不就是资本主义的堕落吗？卡尔·马克思说过黑人是奴隶，*这个老卡尔*说得一点都不错。麦基觉得紧紧贴在塔基扬另一侧的那个男人莫名眼熟，可能是从鬼牌镇跟来的，外星人的马屁精之一。

塔基扬沿着一条线往前走，跟人群握手之类的。跟那么多鬼牌进行身体接触，麦基想到就起鸡皮疙瘩。他慢慢靠近，就像是他的歌里那条露出牙齿的鲨鱼。

你必须极其小心，老大是这么说的。塔基扬会读心，你绝对不能让他感知到你的意图。

知道这个就足够了，他是麦基刀，他明白该如何做事。

他轻而易举地就能化为虚体飘过人群，从身后靠近，手震动起来，直接切穿塔基扬医生珍贵的外星心脏。实在太简单了。他以前从来没有切过外星人，也没有切过像塔基扬这么出名的大人物。

他想要看着塔基扬的眼睛，他想让这个小混蛋知道是谁杀了他。

鬼牌们拥挤着向前，将他带到了一个正好适合动手的位置。

整个世界都不见了，只剩下塔基扬和致命的触碰。

◆

杰克的这个下午被分割成了没什么关联的几次爆发，点缀着噪声和无意义的移动，像是一部电影被剪成了好几部分并随机拼接在一起。代表们来回涌动，票数每半个小时变化一次。只有两件事情是稳定不变的：哈特曼的票数在减少，巴奈特的票数在增加。虽然哈特曼和德沃恩都予以否认，但是每个人都认定杰克对巴奈特的指控是哈特曼阵营为了阻止颓势而迫不得已想出的最后一招。“嘿，”德沃恩终于受够了记者们的步步紧逼，怒吼道，“放过他吧！昨天有人害得他心脏都停跳了——谁知道他失去了多少脑细胞?”

*谢谢你，查尔斯，杰克心想。一如既往的富有同情心。*他唯一能想到的补救方式就是再喝点酒精浓度超高的烈酒。

吉姆·怀特一次又一次地召集代表们投票，他现在看上去就好像肝脏已经罢工了一样。有人在会场上斗殴。乐队想到什么就演奏什么，从史蒂芬·福斯特到贾格尔-理查兹。一架星光滑翔机落在杰克面前，他想要捡起来的时候一不小心踩了上去。不过他还是试着扔了一下这架被踩坏的飞机，它刚一离开他的手就解体了。

*他妈的飞行鬼牌，*他心想。

喝完一整瓶酒之后，杰克反而有一丝清醒，这让他心里升腾起强烈的恐惧感。*啊，操，*杰克心想。*我把自己喝清醒了。*

没办法，他心想，只能再去喝一瓶。他从椅子上站起来，摇晃着穿过一片乌烟瘴气走向最近的出口。离开会场之后，他看到一个佩哈特曼徽章的年轻女性正真诚地和一位戴着框架眼镜的高个子黑人聊天。

“真抱歉，希拉，”戴眼镜的男人说，“你父亲是我见过的最好的人，我很抱歉让他失望了，但是如果我这一场不转投杰西，那我的选民就会让我跟我的代表身份说再见。”

此时此刻，会场外面正在进行着某种集会。一辆被杰克逊横幅旗帜覆盖的平板货车以及一辆豪车正按着喇叭试图穿过人群，到达集会现场。这里的鬼牌简直人山人海，杰克从来没有在一个地方见到过这么多鬼牌。

他想要从人群中穿过，但是实在挤得水泄不通。豪车里面的人肯定也意识到了，所以门开了，乘客走了出来——直箭穿着灰色制服，某个杰克不认识的小个子白人，杰西·杰克逊，以及塔基扬。

真棒。正好是杰克想见的人。

人群咆哮起来。媒体推挤着鬼牌，好找地方放置录像设备。警方和特勤局想要在不放倒任何一个人的前提下挤向货车。塔基扬和候选人一边向前走一边跟群众握手。有人往塔基扬的脸上吐了口水。直箭似乎震惊了，大概不是因为口水，而是因为他意识到子弹也可能这么容易地击中塔基扬。

一道阴影从头顶闪过，杰克抬头看到了灵龟安静地飞过。有人在他的龟壳上用很大的银色字母喷了“哈特曼!”

杰克向下看，发现人群之中瞬间闪过一个空隙，紧接着那个怪人就凭空出现了，双手像圆锯的男孩，离他只有十五英尺远。

肾上腺素以飓风般的速度撞上杰克。

“不!”他高喊着，疯狂挥动手臂推开人群，拼命向前挤，根本不在意旁人的抗议。

皮衣男孩消失了，杰克伸长脖子找他。

立刻他又出现了，从警察的胳膊下面探出身子，手向前伸。塔基扬看到他了，正冲他微笑。

“不要!”杰克再次高喊，但是没人听见。塔基扬握住了那只手。

♥

塔基扬握住这只手时有些宽慰，他握得更紧了一些。

“我叫麦基·梅塞尔。”他说完就开启了最强力的震动。

♣

飞溅的血液和骨头，还有锯子的声音，杰克记得太清楚了。塔基扬尖叫起来，其他一百多个人也尖叫起来，也许杰克自己也是其中之一。

杰克向前冲，但是人群在向后退，他踉跄着差点摔倒，而他身边的人有些已经倒了。一个银色眼睛的鬼牌小孩抱住了他的腿，杰克愤怒地大喊，想要把这孩子甩掉。

塔基扬踉跄着向后退，血液从被切断的手腕处一股股地喷涌而出。直箭一直留心的是杰克逊周围的人，所以他到现在才转过头来看到这幅画面。只有一个警察做出了反应，因为他离事发现场最近，皮衣男孩就是从他的胳膊下面探出身子的。他的半边脸都滴着塔基扬的血，因为过于震惊，他的动作迟缓了一些。他试着抓住男孩的皮夹克，如果他有时间思考，这肯定是他最不会做的事。

皮衣男孩转身面对这个警察，杰克的心跳到了嗓子眼。这个孩子只要稍稍往旁边看一眼，就会发现杰克正冲向他。但是这个怪物并没有注意到杰克——他忙着跟警察微笑，他的舌头享受着下嘴唇上塔基斯星鲜血的味道。他切掉了警察的整条右胳膊。

他转向塔基扬，背对杰克。杰克甩开鬼牌孩子，全速奔跑，胳膊向后拉，手握成拳头。如果这个杀手想要了结塔基，他就必须一直保持实体状态，那么杰克就可以用堪比炮弹的力量揍他。

皮衣男孩向着塔基扬伸手了。他手上的动作很轻柔，几乎像是抚摸，再前进一步，杰克就能一拳把这个驼背男孩的脑袋揍得飞出二十个街区。

杰克出拳了，然而那个怪物啵的一声不见了。拳头的力道带着他转了个圈，他怒吼起来。塔基扬的鲜血在他脚下打滑，但是不知道怎么的，他保持住了平衡。

“这是谁干的！”他尖叫道。

直箭站在那里，一只手中高举着燃烧的箭头，仿佛扔出雷电的宙斯塑像。特情局的人把杰克逊扑倒了，还有人叠在他身上，不少枪械也亮出来了。

“阿克罗伊德。”直箭说道，他指尖的火焰熄灭了。

人群呻吟起来，像是在遭受痛苦。扛着电视摄像机的人绕着警戒线，想找到更好的拍摄角度。全国人民的视线都被吸引到这里来了。

塔基扬双眼一晃，倒在了地上。那个警察在尖叫。杰克看到他的伤口太高了，没法绑止血带。杰克走过，拳头向后拉，轻柔地打在了他的太阳穴上，警察的脑袋像沙袋似的晃了几下，之后就昏过去了。

受惊过度的直箭脸色苍白地来到杰克身边。他伸出一只手，对准警察肩膀处的伤口，炙热的火苗冒了出来。他灼烧着伤口，鲜血在嘶嘶声中汽化。皮肉燃烧的味道升腾起来，杰克回忆起了卡西诺峰下面的某个地方，某个在燃烧的坦克中被烧死的人发出的惨叫声。回忆与眼前的气味交叠起来。

如果这个警察没有在接下来的五分钟内因为休克而死，他这条命大概是捡回来了。直箭走向塔基扬，抬起他受伤的手臂，杰克无助地跟在后面。塔基扬的脸上和衣服褶边上满是鲜血。杰克的脚踩到了个东西，但是他一点都不想知道是什么。

直箭用火焰帮塔基扬处理了伤口，跟给警察灼烧时一样高效。杰克别过头，不想听血液的嘶嘶声，不想闻皮肉燃烧的味道。他伸手掏烟，每根神经里都飘荡着愤怒。他就要碰到那个男孩了，他原本可以打爆那残忍的小脑袋，让它像蛋壳一样四分五裂。

杰西·杰克逊终于站起来了，从他迷茫的表情来看，显然他什么都没看到。特勤局的人正通过对讲机叫救护车过来。

“阿克罗伊德。”蹲着的直箭站起来了，“你把他送去哪里了？”

杰克之前就看到有个长相平凡无奇的男人跟塔基还有杰克逊一起走出豪车，那个男人就是阿克罗伊德。他似乎跟所有人一样震惊。

“对，”他说，“我的天呐。”他的手在全身上下胡乱地摸着，好像身上某个位置很痒，但他又不知道具体是哪儿。

“你！”杰克咆哮道，“你他妈的是谁？”

阿克罗伊德不解地看着他。

“杰·阿克罗伊德，”直箭说，“私家侦探。他们管他叫啵杰。”

“我就要碰到他了！”杰克暴怒着挥动拳头，攥紧了手里那包烟。“我原本可以把他揍成果冻！操！”他扔掉香烟，把它一脚踢向人群。

“你把他送去哪里去了，阿克罗伊德？”

“送走了。”阿克罗伊德说。

直箭揪住他的衣领，摇晃着他的身体，再次问道：“你把那个刺客送到哪里去了？”

“哦。”阿克罗伊德舔舔嘴唇，“纽约。图木斯监狱。”

直箭松开侦探，满意地站直身体。“很好。”他说。

杰克想把阿克罗伊德打到另一个国家去。“他能穿墙而过！”他喊道，“他现在肯定都已经出来了！”

直箭脸色又阴沉了。

远处传来救护车的警笛声。杰克看看这幅景象，两个伤者，杰克逊跪在塔基扬旁边，特勤局的人都拿着枪，人群受到惊吓而哀号呻吟，电视摄像机全都拍下来了……

他又输了，杰克意识到。又一场他无法阻止的悲剧。所有的一切都从他指尖溜走。

这场意外对任何人都没有好处，除了里奥·巴奈特。

♠

他在一个房间里，身边都是高大的黑鬼和栏杆。麦基瞬间以为自己是在做梦，然后他感觉到了脸上和夹克前面都残留着外星血肉，像融化的塑料一样温热。

他的右手举在空中，左手在震动，硬得像刀锋，准备好了把塔基扬的脑袋从肩膀上切下来。后来他离开了亚特兰大阳光灿烂的街道，塔基扬也不见了。

"不！"他高喊着，用手掌根敲着前额，"不，不，不！"

他又失败了。这不可能。但是他确实失败了。一只手捏紧了他的肩膀。他一转头看到对方是个身形巨大的黑人，圆圆的脑袋上没有头发，耳朵上戴着个金耳环，他胃里翻江倒海，恶心极了。

"嘿，小子，"巨人语气温和地说，"你他妈的是怎么进来的？"

麦基再次尖叫起来，但他这一次不想说话只想尖叫。他让他的手开始颤动，然后，然后其他人也开始尖叫了，尖叫停止之后他直接穿过了监狱的栏杆。他走在绿色走廊上，听着飘荡的回声，闻着呕吐物、汗水和恐惧的气味，一路向前，再下楼，离开监狱，走进纽约肮脏的日光里。

他必须再次回到亚特兰大。修正他的错误，挽回他主人，他的爱人。

下午5点

格雷格做的第一件事就是跟杰西握手。

两人的手刚碰到，玩偶人就立马跳了出去，迫不及待地打开他的心灵。这是个精致玲珑的心灵，能够对事物有深入的感受。这种是极品。里面还有一股深橘黄色，对某件事情的记忆，非常痛苦可怕。格雷格知道那大概是什么。

杰克逊没有换衣服，上面还沾着塔基扬的血。这幅画面让格雷格很不安，心里扑闪着愧疚，玩偶人因此嘲笑了他。

“牧师，感谢你这么快就赶来跟我见面，尤其是在下午发生了那样可怕的事情之后。呃……塔基扬医生怎么样了？”

“一息尚存，但是情况危急。医生说损伤太严重了，不可能把手接回去。”杰克逊深色的长脸上皱起眉头，“一起恐怖的事件，参议员。非常恐怖的时间。金牧师[1]遇刺之后我还没有见过这样冷酷恐怖的暴力场面。”

玩偶人小心地观察着杰克逊的情绪，有恐惧和惊骇，有强烈反感，但都不是冲着哈特曼。这意味塔基扬并没有把玩偶人的事情说出去。

很好，这样的话麦基虽然任务失败了，但也没关系，至少暂时没关系。

杰克逊内心只有一丝微弱的土黄色厌恶是冲着格雷格的，玩偶人轻松地将其压了下去，随后用他心中因格雷格在公共问题上的立场而涌起的敬佩将这点厌恶擦洗干净。

“听到这个消息我很难过，牧师，”他说，“请坐。我让助手去联系你的员工了，他们会送一套衣服过来。你想要喝点什么吗？”杰克逊挥手拒绝，自己找了把椅子坐下，格雷格坐在他对面的沙发上。他双手放在面前，摆成塔尖状，好像是在思考该说些什么。

“有些话我并不想在这个时间说，”格雷格最终还是开口了，“尤其是在今天下午出了那种事之后。但也许这就是最好的时机。我们应该谈谈该如何终结这里的暴力。我们必须让大家团结一心，共同想办法做点实事来对抗布什。”

“我知道你要说什么，参议员。你应该知道我的手下希望我说

① 指黑人民权运动领袖马丁·路德·金。

‘不’。”虽然下午刚刚遭受了心里创伤，但他现在似乎轻松而自在。他跷着二郎腿，双手盖在膝盖上，衣服上的深色印记让这幅画面看起来怪异离奇。从外表看来，他冷静镇定，几乎像是毫不在意。

但玩偶人明白，这个男人心里突然迫切起来。他能看到，明亮的钢蓝色，像闪电一样闪烁着。“他们想让我说‘不’因为他们确定，有了塔基扬医生的支持，我们的彩虹联盟稳赢，”他继续说，“不要一半的胜利，我们要全胜。”

“我跟塔基扬医生做了将近二十年的朋友，”格雷格说，“他是个高傲且非常倔强的男人。事实是，我们俩之间在争夺票数，结果让巴奈特得了好处。事实是，如果总统候选人不是我，那也不会是你。不管我们心里怎么期望，这才是事实。如果我输了，那里奥·巴奈特就会是候选人。今天刺杀塔基扬的行动只会稳固他的位置。”

玩偶人能感觉到杰克逊听完这番话后的恼怒。谁都知道，这两位互相看不上。杰克逊是个理想主义者，思想非常左，巴奈特则偏向右。格雷格让玩偶人轻抚恼怒的情绪，直到他看到杰克逊皱起眉头。

“牧师，你不知道塔基扬为什么转而支持你，”格雷格继续说，“我的员工希望我在塔基扬收回支持时将原因公开，但是我没有允许，因为我们毕竟是二十载的老友。塔基……嗯，实在无法用优雅的方式来表述。在最近的几天里，他跟巴奈特的竞选经理弗勒·范·伦斯勒发展了关系。我不知道是她勾引了他还是反过来——我估计这不重要。但是我去找他谈了这个事情，他气急败坏地说他跟谁交往都跟我无关。而我坚持说跟我有关——我觉得这很好理解——然后我态度强硬了一点。”格雷格的表情痛苦失望。“我可能说了些不该说的话。我们大吵一架，他走了。再见到他的时候，他正在声明不再支持我。”

格雷格悲伤地一笑。“我明白他为什么会选你，牧师。我们有不同点，但是我相信只要看看我们的履历和公共事务上的立场，就会发现我们其实很相似。我们都反对任何形式的歧视和仇恨。我们都喜欢看到所有人齐心协力和谐共处。我们在纲领之争时还并肩作战过，我知道我们的理想是一样的。”

玩偶人在杰克逊的心里推推这儿，拉拉那儿。

“听起来很像你的某一场竞选演讲，参议员，”他脸上的笑容若隐若现，“我听过这种遣词造句。”

“遣词造句没什么了不起的，我知道，我还知道如果你看看我的投票记录，如果你看看我作为王牌委员会主席所做的那些事情，看看我如何对待鬼牌和公民权利法案，你就会知道我们没有那么大差别。我知道我们可以携手共进。”

“所以我们就回到了那个你一直没有问出口的问题，参议员。”

就算没有我在，他也很感兴趣，感觉到了吗？尝到了吗？

“你知道我向你提供的是什么。”格雷格的语气不是疑问句，而是肯定句。

“你提供的是副总统的职位，”杰克逊点点头，“你想说的是，‘杰克逊牧师，为什么不让你的代表们来投哈特曼或杰克逊一票呢？’我的代表加上你的代表，我们能赢下提名。”

“凭你这句话，凭你的本事，凭你的权力，*我们*——”格雷格暂停了一下，强调这个词——“*我们*不仅会赢下提名，我们还能赢下大选。”

欲望是明亮的蓝色，下面呈斑点状的是深色的怀疑。玩偶人刮掉深色，让它们坠入虚无。杰西噘着嘴。“我也可以给你提供同样的东西，参议员……”他开口道，但是玩偶人还在戳刺，还在他的心灵里做小动作。

杰克逊没有再说下去。他点点头。

他伸出一只手。

“好的，参议员，”他们握手时他说道，“你是对的，是时候建立一座连接你我的桥梁了。是时候把我们所有人团结在一起了。”

玩偶人得意洋洋地大喊着，格雷格情不自禁地笑了起来。

他做到了，这一次他赢定了。还有一点手腕要耍，但是这一次，他赢定了。

◆

高度数的朗姆酒在杰克的胃里点起了一团他正好需要的火焰。他又喝了几口，盖好瓶子，塞进了口袋里。塔基扬被送往医院之后特勤局的人就允许他离开了，之后他去买了这瓶酒。

他的袖口和鞋子上还有血迹。他试着不去想这些血是怎么沾上的，接着觉得高度数的酒应该能帮到自己。

他走上台阶，来到欧姆尼的一扇后门的门口。

哎呀，糟糕，他想。这里站着一个鼻梁折断的大个子保安，康纳利。一个灰发男人在康纳利面前挥动通行证，然而他还是摇摇头，不允许对方入场。杰克都不用听就知道康纳利跟这名代表之间的对话是怎样的。

“抱歉，这扇门没人能进。”

“但是我刚刚才从这个门出来，你看到我的。”

“这扇门没人能进。”

“长官，我只是进去接一下我女儿，她是代表，而且我也有通行证。”

听到这个男人的声音，杰克觉得像是脖子被冰冷的手指抚摸了。他停下脚步，离那个男人大约 10 英尺，盯着灰色的后脑勺。他之前在哪里听到过这个声音？

“呃，”康纳利缓缓地说，“虽然这扇门没人能进，但我猜也没什么大不了的。”

“不会有事的。”男人说道。

康纳利摇摇头，好像不知道他为什么要这样做，然后伸手从腰带上拿下一串钥匙，开了门。

杰克的脑袋里跳动着惊奇。

“谢谢你，长官，你真好。”男人穿过门。

杰克走上前去。这个事情不对。“抱歉打扰了。”他说。

康纳利瞥了他一眼。“你这是想干什么，混蛋？”

杰克强迫自己微笑。“我是代表。”

康纳利关上门，然后重重地锁上。“这扇门没人能进。我接到的命令就是这样的。”

杰克透过玻璃门看到灰发男人离开的身影。“你刚才让他进去了。”他说。

康纳利耸耸肩。“让了又怎么样呢？”

“他都不是代表！*我*是代表！”

康纳利看着他。“他不是混蛋，你是。”

杰克眼睛一直盯着玻璃门的另一边，他看到灰发男人回头越过肩膀看了康纳利一眼，还友好地挥手致意，男人看见了杰克，长着胡子的脸庞完全怔住了。他放下胳膊，继续走他的路。

杰克脖子上的汗毛都竖起来了。他最近才见过这张脸，就在一个名叫乔什·戴维森的演员在中央公园上演了《李尔王》之后，这张脸登上了《时代》杂志封面。

更重要的是，他以前见过这种表情。

他记得一群码头工人在桌子上舞蹈，高唱“朗姆酒和可口可乐”。

真抱歉，希拉，他想起了这番话，你父亲是我见过的最好的人。

戴维森的那个表情他认得，杰克又想了想。他以前见过一次，是在50年代。那一天，他在非美活动调查委员会面前作了证，后来他走出会议室，走过等待着的厄尔、大卫、布莱思和福尔摩斯先生，没有跟他们说一句话。突然间杰克奔跑起来，他冲过吃惊的康纳利，跑向其他的门，总有一扇是会开的。

乔什·戴维森，杰克知道他是个秘密王牌。

杰克冲向门口的时候，那瓶酒从口袋里滑了出来，掉在水泥地上摔碎了，但是他没有减速。

人人都觉得四王牌里只有杰克还活着，但也都不确定，因为四个人中有一个失踪了。

因为藐视国会，大卫·哈恩斯坦在阿尔卡特拉兹岛上服刑三年，之后于1953年刑满释放。一年之后，国会通过了特殊征兵法案，哈恩斯坦被征召了。他没有去报道。自那以后，再没有人见过他。

有传言说他死了，被谋杀了，叛逃到了莫斯科，改名换姓搬去了以色列。

没有任何一则传言说他做了整容手术，练了练举重，增重了，留了胡子，学习了声乐课，成了百老汇演员。

*你父亲是我见过的最好的人。*这是当然。只要感受到了他的费洛蒙，没人能不喜欢大卫·哈恩斯坦，没人能不同意他说的话，没人能躲开他希望他们做的事情。

杰克冲着门口的人挥挥自己的证件就冲进去了。他顺着刚才看到戴维森的方向穿过拥挤的人群，完全不顾其他代表的瞪视。越过众人的头顶，杰克看到戴维森正走向通往会场的其中一条通道。他跟了上去，抓住戴维森的胳膊，说："嘿。"

戴维森转过身来，甩开杰克的手。他的眼睛就像是黑曜石。"我不愿意和你说话，布劳恩先生。"

杰克开始后退，他能感觉到脸上开始发白了。他控制住了自己，再次向前走。

"但我想跟你说话，哈恩斯坦，"他说，"我们都将近四十年没见了，要慢慢叙旧。"

哈恩斯坦后退一步，捂住了自己的心脏。杰克内心涌起一阵恐慌：他害得这个老伙计犯了心脏病。他伸手想帮哈恩斯坦站稳，但是对方冷酷地挡开了他的手，半转身靠在了墙上。

“都是预先注定的，”他喃喃道，“死之来临，不是现在，即是将来，不是将来，即是现在。”

“只要对他有所准备就好。”杰克帮他补全了哈姆雷特里的这段话，他在高中也演剧中的雷欧提斯。

哈恩斯坦目光锐利地看着杰克。“这么多年过去了，最终是你把我找了出来，真是莫名的恰当。”

“你爱怎么说就怎么说吧。”

“你为什么要跟我说话？是想告发我？”

杰克深吸一口气。“我不打算告发任何人，大卫。”他说。

演员一脸轻蔑。“演起新角色了，有意思。”

“你才是扮演角色的专家。”

“我还是监狱专家，我在里面待了三年。”

“不是我送你进监狱的，大卫，”杰克说，“在我作证之前他们就已经把你送走了。”

“摘得可真干净。”戴维森耸耸肩，“如果这样能让你的良心好受点的话也无妨……”

泪水刺痛了杰克的眼睛，他绵软地靠在墙上。他在海勒姆面前帮自己辩解的那番话现在不能用，因为哈恩斯坦就在现场，他就始终坚持着，什么都没说，所以他才会被送去监狱。

而发生在布莱思身上的事情更加可怕。

哈恩斯坦似乎是读到了他脑海里的想法。

“我出狱之后去见布莱思了。1953 年 11 月。我跟看护人聊了一会儿就放我进去了。我甚至还进了她的房间。我跟她说一切都会好的。我告诉她她身体情况很好，但是她不好，三周之后她就去世了。”

“我很抱歉。”杰克说。

“抱歉。”哈恩斯坦似乎在品味这个词，在嘴里反复咀嚼着。“说起来很简单，但是并没有什么意义。我们可以让我们的生命升华，又再离开，将我们的足迹留在时间的沙砾中。”他看着杰克的眼睛。“一阵风吹来，杰克，然后我们的脚印就被吹走了。”他盯着杰克看了好一会儿，脸上带着不饶人的表情，除此之外，没有任何情绪。“别来烦我，杰克，我再也不想看见你。”

大卫·哈恩斯坦转身走开。杰克靠着墙缓缓瘫坐在地，他全身颤抖，心中满是恐惧和悔恨。至少过了五分钟他才恢复过来。他站起来的时候发现腋下有两团巨大的汗渍。

穿过通道的代表们带着同情或者厌恶看着他，以为他这是喝醉了，他们错了。

他很清醒，完全清醒。他太过恐惧，以至于身体里的每一盎司酒精都被燃烧殆尽。

杰克走进礼堂的时候吉姆·怀特正好宣布最新一轮的投票结果。哈特曼的票数已经惨不忍睹了。

晚上7点

酒店大厅里基本没人，大部分人都去会场里观看大事件了。斯佩克特走进小卖部，胳膊下面夹了一瓶黑杰克威士忌。他今天大部分时间都在睡觉，现在必须吃点东西。去万豪餐厅里吃是不可能的，跟黄金男孩交过手之后，肯定有人在到处找他。但是饥饿使他虚弱不堪，他必须弄点东西吃。

他在摆着垃圾食品和纪念品的通道上晃悠，挑选了一些巧克力棒、一罐腰果还有几根烤肠。收银员是个年轻的黑人男性，正在看一台黑白小电视。斯佩克特把东西放在柜台上，拿出一张纸币。

“马上来，先生，”收银员说，“广告过后他们就要播塔基扬的手炸开的画面了。直播的时候错过了。该死的，我打赌肯定值得一看。

你看到了吗？”

“塔基扬的手被炸了？你到底在说什么？”

“你一天都待在游泳池旁边还是怎么的？”收银员摇摇头，“某个丑陋的小家伙跟他握了手，把他的手整个切下来了。他们说……等一下，就这个。”他转动了一下电视，好让斯佩克特也能看见。

播放的是慢动作画面，塔基扬走在人群中，跟他们握手。“是谁伤了他？”斯佩克特问道。

“某个驼背，你看，就是那个他。”

斯佩克特张大嘴巴，又闭上。就是跟他坐同一班飞机过来的那个小蠢货。驼背跟塔基扬握手后，鲜血四溅。摄像师被惊慌失措的人群推来挤去，录像结束了。

“他还活着吗？”斯佩克特向来希望塔基扬早点死，但现在却希望他活下来了。毕竟，他一直想着有朝一日亲自杀死塔基扬。

“暂时还活着。”收银员关上电视，帮斯佩克特结账，“我猜他不像看起来的那么弱。”他把这些垃圾食品装进袋子里，跟找零一起递给斯佩克特。“你不应该跟恶魔握手，先生。”

这话说得太迟了，斯佩克特微笑着想。他把零钱装进口袋，然后走回房间。

♥

“嘿，杰克。”

“怎么啦，伙计？”

“德沃恩下了命令。”

“好。”杰克热情满满地说道。为了躲开记者们的采访，他正藏在剩余的那些依然对他忠诚的代表之中——不忠诚的那三分之一出去跟他们的新经理开会了。

“休息之后，”罗德里格斯说，“杰克逊的团队会要求暂停会议进程，让杰西发表声明，我们需要投赞成票。”

杰克惊讶地看着罗德里格斯。“我们不能赞成一个候选人在这种时候发表声明，见鬼，他们全都会想要——”

“接到的消息是，杰克逊要退出了。”罗德里格斯微笑着点点鼻子，“我闻到味道了，杰克，我打赌杰克逊跟老大达成了协议，他肯定是同意当副总统了。”

杰克在脑子里过了一遍这个点子。自从星期四从楼上栽下来之后他就没管过他自己的代表团：负责加州团、替杰克投票给哈特曼的是罗德里格斯。他不得不尊重罗德里格斯的直觉。

至于哈特曼、杰克逊的搭档，为什么不呢？上一次民主党大会陷入僵局是在1932年，当时罗斯福和加纳达成的也是这么一个协议。

“我们的票数加上杰西的，”他说，“够不够——？”

“不够。杰西的人去做杜卡基斯的工作了。”

“巴奈特肯定是嗅到什么异常了。”也许是弗勒，他想到，弗勒的鼻子更灵。

也许，杰克心想，弗勒才是秘密王牌，而非巴奈特。他想知道弗勒有没有在军队里待过。

“今天早上之后，”罗德里格斯委婉地说，“没人能接近他们。有人想跟那个叫弗勒什么的女人聊一聊，她说，不行，这个事情一点都不想谈。”

杰克站起来，愁眉苦脸地看着战舰船头形状的巨大演讲台，吉姆·怀特正喊着让会场保持秩序，并宣布还会有一场投票。这可怕的投票将会永远进行下去：经理们完全控制不住他们的代表，必须去一个个地询问每个代表投哪个候选人。宣布完投票结果之后，杰克逊团队就会提出暂停会议进程。然后这个提议又要先投票——上帝啊，这个事还要多久才能结束？

“操！操！”罗德里格斯冲着他的无线电话大喊几声，啪嗒一声把听筒砸进支架里。他看着杰克："杜卡基斯会继续，他反正没什么可输的，说不定杰克逊的代表中有人会投给他。现在我们需要四分之三的票数，如果巴奈特的人投反对，这个提议就不会通过。"

"这太糟糕了，伙计。"

"要是杰克逊的这一招没用的话，巴奈特就要排第一了。"罗德里格斯深吸一口气，"好吧，德沃恩是这样想的。我们开始散布传言说杰克逊要退出，说他现在只想在会场上做出声明，代表他的选民发表个请求。他的代表们不用再听任何人的指挥了。也许巴奈特的队伍就会忽略掉他说过要投反对票。"

"也许。"

罗德里格斯耸耸肩。"整个计划都是个也许。"杰克感觉到他放在体侧的双手都握成拳头了。一定有办法补救的，那些杀手王牌们所造成的损害一定有办法补救——哎，还有杰克造成的损害。

他想起了码头工人们在桌子上跳舞的场景。

大卫·哈恩斯坦，这个疯狂的想法冒了出来。让哈恩斯坦过来帮忙，利用他来影响整个会场，那哈特曼就能在一片欢呼声中获得提名。

不行，蠢货，大家会注意到的。电视观众会觉得很奇怪，为什么自己不像会场的那些人一样激动，而且空调可能会把哈恩斯坦的费洛蒙吹走。

哈恩斯坦的能力很精妙，必须精妙地使用。他每次只能影响几个人。

也许，杰克想，可以影响几个重要的人。

比如说巴奈特的竞选经理。

杰克想象着弗勒在桌子上跳舞，将内衣扔进欧姆尼的中庭，打电话给里奥·巴奈特，告诉他塔基扬在床上有多优秀……这幅画面让杰克高兴了一会儿，接着，他的心又跌入谷底。

大卫·哈恩斯坦恨他入骨。他有什么资格要求对方帮自己做事？

管不了这么多了，哈恩斯坦想让哈特曼当选，不是吗？如果实在没有别的办法，杰克只能依靠敲诈勒索。他知道哈恩斯坦是秘密王牌，可以威胁说要将这个秘密公之于众。

他回想起自己在通道里哭泣的样子，胃里翻江倒海。

吉姆·怀特在读阿拉巴马代表的选票数，全都投给了巴奈特。

就这么定了。杰克行动起来了，他穿过演讲台的巨大前部，从加州代表区走到了纽约代表区。

哈恩斯坦坐在看台上看着作为纽约代表的女儿，脸上的表情既悲伤又骄傲。杰克拍拍哈恩斯坦的肩膀，把他按在了座位上。

哈恩斯坦的眼睛谨慎地掩藏着他的情绪，只是看着杰克。“我以为我们已经达成一致了。你不来烦我，我也不去烦你。”

杰克快速说道：“听着，这事很重要。过几分钟，会有人提出动议，要求会议暂停，让杰克逊做个演讲。他是想退出选举，转而支持我们那位。”

“那对格雷格·哈特曼是好事，”哈恩斯坦皱眉，“可是这跟我有什么关系？”

“必须要几乎所有人都同意这个提议才能通过。巴奈特的票数够多，可以阻挡我们。我觉得我们可以去跟弗勒·范·伦斯勒聊聊，让她改变心意。”

“*我们*？”强调的语气让哈恩斯坦几乎就要瘫软在地上了，“这是你自己的计划？你跟哈特曼提到我的存在了？”

杰克摇摇头，他尽量让自己不要退缩。“除了我没有人知道。我什么都不会说的，但是你必须帮助我。”

哈恩斯坦疲惫地揉揉前额。“你是希望让我来打入巴奈特总部的内部，去改变每个人的心意？”他似乎是在自言自语，“你觉得现在是几几年？1947？这个办法那个时候就没用，现在也不会奏效的。”

他说得对，这很明显。杰克怎么会这么蠢呢？

杰克差点就耸耸肩走开了，但是他控制住了自己。杰克受了哈恩斯坦的费洛蒙的影响，所以才觉得他说得都对。他那句话是什么意思，那个时候就没用？佛朗哥跟大卫谈过之后立马就放弃了当国王的想法。他再次开口，但他的声音连他自己都觉得没有说服力。

“如果我们不这么办，巴奈特就会赢。这一切就都是白费了。”杰克脸上冒出汗水，他感觉心脏随时都会爆炸，“我们只需要一个人改变心意就行了，那就是弗勒。”

哈恩斯坦扭过头思考。杰克绝望地尽全力深吸一口气，试着控制住颤抖的四肢。

“我有我的生活，”哈恩斯坦说，“我有家庭，我不能拿他们冒险。我的假身份是经不起仔细调查的。”他看着杰克。“我年纪大了，不再做那种事情了，也许永远也不该再有人做那种事情。”

杰克心里一惊，他希望得到我的理解，他心想。

“你现在还在做那种事情，”杰克说，“如果你没有试图影响别人，那你根本就不会坐在这里。”

“杰克，你还是不明白，对吗？影响别人不是我能控制的。我没办法开启或者关闭我的能力。所以我不是代表。所以我不愿意参与政事。我有什么资格将别人的观点置换成我的？我的就一定比别人的好吗？”哈恩斯坦摇摇头。

杰克疯狂地想要同意他说的话，想要转身离开，但是他强行击退了这股冲动。“我们的观点，”他每一个字都说得很艰难，“远远好过威胁我们的那个人的胡言乱语。你的女儿——”他指了指，接着想起了她的名字，希拉。“希拉是百变王牌携带者。你是全剂量，两条染色体都有，所以就算你妻子没有染过病毒，希拉也一定会从你这里遗传到，只不过是隐性的。如果她跟另一个处在潜伏期的人结婚了，那么他们的孩子就会是百分之百的百变王牌携带者。”

哈恩斯坦什么都没说，他的双眼在代表中搜寻他的女儿。希拉正好回头，表情担忧。这么说来，她知道父亲的身份，猜到了杰克也是知情人。

“你知道如果巴奈特当选，会怎么对待他们吗？”杰克继续说，“他们会被关在偏远地区的好医院里，配备了铁丝网的医院。而且你也不会有子孙——巴奈特会确保这一点。”

哈恩斯坦转向杰克，冷若冰霜的表情又回来了。“请你不要再提到我的女儿了。永远别想用这种论点来说服我。你根本就不在乎他们，也不在乎我。”

哈恩斯坦沉默了，他再次看向他的女儿，然后轻柔地开口。“我们已经看到了我们这个时代最好的一切：阴谋、空虚、背叛，所有这些毁灭性的混乱，不安地跟着我们走入坟墓。”他看着杰克，“你那番话说得不公平，但是我被你说服了，我会尽我所能。”他犹豫了一下。“我有点吃惊。我以为你会用秘密身份来威胁我。我很高兴看到我错了。”

那永远都是个选择，杰克心想，但是没有说。

能从现在开始树立起一个正派体面的名声也挺好的。

只花了一分钟，他们就从欧姆尼综合楼走到了旁边的欧姆尼酒店，但是花了十分钟才等到去巴奈特总部的电梯。周围有不少巴奈特的人，都盯着他们看，但是杰克没有搭理，自顾自地思考着。

他们只需要出示大会证件就可以进入酒店，大概也能进入作战指挥室。候选人周围的安保是最严密的，但是巴奈特的房间并不在这一层。杰克的想法是，就待在指挥室里等着，直到能够接近弗勒，再让哈恩斯坦的费洛蒙发挥作用。

哈恩斯坦提到了敲诈威胁，这让杰克心里又有了灵感。

等电梯的时候，杰克从前台借了文具，写了张便条，在背面写上了抬头：*弗勒·范·伦斯勒*。

便条上写着：我想请你抽出五分钟跟我谈谈。如果不行，世界（和巴奈特牧师）就会知晓你跟塔基扬行淫荡之事。

他想在最后写一个“耶稣与你我同在，杰克·布劳恩”，但是觉得可能太过分了一点。

电梯门开了，杰克走了进去，吓到了两个支持巴奈特的老年女性。他礼貌地对她们微笑，按下了巴奈特总部所在的楼层。

杰克走出去的时候等待电梯的人中有不少都看了他两眼，来确认自己没有眼花，但是并没有人出来阻止他走向指挥室。他直接走进大门，穿过忙着打电话的一大群年轻女性，然而没有看到弗勒的身影。他对着离他最近的员工咧嘴一笑。

“你们的女老大呢？”他问道。

女孩盯着他看。她大概十七岁，是个不怎么成熟但很可爱的金发姑娘。她的眼镜从鼻子上滑了下来。根据名牌，她的名字叫贝弗莉。

“我——”她说，“你是——”

哈恩斯坦弯腰靠近她，跟她说：“大胆点，你尽管跟他说，”他微笑着鼓励她，“啊——”

哈恩斯坦的表情很温和。“真的没关系的，贝弗莉，”他说，“布劳恩先生先生是过来办正事的，我只是跟来转转。”

贝弗莉用一根铅笔指着方向。“我猜范·伦斯勒女士在她的办公室，”她说，“往前面走，过两个门就是。718 房间。”

“谢谢你。”

这个房间里开始戒备慌张起来了。有人瞪着杰克，有人在按电话号码。他安抚地微笑着，冲他们挥挥手，离开了。哈恩斯坦跟在他后面。

“我希望那是个小房间，”哈恩斯坦说，“你不知道空调的出现对我的能力有多大影响。”

杰克大步走向 718，敲了门，不少人从指挥室里探出头来。他听到弗勒的房间里有电视声，还有电话在响。电话声停了，他听到脚步向着门口走来。门开了。

一个银发男人站在那里，震惊地瞪大了眼睛，又愤怒地眯起来。他激动地脸红了。

“嗯。”弗勒的声音，她在打电话，“我猜他到了。谢谢你，维罗妮卡。”

“这里不欢迎你。”银发男人说道。

“我想见范·伦斯勒女士。”杰克说。

男人想要把门关上，但杰克用一只手撑住了门。“拜托。”他说。

门被拉开了，弗勒越过方形老花镜的边沿看着杰克，她的嘴抿成一条冷酷的斜线。有两个男人站在她身后，身体姿态不同，但都显得不安。沿着墙面摆放着几台电视，各个频道的不同声音响个不停。

“我觉得我们没什么好谈的，布劳恩先生。”她说。

“我们有的，”杰克说，“首先，我想跟你道歉。”

“好，道完歉了。”弗勒说完，准备关门。

“我还想跟你再多说一会儿。”

“我很忙。你可以跟我约个时间，等到大会之后。”门还差几英尺就关上了，但又被杰克挡住了。杰克从口袋里拿出一个信封。

“好吧，”他说，“这是我的约见请求。希望你可以看一看。”

他轻轻将信封扔进去，然后任由弗勒关上门。他看到走道上有两名安保人员，正向这里走来，毫无疑问是负责打电话的女士们喊来的。从他们脸上的表情就能看出来，面对曾经将俄国坦克从朝鲜的山上扔下去的人，他们没什么自信。

“呃。”靠他们较近的那个说道。

杰克冲他们咧嘴一笑。“没问题，长官。范·伦斯勒女士只要表示会跟我约谈，我马上就走。”

他们对视一眼，然后决定等待。“有人跟我们说这里出了状况。”

其中一个说道。

“状况？没什么状况？”

警卫似乎还是心怀疑虑。

门开了。“五分钟，”弗勒说，“只给你这么多时间。”她转向房间里的其他人。“皮肯斯牧师，斯玛特先生，约翰逊先生，我希望你们回避一下，有事要处理。”

这些男人离开房间，走过杰克身边，脸上的表情混合着不信任和安慰。杰克走进房间，哈恩斯坦跟着进去。

“他是谁?”弗勒说，“我没有同意见他。”“乔什·戴维森，女士。”哈恩斯坦做出了一个舞台上的鞠躬动作，而且鞠得很低。

“他是家里的老朋友，跟我一起的。”“他可以在外面等着。”

“女士，我不会干扰到你们的，”哈恩斯坦说，“像我这样的老家伙是很不愿意待在冷气充足的走道里的。我不会伤害到任何人。毕竟我只是个眼睛昏花，双手干燥，脸色泛黄，胡子花白，双腿无力，腹部肿胀的老人家。我是个可怜人，请不要鄙夷我，或者将我逐出。”

弗勒看看他，嘴角微微抽动，像是心不甘情不愿地被逗乐了。

“虽然我知道这样做不够理智，”她说，“但是你可以留下来。”

幸好，占上风的不是她的理智。

晚上9点

杰克逊的动议被提出了，也被支持了，以压倒性的优势通过。哈恩斯坦亲吻弗勒的手跟她告别后，他和杰克走向电梯。

“我们也许刚刚把一个人送上了总统的位置。”杰克说。他觉得自己愉快地醉了，就好像喝了香槟。

哈恩斯坦只是一直向前走。“嘿，我们赢了。”

“无法挽回的事，只好听其自然，”哈恩斯坦说，“木已成舟。”他看着杰克。“还有，我们之间也结束了。永远不要再来跟我说话，杰克，永远不要接近我或者我的家人。我警告你。”

杰克全身一片冰凉。“你说了算。”他说。

他让哈恩斯坦一个人坐电梯走了。

♣

他穿着便装，闪亮的新旅行袋挂在肩膀上。刚一走出自动运输车，萨拉已经摆好强扭出来但恰到好处的虚假笑容。她环住他的脖子拥抱他，这般热情让她自己都吓了一跳。

“格奥叔叔！”她尖叫着，“哦，能看到你真是太好了！”

波利亚科夫抱着她，拍拍她的肩膀。“不要这样尖叫，孩子。到了我这个年纪，耳膜可是很脆弱的。为什么不在门口等我？”他拉着她的胳膊，带着她跟人潮一起走向通往行李传送带的自动扶梯。

“他们只允许有票的旅客进候机区，不让其他人进。你确定直接这样过去不会有危险吗？”

从表面上看起来，她刚刚跟老年亲戚团聚，正相谈甚欢。她微笑着冲安全检查站点点头，旅客在那里排队穿过金属探测器，就像是奶牛穿过运输槽好跟铁锤会面。两个健壮的男人站在一侧，尽他们所能谨慎地观察人群。他们穿深色西装，左边腋下有些紧绷，两个人的耳朵里都伸出与肤色类似的耳机线。

他微笑起来。“他们在找的是想要逃离亚特兰大的危险俄国间谍，但我这是要进去。”

“但是机场——”

“我本来也可以坐个公共汽车的，我承认，毕竟好医生的朋友碰巧把我送到了纽约城的港务局。”听到他提及塔基扬，萨拉的脸短暂抽搐了一下，就好像她踩到了一根大头针。“但是那样就太慢了，而且，他们毫无疑问也会留心公交总站，还有，我讨厌公共汽车。”

他们已经站在自动扶梯上了。“你知道发生了什么吗？”萨拉问道。

“拉瓜迪亚机场的候机区里到处都是骚扰旅客的电视机——你们这些资本主义的人到底有多寂寞，要大量制造这种东西来将你们完全包裹在虚假的陪伴感中？一个王牌杀手尝试着刺杀总统候选人，而且还是饱受争议且带有种族话题性的杰克逊——可以说是轰动全国的大新闻。”

当然了，这是警方和媒体的看法：那个穿皮衣的驼背男孩是想刺杀杰克逊的，然而塔基扬正好挡了他的道。

“塔基扬怎么样了？”苏联人问道。

她走下自动扶梯时踉跄了一下。昨天晚上，那只手轻抚她，触摸她，没有几个男人这样对待过她。而到了今天，那只手就成了熟肉和碎骨头。所以这一切带给她的感觉是——

——所以这一切让她觉得，她现在没办法面对心里的感觉。*什么都不重要，她告诉自己，只要活下去，看到安德大仇得报就行。*

“医生，”他轻柔地继续打探，“他怎样了？”

“他们说他处在稳定状态。必须给他截肢，但是他恢复得很好。目前被安排在某个医院，但是媒体没说是哪一家。警方认为这个攻击者跟瑞奇的案子有联系，还猜测星期四晚上跟杰克·布劳恩打斗的也是他。他们知道他能穿墙。赫利希警官终于勉为其难地承认有个王牌杀手正逍遥法外。不仅是个杀手，还是个政治暗杀者，而且他就在这个大会上潜伏着。”

她并没有试着掩藏声音里苦涩的满足感，*如果警察早先能听我的*，她心里这样想道，不过就算他们听了，也不一定就能怎么样，但至少意味着有人认为她不仅仅是个因为被爱人抛弃而歇斯底里的女人。

到目前为止，这样的人只有这个自称格奥·斯蒂尔的男人。

他们走过一扇扇通向潮湿外部的滑动门。萨拉的车在停车场，是她用假名租来的——现在这个情况，用的当然是假名，要知道，亚特兰大警方可是大献殷勤，急不可待地想要跟她谈。但是她想说的都已经跟他们说过了，她也不会幻想警方有能力保护她，不被那个眼神黯淡，边杀人边哼歌的年轻人所伤。

波利亚科夫摇摇头。“这个国家的百变王牌感染者们将会迎来非常困难的时期。不管我们怎么做，恐怕这点都无法改变。但是这样一来，阻止疯子哈特曼的任务就更加势在必行了，你必须更活跃一点。”

她瞬间停在了门的中间，这门因此疯狂地不断开合起来。“不行！我已经跟你说过了，我不能那么做。”

他抓住她的胳膊，催促她来到外面的人行道上。柴油废气的味道和出租司机不断骚扰他们，但是都被他们无视了。

“必须有人站出来，塔基扬已经做不到了。”

“为什么不能是你？你也是王牌杀手。为什么不用你的能力？”

他的头没动，但是转着眼珠看了看周围。附近没人。“我的任务是阻止第三次世界大战爆发。如果有个美国总统候选人被克格勃王牌杀了，这个目标还能达成吗？”

这是他的目标。她转身快速穿过街道，没有被撞到主要是因为运气好，而不是刻意躲避。他跟在后面，但比她小心谨慎。

他追着她来到临时停车场时略微有些喘息。“你很聪明，知道要检查答录机。”

他试着温柔地对待她，就像对待一只受惊的小动物，但她并不在乎。“你也很聪明，知道要留条消息告诉我你的出发地和到达时间。”她打开租来的浅灰色丰田花冠的车门，坐进了驾驶座。

“我就是干这个的。”她伸手帮他打开门锁时他说道。然后他打开后门，把包放在后座上。“我是专业间谍，有人给我钱雇我干这类事情。”

“做间谍和做记者也没有那么大差别，”她说，“问问威斯特摩兰将军就知道了。”她粗暴地扭动钥匙，发动了车子。

♠

“我之所以有权利有机会站在这里，”杰西·杰克逊说，“是因为——在我的有生之年——无辜的人付出了鲜血和汗水的代价。”

从杰克的角度来看，因为有了巨大的白色演讲台作对比，这位候选人的身形变矮小了，但是他洪亮的演说家嗓音萦绕在每个人耳边。杰克听到躁动不安的代表安静了下来，期待地听他演讲。每个人，不管喜不喜欢杰克逊，都知道他要说的事情很重要。

“我站在这里，证明了前人确确实实地斗争过，赠与了后来者一份遗产，致敬了先祖们的坚忍、耐心和勇气，确认了他们的祈祷都已成真、他们的努力没有白费，以及希望永远不朽……”

前人。杰克想到了厄尔，穿着他的飞行员站在台上，扬声器里流淌出他男中音的嗓音。在那里的应该是厄尔，他心想，而且好多年前他就应该站上去了。

“美国不应该是用一种线、一种颜色、一种布料缝制而成的一块毯子。我是在南卡罗来纳州的格林维尔市长大的，祖母买不起一整块毯子，但是她从来不抱怨，我们也没有挨冻，因为她拿来些旧布料——碎片——羊毛、丝绸、斜纹呢子、麻袋——都是碎片，勉强配得上给你们用来擦鞋。但是它们不会一直都是小块的碎片，她用强健的双手和坚固的粗线把它们全缝在一起，做成毯子，这种拼布毯中蕴含着美丽、力量和文化。现在，民主党员们，我们必须缝制这样一个毯子。

“农民们，你们想要公平的价格，你们是对的——但是你们不能单打独斗，你们的碎片不够大。工人们，你们想要合理的工资，你们是对的——但是你们劳动所得的那个碎片也不够大。鬼牌们，你们想要被平等对待，想要公民权利，想要满足你们需求的医疗系统——但是你们的碎片不够大……”

很多年前，杰克在路易斯·B. 迈尔的语音及措辞课上学到过雄辩家的技巧。他知道为什么杰克逊和巴奈特这样的牧师喜欢用长句子，用韵律，用精心琢磨的着重点……杰克知道长句子和韵律能够让观众陷入轻微的催眠恍惚状态，能让他们更倾向于接受牧师想表达的信息。要是巴奈特站在这里呢？杰克在想，他会用眼花缭乱的表述和诱人的韵律传递什么样的信息呢？

“不要绝望!”杰克逊大喊起来，“向我的祖母学习。捡起碎片，用一根线将它们拼接在一起。等到我们缝制出团结一致和共同阵营的伟大毯子之后，我们就会拥有足够的力量来改善卫生保健、住房、工作和教育，我们就会拥有希望……

“当我看向这片会场，我看到的是美国的脸庞：红色、黄色、棕色、黑色和白色。真正的拼布毯子是我们的国家，是彩虹联盟，但是我们还没有团结起来，还没有一双强健的手用一根坚固的粗线将我们缝在一起。今晚，我想告诉你们，谁能够将我们这些碎片拼成毯子，以保护美国不在里根经济政策的漫长寒夜中挨冻……”

代表们低语起来。不是所有人都知道这是退选演讲，就连杰克逊自己的支持者中都有人不知道。其中的一些人已经摸到了第一丝头绪。

“他的先祖坐着移民船来到美国，”杰克逊说，“今天下午在我身边被人重伤的那位朋友坐着太空飞船来到这个星球，我的先祖坐着奴隶船来到美国。但无论我们最初坐的是什么船，今夜我们现在都在同一艘船上。”

从拼布毯到各种船，现场响着掌声、口哨声和持续不断的低语声。伊利诺伊州代表团里有位女性站了起来：“不，杰西!”

“这场大会就快要弄沉这艘船了，”杰克逊继续说，“我们从船的一头奔向另一头，从进步的一头奔向保守的一头，从右的一头奔向左的一头，这艘船可能因此倾覆——而民主党可能因此沉没。所以，是时候把船舵交给一个能将它安全地驶入港湾的人了。今晚我向他致意——他在竞选过程中举止庄重，管理有方。

“不管他多么疲惫不堪多么想要获胜，他坚持抵抗住了诱惑，未曾不顾廉耻地煽动群众。我见到过他在竞选时心思敏捷，意志如钢铁，让这些品质引领他穿过人潮拥挤的战场，绝不迎合我们心底里最阴暗的那一面。

“我见过他的观点随着受众的扩大而发展，我见过他的坚强和韧劲，我知道他致力于投身公共事业。”

杰克逊暂停了一下，他专注的双眼搜寻着会场，他的双手紧抓着演讲台，也许心里想的是拥立国王的杰西这个新角色会给自己带来什么。

“我敦促大会团聚在这个男人、这个新船长的身后。我敦促在这里的各位，所有的代表们，包括我自己的代表们，给新船长投票，别让这艘船倾覆，别让我们沉没下一个四年。这位船长的名字是——”

一片寂静，杰克能听到他自己的心跳声。“参议员！”杰克逊说道。

杰克看着坐在他身旁的罗德里格斯。“格雷格！”他跟杰克逊一起喊道。

罗德里格斯回看着他，眼睛里闪着狂喜。“哈特曼！”他跟杰克还有杰西以及在场的人群一同喊道，突然间，所有人陷入疯狂。

为格雷格·哈特曼而疯狂。

◆

斯佩克特坐在电视机前铺着地毯的地面上。他把声音调得非常小，1019本来应该是间空房，他可不希望有人被吸引过来。他在楼下买了一罐腰果和一品脱的威士忌，投票过程中都吃喝得差不多了。

他希望哈特曼输掉。一个淘汰了的候选人一般不太可能像提名者那样被严加保护。跟往常一样，事情完全没有按照他期望的方向行进。

代表们在高喊着：“哈特曼！哈特曼！哈特曼！”他们喊得太久了，连这个名字本身现在都让他厌烦。杰西·杰克逊因为某种原因退出了比赛。所有的评论家都在说应该是有什么幕后交易。无论如何，哈特曼在下一轮投票中票数最高。每个州的标志不断飘来荡去，有气球，有彩纸还有永不停歇的无聊演讲。

黄金男孩还活着。这让斯佩克特变得比以前还要紧张。布劳恩仔细看过他的证件。这个犹大王牌在被摄像机拍到时看起来醉醺醺的，也可能是病了。斯佩克特叹了口气。通常他杀了一个人之后，那个人会保持死亡的状态。

明天他会集中精神找办法靠近哈特曼。现在，他对于如何达成这一点毫无头绪，但是参议员绝不会活着离开亚特兰大。当然了，也许斯佩克特也不会活着离开。他懒得告诉自己世上还有比死亡更可怕的事，他脑子清楚得很，不会上当。

如果他能找个人来帮他——有权有势的人——他也许真的可以全身而退。而且他知道有人可能会愿意帮忙。要冒很大风险，但是，去他妈的风险。

他关上电视，蜷缩成一个球，将几乎空掉的酒瓶围在身体中央，想要睡一会儿。

♣♦♠♥

第七章

1988 年 7 月 24 日星期日

早上 7 点

萨拉从卫生间里出来，带出一阵水汽，她湿淋淋的身体上从胸口到大腿的位置缠着一块便宜浴巾，头发上也包着毛巾。每一个动作对她来说都需要努力才能达成，她的心灵深处已经开始出现死后僵直的状况了。

“我们不能再依赖塔基扬了。”她从嘴里挤出这一字一句，就好像是强行将橡皮泥块推过纱窗。这并不是个问句。

那个自称格奥·斯蒂尔的男人穿着裤子和汗衫坐在床上，低头看着他的手背。他的手背上长着毛，肩膀上也长着毛。他抬起头。“我们不能。”

“你还记得我们之前讨论过的计划吗？”

他的眼睛眯起来了。“记得。”

“我愿意做。”她转身回到卫生间吹头发。

上午 9 点

医院很美味，而且玩偶人开始饿了。

格雷格向后靠，远离他的惠普型便携电脑，揉了揉眼睛。然后他快速打了一段话：托尼，我要休息。演讲很棒，我把我最新修改的一稿发给你。我把电脑开着，回来的时候就可以接收你的稿件了。谢谢。

他通过调制解调器把文件发给了考尔德伦的电脑，又揉揉眼睛。

“累了吗，亲爱的?”艾伦躺在病床上，半梦半醒地微笑着看他，“我觉得下一任美国总统应该睡一会儿。你昨天晚上太辛苦了，杰克告诉我杰西和你熬夜研究后面的竞选计划。”

“昨晚是光荣的一晚，艾伦。杰西的演讲美妙非凡。真可惜你不在现场。要是没有你，这一切都不可能实现。”

听到这番话，她微笑了起来，但带着微微的悲伤。她依然苍白，皮肤几乎透明，眼睛肿胀暗淡。孩子的死亡给她带来了永久性的伤害，他没有料想到她会如此难过。“我今晚会去听你的演讲。什么都阻止不了我，吻我，下一任美国总统。”

“我们要开始用这个称呼了吗?”

“昨晚不是已经开始用了吗?‘纽约州的所有选票都投给下一任美国总统：格雷格·哈特曼!’有多少州这么说来着?”她伸出胳膊。

格雷格站在床边弯下腰，温柔地亲吻她的嘴唇。玩偶人唠叨着，把她给我。

不，别碰她。我们已经让她吃了太多的苦。

伤感起来了，真的么?那股力量嘲笑着他，但是似乎没打算争执。那我们去其他地方，我饿了。

格雷格拥抱了艾伦。“听着，”他说，“我要去转一圈。我觉得我应该见几个病人，跟他们握握手。”

“竞选活动又开始了，”艾伦调笑他，“下一任美国总统先生。”

“你最好尽快习惯，亲爱的。”

“你在一切结束之前就会厌倦握手的，格雷格。”

他冲她古怪地一笑。“我猜不会。”他说着，心中的玩偶人应和着。

上午11点

斯佩克特头昏眼花地醒来。他嘴里有金属的味道，而且全身上下都疼。他所有的行李都在汽车旅馆所以他不能刮胡子也不能刷牙。他必须回去一趟，把自己清理干净，再过来办正事。他坐在床角，想把眼睛里的异物揉出来。

他拿起电话簿开始翻看，停留在医院的部分。他找到了托尼所在医院的电话，犹豫片刻之后按下了号码。

“请接托尼·考尔德伦。”他对接线员说道。响了几声之后对方接电话了。“我是考尔德伦。”

“嗯，我是吉姆。我想解释一下你让我办的那个事。”

“好。科林说你在我的房间，希望你没有被为难。”托尼听起来似乎很高兴跟他通话。

“没有那样的事，被其他的事情牵扯住了，就这样。”斯佩克特想要告诉他一切，但是他知道托尼不会相信的。他太忠诚了。“我只是想让你知道我很好。”

“嗯，我是有一点担心，演讲写好了，是我写过的最棒的一篇。真希望你也有机会听到。”托尼停下来，“你确定没出什么事情？”

“就算有事，回一趟泽西也就好了。”斯佩克特把玩着电话线，“能再见到你真是太好了，我说真的。”

“我们很快就能再见到了。在华盛顿。”托尼对此信心满满。

“对。”斯佩克特知道到了今天结束的时候托尼会恨他一辈子。他唯一的一个朋友就这样没了。但是他知道他不能坐视不管。“听着，我必须挂断了，我走之前还有一两件事情要做。”

“好吧，嗯，事情都办好之后你再给我打电话。还有就是，照顾好你自己。”

“再见。”斯佩克特把电话轻轻放回原位。他不能让这种多愁善感的鬼情绪影响自己的发挥。他还有正事要办。

斯佩克特把酒瓶放进外套口袋，走之前还缓慢地环视房间。他知道他不会回来了。

中午12点

杰克断断续续地搜寻着布拉斯，但是并没有找到，他决定去医院告诉塔基扬，布拉斯不见了。

见鬼。那孩子可能就在他祖父的床边呢。

哈特曼的支持者在万豪大堂里游荡，有的酒醉未醒，有的精疲力竭。地面上被杰克砸出的大洞周围拉起的警示带颤动着。杰克看到了之前见过的那个大胆的服务生，冲她眨眨眼睛。她回以微笑。杰克沉浸在跟这位服务生有关的各种想法之中，完全没看到海勒姆，差点被他放在身旁的巨大行李箱——几乎可以算是个大衣箱了——绊倒。

海勒姆似乎跟杰克一样吃惊。这个高大的男人警惕地瞪大了双眼。也许这个大箱子里装着什么贵重品。

海勒姆身边带着一个男人，是个瘦弱的鬼牌，留着小胡子，空洞的眼窝处生着网状皮肤。

“哦，抱歉。”杰克绕开箱子，抬头看着海勒姆。

“你不留下来听提名演讲么?”

“啊，不听了。我本来——呃——也没打算在亚特兰大待这么久。”海勒姆盯着杰克，他的眼窝青肿着，整个人也是一团糟：头发凌乱，领口敞开，能看到脖子上那个大疮。也许他是穿着西装睡觉的。他拉着杰克的胳膊领着他走开，来到瘦弱鬼牌听不到他们说话的地方。“实际上，我一直想跟你说话。”

“我也很想见你，”杰克小心地笑了一下，“我想谢谢你那天帮我。你把我变轻了，我才没有受伤，你救了我的命。”

“我很高兴我能帮上忙。”海勒姆回头越过肩膀看着鬼牌，紧张地一笑，又转回来看杰克。“我想告诉你个事情。”听他这个语气，杰克心里的警告信号开始闪烁。不管他要说的是什么，杰克确定不是自己想听的。

“好。”他说。

“我想说我现在明白了，”海勒姆的声音很沉重，“你说过没有经历过试炼是不会懂的，你说得对。”

“哦。”杰克说。他没想到会听到这番忏悔。杰克这个人，不管他做过什么，他都不希望别人的罪孽在他脑海里翻腾。他自己要处理的麻烦事就够多了。

“我那天抨击你，”海勒姆继续说，“其实是在抨击我自己。我想要否认我自己的背叛。”

“嗯。”杰克希望海勒姆的这出肥皂剧赶紧结束，希望他快点走开。再说了，海勒姆这种人能背叛什么呢？给他的餐厅买了次一等的小牛肉？

海勒姆眼神明亮地看着他，好像是在期待着杰克能说出什么智慧之言，帮他处理这份自我认知上的重担。但杰克并没有什么好说的。

“你无法改变过去，海勒姆，”杰克说，“你只能尽量让未来变得好一点。我觉得，我们在过去一周内做的事情已经达到了这个目的。”

“*海勒姆*。”鬼牌用空洞的眼窝看着它们。杰克很不自在，觉得全身上下被仔细检查了。“我该走了。”

“嗯，好。”海勒姆喘息着，好像这段对话不知怎么地让他精疲力竭了。

“后会有期，但愿吧。”杰克说。

海勒姆没说一句话，转身走回去拿箱子。里面要么没有东西，要么就是被海勒姆变轻了。

看着海勒姆抬起巨大的箱子走向大旋转门，妄想症突然击中杰克，让他晕眩。要是*布拉斯*……

但是不会的。杰克意识到虽然那行李箱很大，但还不够放青春期的男孩。

近几天来发生的事情太多，他都变得神经兮兮了。

下午1点

虽然托尼·考尔德伦进行了药物治疗，但玩偶人还是能感受到他的痛苦。尝起来有些辛辣。他拧了一下，纯粹为了好玩。躺在床上的托尼表情痛苦，微微扭动了一下，餐盘上的笔记本电脑晃动起来。

“你还好吧？”格雷格问道，无视玩偶人的大笑声。

“一点刺痛，参议员。没什么大不了的。”他虽然在否认，但额头上的汗水却证明他说了谎。玩偶人咯咯笑起来。

别来打扰他。我们有工作要做。

没问题，小格雷格。重获自由的感觉太好了。我们把一切都搞定了。现在全都是我们的了。

“我一直在考虑演讲，参议员，”托尼说，“我们一直都想找个口号，我觉得我想出来了。我翻看了之前的所有演讲，你还记得你在罗斯福公园宣布要参选时说过什么吗？”

回忆袭来——那次演讲之后不久他就在蝶蛹和唐斯面前解决了女巫，确保了他们俩不会对人说起他是王牌。那还真是奏效，格雷格讥讽地想道。

是很奏效，玩偶人坚持说。至少在整个竞选过程中都没有任何人提到，塔基扬发现得太迟了，而且现在都解决了。

也对……“你想了个什么口号，托尼？”格雷格问他的撰稿人。

托尼按下一个键，开始读液晶显示屏上的字。“‘除了鬼牌镇的面具之外，世界上还有其他的面具’，而且我记得这是你自己写的，写得很好。‘这张面具背后，是人类自身的传染病，……我想要扯开面具，揭露真正的丑陋，仇恨的丑陋。’”托尼点点屏幕，“这是一幅强有力的画面。我觉得我们应该围绕这个地方展开。”

“听起来很不错。你有什么想法了吗？”

“我昨天晚上就开始想了，而且我还有一个点子。”托尼笑了一下，杰克感觉到了膨胀跳动的黄色——这个点子让托尼觉得很自豪。他把笔记本电脑推到一边，在床上坐直了一点。他的指尖兴奋地敲着大腿。

“让每个人都戴上面具，你看怎么样：你，杰西，台上的每个人，观众里我们的所有代表？鬼牌，王牌，普通人，每一个人都戴上面具让你看不出差别。然后你说那句口号的时候——”托尼闭上眼睛思考。“我也没想好，大概就是，‘是时候让我们所有人都摘下面具了，摘下歧视、仇恨和偏执的面具’，但是语气更强烈，强烈得多，而且是层层推进的。就在你说那句口号的时候，嘭，大家全都把面具扯下来，扔向空中。”

格雷格笑了起来，他在脑海里过了一遍整个场景。“我喜欢，我非常喜欢。”

“简直太棒了，每个频道都绝对会播这一段。你能想象吗，那么多面具都被扔向空中？老大，这个画面，它会将百变王牌问题牢牢钉在每一个选民的心中，布什在共和党大会上再怎么花时间也绝对搞不出这么戏剧性的场面。”

格雷格拍拍床单，站起身来。“我们可以试试看，你继续想演讲的事。我去见艾米、约翰还有德沃恩，让他们协调一下。托尼，这真是个好主意。你把整个稿子写好之后发送到艾伦的房间来。我已经把电脑和调制解调器都设置好了。”

“好的，参议员。”托尼笑道。

“公众永远不会忘记今天晚上发生的事情，托尼。行动起来，我们的时间不多了。”

格雷格脸上带着笑容走出房间，塔基扬已经不管事了，提名也锁定了，现在又有了接下来的竞选活动所需的完美画面。他太高兴了，甚至没有听到玩偶人在呻吟着想最后再尝一口托尼的痛苦。

下午3点

“虽然还残留着一小部分腕骨，但是我选择顺着桡骨向上几英寸进行截肢。”

罗伯特·班森医生的说话方式冰冷到极致，一点医生对病人的关怀都没有。塔基扬心里又恶心又惊骇地盯着缠绕在右臂上的那一团丑陋绷带。也许他以为我自己就是个医生，所以能受得了他这些话……呃，他错了。

他右臂上的悸动感和心脏跳动同步。塔基扬机械地看着液体滴答着通过之前插进左手手背大静脉里的针头进入他的身体。好吧，他们注意到我惯用右手了……不是的，蠢货，没有右手可以让他们插针。他干呕了。

“觉得恶心？”班森拿了个盆放在他下巴下面，“这是正常情况，是麻醉剂的副作用。”

“我……知道。多久……什么时间？”

“哦，时间啊，星期天，三点刚过。”

“这么……久。”

“对，从身体上来说，你非常虚弱，心理上也承受了巨大打击，再加上失血过多。”他耸耸肩。

“我很痛。”

“我找护士再拿一针过来。”

“我对可待因严重过敏，用吗啡或者——”

“医生是最糟糕的病人，永远想着插手自己的治疗。”但是班森面带笑容在单子上做了记录，“睡吧。”

塔基扬感觉自己的下嘴唇在颤抖。“我的手。”

“根据我在新闻报道上看到的视频，你能只受这么点伤可以算是够幸运的了。”

“医生。”班森在门口停步，回头看他，“别告诉他们。”

班森抓抓下巴。“你的意思是病毒的事？”

“对。”

“我不会说的。”

塔基扬闭上眼睛，评估起他的情况。喉咙因为插了管子而疼痛，全身都因为麻醉剂而有种迷失感，膨胀到难受的膀胱，最难以忍受的是，断肢处席卷而来的剧痛。右手手指的幻影痉挛性地抽搐着。

如果他还在家乡，过不了几个星期这只手就能重新长出来。但是亲密缠绕在他身体里的百变王牌病毒会允许他长出一只正常的手吗？还是会将某个恐怖的东西安置在他的右臂末端？

似乎最后也最终极的讽刺就在于，他杀死了自己的亲人以试图阻止病毒释放，他这四十年来都为了赎罪而为受害者们劳心劳力，但到了最后，还是不得不承受这样的痛苦。

“症状快显示出来吧，给我个了结！”他大声喊道。滚烫的眼泪流进了他太阳穴处的头发里，最后消失在鬓角中。

病毒依然扬扬得意，默不发声。

下午4点

杰克走进塔基扬的病房时，看到红发外星人正在床上打滚，紧紧抓着他的残肢。“天呐，”杰克低声说道，快速走向病床，“怎么了？”

“我一直用右手够东西。”虚弱的声音。

“找护士来，把你那个胳膊悬吊起来，你就能记住了。”

“对，对，对。”还抱着他的胳膊。

杰克拿了根香烟，点着了。“要我帮你找护士吗，来一针？”

“不要。”塔基扬的嘴抿成一条细线。

杰克对着他吐了一口烟。“人们觉得我是个大男子主义的混球。那是因为他们没有对付过塔基斯星的王子，就这样。”他环视整个房间，“布拉斯今天来过吗？我找了他一会儿，我想确保他没事。”

“我今天没见过他。”塔基扬开始担心起来，“有人看到他跟杰·阿克罗伊德在一起，就是在我快要打爆怪物的时候把他变走了的那位侦探。”

“所有的报道都说他救了我的命。”塔基扬指出。他的左手摸摸残肢。“如果没人管着布拉斯，他很容易就会惹上麻烦。”

“我就是这么想的。”

塔基扬的态度又开始飞扬跋扈了。“去找我的孙子，杰克。”

“我尽量。”

塔基扬坐起来，用他的好手指指柜子。“拿上我的衣服，好吗？”

杰克吃惊地看着外星人。“塔基，不用担心，我会找到他的。”

“我必须去参加大会。”

杰克紧张地笑起来。“都结束了，你哪儿也不用去。”

塔基扬愣住了，紫色的眼睛瞪大了：“什么意思？”

杰克叹了口气。“没人告诉你，嗯？”

“发生了什么事？”

杰克犹豫了，他并不想谈这个。他抽了一大口烟，想要干净利索地说完。“格雷格和杰克逊达成了协议。杰克逊退出，转而支持格雷格，格雷格拿到提名了，杰克逊会是他的副总统。”

“不！”恐惧使得塔基扬瞳孔放大，“不！不！不！”

杰克心里不耐烦起来。“看在上帝的分上，你能不能别老是担心格雷格不够稳定？这整个事情就是他搞定的，他能控制全局，行吗？而且是在那么多王牌想对付他的情况下。”

“不！不！不！”杰克惊骇地看着塔基扬高高举起右臂，随后他的残肢猛敲床上的护栏，残肢一遍又一遍地撞击着。

杰克扔掉香烟，抓住塔基扬的胳膊，跟扑腾着的外星人搏斗了一番，把他按倒在了床垫上，过了一会儿，他终于冷静下来了。“你他妈的犯什么毛病了？”

塔基扬只是瞪着他。

一个想法带着飓风般的力量冲击了杰克。突然间他觉得自己被吹走了，被卷入了黑暗，被裹挟到了某个没有光亮、没有安全、没有希望的地方。

“格雷格，对吗？”他说，“格雷格是秘密王牌。”

塔基扬别过脸去。

“说话啊，该死的！”

“我不能说。”

杰克觉得他的膝盖支撑不了他的身体了。他踉跄着向后，抓了一把椅子，然后坐下了。他的香烟掉在地上，还在燃烧，他捡起来抽了一大口。他勉强冷静了下来，然而这份冷静也是脆弱不堪。

“告诉我，塔基，”他说，“我要知道，我要知道我是不是又搞砸了。”

塔基扬闭上眼睛。“不重要了，杰克。”

“我唯一做对的一件事，这么多年来我唯一做对的一件事——”杰克惊讶地发现香烟被自己握紧在手心里，已经成了碎渣。他想找个地方扔掉，但是没找到，于是耸耸肩，撒在了地上。

“塔基，”杰克说，“我必须知道。格雷格的提名是我争取来的，别管我是怎么做到的。我必须知道我做对了还是做错了。”

塔基扬还是双眼紧闭，杰克越看他，心里就越生气。

“你是要玩二十个问题猜答案的游戏吗，塔基？”

塔基扬什么都没说。

“格雷格是秘密王牌吗？”

没有回答。

“萨拉·摩根斯特恩声称格雷格杀过人，这是真的吗？”

没有回答。

“那个想要杀死萨拉的小怪物，他是格雷格的人吗?”

最后几个字是喊出来的，但塔基扬还是躺在床上，双眼紧闭。终于，他开口了。

“走开，都结束了，我们什么也做不了。”

杰克心里怒火升腾。他从椅子上站起来，冲向床边，对着外星人的脸大喊。“你太傲慢自大了!”他说，“你真他妈是个了不起的王子！你说结束了，那就结束了。你告诉人们不要再支持哈特曼了，而且你还没给理由，但是人们就应该听从你的号令，因为你是个塔基斯星王子，你比任何人懂得都多。你有没有想过，如果你他妈的能纡尊降贵，早点把格雷格的事告诉我们这些低等的地球渣滓，那我们也许可以既阻止他的竞选，又不让巴奈特当选？然而你偏不，你就要命令我让加州全部改选杰克逊，还指望我跟你说，好的，我的陛下，你说什么我们都照做!”杰克冲着塔基扬紧闭的双眼挥动拳头。“你有没有想过，也许你时不时可以相信一下人类？你想过吗?”

没有回应。

“你去死吧!”

塔基扬什么都没说。杰克转身离开房间，就像一辆失控的火车头。愤怒驱动着他大步走出医院，走下楼梯，走进炽热潮湿的下午，这样的天气似乎将愤怒从他的身体里吸了出来。

他茫然地走向欧姆尼。他真的没有别的地方可去。他不知道该拿哈特曼怎么办，布拉斯也许就在这条街上，也许在其他不知道的什么地方。

要是那个该死的外星人能信任我们该多好，杰克想着。

然后他突然想到，也许就是他自己，多年以前，教会了塔基扬不要相信任何人，至少是在重要的事情上别相信。

这个想法让他一路上都低迷郁闷。

♥

演讲准备好了，晚上演讲的草案也跟德沃恩还有杰克逊的手下谈好了，格雷格还亲自打电话给其他各位代表，询问今后去他们所在的州开展竞选活动时他们是否愿意参与。杜卡基斯和戈尔展现出了客气的热情，恭喜他获胜，许诺会帮他团结党内。只有巴奈特态度冷淡，不过格雷格也预料到了。

管他呢，我们下一次跟他碰面的时候收他做玩偶，逗他玩玩。

艾伦在睡觉，考尔德伦发来的演讲稿最新修改版就在电脑里等着他。他听到门外传来科林的脚步声，特勤局派了这位鬼牌来替代亚历克斯·詹姆斯。

格雷格亲吻了艾伦，看着她的眼睛慢慢睁开。“我要回酒店去见罗根，还有些其他人。”他低声说。艾伦困倦地点点头。

格雷格把电脑装进包里，让门口的科林跟他一起。“回万豪，”科林对着他的对讲机说道，“把车子开到侧门来。找人守着电梯。”

到了一层时，格雷格听到前台传来熟悉的声音。“求你了，先生，听着，他们是来看参议员的妻子的……”

花生和玩偶人激动起来。

“稍等一下，科林……”格雷格走向大堂，科林将这个情况通报给了其他人。

花生抱着一捧虽然弄湿了，但是非常巨大的花束，他想把花递给前台后面的安保人员。然而对方一脸苦相地再三摇头。

“怎么了，马文?”

他今天早上在医院里闲逛的时候见过马文，他是个动作迟缓、为人懒惰的保安，这些天来，格雷格从医生、护士还有护工口中听到了一打关于他的笑话。他们遇到的时候还握了个手，玩偶人立马就感觉到了马文对工作的厌恶。实际上，马文讨厌很多东西，最讨厌的就是鬼牌。

“他想让我把这些花送到你妻子的房间里!”马文大声说道，双手提着挂在大啤酒肚下面的裤子皮带。马文也不喜欢政客，尤其是民主党。他轻蔑地扫视着科林藏在蓝西装下面的健壮身材。“要我说的话，他这些花像是从某个该死的垃圾桶里捡来的。”

花生绝望地看向格雷格，潮湿的双眼被困在一层层有沟壑的坚固肌肤里，他仅剩的那只手拿着滴水的花。玩偶人能感觉到未经稀释的崇敬在这个头脑迟钝的鬼牌心中膨胀，而在这种情感的上面，是对艾伦遭受的一切所感到的哀痛，这哀痛惊人的深切。

“我真的很抱歉我给你带来麻烦了，参议员。”花生说。他看上去好像就要哭了，目光从格雷格转向马文再转向冷漠的科林。“我以为她可能会喜欢……我知道这算不了什么，但是……”

“这些花很漂亮，”格雷格告诉他，“你是花生，对吗?”

听到自己被认出来了，花生心里充盈着骄傲。他想要微笑，嘴旁边的肌肤咔吱作响。他害羞地点点头。

格雷格伸手准备把花接过来。“马文的工作做得太过了，”他说的时候并没有看那名保安，“同情和关心是不需要防卫的。”玩偶人感觉到马文冰冷的怒气，迫切地舔舐起来，让它更加饱和。“艾伦看到这些花会很骄傲的，花生，”格雷格依然伸着手，“我会确保她能收到花，实际上，她床尾正好有个位置可以放，那她一醒来就能看见了。我会让护士把花放在那里。”

花生把花递给了格雷格。鬼牌的心里现在放射出黄白色的骄傲，还洋溢着蓝色的英雄崇拜。“谢谢你，参议员，”他脱口而出，然后低下了头。“谢谢你。你……呃，我们那边每个人都爱你，我们都知道你会赢的。”

格雷格把花给科林，拥抱了花生一会儿，冲着马文微笑。“我确定马文很乐意帮你叫一辆出租车，送你去你想去的地方，对吗马文?”

啊，这恨意。马文的眼神就像匕首。“当然了，”他说，“没问题。”他一字一顿地说着。“我会好好照顾他的。”

“很好，再次谢谢你，花生，也替艾伦谢谢你。她会很喜欢的。”他瞥了一眼手表，“我真的必须要走了，花生，真高兴再次见到你。科林——”

他们走开了。玩偶人控制了马文。

豪车驶向万豪时，格雷格闭着眼睛坐在后座上，享受着马文的暴怒和花生的痛苦，此刻，就在医院后面的大垃圾箱后面，那位安保正在疯狂地殴打那个鬼牌。

真是可口的小点心。

下午6点

斯佩克特离开万豪之后去了皮德蒙特公园，他只是在鬼牌里闲逛，并没有引起注意。他这辈子从来没见过这么多快乐的怪物。他们唱着歌，还相互拥抱亲吻，当然了，是那些能亲吻的。他们肯定一整晚都在开派对，因为至少有一半人都找了阴凉的地方小睡。如果他们知道他等会要干什么，或者想要干什么，这些鬼牌大概会将他撕成碎片。

他最后还是感到厌倦了，于是走去了奥克兰墓地。他在大理石纪念碑和饱经风霜的墓碑之间漫步，读着上面刻的字，希望能找些灵感，但并没有找到。他就这样打发着时间，突然有了个想法。

他打车回到他的汽车旅馆，把自己打理干净之后又打车去了医院。他喝完了原来那瓶威士忌，又买了一瓶，已经喝了几口了，希望能够平复紧张情绪。

他走向总服务台，跟后面那个女人示意，她点点头走了过来。她是个偏胖的中年女性，灰棕色的头发紧紧地挽成一个圆髻。“塔基扬医生住在哪个房间？”他冲她挥挥假冒的记者证。

“你们这些人就不能放那个可怜人一马吗?”她说着，摇摇头。

“抱歉，女士。你的工作是同情，我的工作是新闻。”斯佩克特把证件收起来，“你告诉我他的房间号，我也不会阻止你同情他。这样够公平吧?”

“435。”她低垂着眼睛说。

“谢谢，”他说完转过身，“这是为了公众的利益，相信我。”

这家医院跟托尼所在的那家完全不同，感觉甚至像是在不同的星球上。墙和地板都一尘不染，通常医院里都会有的消毒剂味道在这里几乎闻不到，而且也没有鬼牌的臭味。墙上挂着画，广播里传来的女声让人觉得身处春梦之中。

他站在病房外面，确保没人在看他，又快速喝了一口威士忌。他像个在放松的运动员一样甩动胳膊，深吸一口气，走了进去。

他看到的景象差点让他笑出声来。塔基扬背对着他，穿着背后有条缝的那种蓝色病号服，于是能看到他白白的小屁股。他仅剩的那只手上拿着便盆，阴茎在上方摇晃，但是什么都没流出来。他另一只胳膊的最下方被纱布包裹着。斯佩克特实在没办法害怕这个可怜的小家伙。他关上了门。

这个残疾的外星人并没有转过身来看他。“请你等我几分钟。我知道我能做到的。也许你可以帮我弄出点水声来。”

“你自己去开水龙头吧，医生。”

塔基扬惊得跳了起来，赶紧遮住自己。“我的天呐，你难道没有……”他转头看到是斯佩克特，就没有再说下去，只是瞪大了眼睛。“你!”

斯佩克特快速走向床边，拿走了用来呼叫护士的小盒子。“你不需要这个。”

塔基扬把头扭开不看斯佩克特，并且想要把自己拖到床的远端角落。

“小心点，你会把输液设备拉坏的。”斯佩克特指了指插在塔基斯星人胳膊上的针头所连接的管子，“我是来请你帮忙的。”

塔基扬惊恐地摇摇头。“不行，詹姆斯，你不可以这么做，我不允许。”

“他妈的不允许？”斯佩克特保持着声音的低沉，但是没有掩饰他的轻蔑，“哈特曼死有余辜，我想让你心灵控制某些人，好让我靠近他。剩下的我来做。”

“詹姆斯，请你别这样，”塔基扬还是没有看他的眼睛。“我求你……不要这么做。一旦验尸……就是丑闻。”塔基扬先平复情绪，然后才继续说，“他们会陷入疯狂，会追捕每一个百变王牌感染者，并且全部隔离起来。”

斯佩克特不想费口舌跟他争论。他伸手抓住塔基扬的残肢，用力一捏，而且还用另一只手捂住了塔基斯星人的嘴巴，挡住他的尖叫。塔基扬一口把他的手掌咬出血了，他才松手。“看看，医生。”他把手举在塔基扬面前，眼看着伤口闭合。

“先祖啊！”塔基扬惊呼。

“我的事情你也并不是全知道嘛，对吗？现在他妈的鼓起勇气做出点改变吧。你自己做尸检，或者心灵控制做尸检的人。用你那该死的能力干点实事，而不是只知道吸引崇拜英雄的小贱人来吸你的外星小鸡鸡。”斯佩克特放开塔基扬，退后一步。

塔基扬摇摇头。“你不明白，我需要休息，需要安宁。”小外星人似乎正处在歇斯底里的边缘，“只有在安宁的坟墓里才能真正地休息。”

塔基扬不该这么说，斯佩克特一听到这句话就气坏了。他狠狠扇了塔基扬一巴掌，但是他觉得还不够狠。“你感觉到了吗？但这跟我所承受的痛苦比起来根本算不了什么，我每一天的每时每分都在承受，我这一辈子都要一直承受下去。”

斯佩克特凑近。“我曾经杀过一个小女孩，只是想看看她妈妈找到她时的表情。然后我想到了你。”斯佩克特在撒谎，但是他想尽可能地多转动刀柄几次。“如果你不帮助我，还会有更多杀戮。你欠我的，医生。上帝啊，你对我做的那些事。你永远都欠我的。”

“我很抱歉，”塔基扬说着，用好的那只手拿过一个枕头盖住脑袋，“但是我不能。”

“我应该知道的。”斯佩克特站起来走向门口，看到了电视，突然停步了。有人正采访他在托尼房间里遇到的那个特勤局鬼牌特工。

“之后，在哈特曼参议员做提名演讲时，所有在台上的人都会戴面具？”问这个问题的记者尽可能地站在了离科林最远的位置。

鬼牌清清喉咙。“对，这是参议员所希望看到的。他觉得这可以向美国公众传递一个特别的声明。”

“你也会戴面具？”记者问道。

“对，我之前在某些场合也戴过。”科林看起来像是想把记者的头弄下来，“旧习难改。而且我跟大多数人一样，也是个受习惯支配的人。”

塔基扬在他身后呻吟，但是斯佩克特没有太在意。所以，托尼跟他的老大说了戴面具的点子。一群戴面具的人站在台上，这是个全新的局面。他也许并不需要这个小怪物。

斯佩克特走过去，把便盆递给他。“我跟哈特曼的事了结之后，就来对付你。”

他离开房间的时候听到尿液进入便盆的声音，斯佩克特笑了。“可别说我从来没有帮过你。”

♣

塔基扬侧躺着，残肢被一堆枕头支撑着。房里有一股浓烈的尿味，他胯部下方的床单湿漉漉的。他颤抖得太厉害，以至于卸货的时候大部分液体都落在了床上。他试着整理自己零碎的思绪。

哦，天呐，詹姆斯·斯佩克特，一个真的能用眼神杀人的男人。我应该用心灵力量控制住他……抓住他。但是我太害怕了。

他在想如果他父亲听到他这样坦白，会说些什么。应该不会是什么好话。伊尔卡赞家族的王子不应该承认心怀恐惧。

詹姆斯会杀了哈特曼，会进行尸检，最后整个世界将会崩塌。

可怜的巨魔、鱿鱼神父、阿拉克尼、斑点、录像、费恩、埃尔默——不对，埃尔默不会体验到反对百变王牌的浪潮。他会因为一桩非他所为的谋杀而被送去阿提卡监狱，塔基扬知道阿提卡的人是怎么对待鬼牌的。他们全都太可怜了。

他自己也可怜。

布拉斯走了，监狱就在前方不远处，哈特曼已经开始调查了，总有一天会查出来。现在还会处死犯间谍罪的人吗？*而且我怎么会非要把自己变成美国人的呢。*但是我不会坐牢的，还没进去就会被斯佩克特杀了。

他可以打电话给特勤局，警告他们小心斯佩克特。但是那样的话哈特曼会成为总统。*不过这真的有那么糟糕吗？我可以监督他，也许还能控制他。蠢货！他只会杀了我，他已经尝试过了，只有你死了他才会安心。*

但是百变王牌们会是很安全。

不，知道的人太多了。杰、杰克、海勒姆、挖掘者、萨拉、格奥和斯佩克特。哈特曼会试着把他们全杀了，为了自保，他们可能会说出来。如果他现在被曝光，反百变王牌浪潮确实会非常可怕，但如果他当了总统之后才曝光，那这股浪潮会发展到无法想象的地步。

我不知道该怎么做！天呐，我应该怎么做？

什么都不做。他太累了，太悲惨了，太不舒服了。

他闭上眼睛，冷静地想要用睡眠来麻痹自己。止痛药像一阵模糊的雾气笼罩着他的心灵，但是痛苦像酸液一样腐蚀着雾气。

“也不算太糟糕，伤得不是特别严重，会好起来的。”出乎意料的，塔基扬居然同意这个温和的声音。他强迫自己睁开粘在一起的眼皮，盯着乔什·戴维森的脸。

“你好，感觉如何？”

“好多了，我觉得每个人都抛弃我了。”

“有时候人们会想起友谊的义务和责任。”戴维森皱起鼻子，他闻到了尿液的酸味。

“我尿床了。”塔基扬痛苦又尴尬地说。

“那我们应该换个床单，我来帮你。”戴维森放下护栏，一只胳膊环住塔基扬的腰，抓住输液的东西，帮他坐在椅子上。“等一下，我马上回来。”

过了一会儿，他带着个护士回来了，她把床单扯下来，换上了新的。戴维森似乎急切地希望她赶紧离开，终于，门在她身后关上了。演员坐在小桌子对面，伸手从口袋里掏出了一套袖珍国际象棋。

“我觉得我们可以快速下一局。”黑白两色的兵他各拿了一个，藏在身后，然后伸出两个握紧的拳头给塔基扬看。

塔基扬一开始伸出了右手，两个人都愣住了，盯着被纱布包裹的残肢。“左边。”塔基扬说。

戴维森摊开手掌，里面是个黑色的兵。“等一下，我来帮你摆棋子。”演员流畅美妙的声音略有一滞。

一开局，戴维森先让王走到4位，他们沉默地走了几步，接着塔基扬抬起头。“伊文斯弃兵。这是非常老派的开局方式，”他微微调整了身形，因为椅子上的塑料粘住了他的光屁股，“我有个朋友经常使用这种开局方式。”“哦？”

“你不认识。”

“他怎么了？”

“我不知道，他不见了，早就不见了，跟其他人一样。”

“不见得。”戴维森说。塔基扬用左手食指指尖点点马。“你最好不要这样走。还是动象吧。”演员低语道。

外星人换了棋子，之后……

“大卫！大卫！大卫大卫大卫大卫大卫。”

他扑向对面那个男人的时候输液管都从手上掉落了。然后他的软弱背叛了他。他连站都站不稳。大卫·哈恩斯坦撑住了他的腋下，他们倒在了地板上。

粗糙的花呢大衣刮擦着他的皮肤，感觉到了他脸颊上的胡楂。他哭得像个三岁小孩，但是他停不下来。大卫的手轻柔地抚摸着他的卷发。

“嘘，现在没事了。”

当然，这是因为使者的王牌能力。

“哦，大卫，你回来见我了。”

“只能待一段时间，塔基。”塔基斯星人身形一僵。“我老了，塔基。有一天我会死的。”他们安静地坐了一会儿，大卫调整了情绪，开口说：“我帮你回床上吧。”

“不，不，没事。跟我聊聊，把一切都告诉我，那些美丽的女孩——是你的女儿？”

“对，我很为她们骄傲。”

“她们知道吗？”

“知道，我的家庭一直都是我的支柱。我出狱的时候心里非常痛苦。政府想要征召我来做隐秘的王牌行动。”他的嘴抽动了一下，“所以我跑了，大卫·哈恩斯坦就此死去，乔什·戴维森出生了。我有个新身份，但是旧的仇恨还在心中。后来我遇到了丽贝卡——她带走了我的痛苦。她们从来没有背叛过我。”男人深色的眼睛若有所思，带着疏离。

“杰克他……我的意思是他做了……”

“没事的，塔基。用我们副总统提名者的话来说就是，布劳恩和我找到了共同点。布劳恩提醒我也许我们确实有种责任。”他停下来考虑了好一会儿，“昨天晚上，我们都以为你会死，我意识到光是知道你跟我居住在同一个世界，对我来说都像是种奇异的船锚。一种安慰。丽贝卡提醒我……嗯，知道我活着也许对你来说也会是种安慰。”

“是的。”塔基扬叹了口气，更紧地抓住了大卫的翻领。

“我这三十年来一直都羡慕和嫉妒那些有勇气使用能力的王牌。”哈恩斯坦沉思着说。

“你有勇气。”

“对，但是没有智慧。”

“问题永远在这里，不是吗？”

“你在想什么？”使者盯着对方轮廓分明的小脸，问道。

“什么是最重要的，大卫？爱，荣誉，勇气，责任？”

“爱。”演员脱口而出。

塔基扬拍拍他的脸颊。“温柔的你。”

“那你呢？”

“荣誉和责任。我必须去欧姆尼，大卫。你能帮我吗？”

“塔基扬，这种身体状况不宜外出。”

“我知道，但是我必须……”

“能不能告诉我为什么？”

“不能，你会帮我忙？”

“这还需要问吗。”

晚上7点

斯佩克特躲在床后面，希望科林说的那番关于受习惯支配的话是真的。黑斯廷斯的尸体还在卫生间里。除非你进卫生间，不然也不会闻到味道。显然，清洁女工在巡查房间的时候最多也只是偷看了一眼而已，不然早就发现了。斯佩克特看了下手表，现在正好晚上七点。如果那个鬼牌迟到了，或者根本没出现，那他就要快点赶去会场了。他自己买了个面具，但是担心跟其他人的不相配。

他听到门口响起轻柔的脚步声。斯佩克特蹲在床后面。门开了，又关了。他听到有人在闻着空气。斯佩克特把头探出来。那个鬼牌要伸手拿枪，但被斯佩克特对上了眼睛。他狠狠发力，科林双腿瘫软，想要叫喊，却仿佛被掐住了脖子，接着便倒在地上，死了。

斯佩克特想要尽快了结。他跟这个鬼牌有过简短的对话，没有给他任何厌恶这个人的理由。他只是在错误的时间出现在了错误的地方。斯佩克特跪在尸体旁边时，他注意到了一个之前被他忽视的事情：科林的头发泛着明显的油亮，而且绝对不是因为抹了美发产品，很可能是他成为鬼牌的附带结果。斯佩克特今天早些时候洗了头，现在干得要命。他用手揉着死尸的头，又揉揉自己的头发，这个程序重复了几次之后，斯佩克特的头发终于跟科林的一样了。不幸的是，也同样散发出了猫砂盆的味道。

斯佩克特搜了尸体的身，科林带着证件、一把枪、一副耳机甚至还有一个面具。斯佩克特回想起了这周开头时他走入的那间布满灰尘的面具工厂。似乎更像是一个月以前的事。

他脱掉鬼牌的衣服，再脱掉自己的衣服。几分钟之后，他就做好了准备。西装有点大，挂在肩膀上的枪套带子让他不太舒服，但是还能忍受。他走进卫生间，戴上面具，在镜子前后退一步查看自己。接近完美。油头很关键。

他小心地把鬼牌尸体拖到淋浴间，扔在黑斯廷斯身上。这个地方总归会有人打扫的，还好不用他亲自动手。

♠

演讲台后面的空荡过道微微晃动着，就像是经历了震级较低的地震。在外面的篮球场上，有了哈特曼的小怪物们煽风点火，人群终于陷入了自我狂欢之中。

这群愚人，萨拉心想。她的呼吸撞上白鹭羽毛面具的内侧反弹回来，擦过她的耳边。这就像是某种寓言故事：众人正要宣布一位新王，没有人怀疑过，在那副微笑面具之后，新王其实是来自地狱的魔鬼。

一个矮胖男人站在萨拉面前，他身穿蓝色工作服，右胸口印着NBC标志，背后印着“机器人组”，这些字母都是印刷体。他拿着一张VIP通行证给她查看。上面印着假名，和一张照片。借着遥远的高处洒下来的微弱灯光，萨拉看到照片上不是自己，是在另外一个人的脸外面添加了白金色头发。那是一张鬼牌的脸，而且经过精挑细选，就算是特勤局队伍里最硬核的前特种部队成员，也不敢窥视面具之下的真实面庞。

她读过不少勒卡雷的间谍小说，所以并不吃惊。毕竟“格奥·斯蒂尔”是克格勃的高级别间谍，他肯定有他的资源，而且显然这次搞垮哈特曼的尝试并非一时冲动的随意妄为。她点点头。他把通行证贴在了她白色裙子的前面。

“现在，”他蹲在一个斜放的小型摄像机旁边，“你确定你想参与这一切吗？”

摄像机是敞开的，里面的一些印刷电路被移除了，好为紧凑型赫克勒－科赫7手枪腾出位置。昏暗的灯光不确定地落在这块黑色钢铁上。

他拿起枪，把套筒向后拉，检查枪膛，然后塞了一个弹夹进去。“你还记得我向你展示过的吗？三点成一线，目标应该坐在这些点上，如同它们是张桌子。这个武器你要先关掉侧面的保险，压紧枪把后面的保险，不然你开不了枪。”

她不耐烦地点点头。“我记得，我小时候就经常用一把点22。柯尔特护林者。是我的表亲的。”

“9毫米确实能造成不小的伤害，但是没什么冲击力。我建议你不断开火，直到目标倒下。”

*或者直到特勤局的小伙把我拿下。*她伸出手，接过他递来的手枪，塞进白色漆皮包里，小心地扣上了搭扣。

“你完成这个任务，世界和平才有希望。”他说。

她跟他四目相对。“我完成这个任务，才算帮安德复仇，还有桑德拉·法林。女巫，还有蝶蛹，和我自己。”

他面朝她站着，好像是觉得应该说几句，但是又不确定该说什么。她踮起脚尖，轻柔地亲吻了他的脸颊。他一转身，快速走开了。

她看着他离去。可怜的家伙。他觉得利用了我。

真有意思，一个间谍头子居然会如此天真。

◆

走道上基本上空无一人。所有能挤进欧姆尼深碗状会场的人，全都在里面为杰克逊的副总统演讲的结尾而欢呼。塔基扬觉得人群的声音汇聚成了喉咙深处发出的一声怒吼。*一头激动的野兽，而我正要走入它的胃里*，他心想。

大卫帮他穿衣服的时候动作极尽轻柔，但是让残肢穿过衬衣和外套袖子还是件难事，弄得他一身冷汗。大卫在跟护士说情的时候，塔基从晚间药品托盘上拿了止痛药。他在出租车上直接干吞了，但是现在还没起效，他感觉自己快站不稳了。

门口的特工满眼怀疑地打量他们两人。苗条年长的那个男人胳膊紧紧绕着塔基斯星人的腰。塔基展示了他的媒体通行证。

“里面没地方了，医生。”他猜疑地看着哈恩斯坦，“你的通行证呢？”

“我没有通行证。我们两人中只有他需要进去。”

“里面没有座位了。”

“没事，我可以站着。”

“我不能让你站着，这个地方有火灾隐患。去那边的国会中心。你可以看大屏幕电视。”

塔基扬努力克服一波晕眩和恶心感，伸手抚摸自己湿冷的脸庞，他感觉到了胡楂戳刺着手掌。

“求你了。”他低声说道，将残缺的胳膊放在他的胸口。

“我觉得你要是能放他进去那就太好了，”大卫轻柔地说，“你觉得他能造成多大伤害？他这么弱小。”

“嗯。”守卫犹豫地说。

“他从医院赶过来，就是为了见证这个时刻。我知道你很愿意帮助他。”

“哎，好吧，管他呢，进去吧。”

塔基扬用左手重重捏了一下哈恩斯坦的肩膀。“大卫，不要再消失了。”

“我会等你的。”

晚上8点

斯佩克特的汗水简直倾盆而下。上演讲台简单得很，但是要在这里一直待着可不容易。会场非常大，他看电视的时候没想到实际上有这么大。数千人都会看向他这个方向，如果加上电视观众那就是数百万人。他看向亮着灯的电视台演播室，紧张地想寻找是否有他熟悉的人，比如宗毓华，丹·拉瑟，或者的那个叫什么名字来着的人。这让他心思分散一点，才能老实地在台上待着。

杰西·杰克逊在演讲，他强有力的声音抑扬顿挫，展现着他惯常的南方牧师风格。显然，哈特曼就是以副总统提名作为回报，说服杰克逊退出总统竞选的。

斯佩克特觉得自己在台上是不可能有办法接近哈特曼的，最好等到他护送参议员回酒店的时候再动手。之后他可以打电话喊救护车，然后就逃走，到那个时候所有人肯定都慌了，绝对顾不上找他。那么，他就可以回到泽西，享受一点宁静的时光。

他只需要等待时机。

♥

“全都是我自己的主意，人们说是团队想出来的，但其实全部都是我一个人做的主。”杰克夸张地叹息道，“我错了，但是那个时候我以为是个好主意。”

新闻主播在用名人采访填补间隙时间。空中演播室下方的会场里一片嗡嗡声，人群等待着候选人，有一半人似乎都戴着面具。

杰克苦笑着看向沃尔特·克朗凯特主持满是皱纹的眼睛。“似乎都能对得上，所有的百变王牌暴力——还有，别忘了，我自己也被攻击过两次——似乎都是意在阻碍哈特曼参议员的竞选，同时帮助巴奈特牧师。我跟巴奈特私下见面的时候，我见识到了他是多么魅力超凡，于是联想到了真神之光那样的人——毕竟，他也是魅力超凡的宗教领袖，而他恰好是百变王牌——我妄下结论，犯了错误。”

“所以你很确定巴奈特的竞选队伍中没有百变王牌感染者?”

杰克熟练地摆出一个冷嘲的笑容。“如果有的话，那他们藏得太好了。”他虚伪地大笑一声，“只可能是这样的，沃尔特。”

在克朗凯特身后，几十个视频监视器展示着摄像机拍到的会场画面。人们戴着面具，挥舞着标志，笑着跳舞。戴着耳机的男人们大汗淋漓地在控制台前忙碌。

克朗凯特似乎心情不错，很乐意交谈，完全不是往常凶悍的记者模样。但是他的问题依然尖锐。“你是否觉得你应该向巴奈特的团队道歉?”

杰克再次展现了他标志性的笑容。“我道歉过了，沃尔特，我昨天下午单独跟弗勒·范·伦斯勒道歉了。”他看着摄像机，笑容紧绷了一点。接招吧，弗勒，他心想。

“所以现在格雷格·哈特曼终于赢得了提名，你是种什么样的感觉?”

杰克盯着摄像机，感觉到自己的笑容凝固了。“我感觉，”他小心翼翼地说着，“我搞砸了太多事情，已经没什么东西能让我觉得高兴了，沃尔特。”

克朗凯特耳朵里放着个接收消息的耳机，他听了一会儿，然后抬头说：“候选人马上就要发言了。谢谢你，杰克，现在我们切到丹·拉瑟和鲍勃·谢菲尔。”

摄像机上的红灯灭了，人们纷纷站起来怒吼欢呼。

杰克真心实意地希望能和他们一起欢呼。

♣

在很长一段时间里，塔基扬都晕头转向的。他看清加州的横幅后，知道了自己身处何方。演讲台就像是个船首，开进了拥挤的大厅里，上面的每一层每一级都站着有权势的厉害人物。

他爪子一般的手抓住了一个男人的肩膀，然后强行把那名记者推到一边。

“嘿，混蛋！小心点。”

“走开!”塔基扬咆哮着，从他身边挤过，继续往人群深处走，想找一处视线更清晰的地方。

“……美利坚合众国的下一任总统……”这些话终于刺穿了塔基扬心头的迷雾，“……格雷格·哈特曼!”

聚集在欧姆尼的一万五千人沸腾了。乐队开始演奏《星条旗永不落》。欢呼、尖叫和口哨也一同响起。飘落的气球被疯狂挥动着的哈特曼标志打到一边。塔基扬承受不了过于喧闹的声音和过于拥挤的人群，开始颤抖起来。

他疼痛的双眼聚焦在演讲台上。格雷格在微笑、挥手，跟杰克逊手拉手。艾伦坐在他旁边的轮椅上，面色苍白神情疲惫地微笑。突然间，他的大脑之前偶然接收的一则讯息戳中了他。现场有 80% 的人都戴着面具。原本就不太可能的任务现在彻底陷入绝望。就算他有通天的本事也不可能及时找到詹姆斯·斯佩克特，阻止他杀人。

他身边的所有人都在尖叫欢呼，而他却开始哭泣。

♠

“……美利坚合众国的下一任总统，格雷格·哈特曼！”

聚集在欧姆尼的人群都疯狂起来。乐队奏乐，到处都能见到绿金两色的哈特曼标志在挥动。天花板上的网朝着底下欢呼的代表们撒下气球。

玩偶人几乎要高潮了。这个冗长的星期所压抑的情绪在一场盛大的庆典中全部释放，光是那潮涌般的力量就令人惊愕。格雷格摘下他小丑的面具，走到演讲台的前面，以胜利者的姿态高举双臂，人群用猛烈的叫喊声回应他，这声音震耳欲聋。他不得不大声高喊着让杰西也走上前来。俩人握着手，跟所有人挥手致意，于是欢呼声更甚，乐队的声音都被淹没了，雷鸣般的喝彩让整个欧姆尼都跟着晃动。

太壮观了，令人狂喜忘形。

热烈的欢呼声持续了好一会儿。格雷格挥挥手，然后高举双手，点点头。他看见杰克·布劳恩跟克朗凯特一起待在演播室里，他指了指，微笑着对他做了一个拇指向上的夸赞手势。他亲吻了演讲台后方坐在轮椅上的艾伦，冲着德沃恩、罗根还有所有人咧嘴一笑。他知道，那些面具之下的脸庞也在对他回以微笑。

我们做到了！他心中的力量已经被吹捧得飘飘然了。都是我们的了，所有的一切。

格雷格情不自禁地笑了起来，表示赞同。

都是我们的。

人群终于稍微安静了点之后，他走到了演讲台前。格雷格看着坐满了人的一排排座位，看着肩并肩的人潮。这些人中有很多都戴着面具，舞台上也有不少。

“谢谢，感谢你们每一个人。”他声音嘶哑，众人又开始呼喊了。他抬起手，欢呼声降低了一点。能做到这样，他感觉很好。

“这是我人生中最艰难的一场战斗，”他继续说，“但是艾伦和我从来没有放弃希望。我们相信你们所有人的判断力，你们也没有让我们失望。”

欢呼声席卷整个会场：“哈特曼！哈特曼！”一股浪潮，一阵激流，所有人都被卷进去了。“哈特曼！哈特曼！”格雷格假装谦逊地摇摇头，任由这喊声冲刷着他，他只是微笑着一言不发。

“哈特曼！哈特曼！”

这微笑突然凝固在了脸上。不知怎么的，麦基就在人群的前几排，跟其他人一样笑容洋溢。这个驼背男孩（男人）全身穿的都是皮质黑色衣服。格雷格感觉一阵寒冷爬上脊背。

没事的，玩偶人在他脑袋里低语。没事的，我可以控制他。但是格雷格还是颤抖起来，当他再次靠向麦克风时，他的声音已经失掉了一些原有的热情。

◆

麦基穿过戴着白色草帽，上面还带有哈特曼装饰的狂喜代表们，心里觉得自己像是空气做的。他变成虚体的时候从来都没什么不一样的感觉，但是如果他要有感觉的话，估计就是现在这种：好像随时会像一朵云一样飘散开来。

他昨天晚上从纽约港务局上公车，被夹在两个臭烘烘的酒鬼中间，根本没有睡觉。有个穿西装的男人在时代广场让他搭了便车，那是个口味有点独特的变态，显然是意识到在这个充满艾滋恐惧的时代，自己所寻求的那种爱是很昂贵的，所以口袋里装着好大一卷现金。麦基拿掉了最外面沾着血的那张一百元，剩下的钱依然足够他买张机票。但是他不敢坐飞机。有人可能会在机场等着抓他，到目前为止，他的行动已经被看到三次了。

老大肯定会非常失望。

他现在就站在演讲台上。爱意和悔悟拉扯着麦基，让他想要靠近。但他不可以在公开场合接近哈特曼，他不会的，他只需要静静地待在他的身边就行。

他从挂在拥挤的会场上方，宛如《星球大战》里死星的媒体演播室下面走过，一路上像条鳗鱼似的，在大喊大叫、扣子都快绷开的男人和穿着礼服裙的女人之间穿行。每张脸上都闪烁着汗水和油脂，还有对这场资本主义友好聚餐的战利品的贪婪。要不是他的脑海全都被哈特曼所占据，眼前的景象肯定会让他又恶心又害怕。但是他现在只想着对哈特曼的爱、责任和辜负。

演讲台出现在他眼前，像是座蓝色的莱茵河城堡。他还没看到老大，但是现在台上的人正在谈论着他。他看看两边，想要看哈特曼一眼。

一个移动的白点吸引了他的注意。演讲台两边是一层层的包厢，如同多层婚礼蛋糕。左边与台子平齐的那一层上出现了一个穿着白色裙子的瘦小身影，正一边说抱歉，一边走过落座的各位显要。那人戴着一张艳丽的鸟面具，上面的白色羽毛在灯光下反射着银光。

他一开始只是心想，*肮脏的鬼牌贱货*。然后他意识到自己的注意力为什么会被这个鬼牌吸引。

是因为“她”走路的方式。他总是能记得别人的姿态——她移动的方式，她的四肢和身体的协调。他以前就能根据走路的样子在圣保利的一群妓女中把他妈妈——那个贱人——挑出来。

现在他认出了萨拉·摩根斯特恩，自他妈妈死后，还没有哪个女人像这个一样，欠麦基那么多的债。

愉快的愤怒在他心里冒泡，他开始强行在人群中穿行。他知道这一次，他不会让老大失望，也不会让她失望。

♥

哈特曼在说话，但是人群不停地呼喊他的名字，所以他只能见缝插针地勉强讲几句。杰克在空中演播室闲逛，不想打扰到其他人。

从监视器上看来，人们全都疯了。杰克只是看着，想着他能做些什么。

他能够告诉所有人真相，刚才就有个机会，但是他不能说。

他不能再当犹大王牌，他不能再引起一轮迫害。

他伸手拿香烟，然后在其中一个监视器里看到了皮衣男孩。

他绝对不会看错，那个驼背的身影连面具都没戴。弱小的身体，加上傲慢不稳的走路方式，这个组合不会是别人。“嘿！”杰克说。蹿升的肾上腺素差点让他栽倒。怪物走出摄像机画面时他跳到监视器前。“那就是杀手！”他用手戳着屏幕，“就在那里！这台摄像机是对着哪里的？”

导演眼神暴怒地看着他：“你能不能——”

“打电话给特勤局！那就是锯子杀手！他就在会场里！”

“什么——”

“这台摄像机是对着哪里的？他妈的快说！”

“呃——八号摄像机？对着演讲台的右侧……”

“该死！”怪物就在候选人们的下面！

杰克疯狂地张望四周。评论员们都在静心坐禅，还没听到他惊恐的叫喊声。

“八号摄影机。”这是导演的声音，“镜头左右转动一下，八号准备好了吗？切到八号。”

杰克跳上了克朗凯特身前的桌子，飞起一脚，空中演播室的安全玻璃向外鼓了一点，杰克落脚的地方已经有了一圈裂纹。克朗凯特惊讶地坐在椅子上向后退，大喊着老水手风格的咒骂，此时杰克的脚已经穿过了安全玻璃，正用拳头把洞砸得更大。

支撑着欧姆尼中心天花板的横梁就在前面的顶上。杰克奋力一跳，双手抓住工字梁，两只手交替抓着大梁向舞台的方向移动。这样实在太慢了。他向后荡，又向前荡，使劲一推，抓住了另一根大梁。

这种事情他干过好几年。无需思考，演人猿泰山时练就的条件反射就回来了。

突然间一阵骚乱，哈特曼的演讲被打断了，他来得太迟了。

♣

格雷格在一阵掌声的激流中大步向前时，萨拉故意舔了舔嘴唇。他走路的时候多么自信，他以为自己是神灵。

但是世界上再也没有神灵，只有男人和女人，而有些人的能力过于强大，不是凡人可以安全使用的。

麻木的手指打开了她的包，就好像是它自己开的。她将戴手套的手伸进去，金属和枪把上的格纹橡胶摸上去像是冰凉的火焰，灼烧着她的手指。

“*安德*。”她低声说着，抽出了枪。她双手握住这件武器，任由肩带挂在她的小臂上，而她的包则在下面晃荡着。

♠

麦基几乎是在拥挤不堪的代表中跑步前进，他用震动的手肘当做赶牛棒，戳刺他人健壮的臀部，迫使代表们给他让出一条路，在不得已的时候他还会化为虚体。他要在全国电视观众面前搞死他妈的萨拉·摩根斯特恩，用他的右手直插她的心脏，老大会很骄傲的。

他感觉到腋窝里有压力，双脚开始在空中蹬踏，有人拽住了他的皮夹克领子，把他从地面上拎了起来。“别他妈的这么着急，鬼牌。”一个咬牙切齿的声音传入他的耳朵。

他扭动着转动身体，迎接他的是一阵酒精和烟草的味道。抓住他的是个穿着骨白色连体服的高大男人，黑色的头发搭在他的脸上。这是一张有些奇怪的脸，看起来就好像各个组成部分曾经裂开过，又匆忙用超级胶水粘贴了起来。鼻子是一团血肉模糊的东西，颧骨错位，两只绿色眼睛的看人角度也不同。

“你最好不要搞我，滚你妈的!”麦基尖声喊道，因为暴怒而头晕眼花。“我他妈才不是鬼牌！我是麦基刀!”

恼火的麦基嘴里喷出一阵唾沫，惹得对方连连躲避。“在我看来你跟狗屎杰克差不多，小东西。现在，我、你，还有我这只优秀的右手，咱们找个地方好好谈一谈，找个秘密的地方，比如——”

麦基猛地伸出了自己的右手。

他的指尖碰到了凸出的右边颧骨，随之而来的声音和气味就像是牙医的钻头穿过一颗牙齿，它们接着又穿过了脸颊、嘴唇和骨头，斜着切掉了下颌骨的一半，裸露的牙齿还在对着他笑。仅仅一毫秒之后一阵鲜血涌出。高大的男人松开了他，双手捂住脸上正在喷血的伤口。

麦基转身继续看着演讲台，一个头发染成橙色、嘴巴呈隧道状直通腹部的女人挡住了他的路。他直接把她砍倒，仿佛是个探险家用弯刀砍掉麻烦的树枝。

老大一定会明白的。现在没时间了，也就不再需要追求隐秘了。

◆

她没有预料到这么快就听到尖叫声。她的复仇要想成功——不过不管成功与否她的命都保不住——就是赌定了格雷格开始演讲之后欧姆尼的每双眼睛都会锁定在舞台上。但是目前坐在周围坐席上的人没有一个注意到她在做什么。瞄准的三点出现在她眼前，就像三个肥胖的白色卫星，寻觅着排成吉利的一条直线。

她被余光看到的东西干扰了。坐在演讲台正前方的密西西比代表团中起了骚动。她竭尽全力，想将精力集中在哈特曼和上升的卫星上，但眼睛还是短暂地瞥了一眼那个方向。

她觉得自己全身的力量都被抽走了，如被戳破的气球那样。*他来了*。皮衣男孩。他在人群中砍出一条血路，冲着她来了。

♥

哈特曼在说话。塔基扬像是被催眠了一般看着他的嘴一张一合，但是一个词也没听进去。另一张脸叠加在他熟悉的平凡面貌上——膨胀、放荡、邪恶——玩偶人正居高临下地看着他。

他觉得恶心，垂下了眼帘，眼神空荡地盯着自己的残肢。他的想法一个接一个，像是打着旋的叶子。

必须阻止他。

怎么阻止？

必须做些事情。

什么事情？

必须思考。

必须阻止他。

怎么阻止？

怎么阻止！

怎么阻止！

尖叫声响起，候选人的演讲和人群的欢呼都停了下来。细小的声音，像一滴血液挤进了健康的组织，现在传开来，成了大出血。塔基扬周围的记者察觉到了有事发生，都开始向前冲，塔基扬也被带着一起向前，然而他们遇上了一堵移动人墙，是代表们，个个吓得嘴巴大张，纷纷跑向出口。

整个世界缩小到只剩下胡乱挥动的胳膊和恐惧的气味。这一万五千人要么恐惧要么困惑，这样的情绪震动让塔基扬的心灵屏障也跟着摇晃起来。

小个子外星人被一个魁梧的男人撞上了，对方胸口上满满当当的徽章像响板一样哒哒作响。塔基扬裹着绷带的断肢处戳到了男人的皮带搭扣，他撕心裂肺地惨叫起来，接着又被身后的人猛地一拉，他脚下不稳，摔倒在地，绷带也被扯开了。众人的脚踢着塔基扬的后背，他快喘不过气来了，而且他感觉肋骨开裂，似乎有根红热的拨火棍插入了他的胸口，随着他的每一次呼吸而更深入一点。

但这远远比不上惊恐的人流从他身上碾过时，他的右臂所感受到的剧痛，众人的鞋跟将他的残肢踩得血肉模糊，粘在欧姆尼的地面上。

我要死了。浓稠的恐惧堆积在他的舌头后面，几乎让他窒息。细细的一条愤怒射穿了他。不！被歇斯底里的地球人践踏致死，这样羞辱的死法我绝对不会接受。

他集中了全部精力才能透过令他窒息的剧痛开始思考。布劳恩的心灵在狂乱的场面中闪烁着熟悉的光芒。他动用心灵力量向杰克靠近，像归巢的鸟儿正返回安全之地。他读到了高大王牌心灵中的困惑和犹豫。

杰克，救救我！

塔基？

帮帮我！帮帮我！

他再也坚持不住了，随着一声叹息，两人之间的连接中断了。

但是杰克过来了。

♣

货运车般的重量从背后砸向麦基，他的右手原本就像僵硬胳膊上的矛头，遭遇重击之后，这矛头直插进一个穿着粉色衬衣、戴米色领带的男人胸口。这股力量太大了，麦基无力抵抗，只得被逼着向前向下。他的手戳穿了男人的胸腔，一时间血液喷涌。他撞上地面，脑袋磕到了硬木，而且他还觉得胸口有什么东西断了。

他暴怒而痛苦地尖叫起来，全身都开始震动。他的对手因此吼叫一声闪躲开来。他立刻站了起来。

“操你妈的，操你妈的，我把你的鸡巴切下来，再让你把它吃了！”他尖叫着，但用的是德语，不过这不重要，重要的话留给他的手来说。

透过眼睛里的泪水，他看到一个拳头离他的脸越来越近，有什么牵扯住了他的心灵，就是那一眨眼的怀疑，那片刻的分神，让他迟了一步，才化为虚体。

这一击打中了他的下巴，打得他的头向后仰……

之后无害地穿过了他。

♠

格雷格的演讲停下了，不过众人还在欢呼和叫喊，似乎暂时还没人注意到他已不再说话。他俯视台下，看到刽子手正冲向麦基，在人群中制造出明显的尾流。就在此时，麦基也察觉到了这个王牌，于是转身咆哮，双手也开始震动。麦基身边的某个人尖叫着指向他，旁边的所有人都闪开了，尽量离这个驼背远远的，刽子手则大喊着冲了上去。

玩偶人跟他一起大喊，高兴极了。很好。那个孩子也没用了。让刽子手把他杀了。

麦基会把他切开的，格雷格告诉心中的力量。

他们都是玩偶，我们可以控制这场游戏。

狂喜和恐惧混合在一起的奇异滋味，尝起来真棒。

对，除掉麦基。这不是件容易的事情。麦基一出手，一股鲜血随之喷溅，沾在刽子手洁白无瑕的制服上，而此刻这位王牌正挥出一拳，打得麦基摔倒在地。在刽子手心中，刺眼的红色痛苦和恐惧不断跳动着、膨胀着。这个白衣王牌后退一步，看着麦基的手，后者已经站起来了，虽然他的嘴被揍得惨不忍睹，但他还在笑。

玩偶人出手了，他在刽子手心中找到了恐惧，残酷地压制下去。随后他转向麦基，在他那片疯狂的心灵里寻找能使他脆弱的开关。

找到了，玩偶人满意地说。就在这儿。

就在要打开开关的瞬间，格雷格听到了一声枪响，玩偶人也吃了一惊，于是跟麦基的连接断开了，宝贵时机就此错过，下一秒，拥挤的场内爆发出惊骇的尖叫，慌乱和恐惧像一阵浓雾笼罩现场。“我的上帝啊，他们自相残杀了！”有人高喊道。

“停下！”格雷格对着麦克风大喊，但是他的声音被沸沸扬扬的喧嚣淹没了。

◆

不得不做，她意识到，就是现在，在他过来之前。她的意志力赋予她力量，驱使她伸直胳膊，抬起黑色短手枪。

一个身材瘦高、脑袋边缘勉强有一圈灰发的男人惊恐地从椅子上跳了起来，类似藤丛里一只受了惊吓的鹳。他胡乱挥舞的手肘碰到了枪，它旋转着从萨拉手中掉落。

这把枪翻滚着越过包厢的前面，掉进了人群之中，她绝望地尖叫起来。

台上传来一声枪声，格雷格·哈特曼也消失在了一波特勤局的西装之中。

♥

媒体演播室的玻璃被弄碎的时候斯佩克特吓得浑身一僵，但很快回过神来，此时特工们已经纷纷涌向哈特曼和其他大人物，推着他们走向侧翼或者把他们压倒在地。他冲着参议员跑了好几步，但是另外两个人已经护着他面朝下趴在台子后面了。

尖叫声震耳欲聋，这样的喧闹让斯佩克特无法思考。枪声响起。他听到好几个特工冲着人群里的一个目标开枪。黄金男孩在头顶的大梁上晃荡，冲着特工们射击的区域去了。斯佩克特压在了哈特曼身上，参议员嘟囔了一声，但是没有转头面向他。过一会儿，或者再过一会儿，他终究会回过头来看，斯佩克特就等着这个机会。

♣

杰克在大梁之间晃荡，像个绝望的钟摆，他完全不知道下面是什么情况，只能看见比利·雷的白制服，特勤局的人拿着枪，代表们蜂拥而逃——没有哈特曼，没有驼背男孩。但绝对有人实施了暴力，这个错不了。他抓住了自己的加州代表团上方的横梁，然后停了下来。

格雷格·哈特曼是个秘密王牌，是个杀人凶手。他为什么要在意这个男人会不会出事？

就在他犹豫不决的时候，他听到一声尖叫回荡在脑海里。塔基扬在下面，在惊慌的人潮中，被人践踏着。

他又犹豫了，尖叫声再次响起，他看到自己的正下方没有人，于是松开了手。

♠

他舞蹈般向后一跳，感觉像是有人拿锤子砸了他的下巴，脖子上的肌肉也在吱呀作响。如果他承受了这一拳的全部力道，他的脖子可能已经断了。*是谁？*

他的视线清晰起来，身形踉跄，仿佛又被打了一拳。还是那个脸上五官都是胡乱拼凑起来的黑发男人，带着骷髅头般的笑容盯着他看。他的制服前面沾了鲜血，好像胳膊痉挛的人刚吃过红色酱汁的意大利面。脸上的血液喷泉势头减弱，现在只是在滴血而已。

“我来向你展示一下，你这个狗娘养的小混蛋！”大块头怒吼着向麦基挥出强力一击。

恐惧在他的脑海里哀号着，*你打不过这个怪物的！*麦基强压下恐惧，化为虚体，堪堪避开了能把他的前脑打成一团糨糊的冲击力。男人的动作太猛，带着他穿过了麦基的身体。接着他以老虎般的迅捷稳住自己，转过身来双手摆好姿势准备攻击或者防卫。

麦基就在他后面，愤怒压过了持续存在的恐惧。他瞄准了太阳穴。让我看看他脑袋被切成两半之后会怎么办？

就在这千钧一发的时刻，大块头男人伸手格挡了刀刃，但麦基直接切穿了他的手，手指随即滚落，仿佛布料上掉落的衣夹。黑发男人向着人潮后退，才勉强没有被对方的锯子切开头盖骨。

他呼吸的时候胸口右侧疼得厉害，像是被利爪抓伤一样。肯定是那个大蠢货攻击他的时候伤到了他的肋骨。

他化为虚体穿过台下的幕墙，这里有个通道，作用是隔绝演讲台和坐席上的代表们。他看到就在角落处，演讲台的方形立柱恰好靠着抬高的特别嘉宾席，而一个肌肉发达、耳朵里有一条线伸出来的年轻男人就站在那个角落目瞪口呆地看着他，然后从深色西装外套内侧掏出一把小型全自动手枪。麦基看着他的眼睛，咧嘴一笑，并不知道自己的鼻子正在流血，笑起来就像恐怖苍白的小丑。

特勤局的人抽搐般地扣动扳机。一阵9毫米子弹飞过麦基已经不在的位置，蹿入了后面的人群中。被子弹击中的人尖叫起来，这声音几乎让麦基高潮。

他的手袭向特勤局小伙那双包裹在平整西装裤里的腿，膝盖以下，完全切断。特工尖叫着倒在通道里，鲜血洒在嘉宾席的前部，而他染血的小腿还站在原地，暂时还站着。

台子两侧的塔庙式白色阶梯太过夸大，不适合当做楼梯，但是麦基还是攀爬了上去。

刚爬到第二级，他就被人从后面攻击了，他头昏眼花地瘫倒在地，接着感觉到自己被拎了起来，像个玩偶似的被扔了出去。他撞穿了通道的外墙。

他的内心一片破碎。"妈妈，"他呻吟道，"妈咪。"

还是那个黑发男人，他用被切伤的手把他打倒，又用健全的那只手把他扔了出去。现在他正站在演讲台底下冲他怒吼，被麦基切过之后还剩下的部分嘴唇咧着，露出牙齿。

他集中精神向麦基扑来，如同一头猛虎跳向被绑在木桩上的孩子。

麦基此刻已是不顾一切，他冲过墙壁，伸出手来，让它开始震动。

他的手遇到了阻碍，液体沾湿了他的脸，又热又黏的液体。

大块头男人撞穿了墙壁，他的身后掉落着一团团内脏，像是油腻的紫灰色三角旗。

◆

萨拉趴在包厢的地板上，正好可以清晰地瞄准哈特曼。他目前正被一堆特勤局特工压在身下，但特工们关注的是观众席里发生的情况，根本没人留心显要人物们。等他被允许站起来时，她可以干净利落地当场将其击杀。

唯一的问题在于她已经没有枪了。

她用拳头捶打着包厢的地板，敲出的明显是自我厌弃的节奏。

♥

格雷格完全没机会控制局面。

两个特勤局的人以橄榄球边锋般的闪电速度将他推倒在地。两人从喉头发出不成语句的叫喊，还拿出了手枪。科林，那个鬼牌，直接压在了他身上，差点让他喘不过气来。“别起来，参议员!”玩偶人因为他们的干扰而咆哮。

他听到刽子手冲向麦基时这个男孩的手发出嗞嗞的锯子声，还混合着人群的尖叫。但是他看不见，不能轻易地拨动他心里的线，因为不知道目前的情况如何。

让我走！让我来控制他们！只有这样才能结束这一切！

格雷格放开了对玩偶人的所有控制，这股力量狂暴地行动起来，而格雷格只是乖乖地躺在守卫的身下。

他强奸了刽子手的心灵，切除了痛苦和恐惧，泵送大量肾上腺素，以至于他自己的脑袋里都能感觉到王牌的心脏在跳动。与此同时，他尝试抑制麦基疯狂的愤怒，但是这就像在玩火——它熊熊燃烧，它在他的钳制下扭动挣扎。

*砸死他！*玩偶人对着刽子手尖叫。*用你该死的力量，让这个小男人成为地上的另一个血印！*

虽然他帮比利建立了心灵阻隔，虽然他一直贪婪地狂饮那痛苦，但他仍然感觉到了比利痛苦不堪的尖叫，他知道麦基赢得了这场战斗。格雷格身上的重量消失了，就在他挣扎着站起来，终于能看清局势时，半打特勤局的人在台上大喊：“他要把我们切成碎片——”

接下来是更多的枪声，很响亮，而且离得太近了。

♣

麦基的手掌疯狂擦拭，终于把对手的血从眼睛上抹掉了。贱人消失了，*该死，该死，该死*。他必须找到她，他不能再失败了——

他抬起头来，没有看见哈特曼。是不是他出了什么事，老大出事了吗？

他哭泣着往台上爬，脸上又是泪又是血，还咳出了血腥的黏液，整个人就像个落在巨大楼梯上的破碎玩具。他一路没遇到阻碍，顺利爬上了舞台右侧通向贵宾席的斜坡。哈特曼就躺在好几个穿西装的年轻男人身下。他看起来还好，感激的泪水充盈着麦基的下眼睑。

他感觉到灼热的气息喷射在他的脸颊上，听到身后传来痛苦的叫喊声，一发子弹击中了某个人。一个穿深色西装的男人双膝跪倒在参议员旁边，双手握着枪对准了麦基。

他想要化为虚体，但是怀疑和疲惫占据了他的心灵。*我做不到*。

短小的枪口朝他射出黄色火焰，黑色火焰在他胸口爆炸，他倒下了。

♠

强壮的胳膊把斯佩克特从哈特曼身上拽起来，并让他转身面向人群。“他要把我们切成碎片。把你的枪拿出来，我们必须把他打死。”把他拉起来的那个特勤局特工这样跟他说道。

他说得没错。小驼背确实在用锯子般的双手一路砍杀。斯佩克特打开皮质枪套，抽出了他的枪。管他那么多呢，装装样子也无妨，而且过会儿也许还能帮他脱身。斯佩克特跪下来开火，枪的反冲力比他预料的要大，所以子弹打到的是目标后面的人。他用两只胳膊一齐稳住枪，瞄准，然后扣动了三次扳机，驼背旋转身体，最后倒下了。

斯佩克特转向哈特曼。“你还好吗，参议员？”

哈特曼抬起头，对上了斯佩克特的眼睛。

◆

黑暗伸出魅惑的手臂拉住麦基。他挣扎起来，他还有事情要做，还有人要——

恐惧在他心中爆发，他的眼睛睁开了。

他手脚摊开躺在一层阶梯上，参议员藏在演讲台后面他看不见的地方。*老大需要我！*

这种需要给了他力量，他用意志力驱动四肢，虽然平台上覆盖着滑溜的红色液体，但他的手和帆布鞋还是不断向前爬。

老大还躺在他之前的位置。但是他伸着脖子，目光牢牢盯着一个瘦高的特勤局特工。他的表情似乎既兴奋又恐惧。

对瘦特工的恨意击中了麦基，像一剂安非他明。*就是他开枪打我的！*而且更糟糕的是，他正在对参议员做着什么，麦基看不见他的具体行为，*但是他就是知道*。

他一瘸一拐地拖着自己的右脚向前行进，每一步都像是有根白热的拨火棍捅进他的肚子。他需要我。我不会——再次——辜负——他的期望。

♥

斯佩克特感觉到哈特曼体内有什么东西抵挡了一阵，随后它像个旋涡似的吸收了他的情感。他死亡时的痛苦在参议员心中沸腾，每一个堪比酷刑的细节，断裂的骨头、炽热的血液、窒息的感觉，全都涌出来了。

但是不太对劲。哈特曼的心灵并没有像其他人那样，反而膨胀了，在尽情享受着斯佩克特的死亡。他更加强势地向前推，慢慢地，对方的心灵在重压之下让步了，开始凋零。

♣

太棒了太美味了但是痛得要死了……这不是真的这不会是真的这不可能……

但确实是真的，玩偶人的声音逐渐消散成了一声低语，最终完全消失，就连玩偶人所吸收的痛苦都流入了格雷格，如同一阵灼热的酸液侵蚀着他的灵魂，他只想尖叫辩解求饶，别杀我别杀我我不想死。

但是他还在与对方恐怖的眼神对视，他无法让自己不去看那双奇异、悲伤、痛苦、惊讶、受伤的眼睛，那不是科林的眼睛，而是别人……

……他知道他要死了，他知道下一个就是他，他知道他会追随玩偶人进入那双眼睛背后的虚空……

“你要杀死我！”格雷格用全身残留的力量怒斥道，希望那双眼睛能够眨一眨，或者看向……

……然后世界上别无一物，只剩下那双眼睛……

♠

深色西装覆盖的后背就在麦基的前面若隐若现，如同一个狭窄的悬崖。麦基身形摇晃，他想要躺下，睡上很久很久。

但他没有，他抬起右手开始震动。他看着自己的手指呈现出一片模糊的粉红色，这幅画面给了他力量。

他挥手，平平地切了下去。

♦

斯佩克特勉强支撑着自己没有倒下，但是膝盖已经因为内心的紧张角力而颤动。他对哈特曼使出了全力，也感觉到对方就要屈服了，然而这个混蛋居然在盯着他的同时还眨了眼，这根本是不可能的。

斯佩克特想起来自己手里还有枪，于是把它抵在哈特曼的胸口，这时他听到了类似大蜜蜂的嗡嗡声，就在片刻的犹豫之后，他感觉到脖子上传来磨削的剧痛。会场天旋地转，不停地转，然后冲上来撞了他的脸。他的耳朵在怒吼，但是发出的声音全都莫名其妙。他身边不远处躺着个人，是科林，至少看起来像是那个鬼牌，可是缺了头，脖子上被切断的地方还留有些碎肉条。斯佩克特现在只能看见匆忙走过的脚步。

这肯定是个梦，就像他之前做过的那个梦一样，只不过更加糟糕。他觉得恶心无力，但与此同时又心情愉悦。他闭上了眼睛，想让局面回到可控的状态。

♥

头滚动到了舞台的后面。麦基踉跄地走在喧嚣的沉默中，感觉自己似乎正在空中飘浮。

他痛苦地凑向前去。他的身体宛如干枯的小树枝，每向下弯曲一度，就有一个新的地方被折断。

他捡起那颗头，缓缓直起身子，然后举着头给格雷格看，给戴着白色帽子，正在相互踩踏、疯狂地想要逃离他的那群受惊的绵羊看。

“我是麦基·梅塞尔，”他的声音低沉沙哑，“麦基刀。我很特别。”他把那颗头拿到自己面前，吻了它的嘴唇，那双眼睛睁开了。

♣

斯佩克特感觉到有东西在他嘴上，他睁开了眼睛。驼背正盯着他，嘴角带着嘲讽的微笑。这不是梦。现实如同一记重拳打在他的胸口，但是他已经没有胸口了。这个小傻逼把他的头切下来了。他要死了。他经历了那么多，却还是他妈的要死！要再死一次。

斯佩克特压下惊慌，双眼锁定了驼背。他将自己的痛苦和恐惧通过双眼传入杀他的男人。世界开始颤动，变得模糊。斯佩克特感觉到黑暗在逼近，他试着将其全部推入驼背心中。一阵熟悉的恐惧袭来，斯佩克特觉得非常孤独，完全彻底的黑暗将他包裹了。

♠

麦基试着把目光移开，但那颗脑袋的眼睛拥有黑洞般的吸引力。

有什么东西将他的灵魂震碎了。他的身体因此而开始颤抖，越来越快，越来越失控。他感觉他的血液开始沸腾，感觉每一个毛孔都散发着汗液的蒸汽。他尖叫起来。

被切下的那颗头脸颊上的肌肤因为麦基手指的摩擦而变得焦黑。震动的手指碰上了骨头，开始将头盖骨切成碎片，将这个圆形容器里的液体搅动得到达了沸点。

但是那双眼睛——

♦

皮衣男孩爆炸了。萨拉用双臂护住头。有些潮湿的东西随着冲击力沾上了她的头发，她知道她这辈子都不会忘记这样的感觉。

她再次抬头，驼背和头都不见了，只剩下遍布整个舞台的红黑色污渍，正冒着热气。

在这里瞬间，一切都像死了一样。

格雷格推开保护着他的一层层特勤局特工们，挣扎着站了起来。人们本来都想远离演讲台，就像水银远离指尖。但现在他们又回来了，而且还不停地怒吼着。

*就这样。他是总统了，这下可以确保了。*他的王牌刺客死了，然而并没有给萨拉带来多少慰藉。格雷格·哈特曼总统不需要德国精神病患者来帮他处理敌人。

也许甚至都不会走到那一步。斯蒂尔曾经暗示过苏联会在哈特曼任职之前先发制人。

她的头重得要命。她由着它耷拉下来，由着内心的悲痛倾倒出绝望的泪水。

♥

杰克不断地推开挡路的人，终于找到了塔基扬，然后把这个娇小的男人扶起来，牢牢地用一只胳膊夹住。枪声传来，蜂拥而逃的人群随之加速。台子上正发生着什么疯狂但又令人困惑的暴力事件，可是杰克什么都看不见。

杰克在人流中横冲直撞，像摩西分海一样把他们分开。最后，他和塔基扬来到了巨大的白色演讲台前面，但他站的地方太低矮，还是什么都看不见。

不管发生了什么，现在似乎都结束了。格雷格·哈特曼从特勤局的身下爬起来，整理好自己的衣衫，不确定地走向麦克风。

“该死，”杰克说，“我们来得太迟了。”

♣

有人在会场里大喊大叫，还有人蜂拥逃向出口，也有人惊恐过度愣愣地盯着演讲台，现场仍是一片恐慌。

然而在格雷格眼中，这景象莫名的安静，就像静止的照片中所凝固的一个瞬间。他能听到自己的呼吸声，他在喘息，听着很响。他能非常清晰地感受到特勤局特工的手放在他的身侧。他能看到杰西·杰克逊被保护着逃离演讲台，艾伦被挡住了，他只能看到一群没穿制服的警卫、达官显要趴在地上，或者双手捂脸站着，或者盲目乱跑。

格雷格从未想过世间竟会有这样血腥的场景。

他的头脑里还有一个古怪的空洞，回荡着他的思绪。

玩偶人？

没有回答。

玩偶人？他再次询问。

沉默，只剩下沉默。

格雷格战栗着深吸了一口气，由着别人扶住他站稳，挣脱了那些想要把他从台上拉下去的手。“参议员，请你——”

格雷格摇摇头。“我没事，都结束了。”他清楚地知道自己现在该做什么，前面的路已经铺好了，这是一份礼物。玩偶人不在了，他感觉到某种沉重黑暗的负担从他身上卸下了，而在此之前，他甚至都没意识到他背负着这重担。格雷格感觉很好。虽然身边随处都能看到屠杀和毁灭的痕迹，但是……

以后，以后我们就知道了。

他整理好自己的衣服，拉了拉领带。他知道该说些什么，但还是在心里遣词造句了一番。请你们，务必保持冷静。这就是嫉妒和恨意被滋养之后产生的结果，这就是偏见和愚昧的种子被播撒之后长出的果实，如果我们总是对他人的苦楚视而不见，那这就是我们必须忍受的酸涩宴席。

这些话语将会帮他赢得总统之位。勇敢的哈特曼，冷静的哈特曼，富有同情心的哈特曼。全国所有人的眼中哈特曼：身处危机却依旧镇定的杰出领袖。

格雷格走向麦克风。他看着人群，然后抬起了手。

♠

塔基扬的左手抱紧了布劳恩的脖子，右手横在胸口。截肢处的绷带血迹斑斑。高大的王牌将他抱在怀中，折断的肋骨和残肢让他痛彻心扉，头都抬不起来，只能靠着杰克的肩膀。

杰克回到了他的加州代表团之中。欧姆尼现在闻起来就像是个屠宰场，空调也无法驱散血液恶心的甜腥味。刺鼻的火药味也还飘荡在空中，再加上死人无力的膀胱排出的屎臭味，整个大会似乎都陷入了休克状态。

詹姆斯·斯佩克特死了。

驼背杀手死了。

但是哈特曼还在。

塔基扬咬着下嘴唇。

候选人摆脱了紧抓着他的特勤局特工们。头摆正，肩膀放平，双手前伸，这是祈福的姿势，也代表冷静或者安抚。

他走向麦克风。

就在这一瞬间，塔基扬知道了该怎么做。

◆

格雷格开始说话，他的眼神搜寻着，恳求着在场的每一位。“请你们，”他开始说，声音冷静深沉而且令人信服。

然后……

……然后塔基扬出现在了他的脑海里。外星人强有力的存在让格雷格难以招架，虽然他孤注一掷地拼命挣扎着，但只是徒劳。他的自我很快就败下阵来，塔基扬走到了他的前面。

“请你们保持冷静……*嘿，都他妈的闭嘴听我说话！*”他的声音已然不受他自己的控制了，这番叫喊回荡在欧姆尼的会堂里。他在上方的一个监视器里看到了自己的模样，他在*微笑*，是他熟练掌握并且在竞选活动中经常使用的油腻笑容，就好像什么事都没发生过一样。

“*哎呀，言辞有点激烈了，对吧？*”他感觉到自己在咯咯笑，而且是小孩子的那种傻笑。格雷格想要阻止这笑声，但是塔基扬太强大了。他现在就是腹语术者手中无助的假人，吐出的是别人的话语。

“但是你们必须得承认你们是该闭嘴了，不是吗？这样好多了。

嘿，我很冷静。我们全都冷静点。危机之中不要慌张，我就不慌张，绝对不会。你们的下一任总统是不会慌张的，哼！”

下面的那场大迁徙已经停下来了。代表们盯着他看。他这种随意又顽皮的说话方式比任何尖叫都更让人心惊肉跳不知所措。他的身后除了啜泣和呻吟声之外，还从上方的区传来宗毓华的声音，她正在对着她的麦克风喊道：“摄像机对准哈特曼！快！”

在心中，他依旧徒劳无功地对抗着塔基扬强行施加的禁锢。*所以当玩偶是这样的感觉，他心想，放开我，该死的！*但是他无法逃脱。塔基扬抓着线，而且他也是个操纵木偶的大师。

格雷格轻笑起来，回头瞥了一眼屠杀的场景，然后摇摇头，继续面对人群。他将自己的一只手臂直直地伸出去对着众人，手掌向下，五指张开。

“看看，”他说，“没有一丝一毫的颤抖，冷静得一塌糊涂。所以怕1976年事件重演的人就歇歇吧，哼？也许从长远看这是个好事，至少把那桩陈年旧事给彻底解决了。”

约翰·沃森和德沃恩走上前来准备把他从麦克风前面拖走，他看到自己挥舞着胳膊要把对方全都推开，还拼命抓着麦克风。“走开！你们看不见我好得很吗？后退！让我来解决。”约翰看着德沃恩，后者耸耸肩。两人犹豫地松开之后，格雷格整理了一下脏得不像样子的西装，再一次对着摄像机展示出那种怪异的笑容。

“我说到哪儿了？哦，对。”他再次轻笑，对着代表们晃荡着一根手指，“这个行为是不可接受的，我绝不姑息。”他斥责道，就好像下面都是一群小学生。“我们这里出了一点小问题，但是都结束了。我们就忘了吧。实际上——”

他咯咯直笑，然后弯下了腰，直起身来的时候，浓稠鲜亮的红色液体开始顺着食指往下滴。“我想要你们写一百遍‘不再有暴力’以示惩罚。”他说完就把手伸向讲台前面的干净白板，涂抹上了一个大写的“不”，写到“再”的时候字迹已经不太清晰，几乎无法辨认。

“哎呀，没有墨水了。”格雷格愉快地说道，再次弯腰。这一次，某个类似肉块的东西掉在了演讲台上，湿漉漉的声音很明显，但是难以认定具体是什么。他用手指点点那东西，像在用鹅毛笔蘸墨水。他身后有人已经大声犯恶心了，台下也传来尖叫声。他能听到艾伦在哭泣，恳求着愿意听她说话的人。“把他弄下来，求求你们了，让他停下……”约翰和德沃恩再次走上来，这一次他们一人抓住一只手臂，牢牢地钳制住他。

“嘿，你们不能这样！”格雷格气急败坏地说，“我还没写完呢，你们不能——”

结束了，至少一切总算是结束了。塔基扬不再控制他，他沉默地任由那两个人拖动他。格雷格被护送到后台，一路上他尽量不去看那些惊恐的面庞：艾伦、杰克逊、艾米。他诅咒塔基扬，知道那个外星人还在外面。

你去死吧。你本可以用其他的方式，你没有必要这样羞辱我摧毁我。你难道看不出来玩偶人已经死了吗？我永远诅咒你。

晚上 11 点

塔基扬躺在床上，他们想要送他进医院，但是他像个疯狂的动物似的拼命抵抗，最后还是杰克出手相助，让他免受医生们的干扰。不过他允许医生帮他重新包扎残肢和肋骨，除此之外的其他事一概不行，就连止痛药他都拒绝了，因为他的孙子在这座城市的某个角落，所以他需要保证头脑清晰，才能找到对方。他刚一开始搜寻，头盖骨里大脑似乎就会猛烈地敲击捶打起来，但是回应他的只有黑暗。

痛苦袭来，他趴在床的边沿呕吐。会场上最后那几分钟的混乱场面在记忆中反复播放，让他更加心慌难受。塔基扬的控制力如同钢铁栏杆，困住了哈特曼的心灵，他像陷入绝境、惊恐万状的动物一般抵抗着。

在这一瞬间，塔基扬突然懊悔起来，他缓慢抬起丑陋笨拙的残肢，仔细观察。仇恨取代了一闪而过的悔意。我永远都做不了手术了，我诅咒你永世漂泊！

他下巴绷紧成一条顽固苦涩的线，他从床上爬下来，纳吉瓦里小提琴躺在盒子里。城市灯光透过窗帘边沿闪闪烁烁，照在锃亮的木头纹理上，跃动在琴弦上。他轻柔地用左手手指抚摸琴弦，奏出一声叹息。

愤怒涌上心头，他抓起小提琴，猛地挥向墙面。随着可怕的碎裂声，木头四分五裂。几根琴弦绷断了，发出尖锐刺耳的噪音，这是音乐化的痛苦尖叫。

最后一次挥动让他失去平衡，他本能地伸出右手来撑住自己。一声尖叫，黑点在他眼前跳跃，突然间他感觉有双手放在他的肩膀上。有人把他拎起来了。

“你这个蠢货！你在干什么呢？”波利亚科夫把他放回到床上，问道。

“你……你是怎么……进来的？”

“我是个间谍，记得吗？”

最强烈的痛苦减退了。塔基扬用舌头舔舔上嘴唇，尝到了咸味。“这可不是个很好的行当。”塔基扬说。

“我们得谈谈。”格奥在塔基扬丢弃的衣服中翻找出了酒瓶。

“你本来可以直接离开，”外星人一边呜咽一边憎恨自己如此脆弱，“逃到欧洲，到远东……重新开始，留我一个人面对不和谐的音乐。”

波利亚科夫大口喝下白兰地。“我欠你太多，不能这么做。”

一个小小的苦涩笑容浮上塔基扬的薄唇。“什么？你不相信格雷格是精神崩溃了？”

“我相信他收到了一点小协助。”

一声叹息。“差一点就全毁了。”

波利亚科夫嘟囔道。“那样更刺激。”

塔基扬接过酒瓶，喝了一口。“你不喜欢刺激，你喜欢隐秘和效率。格奥，我们接下来怎么做？在莱文沃斯的监狱合住一间牢房？”

“你想怎么样？”

“我太骄傲了不会求人，但是请你帮助我。那些被我的恶魔创造出来的可怜人，还有我的孙子，如果我被收监了他们会面临什么样的后果？求你，求你帮帮我。”

男人坐在床上，床垫略微移动，吱呀作响。“我为什么要帮你？”

“因为你欠我的，记住。”

“我们可能永远也不会再见了。”

“这句话我以前也听过。”

俄国人又喝了一口白兰地。“你打算怎么控制布拉斯？”

“让他爱我，哎，格奥，他去哪里了？他可能去哪儿？要是他受伤了或者他需要但是我却不在他身边！”他的声音突然尖锐起来。波利亚科夫推着他重新靠回到枕头上。

“歇斯底里是没用的。”

塔基扬抓着床单的边沿，眼神紧张地盯着对面的墙发呆。

“有一件事情你可以放心。我已经打电话给联邦调查局了，我愿意招供，以换取你的豁免。”

“啊，格奥，谢谢你。”他的头再次疲倦地靠上了枕头，“再见，格奥，我是想跟你握手，但是……”

“我们用俄国的方式说再见。”

波利亚科夫熊抱了他，在他瘦削的两边脸颊上都留下了重重一吻。塔基扬也以塔基斯星的方式予以回报，他亲吻了对方的额头和嘴唇。

俄国人停在卧室门口。“你怎么知道可以信任我?”

“因为我是塔基斯星人，我依然相信荣誉的力量。”

“现在这东西很稀有了。”“但凡我还能看见，我就相信。”“再见舞者。”“再见格奥。”

♣♦♠♥

第八章

1988年7月25日星期一

早上8点

“在政坛，你已经完了。”德沃恩说话的语气近乎欢乐。格雷格真想一拳打扁他的脸。要是玩偶人还在，什么问题都能轻松解决。

但是玩偶人不在了，死了。

“我不退出，查尔斯，”格雷格反击道，“你难道是聋了吗？这只不过是一个小小的挫折。”

“小小的挫折？我的天呐，格雷格，你知道你在说什么吗？”德沃恩翻翻他买来的报纸，“社论都疯了。《今日美国》做的民调显示有82%的美国人认为你是个疯子。连夜打电话进行的民调，现在你跟布什差60个百分点。都懒得涉及大选，根据他们的调查，甚至有90%的人都认为你应该立马放弃提名。我也这么认为。”

德沃恩又在被遗弃的总部套房里走了一圈。

“杰克逊虽然在派人帮你疏通，但他气得要命，”他继续说，“大会委员会希望你今天早上就提交书面辞呈。我跟他们说了我会处理的。”

格雷格瘫坐在椅子里，电视上再次重播他的——塔基扬的——崩溃时刻。他站起来，冷静地走向电视。

他一脚踢坏了电视机显像管。

德沃恩挑起眉毛，但是没有说话。

“去他妈的民调。”格雷格瞪视着德沃恩，电视机碎片从他的袖口掉下来，“我不相信民调。该死，让我去跟布什辩论，我会把他杀得片甲不留。他就像一块干掉的吐司一样毫无活力。民调结果会反转的。”

“布什不会和你辩论的，格雷格，他甚至都不会靠近你，而且要是你坚持，你就会看起来像个傻瓜一样。放弃吧，格雷格。”

“听着，查尔斯，我是候选人，你明白吗？你或者其他任何一个人怎么想都无所谓。大会选了我，上帝选了我，我就是要继续竞选，我有杰克逊——他很有魅力……”

“你要是继续玩这种装模作样的游戏，他也会退出的。”德沃恩用鼻子哼了一声，像个神经兮兮的英国君王，像塔基扬。“你崩溃了，格雷格。整个美国都在电视上看到你像个胡言乱语的傻子一样，他们在想你要是入主白宫，怎么可能在危急关头从容应对。他们不想让你来主持大局，而且老实说，格雷格，我也不想。”

“见鬼，崩溃的不是我，我告诉你，是塔基扬在搞鬼。他控制了我的心灵，我跟你说过一百遍了。”

“这是你一家之言。但是你怎么才能证明呢？老实说，格雷格，这话听起来就是站不住脚的借口。还是你想说1976年的时候也是因为塔基扬控制了你？”

“滚你妈的！”格雷格咆哮起来，他双手推着德沃恩，大个子男人踉跄着向后，脸上突然浮现出惊恐的表情。“我不退出！”

“把你的手从我身上拿开，格雷格。”

格雷格看着德沃恩。*要是玩偶人还在，我就让这个混蛋满地爬*……他深吸一口气，退后了。他在裤子上擦擦手，似乎手上有污渍一样。“我已经决定了。”他轻柔地说道。

德沃恩轻蔑地看着他。“不管你怎么决定，大会都会再次召开。你再反抗，也不会有结果，只会让自己看起来像个十足的混蛋。退出，也许你还能在这番混乱中至少保存住你的尊严。这是我给你的最后一点建议，参议员。”他嘲讽地着重强调了最后的那句称谓。

格雷格走向沙发，翼尖鞋踩到了显像管的碎玻璃，吱呀作响。他猛地坐上去，用单调的声音咒骂着，德沃恩只是安静地观看。格雷格终于抬起头来，他吐出的话尝起来就像灰烬。

“我他妈的是在用指尖紧紧抓着不放，而你，又踢又踩上蹿下跳，就是想让我松开，对吧？好，你的愿望达成了。让托尼帮我写该死的退出声明，”格雷格说，“他想写什么都行，我不在乎。你来读——你他妈的能从中体验到不少乐趣。让艾米安排人把我和艾伦送出亚特兰大，我不想见到任何记者，明白了吗？”

德沃恩又冷哼了一声，他的目光满是轻蔑和高傲，格雷格真想把那副表情从他脸上扯下来，但是他已经失去了这样干的能力。

“你自己去说，我不再为你工作了。”德沃恩摇摇头，“我把你送上位了，你自己搞砸的。我去问问杜卡基斯是否需要我的才干。”

德沃恩一副盛气凌人的模样离开了房间。一个特勤局特工把头探进来，瞥了一眼格雷格和地毯上的碎片，又把门关上了。

格雷格一个人在这里坐了很久。

早上9点

不知道为什么，这些年来他经常出入停尸房。不管装饰得多么漂亮，不管清理得多么干净，什么也藏不住最基本的事实——它们是放置死人肉的冷库。

“很感激你能够到这里来，”法医带着塔基扬进入手术室，他的眼神滑向外星人的残肢，又快速移开。“尤其是在……但是我从来没有见过这样的东西，而你是这方面的专家。”

“没关系，不知道为什么还挺适宜的。”

法医帮着他穿上手术服，戴上口罩。他们一起走向了台子。一个面色苍白的女人将断骨器抓在胸前，谨慎又惊恐地打量着无头尸体。

这具尸体从胸骨到腹股沟都被切开了，肋骨被夹断，并被扯开。但是就在闪光的肠子上面，淡黄色的脂肪却正在生长，肋骨也伸出了骨头状的卷须，被切开的脖子上也长出了皮肤，而且在脖子的中央还有个小蓓蕾，像是穿过鼓面的一根手指。塔基扬弯腰仔细查看，心里又是着迷又是害怕，无法移开目光。

“这几乎好像它在……试着……试着……”

“试着长一个新的头，没错。”塔基扬意识到这个胚胎状的头还长了眼睛，于是赶紧扭头。

要是它们突然睁开怎么办？死亡的能力还在吗？是不是就算死了也无法阻止他兑现他的威胁？

愚蠢！他向来都是以死去时的痛苦为武器的。

塔基扬弯下腰，从刀鞘里抽出他的刀，狠狠捅进一侧屁股，这具身体痛苦地扭动起来。

“操！”女人尖叫起来，而法医则狂奔到了门口。

法医抓着门，结结巴巴地说：“这他妈是什么东西？”

“一个错误，是我在计算上出了个大错。他是我的报应，提醒着我永远不要试图扮演上帝。我能否提议，我们免除尸检，直接送去火化？”

“很好。我反正是没有任何意见。那骨灰呢？有没有什么亲人？”

塔基扬的唇上浮起笑容，但是毫无笑意。“我猜我可以算是他的代替父母。骨灰由我来处理。”

“医生，你可真是个怪人。”女人叹息道，然后她剪断了胸腔边缘之外长出的一根肋骨。

早上10点

《王牌之战血洗大会》。

萨拉皱着眉头，将报纸扔在了被消防水龙头弄湿的泥地上，对那场混乱局面的不同描述能堆到一百英尺高，这让她心烦意乱。

你是对的，该死，她心想，以防塔基扬正好在听。但是他不会的，他要遵守那套塔基斯星的荣誉，什么时候都能用来当借口的塔基斯星荣誉。

他说得非常清晰，星期五晚上他也曾经直截了当地说过，但这次的语气比当时更强硬：*你不能揭开哈特曼的面具，那就是把提名拱手送给巴奈特。为了你的复仇大计，你打算牺牲多少无辜的鬼牌？*

“一个都不能牺牲。”她说。

几张鬼牌的脸带着弹震症[①]似的迷茫神情看着她，但她一个都不认识。她今天戴着豹子的面具，是从桃树街的水沟里捡来的。虽然经历了昨晚的暴乱，但还能使用。

她的脚下踩到了什么东西，用脚踢了几下之后，一个标志从泥巴地上显露出来，是为了昨天晚上的游行而在鬼牌反对诽谤联盟总部的帐篷里手写的。上面的那句话差点让她笑出声来。

犹大杰克1950，叛徒塔基1988，天生一对

麦基死后她终于能回到自己的房间了。萨拉今天穿着蓝色牛仔裤和宽松的浅蓝色衬衣，脚上踩的是锐步。她走过新闻车，一个无比真诚的年轻黑人特约记者正站在那里对着一个黄色话筒说话。

“皮德蒙特公园依然基本上空无一人，昨晚的骚乱之后，有三百名鬼牌遭到逮捕。目前看来，仍有十几位鬼牌在惨遭践踏的帐篷城中游荡，似乎有些神志不清。今天清晨时分，马萨诸塞州州长迈克尔·杜卡基斯亲自出面求情，随后，亚特兰大市长安德鲁·杨撤销了在街上看到鬼牌必须当场逮捕的命令。哈里斯州长坚持不宣布戒严，引发狂热非议……”

虽然这里的鬼牌不多，但从某种意义上来说他们都是她的人。她

---

① 即创伤后应激障碍（PTSD）。

最后一次走在他们中间。没有鬼牌会重新相信她，而她也用自己的灵魂起誓，绝对不会把那个能证明她清白的秘密告诉任何人。为了保护他们，她不得不由着他们憎恨自己。

也是为了保护我自己，否则我这辈子都无法睁开眼睛面对镜子中的自己。

她把可携带电视机放在倒置的冰柜上，听着汤姆·布罗考的播报。她身边走过一个黑人鬼牌，脸上长满了发光的蓝色疖，身上没有被连体工作服覆盖的地方也长着这种疖。他一脸倦怠，没有在意她和她的电视。

“在布莱思·范·伦斯勒医院外面，警方和王牌组成的混合编队与几百名鬼牌示威者之间暂时休战……”

摄像机切到一块标语，两侧都被六根绿色手指紧抓着：红桃杰克胜过所有鬼牌。画面又转到一个萨拉认识的鬼牌，名叫曲柄，原因显而易见。在这个画面中，饱受争议的鬼牌镇医院充当了背景板。

“王牌在帮助那些警察来压迫鬼牌，”他告诉摄像机，同时指了指挡住抗议者们的封锁线，“是王牌杀了蝶蛹，但是却要一个鬼牌来背黑锅，我们要反抗他们！

*塔基扬，塔基扬，你知不知道你牺牲了些什么？*她知道，所以她才愿意按照他的要求，埋葬自己的事业和声誉。

还有个原因，就是她复仇成功了，其他事情都不再重要。

玩偶人死了——哈特曼管它叫“他的力量”，塔基扬如是说。死期杀了它，从哈特曼的眼睛里把它吸出来了，而他的头又被麦基·梅塞尔砍掉了。

邪恶还没有死，嗯，没有，不管格雷格怎么哭，怎么痛苦地强调自己是无辜的。玩偶人是哈特曼内心欲望的结晶。这些欲望还存在于世。

但是格雷格没有能力再拉着线，强迫玩偶们为他舞动，以满足他个人的私欲了。这才是死亡摧毁的东西。

而且格雷格这种人，就算手里拿着刀也不敢在黑夜中行走。

没了那股力量，格雷格被困在了地狱之中，萨拉不再希望他去死，现在她希望他活很久很久。

她坐在一个倒扣过来的垃圾箱上。*安德，她心想，这算是复仇成功，对吗？你不会希望我为了帮你多出一口恶气而毁掉美国所有百变王牌感染者的生活，对吗？*

那个被宠坏的小贱人可能真会这么希望，但是毕竟安德莉亚·惠特曼也已经死了。

萨拉甩甩她淡金色的头发，把头发从脸上拨开。一阵微风吹过公园，几乎可以算是凉爽。她抬起头，看了看一夜过后，沐浴在阳光中的战场。

一个黑人警察骑着一匹高大的栗色骟马在公园的边沿巡游。他仔细观察她。他是想要追捕更多受害者，还是只想尽忠职守但又战战兢兢？这是要考她的判断力，而萨拉·摩根斯特恩已经用完了她的判断力。

受害者……

玩偶人的线全都被切断了，但是格雷格·哈特曼还抓着一个受害者。

她站起来离开了公园，心中带着使命感，这种情绪有些奇怪，因为她刚刚还以为自己的所有使命都完成了。她把面具扔进了一个写着“让亚特兰大更美丽”的垃圾桶里。

♥

塔基扬进入格雷格的房间之后关上了门。格雷格正站在新秀丽手提箱前面收拾东西，一抬头，看见了他。“医生，”他说，“我很惊讶你这么快就来了。艾米应该是几分钟之前才给你打电话的……”

“我觉得这应该算是我欠你的。”外星人姿态僵硬，抬着下巴。他今天穿着钢蓝色丝绸衬衣，领子处带有褶皱和蕾丝。虽然姿势如此，但塔基扬明显疲惫不堪，他的皮肤过于苍白，眼睛凹陷空洞，而且格雷格还意识到他把残肢藏在身后。“我对你所做的事情，并没有愧疚之意，就算重新来过，我也很乐意再做一次。”

格雷格点点头，合上手提箱，关紧之后锁好。“我过几个小时去医院接艾伦。”他闲聊了一句，然后把行李放在地上，安静地指着一把椅子。

塔基扬坐下了，紫色的眼睛里不带一点感情。“好吧，我们来演吧——这场小闹剧的最后一场，但是要快点，我还有其他人要去见。”

格雷格想要在与塔基扬的对视中胜出，但是外星人一眨不眨的强势目光很难抵御。“你什么都不能说，你知道的。你现在还是不能说。”

塔基扬像是听到了含蓄的威胁，脸色一变，目光也幽暗了。

“你不会说的，”格雷格柔声说道，“你要是把你知道的都告诉媒体，那么你就证明了巴奈特一直以来都是对的——确实有个秘密王牌把手伸向了政府，而且差点成功了。那么也就证明了确实应当提防百变王牌感染者，普通人也确实需要什么东西来保护自己不受我们的侵害。一旦你说出去了，医生，世道就要变了，到那时，相比之下，旧的法律简直像自由一样美好。我了解你。我观察了你二十年，知道你怎么思考，怎么回应。你不会开口的。所以你昨天晚上才会选择那样做。”

“对，你说得很对。”塔基扬叹了口气，把残肢按在胸口，好像这番话让他心痛，“我做的事情违背了我的所有原则——有的是旧原则，有的是新建立的原则。但我并不是草率决定的，也没有任性胡来。你是个谋杀犯，你应该付出代价。”他疲惫而沮丧地摇摇头。“船只应该像星星，但是它们不是，也没有什么能把它们变成星星。”

“这是什么意思——塔基斯星版的‘洒了的牛奶无可挽回’?”格雷格在房间里踱步，然后转身面向外星人。“听着，你必须知道一件事，不是我干的，”格雷格告诉他，“是玩偶人做的。我必须喂养他，不然他会摧毁我。为了摆脱他，我愿意付出一切代价，现在我真的甩开他了。我可以重新开始，我可以再一次——”

“什么!”塔基扬咆哮着打断他的话。

“对，玩偶人死了。昨天晚上在台子上，死亡带走了他。看看我的内心，医生，告诉我你看到了什么。你不必要毁掉我，邪恶已经不在了。你接管我的心灵时，我就已经自由了。”格雷格看着他的双手，深深的痛苦在他心里涌起，他用闪烁着泪光的眼睛看向塔基扬。“我原本可以当一个不错的总统，医生，也许会成为一个了不起的总统。”

塔基扬与他对视，眼睛里带着钢铁般的强硬。

“格雷格，根本没有玩偶人，玩偶人从来都没有存在过，只有格雷格·哈特曼和他的弱点，他染上外星病毒，并且拥有了饲养灵魂中最黑暗角落的能力，仅此而已。格雷格，你的问题并不在于百变王牌，你的问题在于你是个虐待狂。你这个软弱无力的借口就是典型的内疚转移。你建造了一个阴影人格，之后你就可以假装格雷格还是清白正派的。这是孩童的把戏，这是孩童的骗术，你可没这么傻。”

塔基扬严厉的话语如同一个巴掌。格雷格脸色通红，他气的是塔基扬居然不明白。那么明显，塔基扬不可能不知道其中的区别。“但是他死了!”格雷格绝望地大喊。“我会证明给你看。你来!”格雷格坚持道，“我请求你这么做，进入我的心灵，告诉我你看到了什么。”

塔基扬叹了口气，他闭上眼睛，又睁开。他转身不再面对格雷格，安静地在房间里踱步了好一会儿，最后在窗边停下。当他再次看向格雷格时，表情中带着奇怪的同情。

“你看到了，我说得没错吧，”格雷格欣慰得差点笑出来，“玩偶人昨天晚上死了，我很高兴，我太他妈的高兴了。”格雷格感觉到自己的笑声染上了一点歇斯底里的色彩，于是他深吸一口气，平复心情。他看着塔基扬，后者也严厉地看着他。格雷格继续快速说道：“我的上帝啊，言语实在太贫瘠太愚蠢，但我说的都是真的。我很抱歉，我对所有发生的事情表示抱歉，我愿意尽全力弥补，医生，我也被强迫着做过我厌恶的事。我还失去了一个孩子，就因为吉姆利利用玩偶人来对付我，我——”

“你没有认真听我说话。没有玩偶人，吉姆利一年多以前就死了，所以也没有吉姆利。”

过了好几秒钟，格雷格才意识到了这句话的冲击力。“什么？”他结结巴巴地说，然后又开始强烈否认，心里绝望又愤怒。“你根本不知道你他妈的在说什么，医生。吉姆利的身体死了，但是他的心灵没死，他找到办法进入了我儿子体内。他就在我的脑海里，他害得我差点失去了对玩偶人的控制——所以才会有后来的这一切。他威胁我，说他要让玩偶人摧毁我和我的事业。”

“吉姆利一年前死了，”塔基扬毫不留情地重复道，“他的所有东西都死了，这个鬼魂是你自己编出来的，就像你编出了玩偶人一样。”

“你撒谎！”格雷格大喊起来，他的脸因为暴怒而扭曲。

塔基扬只是冷酷地盯着他。“我进入过你的头脑，参议员，你的秘密都瞒不过我。你是人格分裂。你创造出了玩偶人，从而否认你对自己的行为负有责任，等事情到了快要失控的境地，你又创造了一个新的借口：吉姆利。”

“不是的！”格雷格再次喊道。

“是的，”塔基扬坚持道，“我再跟你说一次，从来都没有过吉姆利，也没有玩偶人，只有格雷格，所有事情都是你做的，你一个人做的。”

哈特曼疯狂地摇头。他的目光伤痛而脆弱，苦苦恳求着。“不是的，”他轻声说道，“吉姆利是真的。”他的眼睛突然惊恐地瞪大了。

"我……我不会杀害一个孩子，医生。"

"你杀了。"塔基扬说道。他说的每一个字都在撕扯对方的灵魂，他看到格雷格的眼睛里满是伤痛，然而这个男人还是没有承认，他已经开始强行逼迫自己冷静下来，控制住情绪。他用一只手向后梳理着头发。

"医生，我不知道你希望我怎么做，就算是假设我相信了你所说的这些话——"

"寻求帮助。"

哈特曼只顾着自己说话，并没有听清塔基扬说了什么。"嗯?"

"寻求帮助，格雷格，找个心理医生。我来帮你找个心理医生——"突然间，塔基扬意识到这是不可能的。他必须把情况告诉心理医生，那样的话秘密就守不住了，就会全乱套。塔基扬因为沮丧而愁眉不展。这是他能想出的唯一办法，但他不喜欢这个办法。"我们可以多花点时间在一起，格雷格。"

"什么意思?"

"到目前为止，我还是你的医生，你归我照顾。"

格雷格大笑起来，转身背对医生。"不，"他说，"呃哼。我可不需要心理医生，因为玩偶人已经死了。而且你甚至都不是人类，医生。我怀疑你应该没有资格担任心理学家。"

"把这当作是一种折中的解决办法吧，能够确保我保持沉默。"

"我跟你说过那股力量已经消失了，做了错事的是他。"

"我们又回到这个话题了？面对我跟你说的真相吧，格雷格。你甚至都不敢看我。我看到了你的愧疚，格雷格。你可以否认——甚至可以欺骗自己——但是我知道真相。你该正视现实了。"

一阵长久的沉默降临，终于，格雷格开口了。"好吧，医生，我同意你的折中方案——政治家也习惯了折中。我的事情你会保持沉默，哼？我猜拨款被削减之后你确实需要些付费客户。"

塔基扬并没有纡尊降贵地回应对方的侮辱。“我一回到纽约就联系你。”

“好。”哈特曼叹了口气，他想摆出他最擅长的那种笑容，但是失败了。他走向手提箱，把它从床上拎下来。

“那就这样吧。我要去接艾伦了。她现在既困惑又难过，这也很好理解。”害羞的笑容再次一闪而过，“我还要去告诉她我很抱歉。再见了。我估计我们很快就会再次见面的……”

哈特曼冲着塔基扬伸出手。

塔基扬盯着对方伸出的手，心里痛苦酸涩而又难以置信。他在想这是不是格雷格特意留到最后的残忍玩笑。*嘿，都互相谅解了。我们来握手言和吧，还是朋友。*

但是我没办法握手，你这个混蛋，就是你造成的。

哈特曼突然间意识到了他这个行为不妥，于是赶紧把手缩回去了。他什么都没说，径直走向门口，打开了大门，两个人一同离开房间。

“跟我一起坐电梯？”哈特曼问道。

“不。”

“那我再打电话跟你预约。”

塔基扬看着他走开——这是个柔软且又超重的男人，头发逐渐稀疏，露出了苍白的头皮。他以前总是觉得格雷格是个充满活力的英俊男人，现在他才意识到那只是他的能力所附带的功能。

我说出关于他能力的真相，是做错了吗？也许让他继续认定自己是被玩偶人和吉姆利附体了对他来说更好？

不行！他已经逃脱了惩罚，我必须让他承受愧疚。

但是从现实意义上来说，玩偶人确实死了，现在塔基扬要保证他不会复活，也就意味着他必须跟格雷格·哈特曼保持联系，一想到这个，他就觉得恶心。

外星人走向楼梯。他坐在水泥台阶上，头靠着冰凉的金属扶手。他的胳膊又开始突突地跳动了，痛苦的爪子似乎要撕扯开他的胳膊，嵌入他的肩膀。这里很可能就是杰克上次差点死掉的地方，他疲惫地想到。而且就是在下面，格雷格杀害了他自己的孩子。

我也死了，但是还没人意识到，因为我还在世上行走。

七月里的八天，八天他就失去了太多：他在地球上时间最长的一段友谊，他对格雷格·哈特曼的信任和尊重，他的鬼牌们对他的爱与尊重。

他的手。

他的天真。

但是杰克那次并没有死，他也还没死。

“别自怨自艾了，塔基，好好活着吧。”

*但是我必须得处理好哈特曼！*他的心灵哀号着。

“确实很难。等他死了，埋在土里了，你可以写篇关于他的论文送给美国医学会。”

他开始爬楼梯。

上午11点

“我不需要!”

“不要老是表现得像个皇家混蛋，塔基斯星来的殿下。”杰克打开轮椅，放在塔基扬的床旁边。

“我这一早上过得很好，没有要你帮忙，也不需要那该死的轮椅。”

“对，看看你的样子，你看起来就像是猫的呕吐物。”

“你应该在外面找布拉斯。”塔基扬撑着枕头，脸色煞白。

杰克叹了口气。“警方在找他，联邦调查局也通知到了，就连那个傻乎乎的混蛋直箭都在四处打听，还有什么是他们做不到只有我能做的？”

塔基扬忧心忡忡地用一只手紧抓着床单。“我必须找到我的孙子，我必须，我现在只有他了。”

杰克坐在酒店房间里的椅子上，拿出一根香烟。“警察说他跟那个啵杰在一起，就是杰·阿克罗伊德，星期六晚上你做过手术之后他们出现在了医院里，就在等待室里看电视。有一个护士回忆说电视里的什么事情吸引了他们的注意力，然后啵杰转向布拉斯，跟他说‘你想不想当侦探？’之类的话。”

“天呐。”塔基扬咬着嘴唇，“如果啵杰让我的孙子陷入他的那些阴谋之中……”

“警方正在调查他们当时调的是哪个频道，”杰克摇摇头，“我在那里也帮不上什么忙。星期六晚上我在开派对。”绝望侵袭了他。“我以为最佳的候选人获得了提名。”

“我一直在给海勒姆打电话，”塔基扬说，“我觉得他可能会看到过布拉斯，但是他也不见了。”

“他昨天早上走了。”

“没有，他没走。我问过了，而且他还没有退房。”

“我在大堂里看见他了，他拿着个大箱子。”

塔基扬皱起眉头。“杰和海勒姆是密友。如果阿克罗伊德遇上了麻烦，肯定会第一个去找海勒姆。”塔基扬沉默地思考着。

“既然他们都不见了，那对我们来说也就没多大用处。你现在需要休息。”

塔基扬重新靠回到枕头上。“你说得对。”他闭上眼睛，“也许我应该试着通过心灵讯号探测布拉斯。你能不能帮我关灯？这样能帮助我集中精神。”他声音几乎细不可闻地加了一句：“我很累，非常非常累。”

“我要是喝杯波本，会打扰到你吗？”

“不会的。”

杰克关上灯，只留下一点阳光从帘子下面透进来，然后他拿着香烟走向塔基扬桌子上的那些瓶子。他在杯子里放了些冰块，接着，在近乎黑暗的环境里伸手拿来一个瓶子，发现装的是詹姆斯·斯佩克特的骨灰。他把骨灰瓮放下，又拿了一瓶，里面的液体颜色好像还挺对的。他开始倒酒。

苏格兰威士忌，该死。

这绝对是那样的一天。

♣

一切都太奇怪了。

格雷格坐着租来的豪车去艾伦的医院，但是跟他一起的那些特勤局守卫他却都不认识。他们看起来很陌生，而且也不和他说话。每一个都是陌生人，藏在深色墨镜和深蓝色西装后面，阴沉的面色和紧锁的眉头就是他们的面具。

他们永远都会是陌生人，他们的心灵被锁住了，格雷格再也没有钥匙能够打开。他的脑海里一片寂静，这感觉很奇怪，他再也无法感受身边潮汐般的情绪了，再也无法在明亮的情绪咸海中畅游了，再也无法改变其中迅捷的水流了。

突然间失明失聪或者失语大概就是这种感觉吧。玩偶人？他的内心再次呼喊，但是依旧只有回声在应和着他。

死了，走了，格雷格叹息了一声，心中失落痛苦却又充满希望。看着身边的人，触碰他们，但又能保持孤立，与他们分隔开。

他不知道他会不会习惯这样。

他现在只想离开焚化炉一般的亚特兰大，回到家里，一个人静静地想一想，看看能否让部分伤痛痊愈，再重新开始。

不是我的错，真的不是，是玩偶人干的，而且他死了，这惩罚应该足够了。

格雷格完全不知道要跟艾伦说些什么，而她昨天至少还尝试着安慰他，至少还说了会好起来的，没有关系，一切都会好起来的。但是在这些词语的背后，他知道她想了解原因，可他不知道该如何解释。他心中的一部分迫切地想要直接说出可怕恐怖的全部真相，并请求谅解。艾伦关心他，这是他通过玩偶人知道的，甚至在没有那股力量的帮助下，他也见过她对自己的爱。

对，他至少应该告诉她一部分的事实。他会告诉她，对，他是王牌，他是滥用了自己的能力来为自己争权夺利，他是曾经操纵人心，对，他甚至也操控过她的心。

但也不是毫无保留地全告诉她。有一些不能说，不能说死亡、痛苦和暴力，不能说他对她和他们的孩子做了什么。

这些不能说，因为那样的话就毫无希望了。艾伦是唯一一样格雷格能从这片废墟中拯救出来的东西。艾伦是唯一一个能帮助他找到一条新路的人。

格雷格需要她，胃部的搅动和冰凉的寒意告诉了他这种需要是多么的迫切。

“参议员？我们到了。”

他们到达了医院的侧门，跟他一起坐在后面的特勤局特工推开了车门。格雷格刚一走出去，热量和阳光就像拳头一样袭来，他藏在墨镜后面的眼睛眨了眨，然后他重新把身子探入带着皮革气味的凉爽内部，跟司机说道：“我们过几分钟就回来。”他告诉他。“我们去接艾伦，拿上她的东西……”

“参议员，”外面的一个保镖说道，“那是她吗？”

格雷格站直了，越过一大群记者看到艾伦坐在轮椅上被推出医院。她自己身边也有特勤局的人，正忙着推开蜂拥而至的照相机与摄像机。格雷格迷惑地皱起眉头。

自沥青路面上升腾起来的热浪突然变凉了：在艾伦的身后，站着萨拉。她站在里面，脸贴着玻璃门。

“不。”格雷格低声说道。他半走半跑，冲向艾伦，特勤局的人推开记者，让他们为她让出一条路来。他看到了她的包，也一并放在轮椅上。

他走近的时候她站了起来。格雷格冲着相机微笑，试着忽略鬼魂一般立于几英尺之外的萨拉。

“亲爱的，”他对她说，“是不是艾米打电话来说——”

艾伦看着他的脸，他的声音逐渐变小。她目光锐利地检视了他很久，然后不再看他。她的嘴紧紧地抿成一条直线，深色的眼睛里带着严厉和肃穆，还游荡着一丝苦涩的厌恶。

“我不知道萨拉说的话里，有几分是真的，”艾伦声音嘶哑，“我不知道，但我能看到你心中有东西，格雷格。我真希望我能早几年看见。”她哭了起来，也许是忘了身边还有记者，也许是并不在意。“去你的，格雷格，因为你所做的那些事情，我会永远诅咒你。”

她出乎意料地抬起手来，这一巴掌打得格雷格晕头转向，眼中也涌出了痛苦的泪水。他摸了摸脸颊上深红的手印，怔住了。

他能听见照相机的快门在响，记者们也兴奋地叽叽喳喳。“艾伦，求你……”他开口说道，但是她并没有听。

“我需要时间，格雷格，我需要远离你。”她拿起她的包，大步从他身边走过，走向一辆停在门口的车。萨拉站在玻璃门后面看着格雷格的眼睛，而他的手已经从火辣辣的脸上落下来了。

混蛋，她安静地用口型告诉他，然后转身离去。

“艾伦！”格雷格跑了出去，萨拉指责的画面在他脑海里回荡，“艾伦！”

她没有回头，司机把她的包放进后备箱，她的保镖们替她拉开车门。

要是玩偶人还在，格雷格早就可以制止她了。他可以让她奔跑着回到他的臂弯，完成一场美妙快乐的和解。

要是玩偶人还在，他会写下一个完美结局。

艾伦进了车子，靠在椅背上。

他们开走了。

中午12点

领班在等待他的百元大钞，但是已经不可能收到了，酒店都空了，美丽世界也不再人头攒动。

杰克把塔基扬带来吃中饭，但是没法逼他进食。盘子的半块菲力牛排连动都没动过。杰克吃完了他自己的西冷牛排。

“吃吧，吃吧，我的孩子，以前我妈妈经常这样用德语跟我说。”

“我不饿。”

“可以带给你力量。”

塔基扬瞪着他。“我们两人之间，”他说，“哪一个是医生？”

“我们两人之间，哪一个是病人？”

塔基扬用无情的沉默来回答这个问题。杰克喝了一杯酒——终于喝到波本了。塔基扬紫色的眼睛柔和了一些。“我很抱歉，杰克，我的焦虑磨掉了我的礼貌。”

“没关系。”

“我该对你说谢谢，为了这个，为了你帮我找布拉斯。”

“我只希望我能找到他。”杰克把手肘放在桌子上，叹息道，“经历了那些事情之后，我真希望能有些好事情发生。”

“会有的。”

“乔治·布什会当上总统，这是确定的，”杰克盯着盘子，“你以后再也不会看到我参与任何政治活动了。每一次我想要改变世界，结果都是一塌糊涂。”

塔基扬摇摇头。“我不知道该怎么安慰你，杰克。”

“我总是搞砸。我甚至还死了一次，天呐。只有一次我做了正确的事情，但却是为了一个错误的人。”他又喝了一杯酒，“我觉得我从来没有这么迷茫过。”又一杯。“至少我很有钱，在这个世界上，金钱总是很稳妥的依靠。”

杰克向后靠在软垫上。“也许我应该写本回忆录，把这些全都写下来，然后我也许会明白其中的深意。”

回忆录，他心想，上帝啊，他已经有那么老了吗？

喷气机男孩死的时候他二十二岁，看着都不到二十二岁，后来他再也没有衰老。

至少他见过些世面。他当过电影明星，在一切崩塌之前还改变过世界，甚至在他成为世界级大白痴之后，还在朝鲜拯救了不少人的性命。而且他还看过了《一代歌王》。

他想到，这本回忆录的开头如果这么写的话也挺好的：*喷气机男孩死的时候，我正在看《一代歌王》。*

有好一会儿，两个人都没有说话。杰克意识到塔基扬已经在打盹了。他付了钱，推着轮椅出了餐厅，走向电梯。

在路上，杰克看到了那个在商场里卖滑翔机的男人，桌子收起来了，商品都放在两个纸袋里，他正在跟朋友交谈。杰克把轮椅停好，然后买下了一整个系列。他拿着滑翔机回来的时候，发现塔基扬醒了。“给布拉斯，”他说，“找到他之后给他。”

“谢谢你，杰克。”

这一周以来，杰克第一次恰好遇上电梯。他按了塔基扬所在的楼层，玻璃电梯向上蹿升，他一阵晕眩，差点摔倒。为了缓解自己的恐高，他开始装配一架滑翔机。

一个塑料制的厄尔·桑德森透过护目镜眼神严肃地看着他。杰克心里闷闷地想到，过了这么多年之后，他是否有什么话想跟厄尔说。

当然要先道歉，最好从基础开始。

电梯一晃，杰克的心也跟着一晃。门开了，杰克震惊地看到大卫·哈斯坦走进了电梯。

塔基扬冲他翻了一个认罪的白眼。杰克感觉到他自己的脸上摆着同样愚蠢且做作的天真。

“你知道。”塔基扬说。

“你知道?”杰克回应道。

“嘿，我们都知道。”大卫用温和友好的口吻纠正道。

透明盒子继续向上。杰克的胃也随之向上。他能感觉到自己的额头上已经渗出了汗水。他心里在想该说些什么。

电梯再次停下，门开了，弗勒·范·伦斯勒走了进来，转头越过肩膀跟一个朋友挥手道别。门关上之后弗勒转身对着门。

在很长一段时间里，每个人都屏住了呼吸。电梯晃悠着向上。突然间塔基扬伸出右手，用裹着绷带的残肢戳中了急停按钮。

外星人因为疼痛而发出动物般的哀号。电梯停了，大卫快速跪在轮椅旁边。“嘘，不痛了。”

当然，立马就不痛了，或者至少不重要了。

塔基扬狠狠地眨眼，想把眼睛里的湿气赶出去。

“大卫·哈恩斯坦。”弗勒的声音不带任何情绪。

♠

塔基扬感觉到全身一阵寒意。

“我刚刚想起来我小的时候，”弗勒脸上有一点笑容，“那个在中国输给共产党的人。这么多年过去了，你只是藏在胡子下面而已。”

她再次微笑，转身面对杰克。“家里的老朋友。”她轻蔑地说。

高个子王牌抽出一张手帕擦了擦眉毛。“那时候似乎像是个好主意。”他虚弱地说道，厄尔·桑德森的滑翔机完全被他遗忘了，正松松地挂在他手上，塔基扬伸手接过，轻轻放在大腿上。

“我觉得最开心的事，”大卫说，“就是遇上还记得我好朋友们的人。”

塔基扬抬头看他：“对，所有的鬼魂都团聚了。”

弗勒用空洞的眼神盯着塔基扬：“我不是我的妈妈！”

“你的眼睛像爸爸。”大卫声音柔和。

这是个简单的陈述，不是指责，也没有深意。

这让她困惑不解，心中的敌意逐渐消散。“你不了解我。”弗勒低声说。

“嗯，”大卫说，“真可惜。”

在那一瞬间，弗勒看起来好像是想拥抱他，实际上塔基扬也想拥抱他。沉默像一张网，结在四个人之间。弗勒盯着大卫悲悯的深色眼睛，泪水逐渐积蓄，终于缓慢沿着她的脸颊流了下来。但是恐惧又回来了。她双手抚着脸颊向后退。“不，别这样对我。”

塔基扬叹了口气。“我们必须谈谈，弗勒。”

“我会尖叫的。”她的声音就像是绷紧的线。

“请你不要叫，”大卫说，“也没什么好怕的。”

弗勒安静下来，但还是反驳了：“不，我有很多好怕的。你们这么多人，我只有一个。”

“我们就这么可怕吗？”大卫问道，“一个老演员，一个只有一只手的男人……”他回头瞥了一眼杰克。“……还有个窝囊废。”

“嘿！”杰克说道，然后他停下来若有所思地摸着下巴，想了想之后承认哈恩斯坦说的话没错。

弗勒抱住自己的手肘。“你们不明白，你们是真的不明白，对吗？”三个男人盯着她。“你们有各种能力，会伤害我们、扭曲我们的能力，你们还不知道我们为什么会害怕。”

杰克带着些困惑看着出现在塔基手里的滑翔机。他缓慢开口，字斟句酌。“我猜厄尔会说你不应该仅仅因为别人跟你不同就害怕，因为你永远无法划出一条清晰的界限。你害怕他们是因为都感染了百变王牌，还是因为他们的信仰跟你不同，还是因为他们的皮肤颜色不对……？”

“我害怕是因为他们能够伤害我。”弗勒坚持说。

“有很多人都能伤害到你，”杰克说，“而他们当中只有极少数是百变王牌。”

“说来容易，毕竟你就是其中之一，”弗勒说，“你知道你们是怎么称呼我们这些人的，普通人，这是原本的称呼，但是还有其他的衍生。小蠓虫，小虫子，烦人的小东西，等着被你们一掌拍死。我们必须遵守法律，善待你们，但是这法律对你们却不适用，你们不用善待小虫子，因为你们有那些能力。”

“弗勒，”大卫说，“现在，我给你这个能力，我的生死都由你决定。”

弗勒看着他犹豫了很久，警报的尖啸声就像一把冰锥冲刺着她的大脑。“你不用担心，”她说，“我不会伤害你。”

大卫点点头，好像他早就知道对方会是这种表现。“开启电梯吧。”他轻声说道。

塔基扬笨拙地转向，然后按下了按钮。电梯抖动了一下，向上升起。

“没想给这其乐融融的场面泼冷水，”杰克对大卫说，“但是你还记得毛吗？那个中国人？我们迟早得让她下电梯，然后她就会去告密。”

“那是她的权利。”

塔基扬似乎突然从恍惚的梦境状态中醒来了。“不。”

大卫转头用深色的眼睛凝视他。“嗯。”轻柔的声音，“我知道风险，我以前也付出过代价。我准备好再付一次了。”

他们到了她的楼层，门开了，她走了出去。

“弗勒，”杰克·布劳恩说道，“你检举揭发之前先好好想想，我就没有想，到现在我还在为此付着代价。”

弗勒盯着他们所有人看了好一会儿，塔基扬想知道她在思考些什么。他很容易就能探查到，但是最好别做。她没说一句话就转身离开了。

门关上了，塔基扬盯着闪烁的数字。

“我们肯定是疯了，才会让她就这样走掉。”杰克说。

“你得时不时在某些人身上赌一把。”大卫回答道。

“她是她爸爸的女儿！”杰克说。

塔基扬在轮椅上扭动，把厄尔·桑德森的滑翔机还给杰克。“也是她妈妈的女儿。”

电梯装载着鬼魂和幸存者，继续向上。

♣♦♠♥

演职人员表

领衔主演	创作者
杰克·布劳恩（黄金男孩）	瓦尔特·乔恩·威廉姆斯
参议员格雷格·哈特曼	斯蒂芬·利
麦基·梅塞尔	维克多·米兰
萨拉·摩根斯特恩	亚瑟·拜伦·科弗
詹姆斯·斯佩克特（死期）	沃尔顿·西蒙斯
塔基扬	梅琳达·M. 斯诺德格拉斯

联合主演	创作者
杰·阿克罗伊德（啵杰）	乔治·R. R. 马丁
布拉斯·安德鲁	梅琳达·M. 斯诺德格拉斯
里奥·巴奈特牧师	
比利·雷（刽子手）	约翰·丁. 米勒
海勒姆·沃切斯特	乔治·R. R. 马丁

友情出演	创作者
乔舒亚·戴维森	乔治·R. R. 马丁
汤姆·米勒（吉姆利）	斯蒂芬·利
格奥尔基·弗拉基米尔维奇·波利亚科夫	迈克尔·卡苏特
弗勒·范·伦斯勒	梅琳达·M. 斯诺德格拉斯

以及	创作者
尼法·卡伦德（直箭）	瓦尔特·乔恩·威廉姆斯
守门人	维克多·米兰
艾米·索伦森	斯蒂芬·利
查尔斯·德沃恩	维克多·米兰
托尼·考尔德伦	沃尔顿·西蒙斯
炸面团	维克多·米兰
伟大而强力的灵龟	乔治·R. R. 马丁